♥Dieses Buch widme ich Virginie. Meinem kleinsten, größten Fan♥

Unleashed

Das Bekannte Unbekannte

Scarlet Brimstone

„Wir brauchen viele Jahre, bis wir verstehen, wie wertvoll Augenblicke sind"

-Ernst Ferstl

1. Auflage Deutsche Zweitausgabe 03/23

Brimstone.Scarlet@gmail.com

c/o AutorenServices.de

Birkenallee 24

36037 Fulda

Umschlagsillustration: www.canva.com/docs.midjourney.com

Druck: Amazon Media EU S.à r.l., 5 Rue Plaetis, L-2338, Luxembourg

BUCHTITEL

Prolog

Das Sonnenlicht strömte durch die großzügig angelegten Panoramafenster, als sich Emily in die Stille der Bibliothek zurückzog.

Lächelnd sank sie auf einen Lederstuhl nieder, der vor dem Schreibtisch stand. Ihre Augen glitten zu den deckenhohen Schränken mit den angepassten Leitern.

Die darin befindlichen Sammlungen vergangener Zeiten überstiegen ihr Vorstellungsvermögen.

Auf dem massiven Sekretär lag eine silbergerahmte Lesebrille in einem samtbezogenen Etui. Zusammen mit diversen Unterlagen und den abgelaufenen Exemplaren einer Tageszeitung. Auf einem eingerissenen Block klebten Post-it, die an unerledigte Aufgaben erinnern sollten.

Notizen häuften sich neben Einkaufslisten. Der Computer lief im Ruhe-Modus, die Tastatur hing am Kabel über der Seite des Schreibtisches. Der Bildschirm schwankte beunruhigend.

Die Maus lag neben einem umgeworfenen Glas auf dem blauen Perserteppich. Eine Karaffe hatte ihre bernsteinfarbene Flüssigkeit über Druckerpapier verschüttet. Bleistifte teilten sich mit Füllfederhaltern und Kugelschreibern den vorhandenen Platz auf einem geöffneten Aktenordner.

CDs, Zip-Laufwerke, Floppy-Disketten, Ausdrucke, Berichte, Umschläge und Mappen beschlagnahmten den Rest der freien Oberfläche. Der Mülleimer hatte den Dienst eingestellt. Sein überquellender Inhalt lag auf dem Fußboden verstreut.

Emily liebte die Bibliothek. Hier gab es unendlich viele Bücher. Zu jedem Thema. Überlieferungen, Legenden, Romane. Selbst Wissenschaft.

Alles, was irgendwann einmal geschrieben wurde. In der Luft lag der Geruch von Staub, Papier und Whiskey.

Sie wurde von einer Wärme erfüllt, die sich bis in ihre Zehenspitzen ausbreitete. Wahrscheinlich, weil das Zimmer so viel über den Mann verriet, der ihr niemals ein Vater sein durfte.

Mit geschlossenen Augen kuschelte sich Emily in den Schreibtischstuhl. Sie streckte sich dabei dem lauen Sommerwind entgegen, der durch ihre langen, roten

Haare strich.

Sie liebte diese Burg und alle ihre Geheimnisse. Ihr Vater hatte diese Festung vor Jahrhunderten errichten lassen. Er wollte für sie einen Ort erschaffen, an dem sie sicher fühlte, geborgen und beschützt.

Emily mochte die Welt nicht.

Hier zu leben, an diesem Ort, machte sie glücklich. Sie brauchte niemanden. Nur die vielen Bücher und ihre Fantasie.

Sie konnte sich ohnehin nicht daran erinnern, warum er *sie allein gelassen hatte. Aber das störte sie nicht.*

Irgendwann kam er *ganz sicher zurück.*

Emily, bitte wach' auf.

Blinzelnd hob sie den Kopf, ihre Augen flogen durch den leeren Raum. Was war das für eine Stimme gewesen? Sie setzte ihre nackten Füße auf den Boden, durchquerte das Zimmer und trat in die Eingangshalle.

Hier war niemand. Nur das Ticken der Wanduhr durchbrach die Stille. Sie drehte sich um. Hatte sie sich das nur eingebildet? Da war ein Knacken, ein Rascheln. Emily wandte sich den offen stehenden Eingangstüren zu.

Woher kam das Geräusch? Die Stirn in Falten gelegt, biss sie sich auf die Lippe. Konnte es sein, dass ihr die Isolation langsam zusetzte?

Nein, sie war glücklich. Oder vielleicht doch nicht?

Sie ging weiter, atmete noch einmal tief durch und trat auf den Hof hinaus. Woher kam diese Stimme? Kurz flackerte die Überlegung in ihrem Geist auf, dass sie sich vor den Strahlen der Sonne schützen sollte.

Dann ließ sie ihre Augen zu den Rosensträuchern wandern, wo sie einen Schatten entdeckte.

„Ist das deine Vorstellung von innerem Frieden?", hörte sie die Silhouette amüsiert fragen. „Ganz allein in dieser riesigen Burg?"

Emily verengte die Augen zu schmalen Schlitzen. „Wer sind Sie?", wollte sie wissen. „Und was wollen Sie von mir?"

„Ich möchte dich nach Hause holen", kam die Antwort ohne jedes Zögern.

Sie atmete tief durch. „Erweisen Sie mir endlich den gebührenden Respekt und nennen Ihren Namen."

Der Schatten ließ die Rosensträucher hinter sich und trat ins Licht der Sonne. „Du hast mich aus deinen Gedanken verbannt, Em?"

Er klang gekränkt.

„Nicht Em." Sie straffte würdevoll die Schultern. „Emily oder in Ihrem Fall: Miss Lyall."

Sie neigte den Kopf zur Seite. Vor ihr stand ein schlaksiger, junger Mann mit strohblonden Haaren und braunen Augen, die einen blutroten Schimmer besaßen.

Als er ihr ein Lächeln schenkte, enthüllte er zwei Reihen ebenmäßiger, weißer Zähne. Sie runzelte die Stirn. Kannte sie ihn?

Er kam ihr zumindest vertraut vor. Vertieft durchforstete sie die hintersten Winkel ihres Gedächtnisses. Seine Stimme, seine Statur - selbst sein Geruch war ihr nicht fremd.

Sie ging auf ihn zu und als sie vor ihm stand, legte er die Hand erst an ihre Wange, dann an ihren Hinterkopf.

„Wer sind Sie?", fragte sie noch einmal.

In seinen feuchten Augen leuchtete Wärme. „Ich habe dich vermisst."

Sie wusste, dass sie ein derartiges Benehmen nicht tolerieren durfte. Seine Kinderstube ließ jede Höflichkeit missen. Eine Stimme schrie ihr zu, dass sie ihn zurechtweisen sollte.

Aber da war etwas, das sie davon abhielt. Es fühlte sich gleichzeitig fremd und richtig an. Als er sie in seine Arme zog, schien ihr das Herz in der Brust zu zerspringen.

Ihre Augen füllten sich mit Tränen.

Sie hörte etwas bersten, ein Knoten löste sich in ihrer Brust. Natürlich! Sie kannte diese Person. Emily wusste, wer er war. Schluchzend grub sie die Finger in sein Jackett.

Ihre Erinnerungen kehrten zurück.

Es waren Erinnerungen, die sie zum Selbstschutz verschlossen hatte.

„Nick", schluchzte sie und die ersten Tränen rollten über ihr Gesicht. „Oh mein Gott, Nick. Du hast mir so gefehlt."

Sie glaubte, sein Lächeln zu spüren. „Gestatten?", fragte er in einem amüsierten Ton und bevor Emily verstand, hob er sie auf die Arme. „Es wird Zeit. Wir müssen gehen."

„Was?"

Unter seinen Füßen brach der Boden auf. Helles Licht sammelte sich zu einem Kreis, schoss wie eine Wasserfontäne in die Luft und hüllte sie in einen Schleier aus glitzernden Staub.

Kreischend klammerte sich Emily an Nick.

Sie verlor den Halt. Eine unsichtbare Kraft riss sie in die Tiefe, einer bodenlosen Nacht entgegen. Zitternd schloss sie die Augen. Emily hatte das Gefühl zu fallen und während sie schwerelos durch die Dunkelheit glitt, begann ihre Welt zu zersplittern.

Kurze Eindrücke in andere Welten taten sich auf. Waren es Dinge, die sie erlebt und vergessen hatte? Sie hörte Geschrei. Der Klang von Metall, das auf Metall traf. Geschärfte Klingen, die sich aneinander festbissen.

Der Geruch von Fäulnis raubte ihr den Atem.

Stimmen streiften ihre Ohren. Jemand rief ihren Namen. Regen, Sonne, Wind. Schießpulver, Feuer, Rauch. Dinge, die zu ihr gehörten. Zu den Personen, die sie geformt hatten.

Ihr ganzes Leben ergoss sich in einem Sekundenbruchteil in ihre Gedanken.

In der nächsten Sekunde war es schon wieder vorbei, abgelöst von anderen Momenten. Gesichter, so schnell, dass sie sie nicht zuordnen konnte. Junge und alte. Aber auch viele, die vor ihrem inneren Auge aufblitzten und sich nie zu verändern schienen.

Sie fiel. Tiefer, immer tiefer.

***

Erschrocken öffnete Emily die Augen.

Was war das gewesen? Ruckartig setzte sie sich auf, ihr Herz, ihre Atmung raste. Was zum Teufel hatte sie gesehen? Mit beiden Händen fuhr sie sich durchs Gesicht, ein Schluchzen durchbrach die Stille und sie bemerkte überrascht, dass sie weinte.

Aber warum weinte sie eigentlich? Emily fühlte eine Traurigkeit, die sie nicht verstand. Zitternd betrachtete sie ihre nassen Finger, die Tränen wurden zu einem Strom.

Sie versuchte, ihre Gedanken zu sortieren. In ihrem Kopf und ihrem Körper herrschte Anarchie. Langsam zog sie ihre Beine über die Bettkante. Weißer, fast durchsichtiger Stoff streifte ihre Augen und sie hob die Arme an.

Wer hatte ihr dieses merkwürdige Kleid angezogen?

„Bist du wach?“

Emily wandte ihr Gesicht in die Richtung, aus der die Stimme gekommen war. Mit den Armen vor der Brust verschränkt, lehnte ein junger Mann im Rahmen einer steinernen Tür. Seine schlaksige Gestalt steckte in Turnschuhen, einer zerrissenen Hose und einem Hoodie.

Sie kannte ihn. Dieses schmutzig, blonde Haar, die braunen Augen, die im Licht der Lampen blutrot schimmerten. Es hatte sich ihr wie eine Fotographie ins Gedächtnis gebrannt.

Blinzelnd strich sie sich erneut durchs Gesicht, doch die Tränen und das Schluchzen wollten nicht enden. Der Mann trat an ihre Seite und setzte sich neben ihr auf das Bett.

„Ich hasse es, dass du jedesmal das Gleiche durchmachst“, hörte sie ihn sagen. Er klang seltsam bekümmert. „Es kommt alles wieder in Ordnung. Bald wirst du dich an alles Erinnern.“

Sie wollte etwas dazu sagen und öffnete den Mund, doch kein Ton kam über ihre Lippen. Was war nur mit ihr los? Emily wusste, dass sie zum Sprechen ihre Stimmbänder brauchte und das sie es vor langer Zeit gekonnte hatte.

Fast entsetzt fasste sie sich an den Hals, während er mit einem nassen Tuch über ihre Wangen und Augen tupfte. So behutsam, als würde sie ihm unendlich viel bedeuten. Dann zog er etwas aus der Tasche seines Hoodies und setzte es ihr auf die Ohren.

Emily hörte Klavierklänge, die wie sanfte Wellen in ihr hallten. Dieses Lied, sie hatte es schon einmal gehört. Vor einer langen, langen Zeit. Mit geschlossenen Augen sank sie gegen die Schulter des Mannes. Ihr aufgebrachtes Herz begann sich zu beruhigen.

Sie sah eine mittelalterliche Burg inmitten üppigen Grüns, umgeben von Bäumen, Büschen und einem Meer von Blumen.

Der Mann legte den Arm um ihre Gestalt und zog sie noch näher. „Willkommen zurück, Em."

Kapitel: 01

Budapest, Ungarn
12. April 2012

Kostja hatte die Nachtschicht erst hinter sich gebracht, als er in Erwartung einer heißen Dusche den Wohnkomplex betrat. Sein schäbiges Apartment lag unter dem Dach und der Fahrstuhl war seit Monaten außer Betrieb.

Kaum hatte er den Fuß ins Treppenhaus gesetzt, griff er in seine Jackentasche, holte sein Smartphone hervor und während er weitere Stufen des alten Plattenbaus nach oben schlurfte, tippte er mit dem Daumen auf den Button des Touchdisp++lays.

Die Musik, die er stets auf dem Heimweg hörte, verstummte. Müde nahm er die Kopfhörer ab. Er sehnte sich nach einer Dusche und einem Bett - aber vor allem wollte er endlich seine Ruhe haben.

Keine Patienten, die sich durch die grell erleuchteten Flure des Krankenhauses quetschten. Keine Akten, die durchgesehen und geprüft werden mussten. Keine Unterschriften. Keine Tests.

Nur friedvolle Stille.

Gähnend kramte Kostja den Hausschlüssel aus seinem Rucksack. Dabei bemerkte er die Anwesenheit eines Mädchens, das auf den obersten Stufen der Treppe saß. Als er sich an der Fremden vorbeischlängeln wollte, wandte sie ihm das Gesicht zu.

Um ihre Lippen lag ein freundliches Lächeln.

Entgegen dem Wunsch, sich in die Stille seiner Wohnung zurückzuziehen, blieb er neben ihr stehen. Ihre Kleidung war durchnässt - es regnete bereits seit Stunden - die feuerroten Haare klebten ihr am Kopf und den Schultern. Ihre Augen, die sie auf ihn gerichtet hatte, leuchteten in einem satten Grünton.

Das Mädchen stand auf und ließ ein Smartphone in die Tasche ihres Mantels gleiten.

Auch wenn Kostja bisher nicht das notwendige Interesse aufgebracht hatte, um sich über seine in Isolation lebenden Nachbarn zu informieren, wusste er mit Sicherheit, dass *sie* hier nicht wohnte.

Er hatte sie schon so lange nicht mehr gesehen, dass die Details ihrer letzten Begegnung in seiner Erinnerung verblassten.

„Das ist schon eine Ewigkeit her", sagte er mit einem Schmunzeln. „Wie geht es dir?"

„Das müssen jetzt zehn Jahre sein", antwortete sie ihm gut gelaunt. „Mir geht's gut und dir? Ich habe gehört, du arbeitest jetzt im Krankenhaus deines Onkels."

Er zuckte die Schultern. „Ich wollte mir eigentlich im städtischen Krankenhaus eine Anstellung suchen", gab Kostja resigniert zu. „Das wollte mein Onkel nicht. Unsere Familie besteht aus Ärzten, die alle im gleichen Gebäude arbeiten."

Stirnrunzelnd betrachtete er ihre schlammverdreckten Stiefel. Aus dem Stoff ihres Trenchcoat tropfte eine zähflüssige Masse träge zu Boden.

Kostja trat auf der Treppe ein paar Stufen nach unten und atmete durch den Mund. Was auch immer das war, es roch nicht angenehm. Seine Reaktion schien sie zu erheitern.

„Es tut mir wirklich leid." Sie fasste zu beiden Seiten des Mantels und schüttelte den Stoff aus, als könnte sie damit den Geruch vertreiben. „Das sind Andenken an die Abwasserkanäle."

Kostja hielt sich die Hand vor die Nase. Er konnte sich nur schwer vorstellen, was sie dazu getrieben haben sollte, der Kanalisation einen Besuch abzustatten.

Und jetzt stand sie vor ihm, ohne Vorwarnung, mit dem Aroma einer Kläranlage und einem schiefen Grinsen im Gesicht. Das Mädchen wiederzusehen war seltsam.

Er hatte vergessen, dass eine Person wie sie, einmal in seinem Leben existiert hatte.

„Komm rein", lächelte er kopfschüttelnd.

Das Mädchen starrte ihn an, ihre ohnehin schon großen Augen wurden noch größer. Kein Wort durchbrach die Stille. Hatte sie ihn nicht verstanden? Dann zuckte sie die Schultern, nahm ihm den Hausschlüssel ab und ging zielstrebig zu der einzigen Tür in diesem Stockwerk, die ein Namensschild besaß.

Kostja verdrehte amüsiert die Augen, dann folgte er dem Mädchen. Sie brauchte wohl keine Erklärung oder Erlaubnis. Als er die Haustür ins Schloss schob, verschwand sie im Bad.

Über seine Lippen perlte ein Gähnen, seine Augenlider schienen Tonnen zu wiegen. Er war so müde, dass er im Stehen einzuschlafen drohte.

Mit den Händen in den Hosentaschen lehnte er sich gegen die Wand. Es gab nichts auf der Welt, das ihn auf ein Wiedersehen mit ihr vorbereitet hätte - einem Mädchen, von dem er seit zehn Jahren weder etwas gehört noch gesehen hatte.

Was war vor zehn Jahren eigentlich gewesen?

Kostja wurde aus seiner Versunkenheit gerissen, als sie ihm durch einen Spalt ihre Stiefel entgegenhielt. Mit spitzen Fingern fasste er nach einer sauberen Stelle am Saum und brachte sie auf den winzigen Balkon, der zu seiner Wohnung gehörte.

Im Anschluss verfrachtete er ihre Kleidung, die sie ihm vor die Tür geworfen hatte in die Waschküche im Keller.

Aus seinem Kleiderschrank suchte er ein Oberteil.

Kostja öffnete die Tür zum Badezimmer. „Ich lege dir ein Handtuch und ein T-Shirt aufs Waschbecken, in Ordnung?", fragte er und wartete keine Antwort ab. „Sollte etwas sein: Ich bin im Wohnzimmer."

Sekunden später sank er leise seufzend auf die frei im Raum stehende Couch nieder. Seine Mundwinkel zuckten. Wie hatte dieses eigenartige Mädchen aus seinen Gedanken verschwinden können? Sie gehörte nicht unbedingt zu den Menschen, für die er kein Interesse aufbrachte.

Glaubte er jedenfalls.

Aber woher kannte er sie? Aus der Schule? Von einem Teilzeitjob? Oder war sie ein Patient im Krankenhaus seines Onkels gewesen?

Zehn Jahre, die er sie nicht gesehen hatte und er wusste nicht, wo er sie einordnen sollte. Eine Zeitspanne, in der ihm bestimmt das eine oder andere Gesicht entfallen war. Doch ihres kam ihm auf Anhieb bekannt vor, kaum dass er sie auf den Stufen entdeckt hatte, und er wusste sofort, dass ihn etwas Wichtiges mit ihr verband.

Etwas Wichtiges, dessen er sich trotz allen Grübelns nicht entsinnen konnte.

Kostja sah auf, nachdem sein unerwarteter Besucher das Badezimmer verlassen hatte, bekleidet mit dem T-Shirt, das er ihr rausgelegt hatte und Schonern an ihren Handgelenken.

Der Stoff hing wie ein übergroßes Kleid an ihrer schmalen Gestalt.

Sie steuerte zielstrebig das Sideboard hinter dem Sofa an, auf dem die Bilder einer jungen Frau standen. Dabei verteilte sich der Geruch seines Shampoos ungehindert in der Wohnung.

Pfefferminz und Zedernholz.

Kostja lehnte sich auf dem Sofa zurück.

Sie fasste nach einem der Bilderrahmen. „Hübsch", hörte er das Mädchen sagen und er wandte sich ihr zu. „Deine Freundin?"

Kostja fühlte sich hin- und hergerissen. Sie war ihm vertraut und gleichzeitig fremd. „Nein, wir sind verlobt", korrigierte er seinen Besuch, stand auf und pflückte ihr das Foto aus den Fingern. „Ihr Name ist Adrienn. Sie arbeitet als Anwältin im Krankenhaus."

Das Mädchen drehte sich um, den Kopf zur Seite geneigt. Sie lächelte erneut, doch diesmal wirkte es einseitig und leer. „Herzlichen

Glückwunsch", gab sie zurück. „Adrienn wird bestimmt eine gute Ehefrau sein."

Sie spielte ihm etwas vor, das war offensichtlich. Nur warum? „Eine gute Ehefrau?", wiederholte er belustigt. „Wer sagt denn so was heute noch?"

Sie grinste schelmisch, obwohl sie bis zu den Ohren feuerrot anlief. „Na ich", gab sie ihm zu bedenken.

Er stellte das Foto zurück, betrachtete für einen Moment das Gesicht seiner zukünftigen Frau und legte das Bild mit der Vorderseite auf das Sideboard.

„Unsere Verlobung wurde arrangiert und hat nichts romantisches", erklärte er versunken. „Das muss ein paar Monate nach deinem plötzlichen Verschwinden gewesen sein."

Warum erzählte er ihr das? Kostja stutzte. Wie kam er darauf und wie hieß sie eigentlich? Er erinnerte sich beim besten Willen nicht daran, ihren Namen jemals erfahren zu haben.

Lächelnd sank sie auf die Couch, die Beine übereinandergeschlagen.

Eine Überlegung schoss ihm durch den Kopf. Wenn Adrienn unangekündigt bei ihm vorbeischaute, würde sie ihm glauben, dass zwischen ihm und diesem namenlosen Mädchen nichts lief?

Kostja trat hinter das Sofa. Seine rasenden Gedanken stoppten, als ihm sein unerwarteter Besucher einen Blick zuwarf. Ihre Augen leuchteten wie grünes Feuer.

„Wir hatten uns versprochen, dass wir für immer Freunde bleiben", meinte sie, die Finger im Stoff der Couch verkrampft. Ihre Schultern schienen ein Gewicht zu stemmen, das sie unmöglich tragen konnte. „Wirst du dich daran halten?"

Seine Stirn legte sich in Falten. „Ich ...", begann er, unsicher was er dazu sagen sollte.

Das Mädchen sank gegen die Rückenlehne der Couch und tippte erneut auf das Display ihres Smartphones. Dabei strahlte sie wie ein kleines Kind, dem er eine kostbare Süßigkeit geschenkt hatte.

„Kann ich deine Nummer haben?", fragte sie euphorisch.

Ihre Launen waren wie Quecksilber und genauso undurchschaubar. Was sollte er darauf antworten? In seinem Schädel hämmerte der Gedanke, dass er rein gar nichts über dieses Mädchen wusste. Woran er sich erinnerte, war nicht viel. Nichts das ihn beruhigte und ihm die Sicherheit gab, dass sie nicht völlig irre oder gefährlich war.

Wenn er das in Erwägung zog, wieso hatte er sie dann in seine Wohnung gelassen? Noch nie zuvor hatte sich Kostja innerlich so zerrissen gefühlt.

„Warum tauchst du ausgerechnet jetzt wieder auf?", fragte er, drehte sich um und lehnte sich mit der Hüfte gegen die Rückenlehne der Couch. „Wo warst du?"

„Du bist verunsichert. Das kann ich verstehen. Obwohl du mich in deine Wohnung lässt und mich wie einen Freund behandelst, weißt du nicht warum. Du kannst dich nicht mehr an mich erinnern. Zehn Jahre waren einfach zu lange."

„Was meinst du damit?"

„Mein Name ist Emily Elizabeth Lyall. Ich kenne dich schon sehr lange. Ich habe dich damals von Japan nach Ungarn zu Familie Gorodezki gebracht. Keine Sorge, ich bin kein Serienkiller."

Kostja schmunzelte. „So viel zum Thema, meine Mutter hätte mich beim Bettenmachen gefunden", scherzte er und betrachtete ihr apartes Gesicht. „Sie hat mir erzählt, dass ich aus einem japanischen Waisenhaus komme und auch, dass mich ein junges Mädchen zu ihr nach Budapest gebracht hat."

Sie schien den Witz nicht zu verstehen. Ihre Stirn legte sich in Falten. „Und was bedeutet *beim Bettenmachen gefunden*?", erkundigte sie sich interessiert und Kostja sah sie an, als hätte sie ihm eine Handtasche voller Backsteine um die Ohren gehauen. „Tut mir leid, ich bin noch nicht in dieser Zeit angekommen."

Er wusste nicht warum, aber ihr Name hatte etwas in ihm ausgelöst. Zu schwach, um danach zu greifen, doch real genug, damit er ihr vertraute.

„Schon in Ordnung. Vergiss' es", erwiderte Kostja mit einem Lächeln. „Aber du solltest dir jetzt etwas anziehen. Wenn dich jemand sieht, könnte er die falschen Schlüsse ziehen."

„Oho. Und was für Schlüsse wären das?"

Emily erhob sich auf die Füße und folgte ihm zu einem Kleiderschrank neben der Badezimmertür. Kostja bückte sich und wühlte in den unteren Schubladen. „Du weißt schon ... Mein Mietvertrag sagt, hier sind keine entlaufenden Oberschülerinnen erlaubt ..."

Sie lächelte. „Das nehme ich als Kompliment", erwiderte sie gut gelaunt, fasste nach seiner Schulter und zeigte ihm ihren Chatverlauf. „Mach' dir keine Umstände. Mein großer Bruder kommt mich abholen."

Er drehte sich erstaunt zu ihr um. „Du hast einen Bruder?"

„Mehr oder weniger", erklärte sie ihm, wobei sie mit den Spitzen ihrer Haare spielte. Sie wickelte sich die Strähnen um den Zeigefinger. „Er ist ein Drache. Also eine andere Spezies. Er ist eben kein Vampir."

Eine seiner Augenbrauen schnellte in die Höhe. Kein Wort durchbrach die eingesetzte Stille. Ein Drache? Was sollte das wieder bedeuten? Zeigte sich jetzt der versteckte Wahnsinn, den er zuvor zwar in Erwägung aber nicht ernsthaft in Betracht gezogen hatte?

Oder sollte das eine ihm unbekannte Metapher sein? Brach gleich der aufbrausende Bruder durch die Eingangstür? Aber was meinte sie dann mit *Vampir*?

Er war zu müde, um weiter darüber nachzudenken. Kostja griff nach einer Jogginghose, die ihm zu klein geworden war und reichte ihr das Kleidungsstück, bevor er in Richtung des Badezimmers deutete. Das

Mädchen ignorierte ihn. Den Stoff zog sie sich an Ort und Stelle über die Hüften.

Ob sie schon immer so gewesen war?

Ihr Verhalten war verwirrend, ihren Sätzen fehlte der Übergang und sie schien an einer leichten Form von Realitätsverlust zu leiden. Glaubte er jedenfalls.

Warum hatte er dann den Eindruck, dass es völlig normal war, wenn sie von Wesen sprach, die es nur in Märchen gab - als wenn sie das musste.

Er stutzte. Warum *musste*?

Nachdem sich Emily angezogen hatte, trat Kostja auf das Mädchen zu, schob ihre langen Haare zur Seite und betrachtete ihren schlanken Hals. Nahe der Hauptschlagader zeigte sich ihm eine halbmondförmige Narbe, die Zahnabdrücken ähnelte.

Es war nur eine - ja, was genau? Auch wenn die Wunde schon längst verheilt war, schien es kein Tier gewesen zu sein, das sie gebissen hatte. Das stammte von einem Menschen.

„Hm. Du bist also tatsächlich ein Vampir“, traf er eine Feststellung, ließ sie los und das Mädchen schenkte ihm ein breites Lächeln.

Er musste langsam aber sicher damit anfangen, an seinem Verstand zu zweifeln. Emily dagegen wollte ihn für seine Worte loben, das las er an ihrem Gesichtsausdruck ab. Deswegen stellte sich ihm die berechtigte Frage, wer von ihnen den größeren Schaden hatte.

Kostja konnte das Lachen kaum unterdrücken. Kein Wunder, dass sie sich angefreundet hatten.

„Stimmt“, gab sie ihm begeistert Recht, klatschte in die Hände und sah ihm ins Gesicht. „Ich bin ein Vampir. Mein Bruder ist ein Drache. Erinnerst du dich wieder?“

Nein, das tat er nicht. Kostja verstand nicht einmal, warum er an ihrem Hals nach Bissspuren gesucht und diese mit einem Vampir in Verbindung gebracht hatte.

Zumindest beruhigte ihn der Gedanke, dass er Antworten von ihr bekam und dass sie kein Problem damit hatte, die Wahrheit zu sagen.

Die *Wahrheit*?

Er hatte doch gerade noch an ihrem und seinem Verstand gezweifelt. Vielleicht sollte er in der Psychiatrie anrufen und nachfragen, ob sie eine Patientin vermissten.

Oder zwei?

Träumte er diesen Wahnsinn?

„Ich habe dich angesprochen ... ich habe das Gefühl, dich seit einer sehr langen Zeit nicht gesehen zu haben ... wie kann das sein? Ich erinnere mich an nichts."

Emily neigte den Kopf zur Seite, in den Tiefen ihrer Augen glomm abermals dieses Feuer auf. „Hm. Ich glaube, dass nicht alle deine Erinnerungen verschwunden sind. Bruchstücke sind noch vorhanden und als du mich gesehen hast, sind sie an die Oberfläche gestoßen. Du hast seit zehn Jahren nichts von mir gehört, trotzdem hast du mich auf Anhieb erkannt. Das ist bestimmt kein Zufall."

„Klingt nach Verschwörung ..."

Er wurde von einem schrillen Klingeln unterbrochen, dann wurde an die Haustür geklopft. Kostja warf Emily einen Blick zu. Sie stand im Wohnzimmer, die Arme hinter dem Rücken, auf den Lippen ein spitzbübisches Lächeln.

Er schickte ein Stoßgebet zum Himmel und in der Hoffnung, dass es sich nicht um Adrienn handelte, öffnete er die Haustür einen Spalt.

Er hätte nicht verwirrter sein können. Im Hausflur stand Jurij Virtanen, ein Student, den Kostja noch von seinem Abschlussjahr an der medizinischen Fakultät kannte. Seine Augenbrauen schnellten in die Höhe.

„Du ...", brach es aus Jurij heraus.

Kostja öffnete die Tür ganz. „Ja, ich", erwiderte er einsilbig. „Ich wohne hier."

Emily kam näher und steckte ihren Kopf in den Hausflur. „Oh, Hallo, Jurij“, begrüßte sie ihn fröhlich und fasste nach einer Plastiktüte, die er sich unter den Arm geklemmt hatte. „Danke, dass du mir saubere Kleidung bringst.“

Jurij hob eine Braue. „Das hast du doch gewusst.“

Sie grinste. „Möglich.“

„Augenblick“, hielt Kostja das Mädchen auf, bevor sie im Badezimmer verschwand. „Sag‘ mir nicht, der da ist dein Bruder.“

Sie lachte amüsiert. „Nein, Nein. Jurij ist nicht mein Bruder. Er ist mein Liebhaber.“

Kostja verengte die Augen, sein ungläubiger Blick glitt zu Jurij, dem alles Leben aus dem Körper wich. „Ihr habt Sex?“, fragte er nach, nur um sicherzugehen.

Jurij wurde blass. „Äh ...“

Hektisch fuchtelte der Student mit den Händen durch die Luft, während er sich selbst um Kopf und Kragen redete. Rot bis über beide Ohren, fiel es Jurij offenbar schwer, die Situation zu erklären.

Unter dem ganzen Gestammel konnte Kostja den Satz *Sie ist nicht so jung, wie sie aussieht,* herausfiltern.

Richtig. Emily hatte sich rein vom Äußerlichen nicht verändert. Ihr Gesicht und ihre Statur hatten sich Kostja wie eine Fotographie ins Gedächtnis gebrannt. Warum? Dieses Gefühl von Vertrautheit begann ihn zunehmend zu beunruhigen.

Die Tür zum Badezimmer quietschte.

Beide Männer wandten sich dem Mädchen gleichzeitig zu und Kostja traute seinen Augen nicht. In diesem schwarzen Kostüm, den Schuhen mit Pfennigabsätzen und den zusammengebundenen Haaren, wirkte sie auf ihn so erwachsen.

Es war ein Bild, das nicht so recht passen wollte. Die bunten Farben und die Spitze, die sie am Morgen getragen hatte, standen ihr bei weitem besser.

Sie ging zu Jurij. „Würdest du mir die Krawatte binden?", fragte sie ihn und schlug den Hemdkragen nach oben. „Ich muss jetzt arbeiten. Ich werde meine Kleidung ein anderes Mal holen. Pass' bitte solange für mich darauf auf."

Kostja nickte nur, unfähig ein Wort zu sagen. Seine Augen wanderten zu ihrem Oberschenkel. Durch den hoch geschnittenen Schlitz in ihrem Rock konnte er ein Holster sehen, in dem eine großkalibrige Waffe steckte.

Emily schenkte ihm ein flüchtiges Nicken, drehte sich auf dem Absatz um und stieg mit Jurij über die Treppen nach unten.

Das Mädchen bewegte sich jetzt auch ganz anders. Ihre Schritte waren sicher, ihre Haltung kerzengerade. Was mochte das für eine Arbeit sein, der sie nachging? Sie trug eine Pistole bei sich, also hoffte er, dass es sich dabei um Personenschutz handelte.

Kostja schüttelte seine Überlegungen ab, kehrte in seine Wohnung zurück und setzte sich auf die Couch. Mittlerweile war er zu übermüdet, um auch nur ein Auge zuzubekommen. Darum beschäftigte er sich mit Lesen - zumindest bis es am frühen Nachmittag ein weiteres Mal bei ihm klingelte.

War sie schon zurück?

Gähnend erhob er sich auf die Füße, schlurfte in den Hausflur und lehnte sich gegen die Wand. Den Hörer der Gegensprechanlage klemmte er zwischen Kopf und Schulter ein, während er die Seite in seinem Buch umblätterte.

Im Grunde war er zu erschöpft, um die Worte zu vergegenwärtigen. Kostja wusste, er konnte nicht schlafen. Obwohl er sich mit dem trockenen Text über Fortschritte in der Neurochirurgie abzulenken versuchte, spukte Emily in seinem Kopf herum.

„Wer ist da?"

„Hier ist Jason", rief die vor der Haustür stehende Person mit beschwingter Stimme. „Ich habe ein Sixpack Bier. Lass uns ein bisschen abhängen."

Betretenes Schweigen folgte, bis sich Kostja zu einer Antwort durchrang. „Moment."

Er hob den Arm, um auf den Summer zu drücken. Die Tür im Hausflur öffnete sich mit einem Klacken, Schritte bestätigten, dass Jason, sein bester Freund seit Kindertagen, das Hochhaus betreten hatte.

Kostja begab sich unterdessen wieder ins Wohnzimmer. Langsam aber schleichend kehrte die Müdigkeit zu ihm zurück. Er war sich nicht sicher, wie lange er sich noch wach halten konnte.

Der zweite, unangemeldete Besucher an diesem Tag stürmte in die Wohnung. Jason wirkte gehetzt, als hätte er sich auf den Treppen unnötig beeilt. Er strich sich das wirre, blonde Haar aus der schweißnassen Stirn.

„Was ist denn los?", wollte Kostja überrascht wissen und sah seinem Freund ins Gesicht. „Bist du endlich zum Stich gekommen?"

Jason schüttelte den Kopf, seine braunen Augen leuchteten voller Euphorie. „Nein!", rief er begeistert. „Du wirst nie erraten, was mir heute passiert ist."

„Und was soll das gewesen sein?"

„Eine Frau!"

„Eine Frau", wiederholte Kostja skeptisch, unsicher, ob er nicht eingeschlafen war und sich diesen Unsinn nur erträumte. „Dir ist bewusst, dass es davon Millionen auf der Erde gibt?"

Jason nickte. „Aber es war nicht irgendeine!", rief er begeistert.

Er konnte sich wohl nur schwer zusammen reißen, um Kostja diese scheinbar wertvolle Neuigkeit nicht einfach ins Gesicht zu werfen.

„Und was war an ihr so besonders?"

„Sie muss von einer Security Agentur gewesen sein. Sie trug ein enges Kostüm, eine Sonnenbrille und ... ist ja auch egal. Auf jeden Fall hatte sie eine Waffe bei sich. Das war eine Desert Eagle ... eine Desert Eagle! Shit. Stell' dir das nur mal vor. Das ist der absolute Wahnsinn."

Kostja grinste schief. Sein bester Freund war von Waffen fasziniert. „Warum hast du nicht gefragt, ob sie dir das Ding zeigt?"

Auf einmal wirkte Jason fast beleidigt. „Die hätte mir ihre Waffe durch die Fresse gezogen, bevor ich auch nur den Mund aufmachen kann."

Im Schneidersitz sank er laut schnaufend auf den Boden nieder. Und nachdem das Thema mit der Securityfrau und der Waffe wohl abgehakt war, ließ sich Kostja überreden, von seiner Nachtschicht zu erzählen.

Seine Gedanken kreisten dabei weiter unaufhörlich um Emily. Er konnte sich einfach nicht an die Dinge erinnern, die wichtig sein mussten oder sollten. Sie stand seinen Fragen zwar offen gegenüber, aber ihre Antworten waren verwirrend und beruhigend. Im Grunde ergaben sie keinen Sinn.

Bei der Frau, von der Jason erzählt hatte, handelte es sich mit ziemlicher Sicherheit um Emily. Das Mädchen hatte ebenfalls eine großkalibrige Waffe bei sich getragen.

Kostja stand auf, streckte seine steifen Muskeln und begab sich in die Küche. Dabei entdeckte er ein Post-it, das auf dem Türstock klebte. Die Nachricht konnte er nicht entziffern.

Wollte sie ihn ärgern? Grinsend betrachtete er das darauf befindliche Gekritzel. Wenn er sich nicht irrte, handelte es sich um japanische Schriftzeichen, die sich mit englischen Sätzen und Ungarisch zu einem wirren Kauderwelsch mischten. Was wollte sie ihm damit sagen?

Er zupfte die Notiz vom Türstock, drehte den Zettel um und las sich die Sätze auf der Rückseite durch. Sie bedankte sich für seine Gastfreundschaft. Zudem bat sie ihn darum, ihre Stiefel nicht in der Sonne stehenzulassen.

Kostja verstand ihre seltsame Bitte nicht, kam jedoch zu dem Schluss, dass sie ihre Gründe hatte. Also holte er die Schuhe vom Balkon, stellte sie ins Vorzimmer und begab sich kurz darauf in den Keller.

Unschlüssig, ob er für ihre Kleidung den Trockner benutzen konnte, griff er auf die Wäscheleine zurück. Er stockte, als er plötzlich ihre Unterwäsche in den Händen hielt.

Unwillkürlich dachte er an Jurij. Kostja schnaufte. Warum war es ihm unangenehm, dass Emily Sex hatte? Äußerlich hatte sie sich zwar nicht verändert, aber sie *musste* erwachsen sein. Vielleicht Ende 20 oder schon Mitte 30.

Es gab Menschen, die selbst mit 40 noch wie Teenager wirkten.

Kostja ließ die Schultern hängen. Kleine, zierliche Dinge weckten wohl einfach seinen natürlichen Beschützerinstinkt.

Seufzend beendete er seine Arbeit und ging in seine Wohnung zurück. Jason leerte sein drittes Bier, kurz darauf schlief er auf der Couch ein, ein Biologiebuch in der Hand. Für Kostja das Zeichen, den angebrochenen Alkohol im Spülbecken zu entsorgen.

Er weckte seinen besten Freund auf, klappte die Couch aus und legte sich schlafen. Doch durch das pausenlose Schnarchen bekam er kein Auge zu.

Mit dem Kopfkissen auf den Ohren wälzte er sich den größten Teil der Nacht von einer Seite zur anderen. Dass er sich am nächsten Morgen wie erschlagen fühlte, war nicht verblüffend. Die Tragegurte des Rucksacks in den Händen schleppte er sich in die U-Bahn, den Kopf gegen die Fensterscheibe gelehnt.

Kostja wollte die Augen schließen, als ihm Jason auf die Schulter schlug. Sein Freund deutete auf ein Mädchen, das sich am anderen Ende des Abteils befand und in einem Buch las.

Unter gesenkten Augenlidern sah er zu Jason. „Erinnere mich daran, dass ich dich umbringen werde“, murmelte er.

Nach weiteren sechs Stationen, die Kostja verschlief, boxte ihm eine Faust in die Rippen. Unerwartet in die Wirklichkeit zurückgerissen, fuhr er zu Jason herum. Sein bester Freund sah ihn an, bevor er abwehrend die Hände hob.

„Das war ich nicht", beteuerte er atemlos. „Da ist ein Mädchen mit einem Sonnenhut und einem langen Kleid an uns vorbeigelaufen. Sie hatte einen pinken Rucksack bei sich."

„Irgendeine Fremde soll mich geschlagen haben?", fragte Kostja und presste die Hand auf seine Rippen. „Und warum genau sollte sie das machen?"

Jason schnitt eine Grimasse. „Weiß ich doch nicht."

Eine Geschichte, die Kostja nicht glaubte. Sein müder Körper, der protestierend nach einem Bett verlangte, trieb ihn dennoch aus dem Zug.

Der Tag hatte noch nicht begonnen und er dachte bereits daran, wieder umzukehren und nach Hause zu fahren. Wenn er einmal fehlte, brachte ihn sein Onkel nicht gleich um.

Als er stehen blieb, um seinen Entschluss umzusetzen, rempelte ihn jemand von hinten an, sodass er nach vorne stolperte. Kaum hatte er sein Gleichgewicht zurückerlangt, drehte er sich um. Aber da war nur ein Mädchen in einem weißen Kleid mit langen Ärmeln, das am Straßenrand stand.

Merkwürdig.

Die brütende Hitze machte ihm zu schaffen. Ihre Haut lag versteckt unter Unmengen von Stoff, selbst ihre Finger. Die blickdichte Strumpfhose endete in geschlossenen Schuhen und auf dem Kopf trug sie einen Sonnenhut, der ihr über die Ohren rutschte. Sie bedeckte damit ihr Gesicht, als sie an Kostja vorbeilief und ihm dabei den pinkfarbenen Rucksack auf ihren Schultern zeigte.

Dieses halbe Kind sollte ihm in die Rippen geschlagen haben? Der Gedanke erschien zu absurd.

Stopp.

Bevor er noch einmal darüber nachdenken konnte, setzte er sich in Bewegung. Kostja rutschte auf den Sohlen seiner Schuhe um die Ecke, stieß sich in der Kurve am Pfosten des Eingangstores ab und rannte über den Hof des Krankenhauses.

„Emily!“, brüllte er verärgert.

Das Mädchen ignorierte ihn mit Absicht. Obgleich sie bei der Lautstärke seiner Stimme sichtlich zusammen zuckte, rannte sie weiter, bog um eine Ecke und tauchte im Schatten des Nebengebäudes unter.

Kostja blieb stehen, seine Augen flogen über die Gesichter der an ihm vorbeigehenden Menschen hinweg. Wo hatte sich dieses kleine Biest versteckt? Er wollte seinen Weg gerade fortsetzen, als er unerwartet am Arm festgehalten wurde.

Eine Kraft, mit der er nicht gerechnet hatte, riss ihn zurück. „Guten Morgen ...“, grüßte ihn sein Onkel, mit diesem drohenden Unterton in der Stimme. „Wenn du erlaubst, möchte ich dich daran erinnern: Dass hier ist ein Krankenhaus!“

Kostja schlug das Herz bis zum Hals. Er wollte etwas erwidern, doch die Worte blieben ihm auf Brusthöhe stecken.

Sein Onkel war der Leiter des Krankenhauses - ein sanftmütiger Mensch, der jedem Bereich seines Lebens die gleiche Hingabe schenkte.

„Hast du ein Mädchen in einem weißen Kleid gesehen? Sie trägt einen Sonnenhut und hat einen pinken Rucksack. Ich muss ...“

„Kostja.“

Auch wenn es sich nur um seinen Namen handelte, wich er automatisch einen Schritt zurück. Doktor Gerassimow nickte, drehte sich um und begab sich ins Innere des Krankenhauses, die Arme hinter dem Rücken verschränkt.

Kostja seufzte leise. Er hätte nicht von Emily anfangen dürfen und er sollte nicht vergessen, wo er sich befand.

Murrend trottete er ins Krankenhaus, wobei er weiterhin Ausschau nach dem Mädchen hielt, das ihn schon am frühen Morgen in Schwierigkeiten gebracht hatte.

Normalerweise schaffte er das ganz gut selbst. Kostja fuhr mit dem Aufzug in den ersten Stock, ging einen langen Flur entlang und begab sich direkt zu den Umkleideräumen.

Dort traf er wieder auf Jason.

Kapitel: 02

Kostja sah ein, dass er Emily nicht finden konnte. Darum begab er sich zu den Umkleideräumen im ersten Stock und traf dort wieder auf Jason, der vom Oberarzt bereits seinen heutigen Schichtplan bekommen hatte.

Als er seinen Spind öffnete, betraten zwei Männer das Zimmer, leise in eine Unterhaltung vertieft. Erschöpfung spiegelte sich in ihren Gesichtern. Sie hatten wohl die Nachtschicht.

Es war schier unmöglich, im Krankenhaus einzuschlafen, weil die diensthabenden Ärzte ständig aus dem Bett geklingelt wurden. Kostja kannte ein paar Schwestern und Pfleger, darunter auch Ärzte, die wegen familiärer Umstände nur nachts arbeiten konnten.

Wenn er an diesen Tagen am Ende seiner Schicht nach Hause ging und an den Fingern abzählte, wie viele Stunden Schlaf blieben, bis ihm der Wecker wieder Nägel in den Schädel rammte, traten sie gut gelaunt ihren Dienst an.

Jason boxte ihm gegen die Schulter, wedelte mit dem Schichtplan und verschwand im Gewusel auf den Fluren. Seufzend schloss Kostja die Tür seines Spinds. Auch er musste sich endlich an die Arbeit begeben.

Während er sich auf den Weg machte, zupfte er an den Falten seiner Kleidung. Heute war wieder einer dieser Tage, die er lieber Zuhause verbracht hätte.

Wenn er schon am frühen Morgen von seinem Onkel zurechtgewiesen wurde, war das immer ein schlechtes Omen. Natürlich hatte Doktor Gerassimow vollkommen Recht.

Kostja atmete tief durch.

Es brachte ihm nichts, wenn er den Tag verfluchte, bevor er überhaupt begonnen hatte. Er musste seine gute Laune unter allen Umständen behalten. Immerhin wartete ein voller Krankenhausflügel auf ihn.

Das würde ein langer, sehr langer Tag werden.

Kostja verließ den Umkleideraum, schritt den Flur entlang und blieb vor den Fahrstühlen stehen, die ihre Türen vor seiner Nase schlossen. Tief seufzend suchte er seine innere Mitte.

Sein Lächeln verblasste auch dann nicht, als einer der beiden Fahrstühle die höchst magenkranke Mrs. *Aber das Sushi war doch noch gut* zu ihm brachte.

Er grüßte sie freundlich, bevor er die Treppe benutzte. Selbst als sich ein älterer Herr beim Nähen einer Verletzung auf seine Schuhe erbrach, behielt Kostja seine scheinbar positive Einstellung bei.

Die Akte eines Patienten ging verloren.

Die Operation eines Jungen missglückte.

Er musste trauernden Eltern eine Hiobsbotschaft überbringen.

Kostja lächelte weiter. Nichts davon durchbrach seine aufgezwungene Maske. Um die Mittagszeit herum fokussierte er sich verbissen auf sein Mantra.

Er musste Abstand gewinnen, ruhig bleiben, seine Geduld nicht verlieren. Was immer in diesem Krankenhaus geschah - es nahm keinen Einfluss auf sein Leben. Davon wollte er sich nur zu gern überzeugen.

Doch, als er in den Toilettenräumen verschwand, um sich heftig zitternd zu übergeben, wurde einmal mehr die Grenze deutlich, bis zu der er sich selbst belügen konnte. Leichenblass lehnte sich Kostja gegen die Toilettentür, atmete stockend und hob den Kopf in den Nacken. Sein Magen schmerzte.

Dieses gottverdammte Krankenhaus. Der Stress. Die anhaltenden Sorgen. Die Erschöpfung. Wie lange konnte er noch so weitermachen?

Beruhig' dich, Kostja, sagte er sich selbst. *Beruhig' dich. Es geht dir gut.*

Er atmete tief durch, brachte seine Erscheinung in Ordnung und lieferte sich ein Wett starren mit seinem Spiegelbild. Dann begab er sich in der Pause in die Kantine.

Kostja schritt an den Reihen der Tische entlang, der Geräuschpegel lag weit über dem Erträglichen. Er ließ sich auf einen Stuhl nahe der Fenster fallen.

Jason setzte sich seinem erschöpften Freund gegenüber, vor ihm ein Teller mit in Soße ertränkten Spagetti, auf denen sich ein Berg Fleischklößchen häufte.

Nachdenklich kauend betrachtete er Kostja das ein oder andere Mal. „Warum bist du heute so niedergeschlagen?", erkundigte sich Jason mit einer Gabel Nudeln im Mund. „Ich meine ... Wir reden doch sonst auch über alles. Was ist passiert?"

Kostja hob den Kopf. Der Salzstreuer, den er zwischen seinen Händen auf der Tischplatte hin und her geschoben hatte, blieb auf halbem Weg stehen. „Sag' mir jetzt bitte nicht, du machst dir Sorgen um mich", gab er zurück, hob eine Augenbraue und grinste. „Ich bin einfach nur erledigt. Die letzten Tage hätte man gut auf ein paar Wochen aufteilen können."

„Als wenn ich mir Sorgen um dich mache ... so weit kommt's noch", erwiderte Jason, der sich weitere Nudeln in den Mund schaufelte. „Ich sollte es vielleicht nicht ansprechen, aber ich habe schon seit längerem das Gefühl, das dich etwas bedrückt. Wenn du jemanden zum Reden brauchst, ich höre zu."

Kostja zuckte die Schultern. „Alles in Ordnung. Ich brauche einfach Urlaub."

Jason lächelte breit, in seinen Augen blitzte der Schalk. „Gib' doch einfach zu, dass du neidisch bist, weil du die Knarre von dieser Security-Frau nicht gesehen hast", stellte er amüsiert fest, wobei er die Zinken der Gabel fast drohend auf seinen Jugendfreund richtete.

Laut aufstöhnend vergrub Kostja das Gesicht in den Händen. Warum hatte er nicht damit gerechnet? Jason lachte herzhaft, während er sich auf dem Stuhl zurücklehnte. Er versuchte, der Zeitung zu entkommen, die auf ihn zuhielt und die ihm die Blödheit mit Klatsch, Tratsch und ausreichend Schwung austreiben sollte.

Er kapitulierte mit erhobenen Händen.

„Idiot“, tadelte Kostja im Scherz. „Vergiss nicht, dass du mich auf den Schießstand mitnehmen wolltest.“

Jason gluckste. „Hab‘ ich nicht vergessen.“

Während er weiter aß, sah Kostja aus dem Fenster. Seine Augen streiften dabei eine Schar von Menschen, die mit Pappbechern neben einer Baumreihe standen. In ihrer Mitte hielt sich ein junges Mädchen auf, das sich alle Mühe gab unter der Krempe ihres Sommerhutes zu verschwinden.

Rote, lange Haare, die sich in glänzenden Wellen über einen pinken Rucksack ergossen. Ein weißes Spitzenkleid und eine blickdichte Strumpfhose. Es fiel ihm wie Schuppen von den Augen.

Überrascht schoss Kostja hoch, die Stuhlbeine rutschten dabei quietschend über den Boden. Da hatte sich dieses kleine Biest verkrochen. Kein Wunder, dass er sie nicht gefunden hatte.

Jason folgte mit den Augen denen seines Freundes. „Ist das nicht diese Kleine von heute Morgen?“, fragte er. „Kennst du sie etwa?“

Kostja sank auf den Stuhl zurück. „Willst du dir die Knarre immer noch ansehen?“, wollte er wissen, Emily fest im Blick. „Ich bin mir ziemlich sicher, dass sie das Teil auch heute bei sich hat.“

„Die Frau vom Sicherheitsdienst ist hier?“ Jason sah sich in der Kantine um. „Wo? Ich sehe sie nicht.“

„Weißes Kleid, neben dem Baum.“

Jason verlor zunächst kein Wort, stattdessen nahm er das rothaarige Mädchen genauer unter die Lupe. „Soll das ein Witz sein? Das ist doch niemals die gleiche Person.“

„Kleider machen Leute.“

Als hätte sie der Unterhaltung gelauscht, wandte sich ihnen Emily zu. Ihre grünen Augen lagen auf Kostja. Sie hob die Hand und ließ sie wieder sinken. Irgendwas hatte wohl ihre Aufmerksamkeit erregt, denn noch bevor er ausatmen konnte, verschwand sie in einem anderen Teil des Hofes.

Er stützte die Ellenbogen auf die Tischplatte. Mit den Fetzen in seinem Kopf wusste er nichts anzufangen. Die Bruchstücke, die er für Erinnerungen hielt, gaben ihm mehr Rätsel auf, als sie lösten.

Was sagten ihm die Verhaltensweisen, die er ihr gegenüber am gestrigen Morgen an den Tag gelegt hatte? Er musste - er wollte eine Antwort darauf finden.

Kostja lehnte sich zurück, sein Blick lag auf Jason, der sich wieder dem Mittagessen zugewandt hatte. Emily hatte behauptet, ein Vampir zu sein. Er hatte nie an derartige Horrorgestalten geglaubt. Warum machte er es jetzt? Was war mit ihm los? Wieso vertraute er ihr?

Sie benahm sich ein bisschen exzentrisch, zugegeben. Aber das war kein Beweis. Zumindest nicht für einen logisch denkenden Menschen.

Der Wecker an seinem Smartphone meldete sich schrill zu Wort und Kostja stand auf. Er bat Jason um Entschuldigung, wirbelte auf dem Absatz herum und schritt grübelnd durch die Kantine.

Die Angelegenheit mit Emily zog in seinem Verstand immer größer werdende Kreise. Wie sollte er sich auf die Arbeit konzentrieren, wenn sie ihm unaufhörlich durch den Kopf spukte?

Sein Schichtplan schickte ihn nach der Mittagspause ins Erdgeschoss zur Ambulanz. Tief durchatmend massierte er sich den Nasenrücken mit Daumen und Zeigefinger.

Er hasste die Ambulanz.

Kostja machte einen Schlenker an der Anmeldung vorbei, warf einen Blick ins Wartezimmer und schnitt eine Grimasse. Patienten saßen teilweise auf dem Boden, weil es keine freien Stühle mehr gab. Einer seiner älteren Kollegen ging an ihm vorbei, ein Lächeln auf den Lippen.

„Die Zeit vergeht schneller, als du glaubst“, wollte er den Assistenzarzt aufbauen, der mit dem Gedanken spielte, einfach zu verschwinden.

Ein fast verzweifeltes Grinsen zuckte um Kostjas Lippen. Mit gespreizten Fingern fuhr er sich durch die Haare, trat sich innerlich selbst in den Hintern und öffnete die Tür zur Ambulanz.

Im Raum stand eine Krankenschwester, die ihm beim Eintreten die Akte seines ersten Patienten gab. Kurz sah er sich die niedergeschriebenen Daten durch, dann wandte er sich der älteren Dame auf der Liege zu.

Er musste jede Überlegung, die sich um Emily drehte, auf später verschieben. Kostja brauchte seine ganze Konzentration. Wieso fiel ihm das nur so schwer? Die Angelegenheit mit der arrangierten Hochzeit beschäftigte ihn ebenso, aber das konnte er während der Arbeit ausblenden.

Warum wollte ihm das bei Emily nicht gelingen?

Seine erste Patientin hatte einen Ausschlag am Knöchel, dessen Ursache er nicht eindeutig klären konnte, darum schickte er die Frau weiter. Der Nächste litt an Übelkeit, Erbrechen und Fieber.

Kostja machte ein paar Tests, verschrieb Medikamente und bat freundlich um einen neuerlichen Besuch, wenn die Symptome nicht abheilten.

Auf diese Weise zogen die nächsten Stunden an ihm vorbei. Immer wenn sich das Wartezimmer halbwegs leerte, genehmigte er sich schnell einen Kaffee. Dann ging es schon weiter.

Eine Stunde vor Feierabend, als Kostja eine Stammpatientin nach Hause schickte, sah er Adrienn, die in Begleitung eines jungen Mädchens auf das Wartezimmer zusteuerte.

Im Arm hielt seine Verlobte einen schwer aussehenden Aktenordner. Hatte sie einen neuen Fall? Adrienn blieb stehen, sprach mit einer Krankenschwester und setzte sich wieder in Bewegung. Das Mädchen verbarg sich hinter ihrem Rücken.

„Doktor Gorodezki!“, rief ihm seine Verlobte entgegen. Sie beschleunigte ihren Schritt. Dabei fiel ihr Anhängsel zurück. „Ich muss Sie sprechen.“

Adrienn benutzte seinen Vornamen im Krankenhaus nicht. Das war nicht weiter ungewöhnlich. Wenn sich Patienten in der Nähe aufhielten, sprachen sich selbst die engsten Freunde mit dem Nachnamen und ihren Titeln an. Zumindest hier.

Sie blieb neben Kostja stehen, scheuchte ihn ins Untersuchungszimmer zurück und schloss die Tür hinter sich, was ihn verwirrte. Das Mädchen, das seiner Verlobten zuvor am Rockzipfel hing, wartete draußen.

„Doktor Gerassimow schickt mich zu Ihnen“, erklärte sie und gab ihm eine Akte. „Ich bringe Ihnen eine Patientin. Sie sollen einige Tests durchführen.“

Kostja runzelte die Stirn. „Und warum müssen *Sie* einen Patienten zu mir bringen?“

Adrienn zuckte die schmalen Schultern. „Weil das eine persönliche Anordnung von Doktor Gerassimow ist.“

„Und seit wann gibt es Patienten, die bevorzugt behandelt werden?“, wollte er wissen und ging zur Tür, um sie einen Spalt zu öffnen.

Das Mädchen sah ihn lächelnd an. Adrienn bat sie herein und rückte einen Stuhl zurecht. „Das ist Miss Emily Lyall“, sagte seine Verlobte höflich. „Miss Lyall, wenn Sie erlauben, möchte ich Ihnen Doktor Kostja Gorodezki vorstellen. Er ist einer unserer vielversprechendsten jungen Ärzte auf dem Gebiet der Neurochirurgie.“

Eine seiner Augenbrauen schnellte in die Höhe. Warum war Emily hier? Sollte er sie wirklich untersuchen? Konnten Vampire überhaupt krank werden?

Grübelnd betrachtete er das Mädchen, das sich im Untersuchungszimmer umsah. Dabei verrenkte sie sich fast den Hals.

Aus einer Ahnung heraus schickte Kostja die Schwester raus, die ihm bisher assistiert hatte. „Sind Sie das erste Mal in einem Krankenhaus?“

„Ja“, gab Emily fröhlich zurück. „Ich muss einräumen, dass ich Krankenhäuser interessant finde … also jetzt ... In der Medizin hat sich so viel getan.“

Sie ging zu einem Schrank und Kostja schloss die aufgezogene Schublade, bevor sie nach einem der Gegenstände fassen konnte.

Der Assistenzarzt sah zu seiner Verlobten. „Was ist vorgesehen?“

„Die üblichen Standarduntersuchungen“, erwiderte Adrienn und sah zu dem Mädchen, das die Türen eines Glasschrankes öffnen wollte. „Miss Lyall, das ist ein Krankenhaus und keine Ausstellung.“

Kostja durchquerte den Raum, ergriff Emily beim Ellenbogen und dirigierte sie zur Untersuchungsliege. Schnaufend ließ sie sich darauf nieder. Wenn sie gestern auf ihn wie eine Erwachsene gewirkt hatte, vermittelte sie ihm heute den gegenteiligen Eindruck. Er hatte das Gefühl, einem ungehorsamen Kind nachzulaufen.

Möglicherweise lag das auch nur daran, dass sich Emily nach eigener Aussage zum ersten Mal in einem Krankenhaus aufhielt. Wie war das überhaupt möglich?

Er rollte auf einem Hocker an sie heran. „Würden Sie bitte den Mund öffnen und die Zunge rausstrecken“, bat er und leuchtete ihr in den Hals. „Wenn Sie noch nie in einem Krankenhaus waren, gab es bisher keine ernsthaften Beschwerden?“

Kostja steckte die Diagnostikleuchte in seinen Overall zurück, fasste nach ihrem Hals und tastete die Lymphknoten ab.

„Schuss- und Stichverletzungen“, erwiderte Emily fidel. „Aber ich musste bisher nie in ein Krankenhaus. Mein Hausarzt hat mich zusammengeflickt.“

Kostja hatte einen bitteren Geschmack im Mund. Sollte ihn das erstaunen, nach allem, was sie ihm gestern gesagt hatte? Adrienn lag gewiss die ein oder andere Bemerkung auf der Zunge, hüllte sich jedoch in ein bedeutsames Schweigen.

„Was ist mit üblichen Kinderkrankheiten? Haben Sie noch Ihre Mandeln?

„Die wurden mir aus ästetischen Gründen entfernt. Doktor Grey meinte, die sind nicht hübsch."

Stirnrunzelnd sah er dem Mädchen ins Gesicht. Warum sagte sie das so fröhlich? Wenn keine Notwendigkeit dazu bestand, sollte ein gesundes Organ nicht entfernt werden. Vor allem nicht aus kosmetischen Gründen.

Er sollte sich mit diesem Doktor Grey unterhalten. Ganz in ruhe und gesittet.

„Machen Sie bitte Ihren Oberkörper frei."

Emily hob abwehrend die Hände. „Nicht nötig", entschied sie, ihre Augen streiften Adrienn. „Es geht mir gut."

Kostja folgte ihrem Blick. „Machen Sie sich keine Gedanken. Miss Becskei wird Ihnen Ihre Privatsphäre gönnen, während ich Sie wie angeordnet untersuche", schmunzelte er und deutete auf einen Raumteiler, hinter den Adrienn trat.

Emily drehte sich zögernd um, hob die Fülle ihrer Haare und bat ihn, den Verschluss zu öffnen. Kostja gehorchte.

„Ich werde Ihren Blutdruck messen, höre mir Ihre Lungen an und dann zeigen Sie mir Ihre ..."

Es war unmöglich, den Satz zu beenden. Als der Stoff fiel, blieben ihm die Worte im Hals stecken. Ihr Rücken war mit Narben gespickt. Vom Nacken bis zum Steißbein. Er konnte gar nicht bestimmen, welche wozu gehörte.

Kostja räusperte sich und zwang sich, den Blick abzuwenden. „Drehen Sie sich bitte um", bat er leise räuspernd.

Seitlich am Bauch machte er eine weitere Narbe aus, die vom Beckenknochen abwärts verlief. Emily ignorierte sein Starren und er war froh, dass sie nichts dazu sagte. Stattdessen betrachtete sie die schwarze Manschette, die er um ihren Oberarm legte.

Der Assistenzarzt betätigte das daran befindliche Gerät und die im Stoff eingearbeiteten Luftpolster begannen sich zu füllen.

Zwischenzeitlich ging er zu seinem Schreibtisch, um sich Notizen zu machen. Die Narben auf ihrem Rücken wollte sich Kostja zu einem späteren Zeitpunkt genauer ansehen.

Das Gerät piepste und er warf einen Blick auf das Display. Ihr Puls war für einen Menschen zu langsam. Interessant. Aber weil er das in Adrienns Gegenwart nicht ansprechen konnte, notierte er falsche Zahlen in der Akte. Warum machte er das?

„Hundertzwanzig zu achtzig. Das ist gut", meinte er, fasste nach seinem Stethoskop und hörte ihre Lungen ab. „Ich möchte noch ein paar Tests in Bezug auf Ihre körperliche Fitness machen, wenn das für Sie in Ordnung ist."

„Bist du jetzt fertig?", fragte Emily gelangweilt und wippte mit den Beinen. „Ich muss meine Meinung revidieren. Krankenhäuser sind nicht interessant."

„Nein, sie sind stinklangweilig", stimmte er amüsiert zu. „Ich brauche noch eine Blutprobe."

Das Mädchen sprang von der Untersuchungsliege. „Nein!", rief sie, in den Tiefen ihrer Augen glomm erneut dieses Feuer.

Emily richtete ihre Kleidung, das Gesicht von ihm abgewandt. Kostja seufzte. Adrienn, die hinter dem Raumteiler hervorkam, zuckte überfordert mit den Schultern.

Sie verstand nicht, warum das Mädchen auf eine Blutuntersuchung so heftig reagierte. Der Assistenzarzt hingegen hatte einen Verdacht.

Wenn er die Existenz von Vampiren als Hypothese akzeptierte, dann war es nur plausibel, dass ihr Blutbild Merkmale aufwies, die sich von dem eines normalen Menschen unterschieden. Besaß sie überhaupt eine Blutgruppe, die sich in das übliche Schema eingliederte?

Sein Interesse war geweckt.

„Gut", gab er nach, half Emily erneut mit dem Verschluss und sah zu Adrienn. „Lassen wir das fürs Erste."

„Aber ... Doktor Gorodezki ..."

Er lächelte beschwichtigend. „Wir können uns ihr Blut nicht mit Gewalt holen, Miss Becskei. Kommen Sie bitte in drei Tagen noch einmal ins Krankenhaus, Miss Lyall."

Emily sah ihm verwirrt ins Gesicht. „Soll das vielleicht ein Witz sein?", fragte sie resigiert. „Ich wollte mich noch entschuldigen. Wegen heute Morgen, ich ..."

Kostja legte die Hand auf ihre Schulter. „Vergiss es einfach", bat er freundlich.

Der Anwältin blieb der Mund offen stehen. „Ihr Beiden kennt euch?", wollte sie wissen und das Mädchen nickte. „Warum habt ihr denn nichts gesagt? Dann hätten wir uns diesen ganzen Vorstellungsquatsch sparen können."

Emily lachte. „Das war witzig", gab sie zu, deutete erst auf sich und dann auf Kostja, der sich in sein Klemmbrett vertieft hatte. „Wir haben uns in Japan kennengelernt. Da war er noch ein Kind."

„Sie kennen Kostja seit er ein Kind war?", fragte Adrienn und Emily nickte arglos, die Augen größer als sonst. „Miss Lyall, Doktor Gorodezki wird in diesem Jahr 27 … geht es Ihnen auch wirklich gut? Möchten Sie ein Glas Wasser?"

Kostja wurde hellhörig, seine Augen glitten zu dem Geburtsdatum auf der Krankenakte. Laut den Dokumenten war Emily erst vor ein paar Monaten 16 geworden.

Sie lief bis über beide Ohren feuerrot an. Offensichtlich war ihr das peinlich. Aber warum hatte sie das gesagt? Natürlich glaubte ihr das niemand. Er stand auf.

„Ich habe etwas durcheinander gebracht", rechtfertigte sich Emily rasch und sah zu dem Assistenzarzt. „Ich sollte jetzt gehen. Ich wünsche Ihnen noch einen schönen Tag, Miss Becskei. Auf Wiedersehen, Doktor Gorodezki."

Das Mädchen lächelte, wirbelte auf dem Absatz herum und rannte wie ein Wirbelwind aus dem Raum. Kostja trat seufzend zu seinem Schreibtisch, in der Hand einen Kugelschreiber. Emily war ihm ein einziges Rätsel. Wie alt war sie tatsächlich? Log sie ihn an oder sagte sie ihm die Wahrheit?

„Merkwürdiges Mädchen", bemerkte Adrienn mit verschränkten Armen.

Der Assistenzarzt lächelte verhalten. „Stimmt."

„Kostja", erklang die Stimme der Anwältin fast drohend. „Du schuldest mir eine Erklärung."

Er wandte sich seiner Verlobten zu, die mit dem Aktenordner spielte. „Frag' mich jetzt bitte nicht, was das war", antwortete er mit einem Anflug von Hilflosigkeit in der Stimme. Kostja setzte sich, sprang wieder auf und tigerte durch den Raum. „Es stimmt, dass wir uns kennen, aber ich habe sie erst gestern wiedergesehen."

Adrienn nickte. „Verstehe", meinte sie und lehnte sich gegen die Kante des Schreibtisches. Ihre Lippen zuckten. „Wie lange kennt ihr euch schon und woher?"

„Das klingt völlig verrückt, aber das weiß ich nicht", gab er zurück und musste dabei unwillkürlich an sein gestriges Gespräch mit Emily denken.

Warum hatte er nicht weiter darauf reagiert, als sie meinte, sie hätte ihn vor zwölf Jahren zu Familie Gorodezki gebracht?

„Verrückt?"

„Ich scheine sie schon eine Ewigkeit zu kennen, mein Gefühl sagt mir, dass wir eine Menge durchgemacht haben, aber das ist völlig unmöglich."

Während Adrienn seinen Worten lauschte, bohrten sich ihm ihre lauernden Blicke in den Nacken. „Klingt wirklich spannend", gestand sie mit ehrlicher Neugier in der Stimme. Wie ein Kind, das den Weihnachtsmann enttarnen wollte. „Und weiter?"

Kostja lachte freudlos. „Ich finde das eher bedenklich. Man sollte doch meinen, dass ich jemanden, der mir einmal sehr nahe stand, nicht einfach vergessen kann. Obwohl ... so kann ich das auch wieder nicht sagen. Ich habe mehr den Eindruck, als *müsste* ich Emily kennen. In etwa wie einen alten Schulfreund, den du nach einigen Jahren zufällig auf der Straße triffst und mit dem du dich sofort genauso gut verstehst wie früher, aber den du einfach nicht zuordnen kannst und du willst auch nicht fragen."

Er warf ihr einen Blick zu. Geduldig lächelnd wohnte sie seinen verworrenen Erklärungen bei. In ihren braunen Augen lag etwas, dass er weder benennen noch verstehen konnte.

Als Kostja erneut durch den Kopf ging, was er gesagt hatte, drehte sich ihm der Magen um. Es musste für Adrienn beunruhigend sein, wenn er gedankenverloren über Emily sprach. Doch bevor er verlegen werden oder sich rechtfertigen konnte, erreichte ihn eine andere Reaktion.

„Also ... ich finde das süß", durchbrach sie die eingetretene Stille. Ihr breites Lächeln versteckte sie hinter dem mitgenommenen Aktenordner. „Das ist Roman-Stoff vom allerfeinsten. Ein Junge und ein Mädchen, die schon als Kinder Freunde waren und gemeinsam aufgewachsen sind, aber sich irgendwann aus den Augen verlieren und sich dann Jahre später wiederfinden und nur lückenhafte Erinnerungen aneinander haben."

Kostja runzelte die Stirn. „So süß ist das nicht."

Adrienn rutschte lächelnd vom Schreibtisch und ging zur Tür. „Dieses Mädchen scheint dich ganz schön zu beschäftigen. Sie ist wie eine Naturgewalt. Unter anderen Umständen ... und wenn sie tatsächlich dein Alter hätte ... wer weiß."

Mit dieser rätselhaften Aussage und einem Zwinkern wollte sie den Raum verlassen, doch in Kostja kämpfte eine Frage um Beachtung. „Was schleppst du da eigentlich mit dir rum?“

Adrienn lachte auf. „Das hier?“, hakte sie nach, den Ordner dabei demonstrativ erhoben.

Kostja nickte und mit einem Klicken offenbarte sich ihm der ominöse Inhalt. Leere Blätter. Adrienn konnte sich angesichts seines verdatterten Blickes nicht mehr beherrschen und brach in schallendes Gelächter aus.

„Entschuldige, ich wollte dich nicht aufziehen. Ich weiß, dass du einen schweren Tag hattest“, gab sie kichernd zu und wischte sich eine Lachträne aus dem Augenwinkel. „Ich hab‘ nur einfach keine Lust den Eindruck zu erwecken, ich hätte zu wenig zu tun. Das bringt die Leute nur auf dumme Ideen. Jetzt muss ich aber wirklich los ...“

Sie ließ den Satz in der Luft hängen, öffnete die Tür und tauchte mit wehenden Röcken im Gewusel des Gebäudes unter. Kostja hingegen brauchte einen Moment.

Er mochte Adrienn. Sehr sogar. Nur leider nicht genug.

Zwischen ihnen war eine tiefe Freundschaft erblüht, die auf gegenseitigem Respekt beruhte. Aber für ihre Verlobung, die Ehe, gab es keinen Boden. Nicht, dass es seine oder ihre Entscheidung gewesen wäre.

Gelegentlich teilten sie das Bett miteinander, das konnte er nicht bestreiten. Aber zu mehr kam es zwischen ihnen nicht. Jeder führte sein eigenes Leben, als würde es die arrangierte Hochzeit, die ihn immer weiter auffraß, nicht geben.

Kostja musste sich mit dem Gefühl auseinandersetzen, dass ihm sein Leben nicht gehörte. Er war nur der stumme Zuschauer eines Theaterstücks. Sein Onkel hatte alle Entscheidungen für ihn getroffen. Der Assistenzarzt klammerte sich fast verzweifelt an die Illusion, dass Doktor Gerassimow nur das Beste für ihn wollte.

Dabei war dieses Alphatier von einem Familienoberhaupt chronisch blind für die Folgen seiner übertriebenen Fürsorge. Niemand außer Kostja besaß unter den Angestellten ein eigenes Büro. Es gab welche, doch die standen allen zur Verfügung.

Der Assistenzarzt presste Daumen und Zeigefinger gegen seinen Nasenrücken.

Gefälligkeiten wie einen eigenen Arbeitsbereich, maßgeschneiderte Kleidung oder dass *er* das Erbe von Doktor Gerassimow antreten sollte, liefen unweigerlich darauf hinaus, dass ihn seine Kollegen bis aufs Blut hassten.

Was noch eine Stufe schlimmer wurde, wenn er sich vor Augen führte, dass das Krankenhaus ein Familienbetrieb war. Der Magen drehte sich ihm um, sobald er an seine Cousins dachte.

Im Gegensatz zu der offenen Feindseligkeit, die ihn bei jeder Familienfeier erwartete, pflegten diese Unruhestifter im beruflichen Bereich eine etwas subtilere Methode der Kriegsführung.

Kostja würgte seine Überlegungen ab und betrachtete das Display seines Smartphones. „Endlich Feierabend", murmelte er gähnend.

Er schnappte sich seinen inzwischen kalten Kaffee, verließ das Untersuchungszimmer und begab sich zu den Umkleideräumen im ersten Stock.

Kostja ging rasch duschen, zog sich um und machte sich auf den Heimweg. Er wollte so schnell wie möglich weg von hier. Während er müde durch die Flure des Gebäudes schlurfte, warf er einen Blick aus dem Fenster. Die Sonne stand schon schräg am Horizont, bereit, ihren Platz mit dem Mond zu tauschen.

„Kostja!"

Er erstarrte in seinen Bewegungen, warf einen Blick über die Schulter und glaubte oder hoffte, dass er sich die Stimme nur eingebildet hatte. Im zweiten Moment wurde er eines Besseren belehrt. Jason sprang ihm förmlich auf den Rücken und das Gewicht riss ihn fast von den Füßen.

Das breite Lächeln seines Freundes reichte von einem Ohr zum anderen. „Alter, du lässt mich jetzt schon alleine?“

Kostja begrüßte seinen Jugendfreund mit einem etwas übertriebenen Handschlag. Es hielten sich keine Patienten in ihrer Nähe auf. „Du musst also noch arbeiten“, stellte er fest. „Ich dachte, du hast auch Feierabend?“

„Nö“, erwiderte Jason mundfaul. „Hab‘ noch zu tun. Wollte schon vor ‘ner Stunde bei dir in der Ambulanz vorbeischauen, aber dann war ich beschäftigt.“ Er kramte in seiner Tasche. „Hier, hab‘ dir was mitgebracht.“

Kostja betrachtete das zerdrückte Sandwich, das ihm entgegengehalten wurde. „Ernsthaft?“, fragte er, zwischen seinen Augenbrauen entstand eine steile Falte.

„Pah.“ Jason schob das Sandwich wieder in seine Tasche, legte dem gepiesackten Erben des Krankenhauses den Arm um die Schultern und ging mit ihm den Flur entlang. „Wenn du dich hinsetzt, um endlich mal etwas zu essen, fällt Dick und Doof wahrscheinlich gerade dann etwas ein und du darfst dich wieder zum Dienst melden.“

Nur einen Lidschlag später, begann Jason über die Söhne des Krankenhausdirektors zu schimpfen wie ein Rohrspatz. Dabei nahm er kein Blatt vor den Mund.

„Du musst dich endlich durchsetzen“, bat Jason zum gefühlten tausendsten Mal.

Kostja hatte diese Worte schon so oft gehört, dass es ihm zu den Ohren rauskam und doch gab er seinem Freund gedanklich jedes Mal Recht. Er sollte sich wehren. Er musste für sich einstehen, aber er wusste auch, wie die Geschichte endete. Bei der Vorstellung wurde ihm flau im Magen.

Gedankenverloren schritt er durch die Türen, die in den Hof führten. Dort stand er plötzlich einem vertrauten Gesicht gegenüberstand.

Sogleich fand Jason Millionen Gründen, warum er ins Krankenhaus zurückkehren musste.

„So ein Sack“, murmelte Kostja verdrießlich, seine Augen bohrten sich in den Rücken von Jason, der hinter den Glastüren verschwand. Dann sah er zu dem vor ihm stehenden Mädchen. „Hey.“

Kapitel: 03

Den Kopf zur Seite geneigt, sah ihn Emily an. „Hallo", sagte sie heiter, mit einer Wasserflasche in der Hand. „Willst du nach Hause?"

Er blieb ihr eine Antwort schuldig. „Das war ein guter Moment, um zu verschwinden", spielte er auf ihre überstürzte Flucht aus dem Untersuchungszimmer an. „Adrienn glaubt dir nicht, das ist dir bewusst?"

Das Mädchen malte mit der Schuhspitze Kreise auf den Boden. „Es tut mir leid", entschuldigte sie sich und warf ihm unter den Strähnen ihrer Vorderhaare einen Blick zu. „Ich habe nicht nachgedacht."

„Warum erzählst du sowas überhaupt?", fragte er.

Adrienn hatte sicher Recht. Emily konnte ihn nicht seit seiner Kindheit kennen. Jedenfalls dann nicht, wenn die Daten in ihrer Akte stimmten.

Sie hob ruckartig den Kopf, in ihrem Gesicht standen tausend Fragen. „Es ist die Wahrheit", protestierte sie leise. Offenbar verstand sie nicht, wo das Problem lag. „Wir kennen uns seit du ein Kind warst."

Es klang verrückt. Und genau darum hatte Kostja beschlossen, dass er noch mehr Informationen über Emily sammeln wollte, bevor er sich ein Urteil bildete.

„Wie alt bist du wirklich?"

Also glaubte er ihr. Vorerst.

Emily wippte auf den Füßen. „Ich bin 937 Jahre alt." Als sie seinen ungläubigen Blick bemerkte, zog sie den Mundwinkel auf der linken Seite in die Höhe. „Du könntest dir die 900 auch einfach wegdenken", bot sie ihm großzügig an.

Kostja ließ sich auf eine Parkbank fallen, die unter einer Eiche stand und starrte mit blassen Wangen auf seine Füße, bevor er in Gelächter ausbrach. Ob aus Sorge um seine Zurechnungsfähigkeit, weil er für einen studierten Menschen nicht genug Zweifel aufbrachte oder auch nur angesichts dieser schier lächerlichen Situation, konnte er nicht mit Gewissheit sagen.

Aber das machte jetzt keinen Unterschied mehr.

Der Assistenzarzt lachte, bis ihm die Tränen kamen und sich die Augen der umstehenden Patienten und Besucher auf ihn richteten. Dann war das Geburtsdatum auf ihrer Krankenakte doch gefälscht. Verständlich.

Kostja sah wieder zu Emily und rang sich ein Lächeln ab. „Ich glaube, 37 würde ich dir auch nicht unbedingt abkaufen."

Sie dachte kurz nach. „Dann vielleicht ... 20?"

„Ich fürchte, auch dafür siehst du nicht alt genug aus."

Emily lächelte beschämt, den Kopf gesenkt. „Nein ... Nein. Vermutlich nicht."

Kostja verwarf das Thema. „Was kannst du mir noch erzählen? Ich will alles wissen."

Um sein Interesse zu untermauern, stützte er die Ellenbogen auf seine Knie, verschränkte die Finger ineinander und hielt Blickkontakt. Wissbegierde glänzte in seinen Augen.

Emily trat nervös von einem Fuß auf den anderen, ihre Wangen färbten sich tiefrot. „Was interessiert dich denn?"

Kostja überlegte. Im Grunde wollte er alles wissen, was er über Vampire in Erfahrung bringen konnte. Verstohlen sah er sich um. Kein Besucher oder Patient stand in ihrer Nähe und nachdem er sich wieder beruhigt hatte, schenkte ihnen niemand weitere Beachtung. Ihre Unterhaltung blieb unbelauscht.

„Ich werde dir sagen, was ich glaube zu wissen oder was ich glaube herausgefunden zu haben."

Emily nickte. „Und das innerhalb von einem Tag", lachte sie, während sie an dem Verschluss der Wasserflasche spielte. „Das dürfte interessant werden."

Kostja musste lächeln. „Ich vermute, dass euer Körper ähnlich wie der menschliche funktioniert. Das bedeutet, deine körperlichen Reaktionen unterscheiden sich nicht unbedingt von meinen." Seine Augen glitten über ihr Gesicht, der Mediziner brach an die Oberfläche. „Was mir aufgefallen ist: Du bewegst dich sehr auffällig, wenn die Sonne scheint und du trägst einen ungewöhnlich großen Hut. Mir macht die Hitze zu schaffen, während deine Haut über und über mit Stoff bedeckt ist. Dir machen die Temperaturen also nichts aus, dafür scheinst du Sonnenlicht nicht so gut zu vertragen. Dass du in Flammen aufgehst oder zu Asche zerfällst, glaube ich nicht, sonst würdest du das Risiko erst gar nicht eingehen. Realistisch wäre für mich eine Art von Lichtempfindlichkeit. Vielleicht Porphyrie?"

„Durch und durch ein Arzt", bemerkte das Mädchen vergnügt.

Kostja machte eine Pause, seine Augen wanderten über ihre reglose Gestalt. Selbst ihre Atmung schien verlangsamt.

Emily stand neben der Parkbank, der Wind zupfte an den Strähnen ihrer Haare, das Gesicht hielt sie dem Krankenhaus zugewandt.

Bevor sich Kostja umdrehen und ihrem Blick folgen konnte, erreichte ihn eine jugendliche, einfühlsame Stimme, die er schon einmal gehört hatte.

Zumindest glaubte er das.

„Darf ich bei der Stunde mitmachen?"

Kostja erhob sich auf die Füße, drehte sich um und stand einem jungen Mann mit blonden Haaren und brauen oder roten Augen gegenüber, wobei er Letzteres aus medizinischer Sicht für völlig unmöglich hielt.

Außer es handelte sich um Kontaktlinsen.

Der Fremde sprang mit Leichtigkeit über die Parkbank hinweg, trat an Emily heran und zog ihr Handschuhe an. „Mein Name ist Nick. Ich bin ihr Adoptivbruder", erklärte er. „Ich passe auf, dass ihr charismatische Badboys wie du nicht an die Wäsche gehen."

Kostja wusste sofort, dass es sich bei dem Mann um den Drachen handelte, den Emily tags zuvor erwähnt hatte.

Nick wirkte freundlich und offenherzig, doch seine Worte wurden von der dumpfen Ahnung echter Gefahr begleitet und lösten in dem Assistenzarzt leichtes Unbehagen aus.

Mit einem Beschützer wie diesem vor Selbstbewusstsein trotzenden Drachen im Rücken, gab es wahrscheinlich nichts auf der Welt, vor dem sich Emily fürchten musste.

„Mein Name ist Kostja", stellte er sich vor, obgleich er den Eindruck hatte, dass ihn dieser Nick bereits kannte. „Und ich glaube, du schätzt mich komplett falsch ein, was meinen Ruf in der Frauenwelt angeht."

Der Drache lachte und zuckte mit den Schultern. „Und wenn schon. Zählt doch eh' nur, was die Person über dich denkt, die dich mag."

Sein Blick wanderte an Kostja vorbei. Bevor der Assistenzarzt darauf hätte reagieren können, mischte sich Emily ins Gespräch ein.

„Sollen wir dich vielleicht mitnehmen?"

Ohne auf eine Antwort zu warten, wirbelte das Mädchen auf dem Absatz herum, marschierte steif in Richtung Parkplatz und zog einen kleinen Gegenstand aus ihrer Tasche. In der nächsten Sekunde durchdrang ein Zwitschern die Stille.

Kostja folgte ihr.

Er hatte ohnehin kein Interesse daran, mit Dutzenden von fremden Menschen in einem überfüllten Zug zu stehen. Aber als er die schwarze Limousine entdeckte, der Emily wie selbstverständlich entgegenlief, schienen seine Schuhe am Boden festzukleben.

War das ein Witz?

Das Mädchen öffnete die Tür, kletterte auf die hinteren Sitze und zog sich den Sonnenhut vom Kopf. Den Schlüssel warf sie auf den Fahrersitz. Kostja quollen fast die Augen aus den Höhlen.

Also kein Witz.

Er hatte so ein Auto schon einmal gesehen. Es handelte sich um eines dieser Modelle, die so weit außerhalb seiner Gehaltsklasse lagen, dass sie gut und gerne im Buckingham Palace hätten stehen können.

Nick schlug ihm auf die Schulter. „Ich habe Ian gesagt, dass er so eine potthässliche Snob-Schaukel nicht kaufen soll", erklärte der Drache grinsend und ging zu Emily. „Aber auf mich hört der Kerl ja nicht."

Kostja fand blinzelnd aus seiner Starre. „Wer ist Ian?", fragte er skeptisch, bevor er sich zu einem voreiligen Seitenhieb genötigt sah. „Versucht er, mit der Limousine irgendwas zu kompensieren?"

Der Drache lachte erneut, drehte sich um und ging rückwärts auf das Auto zu. „Du hast ja keine Ahnung."

Nick fasste nach dem Schlüssel, den Emily durch den Wagen geworfen hatte, klemmte sich hinter das Steuer und warf ihr einen Blick durch den Rückspiegel zu.

Kostja sank auf den Beifahrersitz, der Rucksack lag auf seinem Schoss. Im kühlen Inneren der Limousine roch es nach Leder, klimatisierter Luft und Apfel. Der Assistenzarzt schloss die Tür. Er ließ den Sicherheitsgurt einrasten und kramte sein Smartphone hervor.

„Kostja … ich habe dir gestern doch gesagt, dass ich noch arbeiten muss", begann Emily und hielt ihren Blick aus dem Fenster gerichtet. „Das war wegen Ian. Nick und ich arbeiten für ihn. So etwas wie Personenschutz und Kurier."

Der Drache überprüfte den Rück- und die Seitenspiegel, dann erwachte der Motor zum Leben. „Ian Colquhoun gehört zu den einflussreichsten Personen in unseren Kreisen", murmelte er, legte den Rückwärtsgang ein und manövrierte das Auto vom Parkplatz. „Aber der Kerl hat vielleicht ein Ego ..."

Sie redeten, als wüsste Kostja, worum es ging und was sie noch zu ihm sagten, bekam er nur am Rande mit. Während er seine Augen auf die Frontscheibe gerichtet hielt, die Menschen und Autos beobachtete, die an ihnen vorbeizogen, wurden seine Lider immer schwerer.

Dass sanfte Schaukeln der Limousine tat sein Übriges.

***

Das silbrig glitzernde Mondlicht ergoss sich wie flüssige Meeresopale durch das geöffnete Fenster, der laue Abendwind spielte mit den Vorhängen. Der Assistenzarzt rollte sich auf die Seite, das Gesicht vergrub er in den Stoff der Kissen.

In der Luft lag der Duft von frisch gefallenem Regen, der sich mit aufgelockerter Erde vermischte.

Kiefernadeln, Tannenzweige, Baumrinde. Es roch wie Emily. Was? Er riss die Augen auf, wandte den Kopf zur Seite und sah sich verschlafen um. Wie war er denn nach Hause gekommen?

Er stemmte sich hoch.

Vor wenigen Minuten saß er in einer Limousine - Emily auf dem Rücksitz, Nick hinter dem Steuer. Er musste im Auto eingeschlafen sein. Zumindest nahm er das an, doch wie konnte er dann in seinem Bett landen?

Kostja stand auf, tastete sich durch die dunkle Wohnung - dabei stieß er sich den Fuß am Bücherregal - und schaltete das Licht an. Ein abgerissenes Stück Papier, das auf dem Couchtisch lag, sprang ihm ins Auge.

Während er den Fetzen betrachtete, kochte eine böse Vorahnung in ihm hoch und er hoffte inständig, dass er sich irrte.

Kostja,

weil du im Auto eingeschlafen bist, hat dich Nick in deine Wohnung und in dein Bett gebracht. Du solltest dir vielleicht ein paar Tage Urlaub nehmen und ein bisschen ausspannen.

Überarbeite dich nicht und pass' auf dich auf.

Peinlich.

Kostja schnitt eine Grimasse, ließ den *Brief* in eine Schublade des Sideboards fallen und schlurfte in die Küche. Kurz sah er auf die Uhr. In weniger als drei Stunden musste er sich wieder im Krankenhaus einfinden. Ihm wurde einmal mehr die Nachtschicht aufs Auge gedrückt.

Er aß eine Kleinigkeit, dann hockte er mit angezogenen Knien auf dem Boden, ein Buch in den Händen. Kostja las sich ein Kapitel über Porphyrie durch.

Leise murmelnd ging er die aufgezählten Begriffe durch, bis er an einem Ausdruck hängen blieb.

Drakula-Symptome.

Erythrodontie oder *Blutzähne* genannt. Photophobie. Eine nettere Umschreibung für Tagschläfer und Anämie, die mit starker Blässe einherging. Konnte es sein, dass eine Erkrankung wie diese zu dem weit verbreiteten Vampir-Mythos geführt hatte?

Der Assistenzarzt schüttelte amüsiert den Kopf. Nein, vermutlich waren diese Wesen in früheren Zeiten einfach nur unvorsichtig gewesen.

Kostja legte das Buch zur Seite, seine Augen lagen erneut auf der Wanduhr.

Nachdem er Emily getroffen hatte, die entgegen jeglicher Vernunft sein Vertrauen besaß, konnte er die Ironie klar und deutlich erkennen. Vampire hatten die Menschen davon überzeugt, dass ihre Rasse auf einer Krankheit beruhte.

Kostja schürzte die Lippen, die Neugier fraß sich durch seinen Geist. So weit die trockene Theorie. Aber wie sah es in der Realität aus?

***

Die nachfolgenden Wochen vergingen wie im Flug, die Tage wurden länger und der ersehnte Sommeranfang hielt mit halsbrecherischem Tempo auf die Hauptstadt Ungarns zu.

Emily bemühte sich täglich ins Krankenhaus, um nach Kostja zu sehen. Ihre Ausreden überboten sich in ihrem Einfallsreichtum gegenseitig.

Wenn der Assistenzarzt etwas Zeit aufbrachte, blieb sie eine Weile und spielte mit ihm - so lächerlich es klang - in seinem Büro Karten. Jagte er dagegen von einer Station zur nächsten, ging sie schnell wieder.

Seinen Cousins machte es einen teuflischen Spaß, wenn sie den Adoptivsohn ihrer Tante mit nervenzerfetzenden Patienten quälen konnten. Kostja nahm die Streiche mit einer Engelsgeduld hin. Dabei fiel er nach diesen Tagen völlig erschöpft ins Bett.

Sie verstand sein Verhalten nicht, hatte jedoch aufgehört, diesbezüglich Fragen zu stellen.

Emily hielt sich oft im Krankenhaus auf, selbst wenn sie Kostja keinen Besuch abstattete. Sie saß meistens in der Cafeteria mit einem Buch, das den Titel *Das erste Date* trug, trank die Plörre, die als *Kaffee* betitelt wurde und wartete darauf, dass sie seine Cousins zu Gesicht bekam.

Pünktlich wie ein Uhrwerk konnte sie die beiden immer um die Mittagszeit herum, in der Nähe des Raucherhofes erspähen. Sie hatte sich dazu entschlossen, dass diese Clowns ihre eigene Medizin zu schmecken bekamen.

Man sollte annehmen, dass sie für derartige Streiche schon viel zu alt wäre. Und doch fotografierte sie die beiden heimlich, erstellte am Computer einen Flyer und fügte ihre Handynummern hinzu, die sie im Internet gefunden hatte.

Den Aufruf druckte sie zwei Dutzend Mal.

Emily musste schmunzeln, als sie sich den Text noch einmal durchlas. *Potenzprobleme? Du bist nicht allein. Komm' in unsere Selbsthilfegruppe.*

Dann brachte sie die Zettel in Umlauf, indem sie sie rund ums Krankenhaus verteilte.

Das Mädchen schob einige von den Flyern unter die Stapel von Zeitschriften in den Wartezimmern, andere landeten in der Schwesternstation und manche wurden an die Wand geklebt.

Mindestens einer musste den Weg in die Hände von Doktor Gerassimow gefunden haben.

Emily war zufällig in der Nähe, als die beiden Zielpersonen mit hochrotem Kopf das Büro ihres Vaters verließen. Sie konnte einen Teil des Gesprächs zwischen ihnen hören, als sie an dem Mädchen vorbeigingen.

„Beurlaubt? Ich kann nicht glauben, dass unser alter Herr das ernst meint. Ich bin mir sicher, dass Kostja dahinter steckt. Wenn er glaubt, dass er damit davon kommt, dann irrt er sich."

Emily's Magen schien sich zu verknoten. Das war es nicht, was sie beabsichtigt hatte. Natürlich sollten beide Übeltäter beschämt werden, aber doch nicht so.

Wenn sie nicht mehr ins Krankenhaus kommen konnten, verschlechterte sich womöglich die Behandlung von Patienten und dann wollten sie auch noch versuchen, Kostja mit hineinzuziehen.

Das Mädchen erstickte eine Woche später fast an ihrem schlechten Gewissen. War sie zu weit gegangen?

Die beiden hatten einen Denkzettel verdient, das stand außer Frage. Aber als sie für unbestimmbare Zeit von ihrer Arbeit entbunden wurden, mit der Begründung, dass ein derartiger Unsinn dem Image des Krankenhauses schadete, raste ihr das Herz in der Brust.

Sie sollte sich entschuldigen, oder nicht?

Emily mochte es nicht, wenn sie sich in Bezug auf ihr eigenes Verhalten unsicher war. „Was denkst du?", wollte sie von dem neben ihr sitzenden Drachen wissen. „War das falsch?"

Nick blätterte die Seite in seinem Buch um. „Bist du denn der Meinung, dass du dich falsch verhalten hast?", fragte er ruhig, griff nach dem Lesezeichen, das auf dem Tisch lag und wandte sich dem Mädchen zu. „Ich habe es dir doch schon gesagt. Ich weiß, dass du es nicht magst, wenn diese ... wenn sie Kostja schikanieren, aber *er* muss den Mund aufmachen. Nicht du. Seine familiären Probleme gehen dich nichts an."

Emily legte die Arme auf den Tisch, bettete ihren Kopf darauf und betrachtete den zum Anwesen gehörenden Garten. Sie saß mit Nick auf der Terrasse, beschützt von einem aufgespannten Sonnenschirm, ihrer Kleidung und dem großen Hut auf ihrem Kopf.

Während das Mädchen dem Abendwind lauschte, der leise raschelnd durch die Kronen der Bäume strich, legten sich ihre Wimpern auf ihre Wangen. Nick hatte Recht. Sie musste sich nicht darum kümmern, wenn Kostja von seinen Familienmitgliedern gepiesackt wurde.

Das war eine private Angelegenheit.

Sie brauchte sich keine Sorgen machen. Und warum hatte sie dann den gegenteiligen Eindruck? Sie fühlte sich hin- und hergerissen. Wie sollte sie damit umgehen?

Wenn sie an Kostja dachte, wollte sie ihn mehr als alles andere beschützen.

„Ich mag Ungerechtigkeiten nicht", murmelte sie. „Du solltest sehen, wie sie ihn behandeln. Als wäre er ein Sklave."

Nick schlug das Buch zu. Er legte seine Hand auf ihren Kopf. Sie wusste, dass sie stillschweigend getadelt wurde. Emily machte sich um Kostja zu viele Gedanken.

Der Drache schob den Einzelband auf den Tisch, lehnte sich zurück und ließ seine Augen auf dem Mädchen ruhen.

„Ich wollte dir das eigentlich nicht sagen, aber auch Kostja wurde nach deiner Racheaktion vorläufig beurlaubt", sagte er.

Emily wich das Blut aus den Wangen. „Was?"

Nick zuckte die Schultern. „Es war nur eine Frage der Zeit, bis ihm seine Cousins die Schuld in die Schuhe schieben. Die Beiden halten sich für unantastbar, weil sie die Söhne des Direktors sind. Natürlich glauben sie nicht, dass jemand anderes dafür verantwortlich ist … es war wirklich kindisch. Wie bist du eigentlich auf Potenzprobleme gekommen?"

Sie verkniff sich das Lachen. „Ich habe gegoogelt", gab sie zu. „Und dabei bin ich auf eine Internetseite gestoßen, die 13 Racheaktionen für den Ex-Freund vorschlägt."

„Okay, aber auch so eine Seite ist knidisch. Darum wirst du dich bei Doktor Gerassimow und seiner Familie entschuldigen", trug er ihr auf. „Und ich weiß aus zuverlässiger Quelle, dass du die Vier morgen Früh bei der Matthiaskirche antriffst. Sie besuchen jeden Sonntag die Messe um kurz nach zehn Uhr."

Emily schnitt eine Grimasse. „Warum muss es eine Kirche sein?", brummelte sie säuerlich, stieß sich vom Tisch ab und verschränkte die Arme vor der Brust. „Ich hasse Kirchen. Selbst, wenn es einen Gott geben sollte ..."

Nick tätschelte ihre Hand. „Es gibt Menschen und Wesen, die an irgendwas glauben müssen, die daran glauben wollen. Dass du das nicht kannst, ist verständlich und auch dein gutes Recht." Seine Finger legten sich warm, fast tröstlich um ihre. Der Drache zog sie auf die Füße und trat mit ihr zu den Terrassentüren der Villa. „Und jetzt sei ein braves Mädchen und lass dich von Papa bekochen."

Sie hob die Faust und der Drache nahm lachend die Beine in die Hand. „Lass das, du Trottel!"

Die aufs Abendessen folgende Nacht verbrachte Emily unruhig. Ihre Träume waren durchzogen von Kirchen, den Abbildern Gottes und gelegentlichen Einbrüchen zu zwei dümmlich lachenden Männern mit Potenzproblemen.

Am nächsten Morgen öffnete sie die Augen. Nur ein Albtraum. Emily seufzte erleichtert und sah zu Nick, der seit 500 Jahren jede Nacht neben ihr schlief. Sie drückte ihm einen Kuss auf die Stirn, dann ging sie unter die Dusche.

Sie beeilte sich mit dem Anziehen, dem Haare kämmen und Frühstücken. Dann putzte sie sich die Zähne. Es blieb ihr nicht viel Zeit bis zur Morgenmesse.

Gerade als Emily aus dem Haus stürmen wollte, hielt sie auf der Türschwelle inne.

Wenn sie an eine Kirche dachte, drehte sich ihr der Magen um. Sie schüttelte ihre Überlegungen ab. Es brachte ihr nichts, sich selbst zu bemitleiden.

Zehn Minuten später befand sie sich auf dem Weg zur Matthiaskirche. Weil sie keinen Führerschein für ein Auto besaß, griff Emily auf die Honda zurück, die sie im vergangenen Jahr zum Geburtstag geschenkt bekommen hatte.

Sie blieb vor einer Kreuzung stehen, reihte sich in den frühmorgendlichen Verkehr ein und begab sich ins Buda Stadtviertel. Ihr Ziel lag im Herzen des Burgviertels.

Emily stellte die Maschine neben einem Schild ab, dass die Matthiaskirche als UNESCO-Weltkulturerbe auswies, ging zum Haupteingang und versuchte, in der Menschenmasse das bekannte Gesicht von Doktor Gerassimow zu finden.

Keine leichte Aufgabe bei ihrer Größe. Sie nahm im Schatten den Motorradhelm ab, ihre Augen flogen grübelnd über den Vorplatz. Und als sie die *Holy Trinity Statue* entdeckte, kam ihr ein Gedanke.

Sie stieg auf die höchsten Stufen, um einen besseren Überblick zu bekommen.

„Miss Lyall?“

Blinzelnd drehte sie sich um. „Doktor Gerassimow“, sagte sie erstaunt, sprang mit einem Satz von den Stufen der Statue und kam stolpernd vor dem Leiter des Krankenhauses zum Stehen. „Könnte ich kurz mit Ihnen reden?“

Behutsam legte er dem Mädchen die Hand in den Rücken und führte sie in den Schatten der Kirche zurück. „Sie sollten nicht auf die Statue klettern“, gab er ihr zu bedenken. Seine braunen Augen funkelten. „Was kann ich für Sie tun?“

Emily war so nervös, als würde sie vor Gericht stehen, den Strick des Henkers um den Hals.

Dieser Mann reichte mit seiner beeindruckenden Körpergröße, den breiten Schultern und den markanten Zügen an Ian heran. Doktor Gerassimow wirkte genauso einschüchternd wie Ian. Die Beiden strahlten Autorität, Selbstbewusstsein und Disziplin aus.

Es waren Dinge, die Emily nicht besaß. „Doktor Gerassimow, ich wollte mich bei Ihnen entschuldigen“, brachte sie nur mit Mühe hervor. „Ich war es, die ... die ...“

Sie brach ab. Doktor Gerassimow fasste nach ihrer Schulter. „Ich weiß, dass die Flyer von Ihnen verteilt wurden, Miss Lyall“, half er ihr gutmütig weiter. „Und ich weiß auch, warum sie das gemacht haben.“

Emily hob mit großen Augen den Kopf. „Aber ... warum haben Sie dann ... ich meine ...?“

Er hob seine Hand. „Warum ich Kostja oder meine Söhne beurlaubt habe?“, führte er den Satz zu Ende. Doktor Gerassimow lehnte sich mit dem Rücken gegen die Außenmauer der Kirche. „Das ist einfach zu erklären: Die Drei würden sich den Kopf von den Schultern reißen. Das kann ich in einem Krankenhaus nicht zulassen.“

Unbehaglich fasste sich das Mädchen in den Nacken, die Augen gen Boden gerichtet. „Wie sollen Sie denn auch Kinder, die keine Kinder mehr sind bestrafen?“, fragte sie nervös. „Sie können ihnen keinen Hausarrest aufbrummen oder ihnen den Fernseher verbieten.“

„Meine Söhne sind wirklich gute Ärzte, das kann ich nicht bestreiten und wenn Kostja das Krankenhaus nach meinem Tod übernimmt, wird er auf ihre Kooperation angewiesen sein.“

„Denken Sie, wenn Sie sich einmischen, könnten das ihre Beziehung zu Kostja noch weiter vergiften?“

Doktor Gerassimow lächelte. „Ich bin mir ehrlich gesagt nicht sicher, was für eine Gefahr die Beiden in Kostja sehen“, erklärte er, die Hände schob er in seine Hosentaschen. „Aber ich fürchte, dass ich alles schlimmer mache, wenn ich mich einmische.“

„Vermutlich. Es ist wie bei Kindern in der Schule ...“

Emily wurde unterbrochen, als das Läuten der Glocken wie eine Kavallerie über den Platz donnerte.

„Jetzt muss ich aber wirklich los. Es war schön, Sie wiederzusehen, Miss Lyall.“ Er hob einen Finger an die Lippen. „Und dieses Gespräch bleibt unser Geheimnis.“

Der Mediziner hastete durch die prächtigen Türen der Matthiaskirche. Emily blieb unschlüssig stehen. Warum sollte das Gespräch ein Geheimnis bleiben?

Sie hatte nicht erwartet, dass er ihr verzeihen würde. Vor wenigen Stunden war ihr nicht einmal bewusst gewesen, dass Doktor Gerassimow den Übeltäter dieses idiotischen Streiches längst überführt hatte oder dass er ihr albernes Verhalten gut und richtig fand.

Leise seufzend zog sich das Mädchen den Motorradhelm wieder über den Kopf und begab sich zu ihrer Maschine. Ihre Augen verweilten länger als nötig auf der Kirche. In diesem Gebäude wurden Sissi und Franz zum Kaiser und zur Kaiserin von Ungarn gekrönt, wodurch es eine gewisse Berühmtheit erlangt hatte.

Emily wandte sich von dem Bildnis ab. Sie wollte bei Kostja vorbeifahren.

Sie saß auf, startete den Motor und fuhr los. Der Assistenzarzt wohnte auf der Pester Seite der Stadt, im zwanzigsten Bezirk nahe der Donau.

Das Mädchen schaltete einen Gang höher, die Straße fest im Blick. Geschickt schlängelte sie sich an den wartenden Fahrzeugen vorbei, die auf der Kettenbrücke zum Stillstand gekommen waren.

Kurz vor der Ausfahrt *Széchenyi István tér* in südlicher Richtung waren zwei PKWs zusammengeprallt und hatten sich ineinander verkeilt.

Sie machte einen Umweg, damit sie den Unfall großflächig umfahren konnte. Dadurch erreichte sie die Wohnung des Assistenzarztes erst nach knapp dreißig Minuten. Die Straßen von Budapest waren an diesem Tag eine Qual.

Ihre Maschine ließ sie auf dem Parkplatz vor dem Hochhaus ausrollen, stieg ab und verfrachtete den Motorradhelm im Stauraum unter der Sitzbank.

Kurz betrachtete sie sich selbst im Schaufenster eines Gemüsehändlers. Dieser verdammte Helm! Sie sah aus, als hätte sie sich die Haare an den Kopf gekleistert.

Emily stieß die Luft aus den Lungen und fuhr sich mit den Händen durch die unfreiwillig gebändigte Mähne, während sie auf die Eingangstüren zuschritt und aus einer Gewohnheit heraus nach dem Griff fasste. Dabei stellte sie verwundert fest, dass nicht abgeschlossen war.

Ungewöhnlich.

Sie warf einen Blick ins Treppenhaus, sah sich um und stieg über die Treppen in den vierten Stock. Nick hatte sie gefragt, ob sie selbst glaubte, ihr Verhalten sei falsch gewesen. Das konnte sie mit einem klaren *Ja* beantworten.

Doktor Gerassimow konnte diesen kindischen Streich belächeln. Er hatte ihr verziehen. Aber sie selbst hatte sich noch nie zuvor so geschämt.

Auf jeden Fall musste sie Kostja die Wahrheit sagen.

Und als sie schließlich mit erhobener Hand vor seiner Haustür stand, war ihr trotz gleichbleibender Körpertemperatur, unangenehm kalt. Emily holte nach Luft und drückte mit rasendem Herzen auf die Klingel.

Ob er überhaupt zuhause war?

Sie sprang vor Schreck fast an die Decke, als die Tür nach einer gefühlten Ewigkeit aufgerissen wurde. Jason kniff die Augen zusammen, blinzelte und sah ihr ins Gesicht.

„Ich kenne dich doch“, lallte er mit schwerer Zunge, seine Wangen waren blutleer, seine Augen rot gerändert. „Du bist dieses komische Mädchen.“

Komisch?

Emily hielt die Luft an. Der Geruch von Alkohol drang ihr in die Nase. „Guten Morgen“, sagte sie höflich. „Könnte ich mit Mr. Gorodezki sprechen oder ist das gerade unmöglich?“

Jason zeigte hinter sich und gähnte. „Der hockt unter der Dusche“, meinte er verschlafen. Der Mediziner streckte sich, bevor er in die Wohnung zurück schlurfte. „Komm‘ rein.“

Mit den Zähnen in ihrer Unterlippe warf sie einen Blick ins Wohnzimmer. Als hätte eine Armee darin gewütet. Leere Flaschen kullerten über das Parkett, Chipstüten häuften sich auf dem Boden und dreckige Wäschestücke lagen überall verstreut.

Und dann war da dieser unerträgliche Geruch nach Alkohol, der ihre Nase zu erschlagen drohte.

Emily schloss die Wohnungstür hinter sich, durchquerte den Raum und riss die Fenster auf. Brummelnd versteckte sich Jason unter der Bettdecke.

Gleichzeitig öffnete sich die Tür zum Badezimmer. „Gib‘ mir mal eine Hose!“, rief Kostja, den Arm in den Flur gestreckt. „Und eine Shorts!“

Kapitel: 04

Emily stieß die Luft aus den Lungen. Warum hatte er sich nicht gleich etwas zum Anziehen mitgenommen? Vertieft wühlte sie in den Schubladen seines Kleiderschrankes, öffnete die Türen und erspähte im oberen Regal eine ausgewaschene, blaue Jeanshose.

Aus dem unteren Fach zog sie eine Boxershorts. Beides drückte sie Kostja wortlos zwischen die Finger. Er bedankte sich, dann schloss sich die Tür des Badezimmers wieder. Sie hörte ein Klappern, einen Fluch. Der Assistenzarzt kam herausgestolpert, wollte etwas sagen und verstummte bei ihrem Anblick.

„Ich wünsche einen guten Morgen“, rief sie verschmitzt.

Er nahm das Handtuch von seinem Kopf. „Was machst du hier?“, wollte er verwirrt blinzelnd von ihr wissen.

Als der Stoff verschwand, bekam sie seinen nackten Oberkörper zu Gesicht. Emily konnte ihn nur mit großen Augen anstarren, diesen vor Kraft und Vitalität strotzenden Mann mit den filigran definierten Muskeln. Obgleich der Assistenzarzt eher schmal gebaut war, fast zierlich auf sie wirkte - anders als Ian oder Nick - hatte Emily das Gefühl, das Herz sprang ihr aus der Brust.

Sie konnte kaum atmen.

„Alles in Ordnung?“

Warum brachte sie sein Anblick so durcheinander? Kostja war nicht der erste Mann, den sie nur halb bekleidet zu Gesicht bekam und sicherlich auch nicht der Letzte.

Emily hob den Kopf an.

Da war etwas in den Tiefen seiner eisblauen Augen, dass sie anzog und herausforderte, wie ein Rätsel, das darauf wartete gelöst zu werden. Dieser verflixte Mann! Was wollte sie überhaupt von ihm?

Mit zwei ausholenden Schritten überwand Kostja den zwischen ihnen liegenden Abstand. Ihr Blut kochte. Emily war gleichzeitig verwirrt, beschämt und voller Interesse.

Dabei hatte sie Ian und Nick des Öfteren *ohne Hose* gesehen. Unbeabsichtigt. Und es hatte ihr nie etwas ausgemacht. Niemals hatte sie diese Verlegenheit - Emily stutzte. Doch hatte sie und das war schon so lange her, dass sie sich kaum daran erinnerte.

Vielleicht hatte sie es aber auch mit Absicht aus ihrem Kopf verbannt. „Ich wollte meine Kleidung holen“, log sie, ihre Augen lagen auf seiner Hose, die ihm tief auf den Hüften hing. „Und meine Schuhe ... aber das gehört ja zum Begriff *Kleidung* dazu, oder? Also ich meine, eigentlich ist es unnötig, dass ich die Stiefel auch noch extra erwähne ...“ Sie stoppte sich mit Gewalt. „Tut mir leid.“

Kostja lachte auf. „Kein Problem.“

Der Assistenzarzt begann in seinem Kleiderschrank zu wühlen. Emily wippte auf den Füßen, die Arme hinter dem Rücken verschränkt, die Augen peinlich genau von ihm abgewandt. Sie musste sich wieder beruhigen, die aufsteigenden Bilder verdrängen. Ihr Herz pochte so laut, dass er es mit Sicherheit hören konnte.

Frustriert stieß sie die Luft aus ihren Lungen. Sie sollte ihn nicht anstarren! Warum sah sie dann immer wieder zu seinem Hintern, den der Schnitt der Jeans reizvoll zur Geltung brachte?

„Möchtest du dich waschen?“, fragte Kostja und Emily fuhr zusammen, wie ein Kind, das er bei etwas Verbotenem ertappt hatte. „Du hast Schmieröl im Gesicht.“ Amüsiert drehte sich der Assistenzarzt um, in den Händen hielt er einen Stapel mit frisch gewaschener Kleidung. „Ich dachte, du würdest es vielleicht gerne wissen.“

Die Farbe in ihren Wangen nahm eine Nuance zu. Kostja hatte es geschafft, dass sie den Grund für ihre Verlegenheit vergessen hatte - wenn auch nur um einem anderen Platz zu machen.

„Warum hast du mir nichts gesagt?“

Er zuckte die Schultern. „Hab ich doch jetzt“, gab er zurück. „Das bisschen Schmieröl ist doch kein Weltuntergang.“

Emily schnitt eine Grimasse. „Ich sollte nach Hause gehen. Deine Verlobte wird nicht begeistert sein, wenn sie *mich* in deiner Wohnung findet“, erklärte sie und rang sich ein Lächeln ab. „Ich weiß nicht mal selber, was ich eigentlich von dir wollte ... Warte, doch ... ich ... meine Kleidung ...“

„Adrienn ist nicht hier“, war seine einzige Erwiderung.

Emily hielt ihre Augen auf die geschlossene Haustür gerichtet. „Das wird sie bald. Ich habe ihren Geruch schon seit fünf Minuten in der Nase.“

„Dann ist es wahr?“, fragte Kostja überrascht, warf einen Blick zu Jason, der sich unter seiner Bettdecke verkrochen hatte und senkte die Stimme zu einem Flüstern. „Dass Vampire einen ausgeprägten Geruchssinn haben?“

Das Mädchen schüttelte den Kopf. „Möglich“, schmunzelte sie, ein Muskel in ihrer Wange zuckte.

„Jetzt wasch‘ dich endlich“, wiederholte sich Kostja, drehte sich um und trat zu seinem Kleiderschrank. Er zog ein schwarzes T-Shirt unter einem Stapel hervor. „Adrienn wird dich schon nicht auffressen.“

„Auf deine Verantwortung“, gab das Mädchen zurück, eilte ins Badezimmer und schlug die Tür lauter als nötig hinter sich zu.

Emily lehnte sich mit dem Rücken gegen die Wand, die Luft stieß sie mit einem Seufzen aus ihren Lungen. Konnte es sein, dass sie viel zu viel Zeit mit Kostja verbrachte? Seit ein paar Wochen verstand sie sich selbst immer weniger. Was waren das für Gefühle, die ihr Herz in Aufruhr versetzten? Sie mochte das nicht.

Seufzend trat sie an das Waschbecken heran, drehte den Kopf zur Seite und studierte den Fleck an ihrer Wange im Spiegel. Ohne Zweifel Schmieröl. Suchend sah sie sich um und entdeckte in einem kleinen Schrank für Putzutensilien ein Waschmittel unbekannter Marke.

Emily wusch sich das Gesicht, trocknete sich ab, wobei sie sich im Spiegel selbst in die Augen sah und wandte sich dann der Tür zu. Gedämpft drang die Stimme von Kostja durch das Holz. Er begrüßte Adrienn.

Die Beiden passten wunderbar zusammen. Sie verstanden sich gut und es gab kaum Differenzen. Im Grunde die perfekten Voraussetzungen für eine harmonische Partnerschaft.

Emily betrachtete ihre Hand, die sich zitternd auf die Türklinke legte. Es fühlte sich falsch an, dass sie sich in seiner Nähe aufhielt, mit einer Selbstverständlichkeit, die sie erschrecken sollte. Es war genauso wie bei Nick. Obwohl er andere Verpflichtungen hatte, kümmerte er sich unermüdlich um sie.

War sie letztlich eine Last? Sie fluchte so unflätig wie ein Taxifahrer im frühmorgendlichen Berufsverkehr. Nein, kein Drama, kein Selbstmitleid. Jeder Mensch und jedes Wesen auf diesem gottverdammten Planeten traf Entscheidungen aus eigenen Beweggründen.

Kostja wollte mit ihr befreundet sein und Adrienn schien sich nicht daran zu stören. Nick hatte schon Oft betont, dass er sich um seine leiblichen Geschwister genauso liebevoll gekümmert hätte. Warum fühlte sie sich dann so scheußlich, als stünde sie vor Gericht?

Emily fasste sich ein Herz, drückte die Klinke nach unten und begab sich mit einem aufgesetzten Lächeln ins Wohnzimmer. Zwei Augenpaare - blau und braun - wandten sich ihr zu.

„Ach, stimmt ja. Emily kam vor einer halben Stunde vorbei, um ihre Kleidung zu holen. Ich hatte dir doch neulich gesagt, dass wir uns vor ein paar Wochen durch Zufall getroffen haben und an dem Tag hat es wie aus Kübeln geregnet“, erzählte Kostja seiner Verlobten, die der Geschichte aufmerksam folgte. „Ich habe ihr angeboten, dass sie bei mir duschen kann. Ihre Kleider habe ich gewaschen und irgendwie haben die bis jetzt bei mir rumgelegen.“

Während Kostja die Geschehnisse detailliert wiedergab, holte er Gläser, eine Flasche Saft und eine Tüte Chips, um seiner Verpflichtung als Gastgeber nachzukommen. Emily wollte sich leise an Adrienn vorbeistehlen, wurde von der Anwältin am Arm festgehalten und zu einem Stuhl in Fensternähe dirigiert.

Adrienn neigte den Kopf zur Seite. Ihr amüsiertes Lachen durchbrach die in der Luft liegende Anspannung. „Tut mir leid", brachte sie hervor. „Das ist mir jetzt unangenehm. Ich habe tatsächlich vergessen, eifersüchtig zu werden." Sie wandte sich an Emily. „Entschuldige, aber du musst nicht weglaufen."

Kostja holte ein Glas Wasser, in das er ein Aspirin fallen ließ. „Du bist unmöglich."

Sie trat auf den Assistenzarzt zu und tätschelte ihm lachend den Kopf. „Du musst mir nicht erklären, warum du weiblichen Besuch hast. Vor allem nicht so genau, als würdest du eine Aussage bei der Polizei machen."

Ein wissender Blick zu Emily folgte, die sich auf ihrem Stuhl verkrampfte und während sie Adrienn beobachtete, wurde ihr etwas eng in der Brust.

„Emily hatte dir gegenüber Bedenken", wandte Kostja lachend ein. „Sie wollte nicht, dass du einen falschen Eindruck von unserer … *Beziehung* zueinander bekommst."

Adrienn pendelte zwischen Kostja und Emily. „Ihr seid ja süß! Und anständig, das wollen wir nicht vergessen. Ich bin ohnehin der Meinung, dass die meisten Dramen nur durch zu wenig Kommunikation und Verständnis entstehen. Da fällt mir ein ..."

Adrienn redete und redete. Sie war wie ein Wasserfall, der kein Ende fand. Emily klinkte sich spätestens nach dem Thema mit den *kuscheligen* Elefanten im Zoo aus. Sie nahm sich ein Glas, goss sich etwas von dem Orangensaft ein und ließ ihre Überlegungen auf Wanderschaft gehen.

Diese Anwältin benahm sich nicht wie eine Frau, die in wenigen Monaten vor dem Traualter stand. Stattdessen schien Kostja mehr wie einer ihrer besten Freunde zu sein. Aus welchen Gründen heirateten sie? War das normal?

Unwillkürlich musste Emily an Nick und Ian denken. Dass sie ineinander verliebt waren, erkannte selbst ein Blinder. Doch wenn sich diese beiden Sturköpfe zusammen in einem Raum aufhielten, stand die Luft in Flammen.

Sie schrien, sie stritten und sie gingen sich verbal an die Kehle. Das war ein Kräftemessen, dessen Ausgang nur die beiden kannten. Sobald der erste Stuhl oder die erste Vase gegen die Wand donnerte, hielten selbst die Bediensteten wohlweislich Abstand.

War *das* normal?

Adrienn klatschte in die Hände. „Das hätte ich fast vergessen! Eigentlich wollte ich dir ja noch etwas erzählen, Kostja. Ich habe deinen Onkel zufällig in der Stadtmitte getroffen. Er hat mir gesagt, dass nächsten Monat ein neuer Arzt im Krankenhaus anfängt, der einen Assistenten haben will. Aber er hat sich nicht mit irgendjemandem zufriedengegeben. *Du* sollst die Stelle bekommen und wenn ihm der Wunsch verwehrt wird, dann soll Doktor Gerassimow bleiben, wo der Pfeffer wächst, um den Kerl zu zitieren. Vielleicht kennst du ihn, sein Name lautet Doktor Albert Grey. Scheint ein Engländer oder Amerikaner zu sein, aber mehr weiß ich auch nicht über ihn."

Kostja ließ seinen Blick zu Emily gleiten. „Den Namen habe ich schon einmal gehört", erwiderte er und leerte das Glas mit dem Aspirin in einem Zug. „Was hat mein Onkel dazu gesagt?"

„Dein Onkel hat zugestimmt. Er meinte, er könnte es sich nicht erlauben, dass Doktor Grey den Posten im Krankenhaus ausschlägt, weil er wohl zu den besten Ärzten im Bereich der Neurochirurgie gehört. Vermutlich hätte ich dir das etwas *schonender* beibringen sollen. Tut mir leid."

Abwehrend hob Kostja die Hand. „Du musst dich nicht dafür entschuldigen", erklärte er seiner Verlobten amüsiert. „Ich bin schon gespannt, was das für ein Kerl ist. Sollte er mir unsympathisch sein, kann *er* bleiben, wo der Pfeffer wächst."

Emily verschluckte sich fast an ihrem Orangensaft. Doktor Grey war ein vampirischer Arzt, der von Ian während des Ersten Weltkriegs verwandelt wurden. Seitdem stand er im Dienste der Familie Colquhoun.

Er kümmerte sich um alle Wesen, die seiner Hilfe bedurften und besaß eine eigene Praxis in der Innenstadt, die mit den modernsten Technologien ausgestattet war. Warum wollte er in einem Krankenhaus arbeiten?

Wahrscheinlich hatte Ian seine Finger im Spiel. Damit erklärte sich die völlig absurde Anordnung vor ein paar Wochen. Sie hatte ohnehin nicht verstanden, warum sie die Klinik von Doktor Gerassimow unter die Lupe nehmen und Bericht erstatten sollte.

Ein Würgen riss sie aus ihren Überlegungen. In der nächsten Sekunde sprang Jason auf die Beine, stürmte durch den Raum und verschwand mit einem Hechtsprung im Badezimmer.

Kostja erhob sich auf die Füße. Er entschuldigte sich bei seinem Besuch, dann folgte er Jason und schob die Tür ins Schloss.

Adrienn lachte. „Kostja hat sich wirklich gefreut, Sie wiederzusehen, Miss Lyall. Er hat das natürlich nicht gesagt, aber es stand ihm ins Gesicht geschrieben." Sie schwenkte den Orangensaft in ihrem Glas. „Ich hatte immer das Gefühl, dass etwas Wichtiges in seinem Leben fehlt. Sie müssen ihm sehr viel bedeuten."

Emily grub die Zähne in ihre Unterlippe, ihre Augen lagen auf ihren Händen. Sie wollte nicht mit Adrienn allein sein und sie wollte nicht über ihre Beziehung zu Kostja reden oder über diese seltsamen Gefühle, die sie in seiner Nähe überkamen.

Im Grunde wollte sie gar nichts sagen.

Als sie sich vor ein paar Wochen im Krankenhaus aufgehalten hatte, führte sie mit der Anwältin keinen lockeren Smalltalk. Sie hatte sich auf das Wesentliche konzentriert. Emily konnte sich schwach daran erinnern, dass sie manchmal mit Menschen gesprochen hatte, aber sie wusste nicht mehr worüber.

Nachdem sie im Alter von nicht einmal sieben Jahren zu Nick gekommen war, lebte sie isoliert in einer Burg in den schottischen Hochebenen. Sie war schon früh der Welt der Wesen begegnet, wuchs unter ihnen auf und lernte sie und ihre Lebensweise zu verstehen und zu lieben.

Mit 16 stand sie dann der alles entscheidenden Frage gegenüber, ob sie zu ihnen gehören wollte oder nicht.

Emily hatte sich für Nick entschieden - für die Familie, die sie in ihm gefunden hatte. Er war die einzige Person gewesen, zu der sie einen festen Bezug entwickelt hatte.

Ian hatte sie nicht nur zu einem Vampir gemacht, er schenkte ihr zudem ein Leben, das sie gemeinsam mit diesem Drachen führen konnte.

Sie hatte seit 931 Jahren nur selten mit Menschen geredet, denen die Welt der Unsterblichen verschlossen geblieben war. Und jetzt saß sie hier. Ihre Augen flogen zu der geschlossenen Badezimmertür, durch die gedämpfte Würgelaute und Flüche drangen.

„Er hat mir erzählt, dass ihr heiraten werdet. Glückwunsch", wechselte Emily das Thema. Sie hatte den Eindruck, aus einem Manuskript vorzulesen „Gibt es schon ein konkretes Datum?"

Adrienn schien es nicht zu bemerken. „Ich möchte eine romantische Herbsthochzeit", antwortete sie verträumt, ihre Augen glitten über Emily hinweg. „Willst du vielleicht meine Brautjungfer sein? Die Kleider bestehen aus gelbem Samt. Du wirst sicher hinreißend darin aussehen."

„Warum gelb?"

„Spontaner Einfall. Ich mag Rothaarige in Gelb."

Emily presste die Lippen zusammen, die Stirn in Falten gelegt. Was sollte bitte eine Brautjungfer sein?

Sie setzte ein Lächeln auf, um ihre eigene Unsicherheit zu kaschieren. „Das würde ich wirklich gerne“, erklärte sie mit gespielter Freude und hoffte, in ihrer Rolle authentisch zu wirkte. „Aber ist Kostja damit einverstanden?“

Zumindest nahm sie an, dass der Bräutigam ein Mitspracherecht hatte. Warum musste es so schwierig sein, sich mit Menschen zu unterhalten?

Adrienn winkte ab. „Er hat nichts zu melden und das weiß er“, erklärte sie belustigt, stand auf und ergriff die Hände des Mädchens. „Mach‘ dir keine Gedanken.“

Die Tür zum Badezimmer öffnete sich. Jason kam herausgetorkelt, weiß wie die Farbe an der Wand. Kostja folgte ihm, einen Putzlappen zwischen den Fingern. Emily runzelte die Stirn, befreite sich von Adrienn und stand auf.

Hart trommelte ihr das Herz gegen die Rippen. Warum konnte er nicht aussehen wie eine schleimige Kröte?

„Miss Becskei hat mich gefragt, ob ich ihre Brautjungfer sein möchte“, warf sie in den Raum und klang dabei nicht ganz so begeistert wie erhofft.

Kostja öffnete den Mund, klappte ihn wieder zu und sah mit starrer Miene zu Adrienn. Emily wusste nicht, was sie von der Reaktion halten sollte. Mochte er die Vorstellung nicht, dass er sie auf seiner Hochzeit zu Gesicht bekam? Es fiel ihr schwer, den Assistenzarzt einzuschätzen.

„Ich muss nach Hause“, erklärte Emily verkrampft lächelnd. „Mein Bruder wartet auf mich. Ich wünsche noch einen schönen Tag.“

Adrienn trat auf sie zu. „Warte.“

Das Mädchen drehte sich auf dem Absatz um und spürte einen Schmerz, der sie unerwartet heftig traf. Diese Frau war unglaublich schön. Hochgewachsen und gertenschlank, mit endlos langen Beinen, sanft gerundeten Hüften und einer üppigen Oberweite.

Emily ließ gedanklich den Kopf hängen. Mit 16 hatte sie nicht darüber nachgedacht, dass ihre körperliche Entwicklung durch die Verwandlung in einen Vampir gänzlich zum Stillstand kam.

„Die erste Anprobe findet nächsten Monat statt. Wenn das für dich in Ordnung ist, lasse ich mir von Kostja deine Handynummer geben und werde dich dann rechtzeitig informieren." Adrienn stieß ihrem Verlobten den Ellenbogen in die Rippen. „Bring' sie nach Hause. Es gibt einfach zu viele Kinder, die sich für Gangster halten."

Kostja grinste. „Die gibt es auch hier drin."

Der Assistenzarzt übergab seiner Verlobten den Putzlappen, drückte ihr einen Kuss auf die Wange und kämpfte sich in seine Schuhe. Er hatte die Haustür noch nicht ins Schloss gezogen, als mehrere Chipstüten schimpfend an ihm vorbeiflogen.

„Daneben", rief Kostja grinsend.

„Ich verstehe nicht", sagte Emily, als er nach ihrer Hand fasste.

Lachend lief er die Treppe runter, flüchtete über die Straße und versteckte sich in einer Gasse. Der sonst so ernste Assistenzarzt zeigte eine fast spitzbübische Kindlichkeit, ein Feuer, dass sie nicht erwartet hatte und dass sie fesselte, mitriss und in ihr loderte.

Er wartete einen Moment, dann setzte er seinen Weg fort. Wie zwei Teenager, die etwas angestellt hatten, liefen sie lachend durch die Straßen von Budapest, wichen ungeschickt entgegenkommenden Passanten aus und animierten ein paar Autofahrer zu einem wütenden Hupkonzert.

Emily war verwirrt, aber sie hatte schon seit einer sehr langen Zeit nicht mehr so viel Spaß gehabt.

Kostja blieb neben einem Restaurant stehen, schnappte nach Luft und sah keuchend zu dem Mädchen, das am liebsten niemals aufhören wollte zu rennen.

„Geschafft", brachte er gut gelaunt hervor. „Jetzt hat *sie* Jason am Hals."

Emily stimmte in sein Lachen ein. „Du spinnst doch."

Seine Augen funkelten. „Auf jeden Fall."

Weil er nicht länger auf der Flucht zu sein schien, schlenderte er mit Emily gemütlich durch die dunklen Straßen der Stadt und erzählte ihr nebenbei von Dingen, die ihn interessierten. Bis er unerwartet das Thema wechselte.

„Wie kommt es eigentlich, dass dich Adrienn als ihre Brautjungfer möchte?"

Emily errötete peinlich berührt. „Also, um ehrlich zu sein ...", druckste sie und zerknautschte den Stoff ihrer Kleidung zwischen den Fingern. „... ich habe keine Ahnung, was eine Brautjungfer ist. Ich habe nur aus Höflichkeit zugesagt."

Der Assistenzarzt blieb unvermittelt stehen. „Ohne Scheiß?", hakte er verdattert nach.

Die Augen auf sein Gesicht gerichtet, schürzte Emily die Lippen. „Du bist gemein."

Kostja tätschelte ihre Schulter. „Im Prinzip sind das die engsten Freundinnen der Braut. Adrienn hat bisher niemanden gefragt und dich kennt sie gar nicht, darum hat es mich überrascht."

Die Zähne in ihrer Unterlippe vergraben, die Arme vor der Brust verschränkt, wog Emily nachdenklich den Kopf. Sie versuchte, sich vorzustellen, dass Adrienn eine Freundin in ihr sah, doch zu ihrem Leidwesen scheiterte sie kläglich.

Kostja betrat die menschenüberfüllte Metró am *Ferenciek Platz*. Während sie über die Stufen gingen, griff er nach ihrer Hand, zog sie hinter sich und kämpfte sich mit ihr durch die Masse von Pendlern. Gemeinsam traten sie auf den Bahnsteig, wobei sie haarscharf einem Dutzend Männern und Frauen auswichen, die mit Aktenkoffern,

Regenschirmen und Taschen hantierten und über das verzögerte Eintreffen der blauen Linie M3 schimpften.

Emily stellte sich auf ihre Zehenspitzen, reckte den Hals und flüsterte Kostja ins Ohr. „Was muss ich machen?“, wollte sie von ihm wissen. „Ich meine, eine Brautjungfer muss doch für irgendwas gut sein.“

Er fing seine Begleiterin auf, nachdem sie von einer älteren Frau zur Seite gestoßen wurde, die sich mit den Ellenbogen einen Weg durch die Menschenmenge erkämpfte.

„Soweit ich weiß, bist du jetzt ein Helfer der Braut“, beantwortete er ihre Frage mit einem Lächeln. „Adrienn wird dich nach deiner Meinung fragen und dich bei sämtlichen Planungen zu Rate ziehen. Im Prinzip musst du dafür sorgen, dass sie sich ganz auf ihren großen Tag konzentrieren kann.“

Emily guckte schief. „Kann sie dafür nicht einen Partyplaner engagieren? Das macht Ian immer, damit er sich nicht um lästige Details kümmern muss.“

Der Assistenzarzt lachte abermals. „Mach dir keine Sorgen, ich kenne Adrienn. Dass sie etwas aus der Hand gibt, kann ich mir nicht vorstellen. Natürlich ist so eine Hochzeit eine riesengroße Belastung und alleine kaum zu bewältigen. Mich hat sie aus ihren Plänen ausgeschlossen, weil ich es gewagt habe den *Herbst*-Aspekt unterschwellig zu kritisieren.“

Zwischen ihren Augenbrauen bildete sich eine steile Falte. „Toll“, sprudelte es aus Emily hervor. Hilflos warf sie die Arme in die Luft. „Ähm ... nicht, dass ich mich nicht geehrt fühle ... glaube ich jedenfalls. Nur ... ich bin wohl die letzte Person auf diesem Planeten, die auch nur den blassesten Schimmer davon hat, wie sie mit Menschen umgehen soll.“ Als Kostja sie zweifelnd ansah, fügte sie erklärend hinzu: „Ich habe den größten Teil meines Lebens isoliert gelebt und jetzt habe ich einfach kein Interesse mehr an Menschen.“

Kostja lächelte. „Keine Angst, du schaffst das. Adrienn und du, ihr werdet super miteinander auskommen“, versuchte er, die Sorgenfalten auf ihrer Stirn wieder zu glätten. „Ich kann mir nichts anderes vorstellen. Und wenn es dir wirklich zu viel wird, kannst du es ihr auch offen sagen. Sie schätzt Ehrlichkeit.“

Bevor Emily etwas erwidern konnte, rauschte ein blank polierter Zug in die Station ein, gefolgt von einem kalten Windstoß, der sie fast von den Füßen riss. Die Türen öffneten sich mit einem vernehmlichen Zischen. Kostja fasste nach ihren Schultern, zog sie von der über den Boden verlaufenden Markierung weg und schob das Mädchen hinter seinen Rücken.

Die aussteigenden Menschen hätten sie in ihrer Ungeduld niedergetrampelt. Zeitgleich quetschten sich die auf dem Bahnsteig wartenden Pendler in die vollgestopften Waggons. Das führte dazu, dass innerhalb von Sekunden ein Gewirr von durcheinander schreienden Stimmen die Metró am *Ferenciek Platz* durchzog.

Es war das gleiche Theater wie jeden Tag.

Kostja ergriff Emily an der Hand, nutzte den Moment, als sich eine Frau und ein Mann gegenseitig anbrüllten, und sprang in den Zug, der den beiden Streithähnen vor der Nase wegfuhr.

Er führte Emily zu einem freien Sitzplatz. „Vielleicht sollte ich mir die nächste Brautjungfer aussuchen“, nahm er das Gespräch wieder auf und grinste. „Einfach nur um sie zu ärgern.“

„Nimm‘ Jason“, schlug ihm Emily lachend vor. „Er würde in einem gelben Samtkleid sicher bezaubernd aussehen.“

Den Rest der Fahrt verbrachten sie damit, sich einen Plan nach dem anderen auszudenken, die sich in ihrer Idiotie stets mühelos überboten. Angefangen von Ring tragenden Ziegenböcken über Wildschweine im Jackett bis hin zu Flamingos, die die Bowle ausschenkten.

Kostja spielte mit dem spontanen Einfall, eine deutsche Rockband anzuheuern. Emily fand ein Hochzeitskleid in allen Regenbogenfarben mit pinken Einhorn-Schuhen eine gute Idee, ebenso, dass die Gäste eine Schweinemaske aus Pappmaschee trugen.

Offenbar fühlten sich die übrigen Passagiere durch die Unterhaltung gestört, denn nach drei Stationen hatten sich die Sitzplätze um sie herum geleert. Die beiden sahen einander spitzbübisch an, dann brachen sie in Gelächter aus. An der nächsten Haltestelle verließen sie den Zug.

„Emily, ich will dir schon länger etwas sagen", murmelte Kostja, die Hände in den Hosentaschen. Seine Mundwinkel zuckten. „Du bist wirklich klein." Bevor sie sich auf ihn hätte stürzen können, die Fäuste erhoben, hielt er ihre Arme fest. „Damit wollte ich dich nicht beleidigen."

Sie lachte unbeschwert. „Das weiß ich."

„Es ist nur ... wenn ich dich ansehe, ohne daran zu denken, wie du dich gibst oder wie alt du tatsächlich bist, habe ich das Gefühl, dass ein Teenager vor mir steht." Er stieß die Luft aus seinen Lungen. „Heute Morgen habe ich von dir geträumt und was ich geträumt habe, dazu habe ich kein Recht. Du bist eine gute Freundin für mich, teilweise bist du wie eine kleine Schwester. Aber seit ich diesen Traum ... gottverdammt, irgendwas hat sich verändert. Als du mich heute so angestarrt hast, wusste ich, dass du ganz sicher kein Kind bist und ..."

Bevor er sich weiter um Kopf und Kragen reden konnte, fiel ihm das Mädchen ins Wort: „Kostja, atmen. Das war nur ein Traum. Du brauchst dich nicht schämen. Ich glaube, das ist völlig normal." Spielerisch schlug sie ihm gegen den Arm. „Außerdem wirst du bald heiraten. Du kriegst langsam kalte Füße. Alles in Ordnung."

Kostja nahm Emily in den Schwitzkasten und zerzauste ihr die Haare. „Du bist ganz schön frech. Mach nicht plötzlich einen auf erwachsen. Das ist unheimlich."

Lachend klopfte sie ihm auf den Arm und er ließ sie los. Gemeinsam streiften sie durch einen etwas entlegeneren Teil der Stadt, der nach ein paar Querstraßen an den *Városliget* angrenzte. Die an den

Straßenecken stehenden Lampen wurden flackernd in Betrieb genommen.

Emily dachte darüber nach, dass Kostja eine interessante Feststellung gemacht hatte. Ob das bewusst passiert war, konnte sie nicht sagen.

„Ich werde mich nicht mehr weiterentwickeln. Durch die Verwandlung in einen Vampir, werde ich bis in alle Ewigkeit 16 bleiben, Kostja. Nur mein Geist reift weiter.“ Sie seufzte auf. „Das ist eines der Dinge, um die ich Adrienn beneide.“

Kostja hüllte sich in Schweigen. „Darum steht in deiner Krankenakte das du 16 bist.“ Er sah sie an. „Wer hat dir das angetan?“

„Niemand. Ich wollte das ... dieses Leben.“

Damit war das Thema beendet. Nachdem sie ein schmiedeeisernes Tor erreicht hatten, versuchte Kostja, einen Blick auf das riesige Haus dahinter zu erhaschen. Er sah aber nur Bäume, Gras, einen Kiesweg und Schatten.

„Ich würde gerne sagen, dass du es ganz schön hier hast, aber das Ding gibt leider nicht viel her.“

Das Mädchen schmunzelte. „Du könntest auch nicht mehr sehen, wenn das Tor offen stehen würde“, erwiderte Emily gut gelaunt. „Der Garten ist wirklich *riesig*.“

Kostja stieß sie humorvoll zur Seite. „Gib nicht so an, du Snob“, zog er sie auf.

„Dafür hast du es gemütlich“, gab sie zurück, trat an das Tor heran und schlang ihre Finger um eine Stange. „Deine Wohnung ist zwar klein, aber das mag ich.“ Sie warf ihm einen rätselhaften Blick zu. „Ich möchte dich etwas fragen, aber versteh‘ mich bitte nicht falsch.“

Kostja nickte. „Schieß los.“

Sie drehte sich um, holte tief Luft und fühlte, wie ihr die Hitze über den Hals in die Wangen kroch. „Ich würde gerne wissen, ob du mich ...“

Beschämt spielte sie mit ihren Fingern. „Also ... findest du mich ... findest du mich attraktiv?"

Er riss die Augen auf. „Was?"

„Ich habe dir doch gesagt, du sollst es nicht falsch verstehen. Ich möchte nur, dass du mir eine ehrliche Antwort gibst. Ich habe dir erzählt, dass ich nicht mehr wachsen werde und auch, wenn es keinen Mann gibt, an dem ich ein besonderes Interesse habe, stelle ich mir doch die Frage, ob ich im Fall eines Falles überhaupt Chancen als Frau habe oder überhaupt als Frau durchgehe."

Kostja kratzte sich am Hinterkopf. Emily hatte ihm ihre Frage ohne Gefühl gestellt. Sie empfand nichts Nennenswertes dabei. Sie hatte sich mit der Vorstellung, auf ewig diesen Körper zu besitzen angefreundet. Wenn sie einen Blick in den Spiegel warf, sah ihr dieses Gesicht daraus entgegen. Ein Gesicht, das sie eigentlich ganz gerne hatte und das seine Vorzüge besaß.

„Muss ich die Frage beantworten?", wollte Kostja leidend wissen und als Emily nickte, sah er ein, dass er keine Wahl hatte. „Du entsprichst nicht ganz meinem Geschmack. Sorry. Du bist mir persönlich zu dünn und zu klein. Aber wenn wir uns als Fremde auf offener Straße über den Weg gelaufen wären, hätte ich mich definitiv nach dir umgedreht. Du hast etwas an dir, dem man sich nur schwer entziehen kann und du bist trotz deines jugendlichen Aussehens sehr attraktiv." Er wurde blass. „Gott, ich kann nicht glauben, wie falsch das klingt."

Emily lachte. „Wenn ich dich richtig verstehe: Im Fall eines Falles hätte ich Chancen. Mach' es doch nicht so kompliziert."

Der Assistenzarzt nickte. „Ich bin mir sicher, dass es viele Kerle in deinem Alter gibt, die …"

„Nein." Sie hob die Hände, ihre Wangen glühten im Lich der Straßenbeleuchtung wie eine Signalfackel. „Sag' es nicht. Die Vorstellung ist ekelhaft."

Kostja breitete die Arme in einer auffordernden Geste aus. Auch wenn das Mädchen nicht verstand, kam sie näher und ließ sich von ihm an seine Brust ziehen.

„Mach's gut."

Sie löste sich wieder von ihm und trat einen Schritt zurück. „Pass auf dich auf."

Als sie zum Tor ging, auf eine Klingel drückte und darauf wartete, dass ihr geöffnet wurde, fragte Kostja aus einem Impuls heraus: „Sag' mal, wer ist Nick eigentlich *wirklich*?"

Ihr Lächeln reichte von einem Ohr zum anderen. „Wir sind zusammen aufgewachsen", erklärte sie und verschränkte die Arme hinter dem Rücken. „Das macht uns wohl zu so etwas wie Geschwistern, aber eigentlich ist er mein *Sponsor*."

Das Tor begann sich lautlos zu öffnen. „Was ist ein *Sponsor*?"

„Willst du das wirklich wissen?"

Kostja dachte kurz nach. „Nein, eigentlich nicht." Er hob zum Gruß die Hand. „Bis Morgen."

Er durfte noch nicht gehen. Emily musste ihm noch etwas Dringendes beichten.

„Kostja, die Flyer im Krankenhaus ..."

Sein Lächeln reicht von einem Ohr zum anderen. „Vergiss es einfach, Miss *weiß nicht, was eine Brautjungfer ist*."

Kapitel: 05

Kaum war Kostja aus ihrem Blickfeld verschwunden, sank Emily mit dem Rücken gegen die Säule des Torbogens, ihre Augen glitten zum Horizont. Eine schwere, graue Wolkendecke bewegte sich träge Richtung Süden. Vermutlich setzte bald Regen ein. Der Wind an diesem Abend war angenehm, sanft und warm.

Genau wie Kostja.

Dieser Mensch gehörte zu den wenigen Personen, die selbst einen jahrhundertealten Vampir noch immer überraschten. Das war nicht leicht. Denn Emily hatte schon viel gesehen und noch viel mehr erlebt.

Grübelnd fasste sie in die Tasche ihrer Motorradkluft, förderte einen iPod zu Tage und schob sich die Kopfhörer in die Ohren. Dass sie nach Hause gehen musste, war nur eine Ausrede gewesen. Die Situation in seiner Wohnung hatte ihr zugesetzt.

Emily war neidisch und sie hasste sich dafür. Sie wollte, wenn nur für einen Tag, ihr Leben gegen das von Adrienn tauschen. Damit sie mit Kostja zusammen sein konnte, ohne ihre Umgebung im Auge zu behalten. Wenigstens einmal wollte sie ihre Sorgen vergessen.

Hartnäckig schüttelte sie den Gedanken ab, schaltete den Player ein und lauschte auf die Klänge, die in ihren Ohren hallten.

Wie sehr sie die Musik liebte. Wie sehr sie die Musik brauchte. Durch Musik fühlte sie sich frei. Das *Hier* verschwamm. Das *Jetzt* löste sich auf.

Die Töne vibrierten in ihrem Körper, brachten ihr Blut in Wallung und zwangen sie dazu, ein Teil davon zu werden. Emily gab dem Drängen nach. Sie hatte keine Zeit, um nachzudenken. Beschwingt setzte sie einen Fuß vor den anderen, hob die Arme und drehte sich um sich selbst. Hüpfend passte sie ihren Hüftschwung dem Rhythmus an.

Gutgelaunt ließ sie sich von der Musik leiten. Emily störte sich nicht an den abwertenden Blicken der Passanten. Die schnellen, harten Beats flossen in ihre Bewegungen.

Sie fühlte sich lebendig.

Sie fühlte sich frei.

Voller Euphorie setzte sie über die Motorhaube eines geparkten Autos hinweg, sprang vom Bürgersteig auf die Straße und wieder zurück. Ungeachtet der vorbeiziehenden Menschen sprach sie den Text mit.

Emily blieb erst stehen, als sie ein merkwürdiges Gefühl überkam. Wie ein Stich. Ein Stoß in den Rücken nahm ihr das Gleichgewicht und sie stolperte ungelenkig über eine heraussstehende Bodenplatte.

Eine Hand fasste nach ihrem Ellenbogen, zog sie auf die Füße zurück und Emily seufzte, dankbar, dass sie nicht mit dem Gesicht voran auf dem harten Asphalt gelandet war. Sie sah über ihre Schulter hinweg.

Schwarze Haare, eisblaue Augen, die Statur, die Größe, der Geruch - was machte Kostja hier? Nein, das war nicht Kostja. Zwischen ihren Augenbrauen bildete sich eine steile Falte.

Wie konnte dieser Fremde Kostja so unglaublich ähnlich sehen, dass es ihr bei seinem Anblick eiskalt den Rücken runterlief? Kaum in der Lage, einen klaren Gedanken zu fassen, riss sie sich von ihm los.

Er war ein Vampir - oder doch nicht? Neben dem untrüglichen Duft eines Wesens nahm sie auch den Geruch von Menschlichkeit an ihm wahr. Wie konnte das passieren? Gehörte er zu jenen Geschöpfen, die sich zwischen zwei Welten bewegten? Das waren doch nur Legenden, oder?

Sie nahm die Kopfhörer ab. „Hallo“, sagte sie. Das Misstrauen bohrte wie ein Presslufthammer in ihren Schläfen. „Bist du neu in Budapest?“

Der Fremde sah sie an, mit dieser allumfassenden Ruhe, die sie bisher nur von Kostja kannte. „Das kannst du dir sparen“, sagte er herablassend. „Dein Lächeln ist nur eine Fassade, mit der du meinen Bruder zum Idioten hältst."

Emily zog die Hand zurück, die sie dem Fremden höflich reichen wollte. Sein Bruder? Sie schmunzelte. Das war zu offensichtlich gewesen.

„Willst du behaupten, ich spiele ihm nur das nette Mädchen vor?", fragte sie, die Daumen in die Schlaufen ihrer Hose gehakt. „Mein Name ist Emily Lyall und wie heißt du, Cowboy?"

„Kaihori."

„Und hast du auch einen Vornamen?"

„Nicht für dich."

Das Mädchen lachte, wühlte sich durch ihr Gedächtnis und fand den dümmsten Namen, den sie jemals gehört hatte. „Gut, dann nenne ich dich Heinz-Günther", erklärte sie ihm fröhlich. „Du wirst mir nicht sagen, was dich nach Ungarn geführt hat, oder?"

Er sah sie an, ein Schatten glitt über seine Züge. Emily trat einen Schritt zurück, hob dem Fremden das Gesicht entgegen und versuchte, in seiner verschlossenen Miene zu lesen. Wenn sie von seinem Akzent ausging, dann musste er aus dem asiatischen Raum kommen.

Warum wuchsen Kostja und Kaihori nicht zusammen auf und wieso war der eine ein Mensch und der andere ein Hybrid? Daraus erwuchs eine Vielzahl an Fragen, auf die sie keine Antworten hatte.

Vertieft glitten ihre Augen über die Stellen, die nicht von seiner Kleidung bedeckt wurden. Er hatte keine erkennbaren Bissspuren. Weder an der Kehle noch an den Handgelenken, die jedes Wesen mit genug logischem Verstand schützte.

Dazu gehörte er wohl nicht.

An dieser Stelle war die Haut eines Vampirs sehr dünn und konnte leicht reißen, was zu einem erheblichen Blutverlust führte. Ihre Achillesferse. Emily trat auf Kaihori zu, beugte sich vor und griff nach dem Kragen seines Oberteils.

Er wurde nicht in den Hals gebissen. Manche Vampire bevorzugten andere Stellen.

Er schlug ihren Arm zur Seite. „Sag‘ mal, geht’s noch? Nimm die Hände weg“, blaffte er sie an und stieß sie unsanft an der Schulter zurück. „Was glaubst du, was du da machst?“

Emily ignorierte sein Schimpfen. „Wer hat dich erschaffen, Heinz-Günther?“, fragte sie, fasste nach dem Saum seines Oberteils und wollte ihm den Stoff über den Bauch schieben. „Jetzt zier‘ dich nicht so.“

Die Bissspuren eines Vampirs waren wie eine Visitenkarte.

„Fass‘ mich verdammt noch mal nicht an oder ich schwöre, ich werde dir jeden einzelnen Knochen brechen!“

„Das ist aber nicht sehr charmant.“

Vielleicht war es ein Vampir mit skandalösen Vorlieben gewesen. Emily sah Kaihori an, als wäre er ein Insekt unter dem Mikroskop. Obwohl er sich gegen ihre Neugier wehrte, schaffte sie es schließlich, ihm das T-Shirt über den Kopf zu reißen.

Sie besah sich seinen Oberkörper enttäuscht. Hier fand sie keine Bissspuren. Ihre Augen wanderten zu seiner Hose.

„Oh nein“, kam es von Kaihori, der ihrem Blick gefolgt war. Ein drohender Unterton schwang in seiner Stimme mit. „Denk‘ gar nicht erst dran.“

Zu spät. Schon fasste Emily nach dem Bund seiner Hose, ihre Finger gruben sich in den Stoff. Natürlich konnten sich die Bissspuren an seinen Oberschenkeln befinden, an den Knöcheln oder an den Füßen.

Unvermutet wurde sie am Kragen ihrer Motorradkluft gepackt und Emily baumelte wie eine schmutzige Katze in der Luft. „Lass den Unsinn“, tadelte eine vertraute Stimme. „Du bist genau wie dieser alte Sack.“

Sie warf einen Blick über die Schulter. „Was machst du hier?“, fragte sie Nick erstaunt. „Hast du mich gesucht?“

Er setzte sie ab, ein Muskel in seiner Wange zuckte. „Dreimal darfst du raten“, gab er knurrend zurück. „Es gibt da ein Mädchen, das schon lange Zuhause sein sollte. Stattdessen willst du wildfremden Männern auf offener Straße die Kleider vom Leib reißen.“

Emily grinste bis über beide Ohren. „Hättest *du* dich für mich ausgezogen?“, witzelte sie. „Du kannst mir meine Neugier nicht vorwerfen. Niemand verlangt von dir, dass du ständig ohne T-Shirt durchs Haus rennst.“

Der Drache sah ihr finster ins Gesicht. „Ich meine es ernst“, mahnte er und blickte zu dem Mann, der Kostja täuschend ähnlich sah. „Und wer bist du?“

Kaihori wich einen Schritt zurück. Er beging scheinbar nicht den Fehler, in einem Drachen keine ernstzunehmende Gefahr zu sehen. „Mein Name ist Kaihori“, brachte er hervor. „Seiji Kaihori.“

Nick seufzte. „Nun, Seiji Kaihori, ich fürchte, ich werde dich mitnehmen müssen. Du solltest die Gesetze kennen. Keinem Wesen ist es gestattet, die Grenzen eines anderen Landes ohne Erlaubnis zu betreten und du machst mir den Eindruck, als hättest du dich zu weit von deinem Territorium entfernt.“

Emily sah dem Drachen ins Gesicht. „Bringst du ihn ...“

„Sei still“, fiel ihr Nick ins Wort und deutete Kaihori mit einer Handbewegung, dass er ihm folgen sollte.

Das Mädchen presste die Lippen aufeinander. „Bist du sauer?“, fragte Emily unbehaglich.

Nick hielt ihr die Wagentür auf. „Ich bin nicht sauer. Ich habe eine Ewigkeit an der Tür gewartet und an dein Telefon bist du auch nicht gegangen. Ich war krank vor Sorge.“

Deprimiert senkte sie den Kopf. „Es tut mir leid.“

„Denk‘ das nächste Mal einfach dran. Dein Motorrad habe ich schon nach Hause gebracht.“

Emily stieß die Luft aus ihren Lungen, ließ sich auf den Beifahrersitz fallen und zog die Schultern hoch. Seiji setzte sich auf die Rückbank. Aus der Hosentasche zog er einen Notizblock und schrieb hinein.

Nick schloss die Tür und Emily grub die Zähne in ihre Lippe. Wenn er, der ihre Launen kannte, wütend reagierte, wollte sie Ian gar nicht erst gegenübertreten. Sie bekam Bauchschmerzen bei der Vorstellung.

Wie konnte er eigentlich wissen, wo ihr Motorrad stand? Verstohlen warf sie ihm einen Blick zu.

Nick umrundete den Wagen, öffnete die Fahrertür und klemmte sich hinter das Lenkrad. Versunken beobachtete sie die Bewegungen seiner schmalen Finger. Wie er den Schlüssel im Schloss drehte und den Motor brüllend zum Leben erweckte. Wie er die Handbremse löste, den Gang einlegte.

Er hatte schöne Hände.

Der sichere Umgang mit einem Auto war für ihn zur Routine geworden. Anders als Ian, der nicht einmal Fahrrad fahren konnte. Zumindest nahm sie das an.

Nick brachte sie zu der Villa, die in der Nähe des *Városliget* lag. Einer schönen Parkanlage, die jedes Jahr Unmengen von Touristen anlockte. Emily seufzte. Nachdem der Wagen das Haupttor passiert hatte, erstreckte sich am Ende des Kiesweges ein modern gestaltetes Anwesen in den Himmel.

Unbeweglich wie eine Statue stand Ian unter dem Vordach und sah dem Wagen entgegen. Seine Miene war unergründlich. Vor den Eingangstüren der Villa ließ Nick den Motor ersterben und Emily verknotete sich der Magen.

Zögernd verließ sie das Auto. „Ich wünsche Ihnen einen guten Abend, Lord Colquhoun."

Ian kam die Freitreppe nach unten, die Arme hinter dem Rücken verschränkt. „Ich weiß einfach nicht mehr, was ich mit Ihnen machen soll“, sagte er streng. „Kein Tag vergeht, an dem ich mich nicht über Sie ärgern muss, Miss Lyall.“

Der Drache trat an ihre Seite, die Hand legte er beschützend auf ihre Schulter. „Du weißt, dass sie noch ein Kind ist“, sagte er nüchtern und schirmte Emily mit seiner schmalen Gestalt ab. „Dass sie Dummheiten macht, ist in ihrem Alter völlig normal.“

Die Züge von Ian verfinsterten sich. „Miss Lyall wurde nicht in dieser Zeit geboren. Ferner gehört es zu ihren Aufgaben, sich das Wissen der Gegenwart anzueignen“, blaffte er ungehalten. „Sie ist *kein* Kind mehr und auch *kein* Teenager. Verlange ich das Unmögliche, wenn sie ein Mindestmaß von Vernunft an den Tag legen soll?“

„Nein, das sicher nicht“, wandte der Drache beschwichtigend ein, bevor er sich zu Emily umdrehte. „Geh‘ ins Haus und sieh‘ nach, ob du noch unerledigte Aufgaben hast.“

Sie nickte. Besser, wenn sie die Geduld des Hausherren nicht unnötig strapazierte. Stumm fasste sie nach dem Griff der Desert Eagle - eine Waffe, die sie beim Verlassen des Anwesens immer bei sich haben musste - und übergab sie Nick.

***

Die Arme hinter dem Rücken verschränkt, stand Ian vor den Fenstern der Bibliothek und lauschte dem Prasseln der Regentropfen. Auf der Chaiselongue saß Seiji, in der Hand ein Glas mit Weißwein.

„Ich bin nicht betrunken genug“, brummelte er, trat zur Anrichte und nahm den Portwein unter die Lupe. „Hast du nicht etwas Stärkeres?“

Der Hausherr zuckte die Schultern. „Ich kann dir Wodka anbieten.“

„Perfekt.“

„Glaubst du nicht, dass du alle deine Sinne brauchen wirst?“

„Nein.“

Ian trat zu seinem Schreibtisch. Er fischte aus einer Schublade, die einen doppelten Boden besaß, eine Flasche Wodka, bevor er nach einem Glas fasste.

Seiji schüttelte den Kopf. „Kein Glas, gib‘ mir die Flasche.“

„Du bist nicht hier, um meinen Alkoholvorrat zu reduzieren.“

„Wenn ich dir sagen soll, was ich in Ungarn treibe, dann gib‘ mir die scheiß Flasche.“

„Du hast eine sehr ... *kultivierte* Ausdrucksweise.“

Der Hausherr seufzte, bevor er den Wodka an seinen dreisten Gast weiterreichte. Seiji öffnete den Verschluss, hob die Flasche an den Mund und nahm einen kräftigen Schluck. Dann spazierte er durch die Bibliothek. Ian organisierte einen Eimer - nur für den Notfall.

„Ich habe vor etwa einem halben Jahr erfahren, dass ich einen Zwillingsbruder habe“, erzählte Seiji finster. „Durch Zufall. Großmutter hat sich verplappert und ich wurde auch nur adoptiert, weil mein *Vater* meine *Mutter* nicht schwängern konnte.“ Er lachte. „Versager. Irgendwann hat er es dann doch geschafft und als sie ihr erstes eigenes Kind bekamen, wurde ich in ein Internat abgeschoben.“

Ian sank in seinen Schreibtischstuhl, lehnte sich zurück und beobachtete Seiji, der sich zwischen Whiskey und Wodka nicht entscheiden konnte. Nachdem er die Getränke gemischt hatte, offenbarte er sich als erstaunlich trinkfest - und ekelhaft. Ein normaler Mensch hätte schon über dem Eimer gehangen. Wie viele durchzechte Nächte gab es wohl nach der Enthüllung der Großmutter?

„Kostja ... Von dem Namen bekomme ich Magengeschwüre“, spie Seiji verächtlich aus. „Ich habe ihn monatelang verfolgt und beschattet, aber er ist nichts Besonderes und trotzdem hat er eine Familie, die ihn liebt, einen tollen Job und Freunde. Er hat all‘ die Privilegien, die er nicht verdient und deswegen hasse ich ihn abgrundtief.“

„Nennt man das nicht Stalking?“, unterbrach ihn Ian. Das hier führte zu nichts. „Hast du schon mit einem Therapeuten gesprochen?

Du machst mir den Eindruck, als hättest du einen Besuch dringend nötig. Ich für meinen Teil habe genug gehört."

Seiji grinste fast boshaft. „Ich dachte, wir reden noch über Ayanna."

Ian verstärkte seinen Griff um das Glas.

Seiji lehnte sich vor und sah seinem Gastgeber tief in die Augen. „Der Name bedeutet *schöne Blume*, richtig?", flüsterte er spöttisch. „Keine Sorge, ich habe deiner Tochter kein Wort gesagt. Es ist mir egal, warum du dein Kind weggeworfen hast. Ich will nur eines wissen: Die Römer haben einst die freien Kelten abgeschlachtet und unterworfen und du tauschst den keltischen Namen deiner Tochter durch einen lateinischen aus. Und dann lässt du sie auch noch für dich arbeiten. Das ist echt krank. Also warum?"

Ian nahm sich etwas von dem Whiskey. Er hatte einen bitteren Geschmack im Mund. „Weil es notwendig war. Willst du für mich arbeiten?"

In die Augen von Seiji trat ein Ausdruck, den Ian nicht zuordnen konnte. „Ich habe kein sonderliches Interesse daran, für einen Lackaffen wie dich zu arbeiten, aber wenn du mir dafür diese Wichser von der Kommission vom Arsch hältst, kommen wir ins Geschäft."

„Deal. Ich könnte deine Fähigkeiten gebrauchen … und jemanden, der auf sie aufpasst, wenn Nick nicht in der Nähe ist."

Seiji verließ die Bibliothek und Ian wandte sich wieder dem Fenster zu. Dabei bemerkte er im Augenwinkel Emily, die im Garten von einem Baum zum nächsten rannte, die Hände über dem Kopf. Während er sie beobachtete, fühlte er einen heißen Stich in der Brust.

Nach ihrer Geburt hatte er sie für tot erklärt und den Anführern eines befreundeten Clans überlassen, um sie schützen zu können. Nur das dieser Clan ein paar Jahre später von Feinden abgeschlachtet wurde.

Emily hatte das Gemetzel wie durch ein Wunder überlebt und irrte wochenlang durch die schottischen Highlands. Es war Nick gewesen, der sie schließlich mehr tot als lebendig gefunden hatte.

Für Ian war das wie ein Schlag ins Gesicht gewesen und er schwor sich, dass niemand seinem Kind jemals wieder Schaden zufügen sollte. Er strich mit den Fingern über seine nassen Wangen.

Selbst, wenn er ihr die Flügel stutzen musste.

Selbst, wenn er sie in einen goldenen Käfig sperren musste.

Selbst, wenn er sie vor der ganzen Welt beschützen musste.

900 Jahre war es ihm gelungen, sie hinter den Mauern seiner schottischen Burg zu verstecken. Sie war seine Tochter, sein geliebtes Kind und er durfte niemals offen zu ihr stehen. Nicht, solange es die Kommission gab.

***

Findest du mich attraktiv?

Die Frage hallte seit dem gestrigen Abend wie ein Echo in seinen Gedanken wieder. Kostja suchte fast verzweifelt nach einer Antwort - nach einer Antwort für sich selbst. Emily hatte er das gesagt, was sie von einem erwachsenen Mann, der sein Gehirn nicht in der Hose trug, hören musste und sollte.

Und doch waren in seinem Kopf so viele Antworten und keine davon beschrieb nur annähernd, was dieses Mädchen in ihm auslöste. Er hätte sich nicht nur zu ihr umgedreht. Er hätte nicht nur einen Blick riskiert.

Aber er hätte es nicht gewagt, sie anzusprechen.

Kostja war verlobt. Er heiratete in diesem Jahr. Für ihn durfte und konnte es keine andere Frau geben. Auch wenn er Adrienn nicht liebte, wollte er ihr ein Ehemann sein und seinen zukünftigen Kindern ein liebevoller Vater.

Seit er Emily kannte, geriet sein Entschluss zunehmend ins Wanken.

Wie oft hatte er sich bei dem Gedanken ertappt, dass er sie in seine Armen schließen und küssen wollte? Leise seufzend riss er sich von seinen Unterlagen los und warf einen Blick aus dem Fenster.

Wann hatte es angefangen zu regnen? Sein Smartphone vibrierte. Kostja schloss die vor ihm liegende Akte, massierte sich mit den Fingerspitzen die Schläfen und lehnte sich in seinem Stuhl zurück. Er hatte einen weiteren Arbeitstag überstanden.

Endlich Feierabend.

Kostja sah erneut aus dem Fenster. Auch wenn er den Schein einer Ehe leben wollte, daran glaubte er, war das nicht seine einzige Intention. Wie hätte er ein Mädchen angesprechen können, das rein Optisch wie eine Oberschülerin wirkte?

Das hätten seine Moralvorstellungen niemals zugelassen.

Er seufzte. Heute war Emily nicht aufgetaucht. Dabei hatte er sich schon auf eine Partie Poker gefreut. Jason konnte auch nicht mit ihm spielen. Die Pädiatrie war unterbesetzt - ungewöhnlich viele Ärzte wurden in den letzten Wochen krank. Kostja hatte das ungute Gefühl, das Vampire etwas damit zu tun hatten.

Adrienn musste sich um einen neuen Fall kümmern. Ein Patient hatte einen Internisten wegen eines Kunstfehlers verklagt.

Kostja fuhr sich mit beiden Händen durch die Haare. Er sollte auf dem Heimweg noch ein Bier trinken, bevor er sich wieder in seine Höhle zurückzog. Vor kurzem hatte nahe der Donau ein Diner eröffnet.

Wie aufs Stichwort riss Jason die Tür auf. Durch sein unerwartetes Auftauchen aus dem Konzept gebracht, wandte sich der Assistenzarzt vom Fenster ab.

„Hallo, bester Freund", flötete Jason wie ein frisch verliebter Teenager und grinste dabei von einem Ohr zum anderen. „Wir machen heute noch einen drauf. Nimm Adrienn mit."

„Musst du nicht...?"

Weiter kam er nicht. Jason verschwand genauso schnell, wie er aufgetaucht war. Ein Lachen folgte dem turbulenten Abgang des Kinderarztes. In Ordnung. Kostja mochte die Vorstellung ohnehin nicht, alleine ein Bier trinken zu gehen.

Amüsiert räumte er die Unterlagen auf dem Schreibtisch zusammen und verließ das Büro. Auf seinem Weg sammelte er Adrienn ein, die den vor ihr liegenden Aktenordner frustriert durchs Zimmer schleuderte. Wie es schien, raubte ihr der Fall den letzten Nerv.

Gemeinsam begaben sie sich zu Jason, der vor den Türen des Krankenhauses stand, neben ihm eine schwarzhaarige Frau. War das nicht eine von den Krankenschwestern?

Nach den üblichen Höflichkeitsfloskeln machten sie sich auf den Weg. Jason wollte zu dem Diner, über das Kostja nachgedacht hatte, und traf mit seinem Vorschlag auf allgemeine Zustimmung.

Doch kaum waren sie in die Straßenbahn eingestiegen, hatte Kostja das Gefühl, seine Augenlider würden Tonnen wiegen. Vielleicht hätte er sich nach einer durchzechten Nacht besser krankgemeldet, statt zu arbeiten. Er nickte ein, wobei er mit dem Kopf an der Scheibe lehnte, die Stationen zogen unbemerkt an ihm vorbei.

Ein Ellenbogen in seinen Rippen weckte ihn wieder auf. Gut gelaunt und scherzend, trieb ihn Jason aus der Straßenbahn.

Kostja bekam den Weg kaum mit. Er bemerkte nur, dass er unbeholfen eine Freitreppe hinauf stolperte, eine Tür öffnete und dabei das Bimmeln eines Glöckchens hörte.

Der Geruch von Waffeln, Pommes und Fleisch drosch wie ein Vorschlaghammer auf ihn ein. Wieso war er auf einmal so müde? Vor einer halben Stunde ging es ihm noch gut und jetzt kroch er buchstäblich auf dem Zahnfleisch.

Gähnend ließ er sich in die Polster einer Essecke sinken.

„Du solltest nach Hause gehen“, sagte eine Stimme. „Ich bringe dir einen Kaffee.“

Kaum in der Lage, seine Augen offenzuhalten, hob Kostja den Kopf, lehnte sich vor und sah den flatternden Bändern nach, die zu einer Schleife gehörten. Er kannte das Mädchen, aber er war zu müde, um darüber nachzudenken.

Jason ließ sich auf der gegenüberliegenden Tischseite nieder, seine Begleiterin saß außen. Adrienn hatte sich einen Hocker am Tresen gesucht. Sie redete mit jemanden, der einen Notizblock festhielt.

Kostja stand auf, schlurfte an den Tischen vorbei und trat zu Adrienn. Erst beim näheren Hinsehen wusste er, warum ihm das Mädchen mit den flatternden Bändern bekannt vorgekommen war.

„Ich habe mir Sorgen um dich gemacht. Normalerweise kann ich die Uhr nach dir stellen, doch heute bist du nicht ins Krankenhaus gekommen. Ist alles in Ordnung?“, fragte Adrienn.

Abwehrend hob Emily die Hände. „Es geht mir gut. Mein Bruder hat mir nur Hausarrest aufgebrummt“, erwiderte sie amüsiert. „Ich habe mich gestern Nacht rausgeschlichen und das hat ihm nicht besonders gefallen.“

„Halt‘ nicht Maulaffenpfeil und bring‘ das zu Tisch Sieben, Mädchen“, meckerte der Koch mit einem Schöpflöffel in der Hand. Ungeniert kratzte er sich am Bauch. „Warum hab‘ ich dich bloß eingestellt?“

Die Frage, die Adrienn förmlich zu zerreißen drohte, hing unausgesprochen in der Luft. Bevor Emily den Mund aufmachen konnte, schob ihr der schlecht gelaunte Koch zwei Teller zu, auf denen sich ein blutiges Steak befand, begraben unter Kartoffeln und Soße.

Das Mädchen griff nach einem Tablett, das hinter dem Tresen lag und balancierte die Bestellungen zu den Gästen. Als sie zurückkam, konnte Adrienn ihre Neugier nicht länger im Zaum halten.

„Wo sind deine Eltern? Weil du sagtest ...“

Emily räumte dreckige Teller in den Geschirrspüler. „Meine Mutter ist gestorben, als ich ein Kind war und mein Vater ... nun, ich habe nur noch meinen Bruder ... Nein, machen Sie bitte nicht so ein Gesicht“, rief sie hastig. „Es ist alles ...“

Sie brach ab. Das Thema schien sie zu belasten, aber sollte das nicht Jahrhunderte zurückliegen? An ihrer bebenden Stimme, der zitterten Unterlippe und den feuchten Augen, erkannte Kostja, das Zeit, auch sehr viel Zeit, nicht alle Wunden heilte. Er bewunderte sie für ihre Stärke.

Emily nahm einen weiteren Teller, den sie in den Geschirrspüler räumte. Der Assistenzarzt vermutete, dass sie den Tod ihrer Mutter noch nicht verarbeitet hatte. Aber was war mit ihrem Vater?

Adrienn hielt Emily an den Händen fest. „Auf welche Schule gehst du eigentlich?“, versuchte sie plump das Thema zu wechseln. „Gehst du in eine öffentliche Einrichtung?“

Emily war die Dankbarkeit anzusehen.

„Ich gehe auf das St. Mary Internat“, erwiderte das Mädchen mit einem Lächeln, zupfte eine Serviette aus dem Spender und tupfte sich über die Augen. „Das ist eine sehr gute Schule.“

Der Anwältin blieb der Mund offen stehen. „Ist das nicht diese Schule für Hochbegabte?“, fragte sie und sah sich im Diner um. „Du hast keine Zeit für einen Job. Du solltest lernen.“

Bevor Emily etwas dazu sagen konnte, mischte sich Kostja in das Gespräch ein. „Das ist nur ein weit verbreiteter Irrglaube.“ Er sah seine Verlobte an. „Die meisten Leute glauben das, weil sich das Schulgeld nur die wenigsten leisten können. 1,5 Millionen Forint zahlen die Erstklässler. Mit jeder weiteren Stufe wird es teurer.“

„Und woher weißt du das?“, wollte Adrienn wissen, der die Höhe des Schulgeldes schwer im Magen lag. „Sag‘ mir bitte nicht, du warst auf dieser Schule.“

Kostja grinste erheitert. „Ganz sicher nicht. Das ist eine reine Mädchenschule.“ Er drehte sich um, die Ellenbogen auf dem Tresen. „Ich war im St. Florian Stift, der zum St. Mary Internat gehört.“

Adrienn schnitt eine Grimasse. „Ihr Streber.“

Kapitel: 06

„Jetzt guck' nicht so", lachte Kostja und bemerkte, dass sein bester Freund die unerwartete Zweisamkeit bei Tisch nutzte. „Ich habe dir doch gesagt, dass es ein Irrglaube ist. Die Schulen sind wirklich sehr teuer, aber wegen ihrer *edlen* Schülerschaft sind sie sehr darauf bedacht, niemanden durchfallen zu lassen. Ihr Ruf könnte immerhin durch schlechte Mundpropaganda einflussreicher Eltern Schaden nehmen."

Emily stellte eine Tasse Kaffee auf den Tresen. „Kaum zu glauben aber es ist wahr", gab sie dem Assistenzarzt Recht, wandte sich der Durchreiche zu und bekam vier weitere Teller ausgehändigt, die sie durch das Restaurant balancierte.

Kostja sah dem Mädchen nach, wobei seine Augen zu ihren schlanken Beinen glitten. „Nicht falsch verstehen", fuhr er an Adrienn gewandt fort und trank einen Schluck Kaffee. „Die Schulen sind alles andere als Kinderkacke. Du wirst aber trotzdem keinen reichen Bengel finden, der dort war und nicht abgeschlossen hat und die, die sich Mühe geben, können sich über eine Auszeichnung im Abschlusszeugnis freuen."

Emily lachte. „Als hätte die Auszeichnung irgendeine Bedeutung."

Kostja grinste über den Rand der Tasse hinweg. „Mein Onkel hat viel zu viel dafür bezahlt, dass ich mit diesen Idioten durch die Schulstufen gejagt wurde."

Emily seufzte. „Meinst du damit deine Cousins?"

Kostja verschluckte sich fast an seinem Kaffee. Abwechselnd lachend und hustend, stellte er die Tasse auf den Tresen. „Sie haben die Aufnahmeprüfung nicht geschafft. Aber selbst wenn, hätte es wohl kaum eine Rolle gespielt", gab er zurück und bemerkte, dass ihm Emily aufmerksam in die Augen sah. „Wir arbeiten ohnehin alle im Familienbetrieb und diese Schulen haben auch nicht viel zu bieten."

„Hasst du deine Cousins?“, fragte sie, drehte sich um und polierte die Gläser. „Ich habe mich neulich ein bisschen mit deinem Onkel unterhalten.“

Eine fast peinliche Stille entstand. „Nein, ich hasse die Beiden nicht. Ganz im Gegenteil. Ich bewundere sie. Sie sind gute Ärzte und sie reißen sich für ihre Patienten den Arsch auf“, erwiderte Kostja vertieft, fasste nach der Tasse und nahm einen Schluck. „Für die meisten Ärzte sind Patienten nur ein Name auf einem Krankenblatt. Aber meine Cousins sind mit Herz und Seele dabei.“

Emily wirkte bestürzt. „Sie schikanieren dich.“

Kostja hob ihr sein Gesicht entgegen. „Spielt das eine Rolle? Ich sehe zu den Beiden auf. Ich will ein genauso guter Arzt werden wie sie.“

Das Mädchen tätschelte seine Hand. „Aber das bist du doch schon längst“, sagte sie voller Überzeugung.

Er versank in den Tiefen ihrer Augen. „Bin ich das wirklich?“

Kostja wurde von Adrienn am Ohrläppchen gepackt. „Oje. Wenn du so weitermachst, muss ich dich einsperren lassen“, seufzte sie. „Hast du schon vergessen, dass ich Anwältin bin? Ich kann nicht zulassen, dass du einem so jungen Mädchen nachsteigst, mein Lieber.“

Emily lachte und scheuchte die Zwei an den Tisch zurück. „Jetzt lasst eure Freunde nicht länger allein.“

Mit ihrem Notizblock bewaffnet, wollte sie die Bestellungen aufnehmen.

Überfordert studierte Kostja die Speisekarte. „Wird mir alles vom Teller laufen, wenn ich reinsteche?“, murmelte er ungewollt laut.

Emily zuckte die Schultern. „Du sitzt in einem amerikanischen Diner“, erklärte sie ihm unnötigerweise, lehnte sich über den Tisch und zeigte Kostja eine Seite, auf der Speisen für Kinder angeboten wurden. „Da kannst du nicht viel anderes erwarten.“

Jason meldete sich grinsend zu Wort. „Am besten ignorierst du ihn“, sagte er glucksend. „Der werte Herr isst kein Fleisch.“

„Ich würde ihn wieder ausladen", beriet Emily das künftige Brautpaar zwinkernd. „Der ist zu frech."

Adrienn lachte. „Gedanklich notiert."

Kostja lehnte sich zurück. „Das halte ich für eine ausgezeichnete Idee."

„Was?", empörte sich Jason beleidigt. „Pah, ihr könnt mich nicht wieder ausladen, sonst werde ich euer Geschenk behalten."

Während sich Adrienn und Jason scherzhaft stritten, gab Kostja die Speisekarte zurück. „Ich nehme einmal *Mac and Cheese*", sagte er und hob die geleerte Tasse an. „Und noch einen Kaffee bitte."

Bevor Emily den Tisch verließ, bat sie um die letzten Bestellungen. Jason nahm einen Burger mit extra Soße, seine Begleitung einen Milchshake und Adrienn, die in ihr Hochzeitskleid passen wollte, hätte am liebsten nur ein Salatblatt zum Knabbern.

Mit viel Verständnis überzeugte Emily die nervöse Braut von einer Portion Pommes. Kostja verkniff sich ein Lachen, nahm seine aufgelöste Verlobte in die Arme und ließ seine Fingerspitzen über ihre Schulter gleiten.

„Du hast eine super Figur, Adrienn." Er lehnte seinen Kopf gegen ihren. „Und wenn du dein Kleid trägst, wirst du die Märchenprinzessin sein."

Jason beobachtete Emily, die einen Gast begrüßte. „Sie ist ein nettes Mädchen", kommentierte er, den Arm um seine Begleitung gelegt. „Vielleicht zu nett … woher kennst du sie eigentlich, Kostja?"

Der angesprochene Assistenzarzt schüttelte den Kopf. „Ich bin mir nicht ganz sicher."

„Sie wirkt manchmal … einsam …", warf Adrienn ins Gespräch ein und sah Kostja von unten mit großen Augen ins Gesicht. „Aber irgendwie hat sie etwas an sich, dem man sich nur schwer entziehen kann, oder?"

Vergnügt schnippte Kostja seiner zukünftigen Frau gegen die Stirn. „Wenn ich antworte, ziehst du mir wieder die Ohren lang.“ Er sah ebenfalls zu dem Mädchen, um das es ging. „Sie hat ihre eigene Schwerkraft um sich.“

Seine gute Laune verpuffte, nachdem ein hochgewachsener, dürrer Mann durch die Reihen der Tische schritt. Der Fremde steuerte direkt auf Emily zu.

Sein körperlicher Zustand war besorgniserregend.

Reste von Kleidung hingen ihm in Fetzen vom Leib. Spitze Knochen, über die sich eine gelbliche, fast transparente Haut spannte, eingefallene Wangenknochen und ein starker Körpergeruch erinnerten an einen Kadaver, der wochenlang in der Sonne gelegen hatte.

In seinem zerzausten, stellenweise verfilzten Haaren steckten Reste von Zweigen und Laub. Gleichzeitig schien eine fast schon übermenschliche Kraft von dieser mageren Gestalt auszugehen.

Die Augen des Mannes, blutunterlaufen und tief in den Höhlen sitzend, betrachteten das Mädchen hinter dem Tresen mit ungestilltem Verlangen.

Unter normalen Umständen hätte Kostja auf einen Junkie getippt. Aber ein Junkie hatte keine Fangzähne.

Auch wenn der Arzt in ihm Alarm schlug, ignorierte er das drängende Bedürfnis, medizinische Hilfe anzubieten.

Mit einem Lächeln bat er seine Verlobte um Verzeihung, dann stand er auf. Adrienn wollte ihn aufhalten und schwieg, nachdem sie den entschlossenen Ausdruck in seinem Gesicht bemerkt hatte.

Kostja steuerte auf den Fremden zu, der Emily am Kragen ihrer Uniform gepackt hatte.

„Mach‘ den Mund zu“, fuhr ihn das Mädchen ungeduldig an, ihre Augen glühten wie grünes Feuer. „Oder ich kotz‘ dir in die Fresse!“

Im selben Moment kam der Koch aus der Küche heraus, stampfte durchs Restaurant und baute sich mit einem Kochlöffel hinter dem Fremden auf.

„Was hast du für ein Problem?", wollte er grimmig wissen und schlug mit dem Kochlöffel auf den Tresen. „Lass' mein Mädchen in Ruhe, Freundchen oder ich hau' dir was aufs Maul, kapiert?"

Emily blinzelte, nachdem sie Kostja entdeckt hatte.

Den Koch nicht weiter beachtend, wandte sich der Fremde an den Assistenzarzt. „Du solltest dich verpissen, Menschlein", sagte er mahnend. „Das hier geht dich nichts an."

Kostja sah zu Emily. „Alles in Ordnung?"

Sie schenkte ihm ein strahlendes Lächeln und schlug den Arm des Mannes zur Seite. „Natürlich."

Der Fremde fühlte sich durch das Verhalten der Anwesenden scheinbar provoziert. „Wer bist du?", knurrte er, wollte nach Kostja fassen und wurde von Emily daran gehindert. „Bist du etwa ein Freund von diesem Scheißmensch?"

Bevor sie etwas sagen konnte, gab der Assistenzarzt eine Antwort. „Mein Name ist Kostja."

„Kostja?", knurrte die Gestalt voller Abscheu. „Was bist du? Ruski? Kasache? Euch Dreckspack haben wir doch in den 80ern schon verjagt! Dich zu töten ist ja schon so etwas wie eine öffentliche Dienstleistung."

„Wow", entschlüpfte es Kostja so leise, dass ihn nur Emily und der Fremde hörten. „Das ist was Neues. Ein rassistischer Vampir."

„Sein Name ist Andor", warf das Mädchen ein, sprang über die Theke hinweg und drehte dem ungebetenen Gast den Arm auf den Rücken. „Lass' dich nicht von ihm provozieren."

Andor fletschte daraufhin die Zähne. Kostja sah zu seinen Freunden, die ihn zwar beobachteten, von der zweifelhaften Unterhaltung aber nichts mitbekamen.

„Verstehe", gab er zurück. „Woher kennst du ... Andor?"

„Er ist ein Kriegsveteran." Sie zwang den Fremden mit einer fast unmenschlichen Kraft in die Knie. „Seitdem ist er ..."

Emily pfiff leise und malte mit dem Zeigefinger Kreise neben ihren Schläfen in die Luft. Kostja zog die Augenbrauen hoch. Er fand das als Arzt nicht unbedingt witzig, wollte sich aber auch nicht auf die Seite eines Vampirs schlagen, der ihm feindlich gesinnt gegenüberstand.

„Dann sollte er ..."

„Ich kann euch hören", zischte Andor. „Noch ein Wort und ich reiße euch Beiden die Kehle raus."

Vier oder fünf Gäste standen auf. Stumm, aber bedrohlich. Die Atmosphäre im Diner begann sich wie vor einem heraufziehenden Gewitter zu verändern. Obgleich sich niemand rührte, ließ Andor seinen Blick beunruhigt schweifen.

Kostja wusste nicht warum, aber er trat einen Schritt zur Seite, um die Szene vor seinen Freunden abzuschirmen.

„Das empfehle ich dir nicht", sagte der Assistenzarzt, so ruhig wie möglich. Innerlich machte er sich vor Angst fast in die Hose. „Ich glaube, das würdest du bereuen."

Andor lachte finster. „Willst du mir drohen, Menschlein?"

„Nein, das ist keine Drohung." Kostja schluckte. Seine Knie, seine Schultern - alles an ihm zitterte. „Das ist nur ein gut gemeinter Rat."

Emily ließ Andor los, der sich sofort aufrichtete. Sie wirkte nicht im Geringsten besorgt. „Dieser Mensch steht unter *meinem* Schutz", sagte sie mit schneidender Stimme. „Wenn du ihm zu nahe kommst, werde ich dich eigenhändig zum Krüppel machen."

Andor lehnte sich vor. „Dein Wachhund wird nicht rund um die Uhr auf dich aufpassen können, Menschlein", flüsterte er gehässig und sog die Luft in die Lungen. „Du riechst ziemlich gut."

Kostja schnürte sich der Hals enger. „Ich wünschte, ich könnte das Kompliment zurückgeben", entgegnete er mutiger, als er sich fühlte.

Andor grinste herablassend, drehte sich um und verschwand durch die Eingangstür im Dunkel der Nacht. Im Diner breitete sich eine Totenstille aus.

Kostja stand wie zur Salzsäule erstarrt neben Emily, weiß wie ein Leichentuch.

Das Restaurant erwachte nach einer gefühlten Ewigkeit wieder zum Leben. Stimmengewirr erhob sich gegen die Stille, Gäste sanken auf ihre Plätze zurück und der Koch verschwand in der Küche.

„Ist mit dir alles in Ordnung?“, wollte Emily sorgenvoll wissen, ihre Hand auf seiner. „Du solltest den Idioten vergessen. Er wird dir nichts tun.“

Kostja rang sich ein Lächeln ab. „Ich stehe also unter deinem Schutz?“

Sie schlug ihm leicht gegen den Arm, seine Augen richteten sich auf ihre Gestalt. „Schon mal etwas von Emanzipation gehört?“, zog ihn Emily auf, griff über die Theke hinweg und gab ihm eine Flasche Wasser. „Wenn Andor tatsächlich glaubt, du gehörst zu mir, wird er dich wahrscheinlich in Ruhe lassen.“

Der Assistenzarzt nahm einen Schluck. „Deine Worte haben ihn nicht beeindruckt. Wenn überhaupt hat es ihn eher wütend gemacht.“

„Na gut“, schnaufte sie resigniert, setzte sich auf den Barhocker und wirkte angespannter, als es Kostja nach der Morddrohung durch einen Vampir war. „Ich hatte dir damals von meinem Arbeitgeber erzählt. Ian. Erinnerst du dich? Seine Familie ist sehr alt und mächtig und in den Reihen der Wesen genießt dieser Mann ein hohes Ansehen. Weil ich für ihn arbeite, kommt mir ein kleiner Teil seines Images zugute.“

Kostja entschied, es erstmal dabei zu belassen, nickte und kehrte zu seinen Freunden zurück, die ihn prompt mit Fragen bombardiert.

Weil er nicht wusste, was er dazu sagen sollte, hüllte er sich weitgehend in Schweigen. Emily und der Koch hatten die Situation unter Kontrolle gebracht. Nur das zählte.

„Eigentlich wollte ich helfen", rief Jason. „Aber dann hätte ich euch allen die Show gestohlen."

Adrienn stützte die Ellenbogen auf den Tisch und grinste amüsiert. „Ein waschechter Held."

„Ich fordere dich zum Duell", grollte Jason gekränkt. „Lass uns die Angelegenheit bei einer Partie Monopoly klären!"

„Gerne."

Einem Wettstreit unter Freunden konnte Kostja nicht lange widerstehen. Natürlich musste das Spiel an Reiz gewinnen und darum bestellte er Wodka, zwei Flaschen Cola und vier kleine Gläser.

Emily schien nicht sonderlich begeistert zu sein, folgte aber den Wünschen der Kunden und holte das benötigte Spiel. In der Zwischenzeit wurden die neuen Regeln erklärt.

Wer auf der Schlossallee oder der Parkstraße landete, musste einen Kurzen trinken. Auf Ex, wer ins Gefängnis oder pleite ging. Ein Schluck für jedes Grundstück, das einem anderen Spieler gehörte.

Nach seiner Begegnung mit Andor brauchte er alles, nur keinen klaren Kopf.

Die Situation hatte ihm gezeigt, wie stark Emily - dieses zierlich wirkende Mädchen - wirklich war.

So wurde aus dem netten Beisammensein Stunden mit teurem Essen, zu viel Alkohol, Spielen und Wetten, die Jason wie gewohnt verlor. Die Folgen ließen nicht lange auf sich warten. Sowohl die Gesprächsthemen als auch die Manieren stürzten bald auf das Niveau einer Horde pubertierender Vorstadtkinder.

Am Ende war es der Koch selbst, der die vier Freunde nachdrücklich dazu aufforderte, ihre Rechnung zu begleichen und das Diner zu verlassen.

Jason brachte seine Begleitung nach Hause, Kostja ging mit Adrienn.

„Du musst dir keine Sorgen machen“, platzte es aus der Anwältin heraus. „Ich bin ein großes Mädchen.“

Kostja warf einen verklärten Blick zum Diner zurück. Er fragte sich, ob Emily mit ihrer Vermutung Recht hatte und das Ansehen von diesem Ian ausreichte, um Andor fernzuhalten.

„Im Diner ist irgendetwas vorgefallen, über das du nicht reden willst. Keine Sorge. Dieser Spinner hat dich bestimmt schon vergessen“, fügte Adrienn lallend hinzu, als sie zusammen zur Nightline torkelten.

Kostja lachte nervös. „Ich bringe dich nach Hause und dann geh‘ ich noch ein bisschen spazieren.“ Mit einem Schmunzeln und einer theatralischen Geste, die ihm fast das Gleichgewicht kostete, fügte er hinzu: „Wenn ich es über mich bringen kann.“

Adrienn kicherte und schlug ihm etwas zu kräftig gegen die Schulter. „Du schaffst das. Und wenn dir der Kerl auflauert, rufst du mich und *ich* werde dich beschützen.“

Die Neckereien stoppten, als sie hinter der Tür der Nightline verschwand. Kaum stand Kostja allein auf der Straße, verknotete sich ihm der Magen.

Ob dieser Andor wirklich schon über alle Berge war? Suchte er sich ein nettes, einheimisches Takeaway?

Kostja wurde schlecht.

Die Luft aus den Lungen stoßend, setzte er sich wieder in Bewegung. Er machte sich zu viele Sorgen. Emily und Adrienn hatten Recht.

Warum sollte er sich weiter verrückt machen?

***

Das Diner hatte geschlossen und letzte Reinigungsarbeiten waren beendet. Sie sollte jetzt die Kasse prüfen. Nur das Emily dafür die nötige Konzentration fehlte.

Fortwährend dachte sie an Kostja und stellte sich immer wieder die gleiche Frage: Warum musste er ausgerechnet auf diesen einen Vampir treffen?

Ihre Augen glitten aus dem Fenster.

Auch wenn Andor den Verstand verloren hatte, blieb er gefährlich. Zu gefährlich für einen Menschen. Und Kostja hatte es geschafft, den Hass dieses Vampirs auf sich zu ziehen.

Verdammt! Sie fuhr sich mit beiden Händen durch die Haare, die Zähne in ihrer Unterlippe. Warum hatte sich der Assistenzarzt nur eingemischt?

Resigniert stieß sie die Luft aus ihren Lungen. Sie konnte nur hoffen, dass ihm kein Leid geschah.

Emily hob erschrocken den Kopf, nachdem der Bildschirm des Laptops ohne Vorwarnung nach unten geklappt wurde.

„Ich weiß, dass du dir Sorgen machst", meinte der Koch, einen Schöpflöffel in der Hand. „Also hau' endlich ab."

Sie schüttelte den Kopf. „Es geht mir gut", lehnte das Mädchen ab, öffnete den Computer und setzte ihre Arbeit fort. „Ich kann ihn nicht wie ein Kind behandeln. Er wird klarkommen."

„Wie du meinst."

Emily lächelte einseitig. „Ich mache das schnell fertig. Dann bin ich weg."

Kaum war der Koch hinter dem Tresen verschwunden, begann sie sich unbewusst zu beeilen. Rasch sah sie sich die Rechnungen durch, fügte die Zahlen in eine Tabelle ein und zählte das eingenommene Geld nach.

Dann räumte sie schnell auf, holte eine Tasche aus ihrem Spind, wünschte dem Koch eine gute Nacht und warf mit mehr Elan als nötig die Tür des Diners hinter sich zu.

Normalerweise ging sie nach der Arbeit duschen und zog sich um. Darauf hatte sie heute verzichtet.

Emily tauchte im Budapester Nachtleben unter, das entlang der breiten Gehwege der *Andrassi Straße* zu den Clubs im Nordwesten der Stadt floss. Neonreklamen versprachen die Befriedigung aller möglichen Bedürfnisse in den Etablissements, für die sie warben.

Laute Musik drang aus den Lautsprechern zahlreicher Bars und fahrender Autos. Ein Mahlstrom menschlicher Zivilisation, der unbeachtet an ihr vorbeizog.

Schon bevor Emily den Heldenplatz am Budapester Stadtpark *Városliget* erreicht hatte, war der Strom zu einem Rinnsal verkommen. Sie überquerte den großen, offenen Platz, auf dem Menschen in Gruppen zusammenstanden, tranken, lachten und Zigaretten rauchten, deren Stummel auf den grauen Granitplatten erloschen.

Der Park war um diese Zeit fast totenstill. Dunkel. Die wenigen Besucher sammelten sich an den asphaltierten Flächen vor der Baumgrenze, wo die Lichter der Stadt ihren warmen Schein auf die alten Linden warfen.

Emily fehlte die instinktive Angst der Menschen vor der Dunkelheit. Sie lebte seit ihrem sechsten Lebensjahr unter den Vampiren, nahm ihre Verhaltensweise an, ohne sich dessen überhaupt bewusst zu sein, und wurde schon vor ihrer Verwandlung zu einer von ihnen.

„Dass ausgerechnet *du* zu einem Menschenfreund wirst, hat mich erstaunt“, durchzog eine vertraute Stimme das Dunkel der Nacht. Gras und Blätter raschelten. „*Du* warst es, die sie ohne Reue abgeschlachtet hat.“

Ihre Mundwinkel zuckten. „Auch *ich* war ein Mensch“, gab sie zurück und drehte sich zu dem Schatten um, der langsam näherkam. „*Wir* waren Menschen.“

Ein Lachen erklang, düster und grausam. „Rechtfertigst du damit die Morde vor deinem Gewissen? Weil du ein Mensch *warst*?“

„Nichts auf dieser Welt rechtfertigt, was ich getan habe. Ob ich nun meine Familie beschützen wollte, ob ich ein Mensch war oder weil

Kriege ein Ende finden mussten ... was bringt es, mein Gewissen damit zu belasten?“

„Du bist nicht mehr die Frau, der ich vor Jahrhunderten Treue geschworen habe.“

Emily ließ ihre Augen zu Andor wandern, der ins Licht trat. „Du bist nicht mehr der Mann, der an meiner Seite gekämpft hat.“ Sie begann sich ihm zu nähern. „Was ist bloß aus dir geworden?“

Er grinste, breitete die Arme aus und vollführte eine spöttische Verbeugung. „Es wird wohl noch eine Weile dauern, bis ich wieder vollkommen hergestellt bin.“

Sie schüttelte den Kopf. „Nein“, widersprach sie ihm. „Du lebst noch immer in diesem Krieg. Du bist niemals nach Hause zurückgekehrt. Es hat sich viel verändert, Andor. Wir können friedlich neben den Menschen leben und Kostja ...“

„Kostja“, fiel er ihr verächtlich ins Wort, über seine Züge glitt ein herablassender Ausdruck. „Was findest du an dem Kerl ... an einem von diesen scheiß Menschen? Hoffst du darauf, dass er dich in sein Bett holt?“

Emily runzelte die Stirn. „Zumindest ist er nicht du.“

„Oh, mein lieber Menschenfreund, niemand ist wie ich und keiner ist wie du. Wir beide sind Mörder und wir werden niemals etwas anderes sein. Weiß er, wer du bist? Weiß er, was du getan hast?“

Sie konnte das aufsteigende Lachen nicht unterdrücken. Emily machte einen weiteren Schritt auf Andor zu. „Hast du mir nicht gesagt, dass du die Menschen nicht magst?“, wollte sie wissen und verbarg ihre zitternden Hände. „Warum kümmert es dich, was Kostja über mich weiß und was nicht?“

Nur eine Armlänge trennte sie voneinander. „Glaub‘ jetzt bloß nicht, dass ich krank vor Liebe nach dir bin oder dass ich mich mit dir verbunden fühle.“ Seine Mundwinkel hoben sich. „Ich bin kein Hollywood-Bösewicht.“

„Entschuldigung, ich gehe nur selten ins Kino.“ Ihre Atmung wurde schwer. „Lass‘ deine Hände von ihm.“

„Ich erhebe Anspruch“, sagte er ohne jede Form von Hohn, seine Züge verfinsterten sich. „Er ist meine Beute und wenn du mir in die Quere kommst, werde ich dich melden.“

Sie hatte es geahnt und doch darauf gehofft, sich zu irren. „Wenn du mir keine Wahl lässt, werde ich dich umbringen.“

Andor verengte die Augen. „Okay“, meinte er grinsend. „Deine Loyalität gehört nicht der Kommission. Ist deine Liebe zu den Menschen größer als dein Verstand?“

„Das habe ich nie behauptet“, entgegnete sie. „Ich fürchte mich. Du kannst dir nicht vorstellen, was mir die Kommission angetan hat ... wie grausam sie wirklich sind. Und genau das ist der Grund, warum ich weder ihnen noch den Menschen oder mir selbst diene. Mein Leben gehört einem sehr mächtigen Mann, der dieses ganze System zum Einsturz bringen wird.“

Ihre Äußerung brachte Andor zum Stocken. Er erwiderte nichts, weil er wusste, von wem sie sprach. Sie kämpfte nur für ihn, an seiner Seite.

Die Tyrannei der Kommission musste endlich gestoppt werden. Für ihn wurde sie zur Waffe, zu seiner Abwehr - ein Schwert und ein Schild.

Wie oft hatte sie ihn schon bedrängt, seinen Einfluss mehr geltend zu machen und neue Gesetze zu erzwingen? Doch er hatte nur den Kopf geschüttelt. Vampirpolitik war bereits byzantinisch genug gewesen, noch bevor der erste Grieche sein Segel im Marmarameer gehisst hatte.

Politisches Kapital besaß einen zu großen Wert, um es für eine Sache zu opfern, die von vornherein verloren war. Darum spielte er mit den Mitgliedern der Kommission ein Spiel - schon viel zu lange, als dass sie sich noch an den Anfang hätte erinnern können.

Niemand traute es diesem zynischen und arroganten Mann zu, aber er beherrschte die Regeln und er spielte mit einer Geduld, die Emily selbst in 1000 Jahren nicht aufgebracht hätte.

Ihre Gedanken fanden ein abruptes Ende, nachdem sie eine Faust am Kiefer traf. Der unerwartete Schwung riss sie von den Füßen. Offensichtlich wollte Andor ihre Differenzen mit einem Kampf beilegen.

Ganz wie es dem Wesen der Vampire entsprach. Keine Verhandlungen. Keine Diskussionen. Kein Warten. Es musste *jetzt* passieren.

Emily hatte nicht vor, mit tödlicher Effizienz gegen Andor vorzugehen. Sie hatte schon in Schlachten mitgekämpft, bevor er ein Gedanke in den Köpfen seiner Eltern gewesen war.

Sie knackte mit den Fingerknöcheln, schüttelte ihre Arme aus und begab sich mit geballten Händen in Position. Sie redete sich ein, Gewalt zu verabscheuen. Sie nannte sich Pazifist.

Die Wahrheit war eine gänzlich andere.

Wenn das Adrenalin wie eine harte Droge durch ihre Adern pumpte, der Geruch von Blut die Luft erfüllte, fiel jegliche Moralvorstellung von ihr ab.

Andor stürmte auf sie zu und Emily blieb regungslos stehen. Kurz bevor er das Mädchen erreichte, machte sie einen Satz nach vorn und rammte ihm ihren Fußrücken seitlich gegen den Schädel.

Hart landete er auf dem Boden und war sofort wieder auf den Beinen.

Emily erwiderte seinen Blick nicht. Sie musste sich beruhigen, tief durchatmen, die Oberhand behalten. Sollte sie sich im Rausch des Kampfes verlieren, würde Andor den *Városliget* nicht lebend verlassen.

Er hatte keine Ahnung, wozu sie fähig war und er durfte das auch niemals erfahren.

Als er sie fragte, ob sie sich nicht vor der Kommission fürchtete, hatte sie ihm nur deswegen so ausweichend geantwortet, damit er den Sinn dahinter nicht verstand.

Sie hatte Angst.

Aber nicht vor der Kommission oder ihren stumpfsinnigen Züchtigungen. Gewalt, Demütigung und Schrecken waren ihr Werkzeug. Was sie beunruhigte, waren die Dinge, die sie Nick antun konnten.

Bevor Andor sie erneut traf, schlug sie seinen Arm zur Seite, riss den Handballen nach oben und schickte durch seine Nase einen lähmenden Schmerz bis in sein Gehirn.

„Das ist lächerlich", presste er hervor und nahm die Hand von seiner blutenden Nase. „Hör' endlich auf mit mir zu spielen. Sonst werde ich deinem teuren Kostja noch heute Nacht die Kehle aufreißen."

Emily verengte die Augen schmalen Schlitzen. „Lass' ihn in Ruhe!"

Andor spie verächtlich. „Du kannst mich mal!"

„Du wolltest es", erwiderte sie, drehte sich leicht zur Seite und trat ihm fest gegen den Unterschenkel. Der Knochen sprang aus dem Fleisch. „Ich halte mich nicht zurück."

Er knicke ein und grinste. Mehr Reaktion auf eine solche Verletzung war von einem Adrenalin gedopten Vampir nicht zu erwarten. Vom Rausch des Kampfes geblendet, schaltete er den Schmerz vollkommen aus.

Nur einen Lidschlag später traten und schlugen sie schon ohne Rücksicht aufeinander ein. Dabei benutzten sie die besten Techniken, die sie gelernt hatten. Keine Verbote. Jeder schmutzige Trick fand im Angriff und Verteidigung Verwendung.

Ihre Umgebung hatte an Bedeutung verloren, der *Városliget* veränderte seine Form. Nur das *Jetzt* zählte - bis sich Emily dazu entschloss, dass es endgültig reichte.

Der Kampf hielt schon zu lange an. Ihre Haare, ihre Haut, ihre Kleidung triefte von Schmutz und Blut.

Andor preschte ein weiteres Mal auf sie zu, bereit, seine Faust zwischen ihre Rippen zu rammen.

Das Mädchen riss sich mit einem gekonnten Sprung in die Höhe und nutzte seine Schulter, um ihn aus dem Gleichgewicht zu bringen. Sie hielt sich an dem zerfetzten Stoff seiner Kleidung fest und gemeinsam fielen sie auf den Waldboden nieder.

Er bekam keine Gelegenheit, um wieder aufzustehen. Mit ihrem Fuß in seinem Rücken hielt sie ihn fest und riss seinen Arm nach hinten - sodass der Knochen hörbar aus der Schulterpfanne sprang. Er schrie. Das erste Mal.

„Denk' dran. Ich bin älter und mächtiger als du", fauchte sie.

Ihre Fänge grub sie in sein ungeschütztes Handgelenk. Andor jaulte auf, Tränen liefen ihm in Sturzbächen über die bleichen Wangen. Es war ein Schmerz, den nicht einmal das Adrenalin ausblenden konnte.

Sie ließ erst von ihrem Gegner ab, nachdem er bewusstlos zu Boden gesunken war. Die Flüssigkeit in ihrem Mund spuckte sie zur Seite.

Schweigend zerriss sie den Unterrock ihrer Uniform und legte einen Druckverband an. Er sollte nicht verbluten. Sie wollte nicht töten.

Dann rief Emily auf dem Privathandy von Doktor Grey an und schilderte die Geschehnisse. Sie bekam das Versprechen, das Andor in den nächsten zehn Minuten im *Városliget* eingesammelt wurde.

„Du kannst rauskommen", sagte sie erschöpft, drehte sich um und betrachtete die Silhouette, die sich im Schatten der Bäume versteckt hatte. „Es tut mir leid. Ich hätte dir das wirklich gerne erspart."

Mit einem leidvollen Lächeln trat sie zu Kostja, der sie aus verständlichen Gründen nicht ansehen wollte. Obwohl es zwecklos war, wischte sie sich über den Mund.

Der Assistenzarzt zog sein T-Shirt aus, gab den Stoff Emily und folge ihr, die Hände in die Taschen seiner Hose gestopft.

Was er mit dieser Geste bezweckte, war ihr durchaus bewusst, doch sein Oberteil reichte nicht aus, um die Spuren des Kampfes zu verbergen. Sie musste duschen und in diesem Teil der Stadt gab es nur ein Gebäude, in das sie sich zurückziehen konnte.

Gemeinsam verließen sie den *Városliget.* Zum Glück war es bereits so spät, das ihnen kaum Menschen begegneten. Und die, die das Blut bemerkten, wechselten daraufhin die Straßenseite.

Emily schenkten dem keine Beachtung.

Ihr Ziel war eine Gaststätte, die sich *Schattenläufer* nannte und sich in einem versteckt liegenden Teil der Stadt befand. Als sie die Holztür öffnete, die unheilvoll in den Angeln knarrte, überrollten sie die Geräusche aus dem Schankraum wie ein Heer aus Kriegsstreitern.

Kapitel: 07

Wie an jedem Tag zuvor spazierte Ian Colquhoun an diesem nebelverhangenen Abend durch den Garten, die Hände in den Taschen seines Mantels. Er blieb erst stehen, nachdem er Schritte hinter sich hörte.

Er zwang sich, die Anspannung in seinen Schultern zu lösen. „Guten Abend.“ Ian drehte sich um, seine grünen Augen lagen auf Nicks jugendlichen Zügen und seine Mundwinkel zuckten. „Wo warst du?“

Der Jüngere beäugte den Hausherrn verständnislos. „Hast du Alzheimer, alter Mann?“, wollte er wissen und trat einen Schritt näher. „Du hast mir aufgetragen, Zigaretten zu kaufen.“

Ian neigte den Kopf zur Seite. Dieser Drache war vor über 600 Jahren in Knechtschaft zur Welt gekommen. Seine Eltern hatten Familie Colquhoun ewige Treue geschworen.

Nach anfänglichen Schwierigkeiten nahm sich Nick im Alter von 14 Jahren der Rolle des Wächters an. Fortan war es seine Aufgabe, die Mitglieder der Familie zu leiten, und sie mit seinem Leben zu beschützen.

In Erinnerungen schwelgend, musste Ian schmunzeln. „Du warst noch nicht geschlüpft, als du mich das erste Mal gespürt hast, den Mann, der kein Mensch und auch kein Drache war. Du hast von dem Moment geträumt, an dem wir einander endlich begegnen.“

Über die Wangen des Jüngeren legte sich eine leichte Röte. „Nur eine alte Geschichte. Nichts weiter.“

Ian lächelte, streckte die Hand aus und zog sie wieder zurück. „Es mag eine *alte Geschichte* sein, aber deine Worte haben mich erreicht“, sagte er. „Du hast gewusst, dass du mir bestimmt bist. Du sollst meinen Weg begleiten. Wieso wird die Distanz zwischen uns immer größer?“

„Du weißt, dass es notwendig ist“, erwiderte Nick mit hochgezogenen Schultern. Mit der Schuhspitze malte er Kreise in den

Kiesweg. „Was auch immer mein Schicksal ist, deine Sicherheit wird für mich auf ewig an erster Stelle stehen. Ich war einmal egoistisch und du hast meine Dummheit fast mit dem Leben bezahlt. Was ich auch opfern muss, ich lasse nicht zu, dass du noch einmal in Gefahr gerätst."

Ian machte einen Schritt. „Du missverstehst mich."

Nick hob blinzelnd den Kopf, seine Lippen zitterten. Zum ersten Mal seit einer gefühlten Ewigkeit sah er Ian wieder ins Gesicht.

„Vergiss' nicht, wie groß dein Einfluss ist. Die Kommission will dich mundtot machen, aber es gibt viele Wesen, die auf dich hören. Du bist die einzige Stimme, die sie haben und auf die sie sich verlassen können."

„Wir reden *nicht* über die Kommission."

Nick wollte das Thema wechseln. Sobald es um die Beweggründe ging, die zu der Distanz zwischen ihnen geführt hatte, versuchte er die Unterhaltung in eine andere Richtung zu lenken. Ian wusste, er sollte nicht ständig davon anfangen. Vor allem dann nicht, wenn es nicht zum Kontext passte.

„Ich erinnere mich", platzte es unvermutet aus Nick heraus. „An überstürzte Ortswechsel, an nervöses Flüstern und an die Angst in deiner Stimme, wenn du zu den Waffen gerufen hast. Ich war noch nicht einmal geboren, als ich die Bedrohung gespürt habe, die dir auf Schritt und Tritt folgt. Ich weiß, was du auf dich nimmst, um den Wesen zu helfen und ich habe Angst ... Angst, einmal alles zu verlieren ... Angst davor, *dich* irgendwann zu verlieren."

„Nick ..."

Er schüttelte den Kopf. „Hör' auf damit. Nenn' mich nicht *Nick*."

Ian zuckte mit den Schultern. „Nick ist der Name, den du von mir bekommen hast. Soll ich dich Col nennen? Immerhin ist das der Name, den deine Eltern für dich gewählt haben."

Eine fast unerträgliche Stille zog über sie hinweg. Nick wich dem Blick des Hausherrn aus, seine Wangen glühten in der Dunkelheit.

„Nikki“, murmelte er verlegen. „Du weißt, warum ich mich von dir fernhalte und trotzdem willst du mich nicht verstehen. Wir können nicht zusammen sein, weil Drachen in den Augen der Kommission niemals etwas wert sein werden.“

„Du könntest mich heiraten“, bot Ian an. Er spielte schon seit Jahrhunderten - er kannte die Regeln und er wusste, was sie erwarteten. „Dir ist bewusst, dass ich nicht für den Rest meines Lebens auf deine Gesellschaft verzichte?“

Nick stieß die Luft aus seinen Lungen. „Warum muss sich bei dir immer alles um Sex drehen? Als hättest du nicht schon genug Affären … kannst du dir eigentlich ihre Namen merken oder sind sie nur Spielzeuge für dich?“

„Ist das deine Antwort?“, erwiderte Ian und berührte mit dem Zeigefinger das schwarze Leder, das sich eng an die Kehle des Jüngeren schmiegte. „Dann lass‘ dir gesagt sein: Irgendwann kehrst du freiwillig in mein Bett zurück.“

Das Halsband trug den Namen *Draco Lacrimis*. Lateinisch für *Drachenträne*. Es wurde von Liam Colquhoun erschaffen, um die geflügelten Echsen am Himmel zu versklaven.

Ian hatte es abgewandelt, um seine Drachen zu beschützen.

Nick rollte mit den Augen. „Deine verfluchte Arroganz ist unerträglich.“

Ian senkte den Blick. Wenn er auf die Macht des *Draco Lacrimis* zurückgriff, dann könnte er Nick seinen Willen aufzwingen. Nur war er dafür zu stolz und er verabscheute Gewalt.

Er verdammte die Eitelkeit, die über Generation in seiner Familie weitergereicht wurde. Nur seine Tochter hatte die Selbstsucht aus dem Geschlecht der Colquhouns nicht geerbt.

Ian hob eine nachtschwarze Augenbraue. „Ich *bin* arrogant, vielleicht auch verflucht“, gab er vergnügt zurück. „Aber soweit ich mich erinnere, bist du es, der dieser *unerträglichen* Person ständig am Rockzipfel hängt. *Du* behauptest doch, du würdest mich lieben."

„Ich bin schon viel zu alt, um dir noch ständig nachzulaufen", gab Nick beschämt zurück und ergriff die Hände des Hausherrn. „Wann wirst du mir endlich glauben? Wie oft muss ich es dir noch sagen? Ich liebe dich."

Ian seufzte. „Das wieder." Er drehte sich auf den Absatz um und schob die Hände in die Hosentaschen. „Leg' die Zigaretten auf meinen Schreibtisch."

***

Die Lippen zu einer dünnen Linie zusammengepresst, schob Kostja die Vorhänge zur Seite und blickte durch einen Spalt. Niemand zu sehen. Die Fenster des Zimmers führten auf einen Hinterhof hinaus, auf dem Fahrräder und Mülleimer um den kaum vorhandenen Platz stritten.

Da war kein abgemagerter Vampir, der ihn beobachtete. Keine Augen, die in den Schatten der Nacht lauerten.

Ruhelos ließ sich Kostja auf das Bett plumpsen, die Finger in den Stoff seiner Hose verkrampft. Die Geschehnisse der Nacht wogen ungeheuer schwer. Wie sollte er mit den Bildern in seinem Kopf zurechtkommen? Was er gesehen hatte; dafür gab es keine Worte. Aufgewühlt vergrub er das Gesicht in den Händen.

Emily lief durchs Zimmer, die Augen auf dem Display ihres Smartphones. Konnte sie nicht endlich duschen gehen? Kostja war es kaum möglich, ihren blutverschmierten Anblick zu ertragen. Sie wirkte wie die Albtraumgestalt aus einem Horrorfilm.

Eine gefühlte Ewigkeit verging, bevor sie sein stummes Flehen endlich erhörte. Sie warf das Telefon aufs Bett, drehte sich um und verschwand im Badezimmer. Offenbar hielt sie es nicht für erforderlich, die Tür zu schließen.

Kostja rang die Finger ineinander, sein linkes Bein wippte unkontrolliert. Seit er in dieser Spelunke festsaß, war er das reinste Nervenbündel. Er hätte nach Hause gehen sollen!

Das Geräusch eines Reißverschlusses erklang, Stoff, der schwer auf den Boden klatschte. Kostja stülpte sich der Magen um. Emily hatte Andor wortwörtlich in der Luft zerfetzt. Aber das war nicht einmal das Schlimmste daran.

Kostja presste sich die Hände auf den Mund, Übelkeit schnürte ihm den Hals zu. Sie hatte es genossen. War *das* ihr wahres Wesen? Verbarg sich *das* hinter ihrem puppenähnlichen Gesicht?

Die Vernunft sagte ihm, er sollte Vampire meiden. Doch der Mann in ihm konnte nur Emily sehen. Er hatte wirklich, vollkommen den Verstand verloren.

Kostja sah auf, als sie in ein übergroßes Handtuch gewickelt das Badezimmer verließ. Ihre Augen wanderten in seine Richtung. Da war kein unmenschliches Glühen. Nichts, das ihn an das gewaltbereite Mädchen aus dem *Városliget* erinnerte.

Er versuchte, sich zu entspannen. Was immer sich an diesem Abend ereignet hatte, für ihn war sie keine Gefahr oder doch?

„Das ist ein Bordell“, traf er eine Feststellung. Unruhig knetete er seine Hände. „Für Wesen.“

Emily bürstete die Knoten aus ihren nassen Haaren, trat zu Kostja und sank neben ihn auf das Bett. „Ich bin wirklich nicht gerne hier“, gab sie zurück. „In dieser Gaststätte verkaufen sich Menschen an Vampire. Das ist krank.“

Er lachte nervös.

Genauso krank wie Vampire, die sich im Park zerfleischen?

Seine Gedanken rasten. Emily hüllte sich in Schweigen. Verzweifelt fischte Kostja nach einem anderen Thema. Er musste reden. Egal über was. Er benötigte einfach den Dialog, um seinen Geist vom weiteren Abdriften in den sicheren Wahnsinn zu bewahren.

„Also ... ist Regen für Vampire eigentlich ... schönes Wetter ...?"

Sie schenkte ihm keine Beachtung. Stattdessen erdolchte sie die Tür mit ihren Blicken. Die Hände im Nacken verschränkt, erhob sich der Assistenzarzt auf die Füße. Emily packte Kostja am Gürtel, riss ihn zurück und er landete ächzend auf der Matratze.

Sie setzte sich auf ihn, die Beine über seinen Hüften gespreizt, seine Handgelenke von ihren Fingern umschlossen.

Kostja atmete schwerer. Ein fremder Mann öffnete die Tür, in der Hand eine Flasche Bier. Bevor der Assistenzarzt reagieren konnte, spürte er ihre Zähne in seinem Hals. Um die Stelle herum begann sich ein leichter Druck auszubreiten - als würde sie ihn zwicken.

Der Fremde gluckste und verließ den Raum, dabei zog er die Tür wieder ins Schloss. Emily stemmte sich eilig auf ihre Arme auf. Kostja fasste sich an den Hals und als er die Hand zurückzog, haftete Blut an seinen Fingern. Hart sog er den Sauerstoff in seine Lungen.

Sie spie das Blut zur Seite. „Tut mir leid", entschuldigte sich Emily. „In diesem Gebäude dürfen sich nur menschliche Spielzeuge aufhalten. Darum musste es echt wirken. Mach' dir keine Sorgen. Ich habe nur die oberen Hautschichten beschädigt. Du wirst dich nicht in einen Vampir verwandeln."

Ein flaues Gefühl lag in seinem Magen. „Gut. Ich wüsste nicht, wie ich das erklären soll", witzelte er angespannt.

Als Emily aufstand, bemerkte Kostja etwas, was ihm zuvor entgangen war. Den feuchten Schimmer in ihren Augen und die bebenden Schultern. Hatte sie Angst? Vor Andor?

„Ist alles in Ordnung?"

Sie schüttelte den Kopf. „Nein", widersprach sie. „Nichts ist in Ordnung. Was soll ich jetzt nur machen?"

„Glaubst du, dieser Andor kommt zurück?"

Unschlüssig sah sie ihn an. „Ich kann nicht aufhören zu zittern“, wich Emily aus und die ersten Tränen rollten über ihre Wangen. „Mein Kopf ist wie leergefegt. Ich kann nicht klar denken.“

Kostja hatte nicht den Eindruck, dass sie von Andor sprach. Einem Impuls folgend, fasste er nach ihrer Hand, zog sie auf sich nieder und schloss sie in die Arme.

Dieser Duft. Emily roch wie ein tiefer, dichter Kiefernwald in den frühen Morgenstunden, wenn es am Abend zuvor geregnet hatte.

Es fühlte sich vertraut an.

Emily war ihm vertraut.

Sie löste sich aus seinem Griff. „Kostja, ich muss ... ich will dir etwas sagen: Niemand weiß mit Sicherheit, wo du geboren wurdest oder wer deine Eltern sind. Als ich dir begegnet bin, hast du bei einer Familie in Japan gelebt. Du warst noch ein Säugling, als sie dich bei einem Spaziergang in den Bergen fanden. Du kamst sofort in ein Krankenhaus und danach hat dich Familie Suzuki bei sich aufgenommen. Das ist alles, was ich über deine Herkunft weiß.“

Kostja stieß die Luft aus seinen Lungen. Obwohl sie ihn mit diesem plötzlichen Themenwechsel völlig überrumpelt hatte, konnte er nicht leugnen, dass sie sein Interesse weckte. Und er ahnte, dass sie sich nur abzulenken versuchte - von was auch immer sie beunruhigte.

Woher wusste sie das überhaupt? Sagte sie die Wahrheit? Oder bildete sie sich das nur ein?

„Meine Eltern müssen in Schwierigkeiten gewesen sein, wenn sie nicht einmal die Zeit hatten, um mich in eine Babyklappe zu stecken“, überlegte er laut. Es spielte keine Rolle. Er brauchte den Dialog genauso dringend wie sie. „Vielleicht wurden sie verfolgt und das war die einzige Möglichkeit, um mich zu retten.“

Das Mädchen sah ihn an. „Wie kannst du diese Leute auch noch in Schutz nehmen?“, fragte sie erschüttert. „Sie haben dich zum Sterben zurückgelassen!“

Kostja verschränkte die Hände ineinander. „Das glaube ich nicht“, wehrte er ab und hob ihr das Gesicht entgegen. „Sie sind ganz bestimmt keine schlechten Menschen.“

„Wie kannst du dir da so sicher sein?“

Kostja lächelte. „Weil ich an das Gute im Menschen glaube“, erklärte er ohne Zögern. „Warum auch immer sie mich dort gelassen haben, ich verzeihe ihnen. Wenn sie es nicht gemacht hätten, wäre ich niemals hier hergekommen. Ich wäre Familie Gorodezki nicht begegnet und ich hätte Adrienn und Jason nicht kennengelernt.“

Scheinbar hatte sie über die Kehrseite der Medaille nicht nachgedacht. „Du klingst wie einer von diesen Idioten, die glauben, dass es so etwas wie Schicksal gibt“, erwiderte Emily und in ihrem Gesicht spiegelte sich ein Ausdruck, der Kostja Unbehagen bereitete. „Es gibt keinen Gott, es gibt kein Schicksal. Dein Leben ist nicht vorherbestimmt.“

„Wie passt du in diese Geschichte?“, wechselte er zu einer Frage, die ihn seit längerem Beschäftigte. „Warum sollte sich ein Vampir für einen Menschen interessieren?“

Von den offensichtlichen Gründen abgesehen.

Emily neigte den Kopf zur Seite. „Weil Neugier zu unserem Naturell gehört“, gab sie zurück.

Kostja verzog die Mundwinkel zu einem Lächeln. Er war ihr dankbar und sie ihm. Jeder von ihnen brauchte die Konversation. Nur die Gründe unterschieden sich voneinander.

„Dann sag‘ mir, warum du mich seit meiner Kindheit kennst“, forderte er Emily auf.

„Die Antwort wird dir nicht gefallen“, erwiderte sie und begann mit ihren Haaren zu spielen. „Deine Entdeckung hat für Wirbel gesorgt. Viele Reporter wollten einen Bericht von dem Baby machen, das alleine im Wald überlebt hat. Familie Suzuki hatte keine ruhige Minute mehr.“

Sie biss sich auf die Unterlippe. „Darum haben sie sich an Ian gewandt, der mich zu dir geschickt hat. Du warst mein ..."

„Auftrag ... dieser Ian ist doch ein Vampir. Woher kennen ihn die Suzukis?"

„Sie sind Dämonenjäger", gab Emily kleinlaut zurück. „Sie haben sich gegen das Töten entschieden, wenn dich das beruhigt."

Seine Augenbrauen schnellten in die Höhe. Kostja hatte mit vielem gerechnet, aber diese Antwort hatte er nicht erwartet. „Also leben sie in einer Art Koexistenz mit den Wesen zusammen." Er stellte keine Frage. „Wow. Jetzt auch noch Dämonenjäger."

Emily nickte befangen. „Mit ihren Fähigkeiten können sie uns aufspüren und töten. Darum leben viele von uns sehr versteckt. Wir dürfen keine Aufmerksamkeit erregen. Kaum ein Wesen kann gegen die Dämonenjäger etwas ausrichten."

Kostja hob eine nachtschwarze Braue. „Solche Fähigkeiten wären bei einem gewissen Vampir ganz nützlich."

„Kommen wir auf das eigentliche Thema zurück." Emily verstummte, überlegte einen Moment und fügte schließlich hinzu: „Familie Suzuki steht schon seit vielen Jahren mit Ian in Kontakt. Er kann den Dämonenjägern nur aus dem Weg gehen, weil sie ihn mit Informationen versorgen."

Kostja wollte nicht näher darauf eingehen, also beschloss er, das Thema mit den Dämonenjägern fallen zu lassen. „Was ist passiert, nachdem du zu mir geschickt wurdest?", fragte er nach. „Konntest du Familie Suzuki helfen?"

Emily nickte abermals. Entgegen dem, was er erwartet hatte, schien sie jetzt an den Punkt der Geschichte zu gelangen, der ihr kein Unbehagen bereitete.

„In den Augen der Öffentlichkeit war ich dein Kindermädchen", sagte sie tief in Gedanken versunken. Sie wirkte auf ihn jetzt entspannter als zuvor. „Ich war deine Lehrerin, deine beste Freundin und deine Beraterin in allen Lebenslagen. Zumindest bis du 14 wurdest."

Seine Stirn legte sich in Falten. „Und was war, als ich 14 wurde?"

„Ian trug mir auf, dass ich dich nach Budapest zu Familie Gorodezki bringen sollte. Warum oder wieso weiß ich nicht. Wenn er mir etwas befielt, gehorche ich und stelle keine Fragen."

„Das ist dumm", gab er ihr zu bedenken.

Sie zuckte die Schultern. „Kann schon sein, aber es spielt keine Rolle. Ich vertraue ihm."

„Etwas verstehe ich nicht: Zuletzt haben wir uns vor zehn Jahren gesehen. Das bedeutet, ich war 16 als du abgehauen bist. Was war so wichtig und wieso tauchst du *jetzt* wieder auf? Bist du hier, weil ich heirate?"

Emily schüttelte den Kopf. „Ich wusste nicht, dass du heiraten wirst und es interessiert mich auch nicht, wenn ich ehrlich bin." Die Finger im Stoff des Handtuches verkrampft, holte sie bebend nach Luft. „Ich *musste* gehen. Ich hatte keine andere Wahl."

„Was meinst du damit?"

Sie schluckte. „Auch bei uns gibt es Gesetze, an die wir uns halten müssen und weil es auf dieser Welt nicht genug Platz für alle Wesen gibt, müssen wir uns abwechseln."

Kostja hatte das Gefühl zu fallen. „Was meinst du damit?"

Er glaubte, schon einmal davon gehört zu haben, konnte sich aber nicht erinnern. Emily lächelte nur.

Während er in Budapest sein neues Leben auf die Reihe kriegen musste, wurde sie weggeschickt. In einem Verlies, das sich tief unter den Katakomben von Paris befand, wurde sie mit anderen Wesen zusammen wie eine Konservendose verstaut - offiziell *Schlafen* genannt.

Es war ein zeitloses Gefängnis, eine Haft ohne Strafe, auferlegt von einer höheren Ordnung. Wer nicht an der Reihe war, hatte zu schlafen oder riskierte, dass das ganze fragile System zusammenbrach.

Erfindungen wie synthetisches Blut würden vielleicht irgendwann erlauben, dass mehr von ihnen zur gleichen Zeit unter den Menschen leben durften, doch es gab nie wieder Platz für alle.

Damit mussten sich die Wesen abfinden. So war das Gesetz, der Integrationsvertrag der Rassen.

„Anfang des Jahres durfte ich aus meinem Schlaf erwachen. Natürlich wollte ich mich gleich auf die Suche nach dir machen, aber Nick hatte es mir verboten. Ich bekam strikten Hausarrest und musste wochenlang im Bett bleiben."

Kostja blinzelte. „Warum?"

„Es hat eine Weile gedauert, bis meine Vitalfunktionen wieder so gearbeitet haben, wie sie sollten. Nick hat mich in der Zwischenzeit mit Blut versorgt, damit ich wieder zu Kräften kam. Und ich brauchte ein paar Monate, bis ich mich wieder in Budapest zurechtfand. Ian hat mich ausgelacht, als ich in einem Telefonbuch nach deiner Adresse suchen wollte."

„Ja, die gute alte Zeit", erwiderte Kostja, stand auf und schob die Hände in die Hosentaschen. „Ich kann es verstehen, das Gesetz, nach dem ihr lebt. Wenn zu viele von euch da draußen rumrennen und es vermehrt zu Angriffen auf Menschen kommt, seid ihr alle in Gefahr. Nicht nur die Dämonenjäger würden Jagd auf euch machen. Solche Spinner wie dieser Andor lassen dann ihre Deckung fallen, wenn sie ohnehin nichts mehr zu verlieren hätten."

Emily seufzte auf. „Ja, das ist mir bewusst. Es gibt durchaus Gesetze, die einen Sinn haben."

Gerade als sich das Mädchen von ihm abwenden wollte, blieb sie wie angewurzelt stehen, wirbelte zu ihm herum und Kostja lag ein weiteres Mal auf dem Bett. Erneut ließ sie ihn ihre Zähne spüren, ihre Lippen färbten sich blutrot.

Diesmal biss sie ihm nicht in den Hals. Stattdessen riss sie die Haut an seinem Handgelenk auf. Kostja begann ihr Verhalten erst zu verstehen, nachdem - schon wieder - ein betrunkener Gast lautstark ins Zimmer polterte.

Der Mann blieb auf der Türschwelle stehen. „Ja, reit‘ ihn gut zu“, rief er und prostete Emily spöttisch entgegen.

Während der Fremde den Flur entlang torkelte, begann er rülpsend ein schmutziges Lied zu trällern. Kritisch sah Kostja zu dem Mädchen auf seinem Schoß. Sie sollte ihn zureiten? Emily ließ keine Gefühlsregung erkennen und erneut spie sie sein Blut auf den Boden.

An der Tür klopfte es dreimal, doch niemand kam herein. „Zeit zu verschwinden“, flüsterte Emily, erhob sich auf die Füße und huschte auf den Flur. „Ich bin gleich wieder da.“

Kostja blieb auf dem Bett liegen. Erst als das Mädchen zurückkehrte, setzte er sich auf. Sie hielt ein Kleiderbündel in den Armen. Der Stoff wirkte aber nicht annähernd so hochwertig wie der, den sie unter normalen Umständen trug. Es machte auf ihn den Eindruck, als hätte jemand ein Faschingskostüm zerschnitten.

Emily breitete das Kleid auf dem Bett aus.

„*Das* ist ein geschmackloser Scherz“, urteilte er.

Sie warf ihm einen Blick zu. „Soll ich lieber nackt nach Hause gehen?“, fragte sie und hielt etwas hoch, das Kostja entfernt an Unterwäsche erinnerte. „Nick darf niemals erfahren, dass ich in einem Bordell festsitze.“

„Warum bist du dann nicht gleich nach Hause gegangen?“

Ihre Stirn legte sich in Falten. „Abgesehen davon, dass mich die Polizei festnimmt, wenn ich wie ein Serienkiller durch die Straßen von Budapest renne, durfte ich beim letzten Mal wochenlang Teppiche schrubben, als ich blutbesudelt nach Hause kam.“

Kostja verdrängte die Frage nach dem *Warum*. „Wie kannst du es auch wagen? Soll ich mich umdrehen?“

Emily zuckte die Schultern. „Mach was du möchtest.“

Der Assistenzarzt holte nach Luft und sank verkehrt herum auf einen Stuhl. In der Zwischenzeit kämpfte sie sich, einem Wutanfall gefährlich nahe, in das viel zu freizügige Kostüm.

„Ich sehe aus wie eine Dirne“, quengelte das Mädchen. Rot bis über beide Ohren, versuchte sie verzweifelt, ihr Höschen zu bedecken. „So kann ich unmöglich rausgehen.“

Kostja grinste leicht, dann zog er sich abermals das T-Shirt aus, das ihm Emily beim Betreten des Zimmers zurückgegeben hatte. „Dir bleibt nichts anderes übrig.“

Sie schnaufte. „Muss ja sein.“

Für ihre im Badezimmer liegende Kleidung schien sie kein Interesse aufzubringen. Rasch zog sie das T-Shirt über, dann steckte sie den Kopf aus der Tür, sah sich zu beiden Seiten um und bedeutete Kostja, das er ihr folgen sollte.

„Wir können durch den Gastraum gehen“, erklärte sie ihm leise und dirigierte ihn zu der Treppe, die am Ende des Ganges lag. „Du riechst nach Blut. Niemand wird Verdacht schöpfen.“

Kostja kämpfte gegen die aufsteigende Übelkeit, als er mit ihr zusammen durch den Gastraum lief und wie sie gesagt hatte, brachte keiner der Gäste Interesse für ihn auf. Vielleicht hier und da ein kleiner Seitenblick. Unbewusst hielt er die Luft an.

Er hatte das Gefühl, von einem Albtraum in den nächsten zu stolpern. Was er hier unten zu sehen bekam, Menschen die sich anboten, und Vampire, die ungeahnter Grausamkeit freien Lauf ließen, brannte sich ihm in den Schädel. Dazu der Geruch.

Emily trat mit ihm zusammen durch die Eingangstüren der Spelunke und Kostja konnte seinen Mageninhalt nicht länger kontrollieren. Heftig zitternd taumelte er zur Seite und erbrach sich auf der Straße.

Wenig hilfreich strich sie ihm mit der Hand über den Rücken. „Es tut mir leid“, entschuldigte sie sich besorgt. „Was du heute alles mitangesehen hast ... du hast ganz schön viel zu verarbeiten.“

„Das ist noch unter..." Kostja erbrach sich ein weiteres Mal, sackte erschöpft in den Knien zusammen und musste feststellen, dass er kaum genug Kraft hatte, um Luft zu holen. „,... trieben." Sein Magen schmerzte. „Vielleicht sollte ich Adrienn anrufen."

„In Ordnung."

Er hielt ihre Hand fest, bevor sie in seine Hosentasche griff. „Ich weiß nicht, wie ich das alles erklären soll."

Sie betrachtete sein blutverschmiertes Oberteil. „Du hast wohl Recht."

„Red' mit mir. Erzähl' mir irgendwas", bat er verzweifelt. „Warum hast du mein Blut jedes Mal ausgespuckt? Ist es so unerträglich?"

Dem Mädchen entschlüpfte ein Lachen. „Das ist es nicht", gab sie zurück, fasste nach seinem Arm und half ihm auf die Füße. „Ich habe noch nie das Blut eines Menschen getrunken und ich will auch nicht damit anfangen."

„Wie fühlt es sich an, ein Vampir zu sein?"

Emily klimperte mit den Augenlidern. „Das ist, als wärst du auf einem Trip, von dem du nie wieder runterkommst."

„Können sich Menschen durch einen Biss verwandeln?"

Sie schüttelte den Kopf. „Kompletter Unsinn."

Er lächelte schwach. „Sehr tröstlich."

Kostja lehnte sich schwer gegen eine Mauer, seine Augen lagen auf dem wolkenverhangenen, dunklen Horizont. Emily verschwand in einer Seitengasse und kam nach einer gefühlten Ewigkeit mit einer Wasserflasche wieder.

„Ich werde dich beschützen, Kostja. Ich werde nicht zulassen, dass du verwandelst oder getötet wirst."

Er legte ihr seine Hand auf den Kopf. Wenn sie das vor ein paar Monaten gesagt hätte, dann hätte er darauf verlegen grinsend geantwortet, dass er das gut selbst konnte. Die hinter ihm liegenden Geschehnisse zeigten deutlich, dass er im Grunde gar nichts wusste.

Nichts von dem, was irgendeine Bedeutung in seinem Leben hatte, besaß in der Welt der Wesen ein Gewicht.

„Es tut mir leid", flüsterte sie abermals, gab ihm die Wasserflasche und er spülte sich den Mund aus. „Sind wir trotzdem noch Freunde?"

Kostja brachte ein Lächeln zustande. Emily fasste nach seiner Hand, trat näher und obwohl ihm speiübel war, die Ereignisse des Abends an ihm nagten, erwachte tief in seinem Herzen ein Wunsch, den er gewöhnlicherweise unterdrückte.

Er wollte sie an sich ziehen und küssen.

„Natürlich sind wir noch Freunde. Gib mir nur ein bisschen Zeit."

Ihr Daumen fuhr über seinen Handrücken. „Was auch immer passieren mag: Ich werde deiner Stimme folgen", schwor sie ihm.

***

Als Emily die Türen der Villa öffnete, saß Nick auf den Stufen der Wendeltreppe, die Arme auf seinen Knien. Er lächelte - ein gutes Zeichen. Obwohl sie die Nacht außerhalb dieser Wände verbrachte, wobei sie sich zum Großteil mit Andor im *Városliget* ein Kräftemessen geliefert hatte, schien es dem Drachen zu reichen, dass es ihr gut ging.

Er trat auf sie zu, dirigierte sie an der Treppe vorbei und versetzte dem Mädchen einen leichten Stoß. „Mach' dich erstmal frisch." Seine Augen glitten skeptisch über das Kostüm hinweg. „Danach gehst du in die Bibliothek. Ian hat einen Auftrag für dich."

Sie nickte wortlos, durchquerte die Halle und öffnete die Flügeltür, die den Weg zum Badezimmer und zur Küche freigab. Eine halbe Stunde später stand sie erneut geduscht und mit geputzten Zähnen, in einem maßgeschneiderten Kostüm vor den Türen der Bibliothek. Ihre Hand verharrte unschlüssig in der Luft.

Emily hatte keine Angst vor Ian, doch seine Größe, die Statur und diese Kälte in seinen Augen schüchterten sie ein.

„Kommen Sie rein, Miss Lyall", drang es gedämpft durch die Tür.

Verwirrt blinzelnd kam sie der Anweisung nach und als sie die Tür geöffnet hatte, offenbarte sich ihr ein ungewohnter Anblick. „Oh", entschlüpfte es Emily. „Wer ist das?"

Ian strich dem neben ihm stehenden Kind durch die blonden Haare. „Das ist Siiri Hamlin", erklärte er freundlich. „Sie ist ein Werwolf und sie gehört zu den ältesten ihrer Art. Sie wird zukünftig im Haus von Mr. Virtanen leben."

Emily riss die Augen auf. „Bei Jurij?", fragte sie überrascht und sah erneut zu dem Kind. „Warum bei ihm? Ich möchte wirklich nicht schlecht über meine Freunde sprechen, aber die Entscheidung über die Qualifikation zum *Sponsor* erscheint mir willkürlich."

Siiri zupfte Ian am Ärmel. Der Hausherr begab sich in die Knie, strich dem Kind mit väterlicher Nachsicht durch die blonden Haare und setzte ein Lächeln auf.

„*Sponsoren* werden Wesen genannt, die sich um andere Wesen kümmern", erklärte er geduldig. „Und Wesen, um die sich gekümmert wird, heißen wiederum *Günstling*. Hast du das verstanden?"

Das Kind nickte ohne eine Gefühlsregung im Gesicht. Ian erhob sich auf die Füße, führte die Kleine zu seiner Chaiselongue und sie ließ sich gehorsam darauf nieder.

Während sich der Hausherr durch die Papierstapel auf seinem Schreibtisch wühlte, schlang Siiri ihre dünnen Ärmchen um einen Teddybären.

Emily grub die Zähne in ihre Lippe. Eine willkürliche Frage kämpfte um Beachtung. Wie fühlte es sich an, einen Vater zu haben? „Warum spricht Miss Hamlin kein Wort?", fragte sie irritiert. „Und wieso müssen Sie ihr erklären, was ein *Sponsor* und was ein *Günstling* ist?"

Ian rückte die schlichte Brille auf seinem Nasenrücken gerade. Eine Angewohnheit, die er am Tag oft wiederholte. Er benötigte die Sehhilfe nicht, fühlte sich aber ohne - laut eigenen Angaben - nicht wohl. Emily empfand das Verhalten des Hausherrn als befremdlich.

Gewöhnlicherweise lag es im Bestreben eines jeden Vampirs, sich von den Menschen zu distanzieren.

„Miss Hamlin wurde vor zehn Tagen aus den Pariser Katakomben entlassen", klärte er Emily auf, fasste nach einem beigefarbenen Umschlag und reichte ihn weiter. „Sie hat über 800 Jahre geschlafen und kennt die neuen Gesetze noch nicht. Ich weiß auch nicht, ob sie überhaupt in der Lage sein wird, jemals ein Wort zu sprechen."

Kapitel: 08

„Bitte was?", fragte Jurij fassungslos. „Soll das ein Witz sein?"

Emily schlüpfte an ihm vorbei. „Üblicherweise hättest du Unterlagen bekommen müssen, damit du alles vorbereiten kannst", sagte sie und half Siiri aus den Schuhen, bevor sie Jurij den Werwolf in die Arme drückte. „Vielleicht ist der Brief verloren gegangen."

Sie wühlte in ihrer Tasche und nahm den beigefarbenen Umschlag zur Hand. Darin befanden sich die gleichen Unterlagen, die Jurij schon vor Wochen bekommen sollte.

Hatte Ian vorausgesehen, dass der persönliche Bote die Dokumente bei der Auslieferung *verlor*? Hatte er geahnt, dass etwas nicht stimmte, und hatte daraufhin die Pläne der Kommission durchkreuzt?

In den falschen Händen waren diese Daten so gefährlich wie eine Waffe.

„Würdest du mir bitte noch einmal erklären, warum ich ein Kind bei mir unterbringen soll, das ich noch nie in meinem Leben gesehen habe?", forderte Jurij in einer Tonlage, als setzte er innerlich sein Testament auf. „Und das einige hundert Jahre älter ist als ich?"

Kreidebleich sank er mit dem Rücken gegen den Türstock. Dabei ließ er den kleinen Werwolf fallen. Jurij verdankte es Emilys schneller Reaktion, dass Siiri keine unliebsame Bekanntschaft mit dem Boden schloss.

Die Situation war für alle Beteiligten unangenehm.

„Es tut mir wirklich leid", gestand ihm Emily, die dem Kind einen Schnuller in den Mund schob. „Ich kann nicht einfach wieder gehen und die Kleine mitnehmen. Die Kommission würde dich bei lebendigem Leib häuten."

Siiri sah ihn an, als erwartete sie von ihm, dass er endlich eine Entscheidung traf.

Jurij sackte ein wenig in den Knien ein. „Ich bin doch schon mit mir selbst überfordert“, meinte er, alles Leben schien ihn zu verlassen. „Außerdem bin ich überhaupt nicht bereit dafür. Ich hab‘ noch mein Studium abzuschließen, meine Wohnsituation und Arbeitszeiten sind nicht unbedingt familientauglich und ich hab‘ keine Ahnung davon, wie man sowas macht.“

Emily lächelte nachsichtig. „Mach‘ daraus nicht so ein Drama. Aber wir sollten woanders reden.“ Irgendwo im Haus wurde eine Tür geöffnet und schwere Schritte hallten einem Echo gleich von der Decke wieder. „Ich nehme ein Bier, wenn du eins hast.“

Jurij runzelte die Stirn, kam der Bitte jedoch nach. Während sich Emily mit dem kleinen Werwolf ins Wohnzimmer begab, lief er in die Küche, öffnete den Kühlschrank und fischte aus dem Türfach zwei Bierflaschen.

Emily setzte das Kind zwischenzeitlich auf den Boden und Siiri trat in Begleitung ihres Teddybären zu einer alten Kommode. Darauf standen eingerahmte Fotos.

Jurij kam zurück, reichte eine Flasche an Emily und sank schwer und mit einem Seufzen auf den blauen Sessel, der zur Couchgarnitur gehörte.

Dass dieser Werwolf zu ihm geschickt wurde, war ganz sicher kein dummer Zufall und auch kein bürokratischer Fehler. Dass bedeutete, dass Jurij seine Jahre auf Bewährung mit Bravour bestanden hatte.

Jetzt wurde er selbst zum *Sponsor*.

Er musste sich um Wesen kümmern, die aus den Katakomben entlassen und in den Zuständigkeitsbereich von Ungarn übergeben wurden.

Oder und das war die schlechte Alternative: Er hatte die Kommission durch eine unüberlegte Handlung auf sich aufmerksam gemacht.

Wie auch immer er in diese Situation geriet: Jurij musste sich fortan ganz allein um Siiri kümmern und ihr die hier geltenden Regeln einhämmern. Gleichzeitig wählte er die Strafe, wenn sie sich nicht daran hielt. Wollte er darüber hinwegsehen, trug er die Konsequenzen.

Es war eine Methode, um die Angst zu schüren. Die Namen der Wesen, die im Auftrag der Kommission agierten und alles Beobachteten, blieben unter Verschluss. Niemand durfte der Überwachung entkommen.

Aber auch ohne *Günstling* waren die Wesen den Launen der Kommission ausgeliefert.

Jedes Verbrechen, das von einem Unsterblichen innerhalb der ungarischen Grenzen verübt wurde, musste gemeldet werden. Wenn nicht, wurde der Zeuge bestraft, weil es bestimmt eine zweite oder dritte Person gab, die dasselbe gesehen hatte.

Es gab keine Freundschaft und keine Familie, die der Angst vor der Kommission und ihren Sanktionen standhielt.

Fest biss sich Emily auf die Lippe. Sie wusste: Als Andor Anspruch auf Kostja erhoben hatte, hätte sie sich nicht einmischen dürfen. Vermutlich trug ihre Dummheit schon bald Früchte.

Ein Lachen saß ihr in der Kehle. Die Strafen hingen stets mit körperlicher Züchtigung und Demütigung zusammen.

„Ich werde mich um die Kleine kümmern", gab Jurij nach, setzte die Flasche an die Lippen und spülte einen großzügigen Teil der Flüssigkeit seine Kehle hinab. „Mir bleibt ohnehin nichts anderes übrig ... und was hast du wieder angestellt?"

Emily hob den zuvor gesenkten Kopf, ihre Augen verfolgten Siiri, die in der Wohnung auf- und abging. „Ich habe einem Vampir seine Beute streitig gemacht", antwortete sie vertieft. „Nick muss mich dafür zur Rechenschaft ziehen, ansonsten werden es die Mitglieder der Kommission machen und auch er wird bestraft, weil er geschwiegen hat."

Jurij schnitt eine Grimasse. „Scheiße", entschlüpfte es ihm. „Hat euch jemand gesehen?"

Emily zuckte die Schultern und rollte die Flasche in den Händen. „Weiß nicht“, meinte sie fast lethargisch. „Ich konnte kein weiteres Wesen in der näheren Umgebung spüren.“

„Dann hat es vielleicht niemand mitbekommen.“

Resigniert trank sie einen Schluck. „Eine Vorstellung, die ich mir nicht erlauben darf und die Züchtigungen haben ihren Schrecken längst verloren. Ich bin schlimmeres gewohnt. Aber die Demütigungen liegen mir schwer im Magen.“

„Nick wird es ähnlich gehen“, erwiderte Jurij. Seine Augen lagen auf dem Kind. „Wenn es also meine Pflicht ist, die Kleine im Sinne der Kommission zu bestrafen, dann kann das nichts Gutes bedeuten. Ich will mir gar nicht vorstellen, wie es ist, seinem *Günstling* leid zuzufügen.“

Emily stieß die Luft aus den Lungen. „Darum mache ich mir Sorgen“, gab sie zurück und warf Jurij von der Seite einen Blick zu. „Du bist zu sanft und zu freundlich. Du könntest daran zerbrechen. Viele *Sponsoren* haben nicht die Kraft dazu und bringen sich um, weil sie an ihren Schuldgefühlen ersticken.“

Seine Augen huschten abermals über das Kind hinweg. „Das wollen diese Idioten doch.“

Durch Siiri saß er in der Falle. Die Kommission hatte ihn kopfüber in das gleiche Martyrium geworfen, das Nick das Leben seit Jahrhunderten zur Hölle machte. Selbst wenn sich Jurij dem kleinen Werwolf gegenüber jetzt weder verpflichtet noch verbunden fühlte, konnte sich das rasch ändern. Bevor er sich versah, wuchs sie ihm ans Herz.

Emily hatte das zu oft beobachtet. Er bekam die Aufgabe, dieses Kind aufzuziehen, ihr Verhalten zu überwachen, ihre Fehler zu bestrafen.

Jurij musste zur Ordnung beitragen. Er konnte froh sein, dass ihm kein frisch verwandelter Vampir zugeteilt wurde. Nur hier bestätigten die Ausnahmen die Regel.

Wenn ein Mensch als Teenager zum Vampir wurde, konnte es passieren, dass das *Sponsor-Günstling*-Verhältnis niemals endete. Genauso wie bei Nick und ihr.

Emily setzte die Flasche wieder an die Lippen, ihre Augen lagen auf Siiri. Ian hatte sie mit 16 verwandelt. Zu einem Zeitpunkt, als sie weder mit sich selbst noch mit der Welt zurechtkam.

Ihre Hormone fuhren seit über 900 Jahren stetig Achterbahn. Für sie gab es nur alles oder nichts, kein *dazwischen*. Es war eine Herausforderung, von dem Verhalten eines Teenagers zu dem eines Erwachsenen zu finden.

Und weil es ihr manchmal nicht gelang, brachte sie Nick zum Verzweifeln und noch Öfters in Schwierigkeiten. An den Gedanken gewöhnte sie sich vermutlich nie.

Jurij seufzte auf, nachdem er den restlichen Flascheninhalt getrunken hatte. „Na schön, also dann kannst du mir bestimmt helfen", begann er und betrachtete das Etikett am Flaschenbauch. „Du hast mehr Erfahrung. Was kannst du mir für Tipps für ... so eine Situation geben?"

Sie sah ihm verdutzt entgegen. Jurij wollte Ratschläge? Er glaubte, sie hätte damit Erfahrung? In den Augen der Kommission besaß sie niemals die Reife, die notwendig war, um einen *Günstling* zu bekommen.

Blinzelnd sah das Mädchen auf und Jurij begann sich um Kopf und Kragen zu reden. „Ich habe keine Ahnung von diesen ganzen Dingen. Du weißt, dass es bei mir ... kompliziert war."

Er wollte gar nicht darüber sprechen, das konnte sie sehen.

„Das mit meiner Herkunft."

Aber er konnte sich nicht bremsen.

„Und meiner Familie."

Er redete einfach weiter.

„Was ich getan und woran ich geglaubt habe."

Und weiter.

„Das mit der Kommission."

Und weiter.

„Mit meinem *Sponsor.*“

Emily stoppte ihn. Sie hielt ihm aus einer Notwendigkeit heraus, den Mund zu und brach damit wissentlich die Gesetze der Höflichkeit.

Er sollte besser kein Wort über die Dinge verlieren, die in der Vergangenheit begraben lagen. Niemand konnte mit Sicherheit sagen, ob nicht irgendein Spitzel der Kommission an der Tür lauschte.

„Mein Ratschlag an dich ist folgender“, lenkte sie leise seufzend ein, nahm die Hand weg und ihre Augen lagen fest auf seinem Gesicht. „Halt‘ dich an die Regeln. Tu‘ was nötig ist. Wenn du es nicht kannst, wirst du dir bald keine Sorgen mehr um *sie* machen müssen.“

Das Mädchen verstummte und stellte die geleerte Flasche auf den Tisch. Dazu gab es sonst nichts zu sagen.

Jurij erhob sich auf die Füße, durchquerte den Raum und tauchte hinter der geöffneten Kühlschranktür ab. Siiri hatte ihre Forschungsreise beendet. Die Kleine kletterte auf das Sofa, in ihren Händen hielt sie ein Buch. *The World Factbook* stand in weißen und roten Lettern auf der Vorderseite.

Auch wenn Siiri kein Wort sagte, einen Schnuller brauchte und ihre Größe auf eine Dreijährige schließen ließ, konnte sie schon lesen. Der Verstand eines Werwolfes entwickelte sich schneller als der von menschlichen Kindern.

Jurij kam zurück, seinem Gast drückte er eine weitere Flasche Bier in die Hände. „Das ist Wegzehrung“, sagte er, den Blick von ihr abgewandt.

Ein bitteres Lächeln zuckte um ihre Mundwinkel. Dass sie von diesem sanftmütigen Mann auf die Straße gesetzt wurde, erstaunte sie nicht. Jurij hatte ein ganzes Stück zu verarbeiten. Sie konnte ihm keine Antworten auf seine Fragen geben.

Und die Kommission erinnerte ihn daran, dass sie sich seiner Existenz bewusst waren, ihn bisher aber wissentlich ignoriert hatten.

Das hieß im Grunde, dass er sich irgendwann in der letzten Zeit wohl Gott weiß was hatte zu Schulden kommen lassen. Noch eine Vorgehensweise, um die Wesen in Ungarn an einer kurzen Leine zu halten.

Psychische Belastung.

Die Erfahrung im Umgang mit *Günstlingen* zählte nicht und keine Form der Eignung. Die Kommission wollte einfach mögliche Rebellen unter Kontrolle halten.

Der Funke der Unzufriedenheit in diesem Land brannte ohnehin schon so heiß wie das Höllenfeuer.

Emily maß Jurij mit ihren Blicken, dann glitt die ungeöffnete Flasche in seine Hände zurück. Vor zwei Jahren hatte sie den Auftrag bekommen, ihn zu beobachten.

Alles, was sie gefunden hatte, war ein geordneter Tagesablauf. Es gab nichts Ungewöhnliches. Keine Abweichungen. Er stand morgens auf, besuchte die Universität, lernte in der Bibliothek und ging um 18 Uhr arbeiten.

Während ihrer Observierung vor ein paar Jahren hätte sie die Uhr nach ihm stellen können.

Jurij war still, menschliche Freunde hatte er keine. Selbst unter den Wesen kannte ihn kaum jemand. Er lebte in vollkommener Isolation. Seine Vermieterin bemerkte ihn nur, wenn er die Post reinholte.

Dahinter stand keine versteckte Rebellion. Er mied Kontakt, weil er ein Einzelgänger war.

An einem drückend heißen Sommertag vor einem Jahr hatte er sie so unbeholfen angesprochen, dass sie Freunde wurden und Emily hatte ihm schließlich die Wahrheit gesagt.

Er hatte mit einem Lachen darauf reagiert. Jurij war nicht wütend. Sie hatte nur Anweisungen befolgt. Mit dieser Ansicht war er in ihrem Ansehen gestiegen und jetzt blieb ihm nur, seine Gewohnheiten zu ändern.

Siiri brauchte ihn - auch wenn ihm das noch nicht bewusst war und er brauchte sie.

Emily ging zur Haustür, drückte Jurij einen Kuss auf die Wange und als er sie mit diesem Ausdruck von Verblüffung im Gesicht ansah, musste sie lachen.

„Du wirst das schaffen", sagte sie zu ihm, ihre Hand auf seinem Unterarm. „Die Aufgabe wird dich mit ihrem Gewicht erschlagen, aber es wird einfacher. Siiri ist ein sehr umgängliches Kind."

Jurij schnitt eine Grimasse. „Das hoffe ich."

„Wenn du Hilfe brauchst, solltest du dich an Nick wenden. Er kann dir sicher ein paar hilfreiche Tipps geben ... *Paps*. Und unterschreib' bitte die Dokumente. Ich hole sie morgen ab."

Emily hob zum Abschied die Hand, drehte sich beschwingt auf dem Absatz um und traf auf ihren Weg zur Haustür auf die Vermieterin, die sich emsig mit dem Polieren eines Spiegels abmühte.

Das Mädchen tauschte ein paar Worte mit der Frau, in deren Verlauf sie auf die neue Situation hinwies, dann verließ sie das kleine Zweifamilienhaus.

Überrascht blieb sie stehen, nachdem sie Nick am Straßenrand sah. Die Arme vor der Brust verschränkt lehnte er sich gegen die Beifahrertür eines silberfarbenen Sportwagens. Seine Augen lagen versteckt hinter einer dunklen Sonnenbrille.

„Komm, steig' ein", sagte er, ein warmes Lächeln auf den Lippen. „Ich fahre dich."

Ihre Augen blitzten vergnügt. „Ein Gentleman durch und durch", erwiderte sie, stieg die Freitreppe nach unten und warf sich lachend in seine Arme. „Ich hab' dich lieb."

***

Obwohl der Raum in tiefer Dunkelheit lag und nur ein schwaches Nachtlicht glühte, stand Nick im Ankleidezimmer vor dem Standspiegel. Das Radio dudelte leise im Hintergrund. Eine Angewohnheit, die ihn begleitete, seit er vor fünf Jahren die Katakomben verlassen hatte.

Er brauchte Geräusche und Licht - irgendwas.

Ian betrat das Zimmer, schaltete das Radio aus und lehnte in der Tür. „Wie lange brauchst du noch?", fragte er. „Wir sollten endlich losfahren."

Nick seufzte resigniert. „Ich weiß nicht, was ich anziehen soll", gab er zu und sah über die Schulter. „Kann ich nicht einfach in Alltagsklamotten dort auftauchen?"

Ian hob eine nachtschwarze Augenbraue. „Dann kannst du auch gleich ein Schild mit der Bitte *Werft mich noch einmal in die Katakomben* über dem Kopf tragen."

Wortlos durchquerte er das Zimmer, blieb vor dem Kleiderschrank stehen und sah sich durch die Anzüge. Ian wählte einen in matter, blauer Farbe.

Nick fing das geworfene Kleiderstück auf und zog sich mit geübten Handgriffen um.

„Jetzt lass' uns gehen. Wir haben keine Zeit mehr", sagte Ian ungeduldig.

Fast zeitgleich setzten sie sich in Bewegung. Die Fahrt zum Parlamentsgebäude im neugotischen Stil auf der Pester Seite der Stadt, kam ihnen so unwirklich vor, als teilten sie einen zu lebhaften Tagtraum.

Nick brauchte fast eine Stunde, bis er sich durch den nächtlichen Budapester Verkehr gearbeitet hatte. In dieser Zeit lehnte sich Ian in seinem Sitz zurück, sah aus dem Fenster und ließ seine Gedanken schweifen.

Der Mond stand hoch am Himmel und breitete sein silberfarbenes Licht wie einen Schleier über den Dächern der Stadt aus. Ian schloss die

Augen. Durch Seiji und seine Fähigkeiten wusste er, was Emily in dieser Nacht erwartete.

Ein ungehorsamer *Günstling* musste im Sinne der Kommission und nach der Art des Verbrechens bestraft werden. So wollte es das Gesetz. *Sponsoren* durften hierfür Vorschläge einreichen. Dabei handelte es sich aber um nicht mehr als die Simulation einer freien, gemeinsamen Willensbildung.

Die Mitglieder der Kommission entschieden das allein. Ab- und zu, wenn es notwendig wurde, schenkten sie dem Ansuchen Gehör, um die Täuschung aufrechtzuerhalten. Aber nicht in dieser Nacht.

Nick ahnte nicht, welche ungerechtfertigte Folter auf Emily wartete. Wie hätte Ian mit ihm darüber reden sollen? Denn selbst wenn der Drache es wusste, änderte es doch nichts.

Ian wurde aus seinen Gedanken gerissen, nachdem der Wagen zum Stehen kam. Vor dem Parlamentsgebäude, im Licht einer Straßenlaterne wartete eine Frau in einem eng sitzenden Kostüm.

Sie nickte und deutete mit einer Handbewegung, dass sie ihr folgen sollten. Ian und Nick gehorchten wortlos.

Die Hallen der Kommission befanden sich im Untergeschoss des Gebäudes. Offen gezeigt und doch von den Menschen unentdeckt.

Und während sie durch die Gänge liefen, verrenkte sich der Drache, wie bei jedem Besuch fast den Hals, als er versuchte, alle staubigen Ecken des Parlamentsgebäudes in Augenschein zu nehmen.

In den letzten fünf Jahren hatten sich viel und doch wenig verändert. Das Bauwerk war noch immer genauso beeindruckend wie wunderschön.

„Meine Herren“, durchbrach die Frau das Schweigen. Sie führte die Besucher durch einen langen Gang, zu dem einzigen Fahrstuhl, der nach unten fuhr. „Hier entlang bitte. Sie werden bereits erwartet.“

Ian bekam eine Schlüsselkarte ausgehändigt und nahm sie mit der ruhigen Hand eines Aristokraten entgegen. Schon seit langer Zeit ließ er sich nicht mehr von der zur Schau gestellten Macht der Kommission einschüchtern.

Aber bei Nick - Ian war beunruhigt. Konnte der Drache seine Gefühle unter Kontrolle halten? Gerade *das* war in dieser Nacht von größter Wichtigkeit.

„Damit öffnen Sie die Türen im Kellergeschoss."

Nick stellte sich neben Ian in den Lift und der Fahrstuhl setzte sich ohne ihr Zutun in Bewegung.

„Alles in Ordnung?", fragte Ian leise. „Diese Bastarde wollen dir nur Angst machen."

Der Drache war kreidebleich. „Und das schaffen sie *jedes Mal.*"

Ian klopfte Nick versucht aufmunternd, auf die Schulter. Der Lift bimmelte und kündigte ihnen an, dass sie ihr Ziel erreicht hatten.

Ein hochgewachsener Mann in einem grauen Anzug nahm sie wortlos in Empfang und brachte sie zu einer Doppeltür, die sich nur mit der Schlüsselkarte öffnen ließ.

Dahinter befand sich ein Raum, in dessen Ausmaßen zwei Einfamilienhäuser mit Garten Platz fanden. Ein paar Meter von ihnen entfernt konnten sie einen prachtvollen Podest aus Mahagoni entdecken, auf dem sechs vergoldete Stühle standen.

Ian fragte sich gehässig, was die Mitglieder der Kommission wohl kompensierten.

Die schwarzen, glatten Fliesen, die den Raum durchzogen, spiegelten das Zimmer in seiner ganzen Herrlichkeit wider und erweckten den Eindruck von Ewigkeit.

Die Kommissionsmitglieder betraten den Raum, gehüllt in altmodische Kutten, nahmen ihre Plätze ein und sahen zu dem Drachen, der sich auf die Knie begab.

„Verehrte Mitglieder der Kommission. Ich, Nick McGill, Drache aus dem Geschlecht von Eldarion und Diana McGill in erster Generation spreche stellvertretend für meinen *Günstling*, Emily Elizabeth

Lyall, Vampir, aus dem Geschlecht von John und Vivian Lyall in erster Generation, in der Angelegenheit Aktenzeichen 94cm437/13 vor."

Ian hörte nicht zu, seine Überlegungen verließen den Raum. Nachdem er den Gerichtssaal betreten hatte, bemerkte er eine spindeldürre Frau mittleren Alters, die ein rotes, besticktes Kissen in den Händen hielt. Darauf lag ein Brenneisen.

Ian verengte die Augen zu schlitzen. Erst beim näheren Hinsehen wurde ihm bewusst, dass es sich um Silber in Reinform handelte. Seine Gedanken rasten.

Das einzige Metall auf diesem gottverdammten Planeten, das einem Vampir bei bloßer Berührung die Haut verbrannte. Was wollten die Mitglieder der Kommission damit?

Ian versuchte, das Wappen auf dem Brenneisen zu erkennen, doch seinem Versuch war kein Erfolg beschieden. Warum hatte er den Eindruck, dieses Folterwerkzeug schon gesehen zu haben? Die Lippen zusammengepresst, schweiften seine Augen zu Nick.

Ein Kommissionsmitglied erhob sich auf die Füße, schob die Hände in die weiten Ärmel der Kutte und schritt würdevoll über die Treppe nach unten. Die Frau am anderen Ende der Halle wurde mit einem Kopfnicken bedacht.

Ian stieg die Galle bitter den Hals hoch. Sie setzte sich in Bewegung, blieb vor Nick stehen und zeigte ihm den Gegenstand auf dem Kissen.

Das Mitglied - bei dem es sich um einen Vertreter der Gestaltwandler handelte - fasste nach dem Brenneisen und hielt es Ian unter die Nase ohne den Drachen zu beachten.

„Erkennen Sie es, Lord Colquhoun?", fragte er, sein Zeigefinger strich über die Verzierungen am Griff. „Wahrlich die Arbeit eines Künstlers."

Ian verstand, warum ihn ein Gefühl des Erkennens getroffen hatte. Er wusste von wem, wofür und vor allem, wann es benutzt worden war.

Das Brenneisen hatte er das letzte Mal vor 200 Jahren zu Gesicht bekommen, als sich Blut mit verbrannter Haut auf dem Metall vermischt hatte.

Sein Magen verknotete sich. Niemand sollte von den barbarischen Methoden erfahren, für die seine Mutter die Verantwortung trug.

„Woher haben Sie das?", erkundigt sich Ian mit unterdrücktem Zorn in der Stimme. „Es sollte längst eingeschmolzen worden sein."

Der Mann drehte das Brenneisen im Kreis, sodass das Familienwappen der Colquhouns über die Wände tanzte. „Ihre Mutter war so freundlich, ein Zweites Anfertigen zu lassen", erklärte er. „Als ich ihr mein Vorhaben geschildert habe, hat sie gestrahlt. Wie nannte sie Miss Lyall? Einen Moment ... das war Parasit, glaube ich."

Noch rechtzeitig schlang Ian seine Arme um Nick, bevor er sich auf das Mitglied der Kommission hätte stürzen können, geblendet von Hass.

„Beruhig' dich", brachte er hervor, den tobenden Drachen mühsam im Griff. „Du darfst keinen Fehler machen. Damit hilfst du ihr nicht."

Ian zitterte vor unterdrückter Wut. Er wollte diesem Mann seine Hände um den Hals legen, langsam zudrücken und sehen, wie das Leben aus seinem Körper wich. Aber *jetzt* musste er ruhig bleiben.

Die Kommissionsmitglieder hüllten sich in Schweigen, Blicke wurden ausgetauscht. Sie hatten Nick unterschätzt. Auch in seiner menschlichen Gestalt war er gefährlich.

„Sie scheinen Ihren Drachen nicht unter Kontrolle zu haben, kleiner Lord." Eine blonde Frau, die zu den Vampiren gehörte und neben einem männlichen Vertreter der Werwölfe saß, schlug die Beine übereinander. „Bringen Sie das Vieh zur Räson oder ich werde mich darum kümmern."

Ian trocknete der Mund aus, seine Augen wanderten zu Nick, der den Vertreter der Gestaltwandler ins Visier genommen hatte.

Die Mitglieder der Kommission setzten sich allesamt aus Aristokraten zusammen. Jeder von ihnen verfügte privat über Geld, Einfluss, Macht und Wissen, das Jahrhunderte zurückreichte.

Ihrer Meinung nach gab es Wesen, die seit ihrer Geburt weniger wert waren als andere. Die Gesellschaft funktionierte nur, wenn jeder von ihnen seinen Platz kannte, ähnlich den Zahnrädern in einer Maschine.

Drachen gehörten für sie zu den Wesen, die nicht einmal existieren sollten. Eine Laune der Natur - weniger Wert als ein Pantoffeltierchen unter dem Mikroskop. Und darum empfanden sie das Verhalten von Nick als unverzeihlich.

„Nick!", versuchte Ian, den Drachen zu erreichen. „Jetzt beruhig' dich endlich. Hör' auf!"

Nick hörte nicht. Vielleicht wollte er Ian gar nicht hören. Er weigerte sich, in die Rolle eines Wächters und *Sponsors* zurückzukehren. An seine Vernunft zu appellieren, war hoffnungslos.

„Nick!", rief Ian ein weiteres Mal. „Bitte. Beruhig' dich."

Der Drache atmete langsamer, schwerer, seine Hände schlossen sich zu Fäusten.

Plötzlich schoss die Frau aus ihrem Stuhl hoch, flog regelrecht durch den Raum und schlang Nick eine Kette um den Hals, an der sie ihn zu Boden riss.

„Regeln sind Regeln", sagte sie kalt und stellte dem Drachen ihren Stiefel in den Nacken. „Dieser Kreatur muss ins Gedächtnis gerufen werden, wem sie verpflichtet und wo ihr Platz ist."

Die Frau sprang wie eine Akrobatin in die Luft, fasste nach einem der Querbalken, die über die Decke verliefen, und schwang sich darüber hinweg. Während sie fiel, hielt sie die Kette fest in ihren Händen, sodass der Drache durch ihr Gewicht in die Höhe gerissen wurde.

Eine Hebelwirkung.

Nick fasste nach den Gliedern, die sich immer enger um seinen Hals schnürten. Ian wollte helfen, doch der hinter ihm stehende Gestaltwandler trat ihm in die Kniekehlen.

Als er auf dem Boden landete, packte ihn der Mann an den Haaren, riss seinen Kopf zurück und bohrte ihm die Spitze eines Klappmessers in den Hals. Blut quoll aus der Wunde.

„Vergiss nicht, wo du dich befindest“, sagte das Kommissionsmitglied. „Auch wenn du über Einfluss verfügst, selbst wenn dein Verschwinden nicht unbemerkt bleibt, habe ich nicht übel Lust, dir hier und jetzt die Pulsadern durchzuschneiden. Du tanzt uns schon viel zu lange auf der Nase rum.“

„Lasst meinen Drachen gehen“, sagte Ian kalt. „Wenn ihr nicht wollt, dass euch der ganze verdammte Raum um die Ohren fliegt, dann lasst ihn auf der Stelle los. Dass Lederband an seinem Hals dient nicht nur der Dekoration. Wer sich meines Drachen bemächtigen oder ihm Schaden will, wird nicht mit dem Leben davonkommen.“

Ian ließ sich nicht einschüchtern, weder von den Mitgliedern der Kommission noch von sonst jemandem. Sollten sie ihn tatsächlich umbringen, gab es genug andere Wesen, die in seine Fußstapfen traten und die nicht so leicht zu kontrollieren waren.

Das wussten die Mitglieder genau.

Eine Stimme ertönte. „Dieser verdammte Bastard trägt das *Draco Lacrimis*“, hallte es durch den Raum. Schritte, die sich bewegten und Stoff, der raschelte. „Lass‘ das Vieh auf der Stelle los. Das ist eine tickende Zeitbombe.“

Ian ließ sich nach außen hin nichts anmerken, innerlich grinste er breit. Zu seinem Glück existierten keine Aufzeichnungen. Niemand konnte mit Sicherheit sagen, von wem das *Draco Lacrimis* einst erschaffen wurde oder über welche Kräfte es verfügte.

Niemand bis auf den Herren der einzigen Drachen, die im Moment für alle Wesen sichtbar im Dienste der Familie Colquhoun standen.

Solange er sich mit Nick zusammen in einem Raum aufhielt, passierte nichts. Die Kräfte des *Draco Lacrimis* setzten sich nur dann frei, wenn sich Ian und jeder von seinem Blut in Sicherheit befand.

Er hatte Gerüchte in alle Himmelsrichtungen gestreut. Er wusste, dass es einmal zu einer solchen Situation kommen konnte und dass sich die Mitglieder der Kommission wie ausgehungerte Hyänen auf das Gerede stürzen würden.

Sie waren berechenbar.

„Verdammt!", hörte er eine weibliche Stimme schimpfen. Er konnte sie der Frau zuordnen, die Nick an der Kette nach oben gezogen hatte. „Verdammt, verdammt, verdammt!"

Während der Drache ungebremst zu Boden fiel, forderte der hinter Ian stehende Mann ein weiteres Mal Aufmerksamkeit. „Irgendwann", murmelte das Mitglied der Kommission, bevor er dem Knienden einen derben Stoß versetzte. „*Werde* ich dich umbringen."

Ian unterdrückte mit Mühe das Lachen. „Dann sehen wir uns in der Hölle wieder."

Der vor Wut schäumende Mann wollte etwas erwidern, kam aber nicht mehr dazu. Zeitgleich erfüllte die Stimme eines weiteren Mitgliedes den Raum.

„Drache, bekunde deine Ergebenheit und veranschauliche uns deine Treue. Auf die Knie."

Ian, der mit dem Gesicht auf dem Boden lag, stemmte sich mühsam hoch, seine Augen glitten durch den Raum. Neben ihm kniete Nick mit gesenktem Kopf.

Die Frau mit dem Kissen in der Hand, begab sich ein weiteres Mal zu ihnen, legte das Brenneisen auf den Boden nieder und zog sich demütig in den Schatten einer Nische zurück.

Eine fast unheilvolle Stille breitete sich aus und mit dem nächsten Ticken der Wanduhr, erhob sich der männliche Sprecher der Werwölfe auf die Füße.

Offenbar verlor er die Geduld. „Drache", sagte er eisig und blieb vor Nick stehen. „Du wirst das Brenneisen in unserem Sinne nutzten."

Trotzig hob Nick den Kopf an.

Kapitel: 09

Nick wollte zitternd nach dem Brenneisen fassen, doch das Kommissionsmitglied trat ihm auf die Hand. Gepeinigt schrie der Drache auf.

Der Vertreter der Werwölfe lächelte. „Miss Lyall rebelliert bereits seit Jahrhunderten gegen unsere Gesetzte“, erklärte er, verlagerte sein Gewicht und das Knacken von brechenden Knochen hallte im Raum wider. „Ihre Bestrafungen zeigen keine Wirkung und darum ist es an der Zeit, dass wir zu drastischeren Maßnahmen greifen. Ihr Ungehorsam muss Folgen haben und du wirst ihr ihre Herkunft, ihr Wesen, ihre Treue in die Haut brennen, damit sie es endlich begreift.“

Nick gefror das Blut in den Adern. Es überkam ihn ein Entsetzen, das er nicht in Worte fassen konnte. Übelkeit kroch ihm den Hals hoch.

Ein weiteres Kommissionsmitglied verließ seinen Platz. Die Hände in den Ärmeln der Kutte verborgen, trat die Vertreterin der Vampire zu ihm. In ihren Augen lag kein Gefühl.

„Jedes Wesen, das dieser Tage in Ungarn weilt, wird ein Zeuge der Bestrafung sein.“ Die Frau wandte sich Ian zu, der ihren Blick erwiderte. „Wie konnten Sie dieses törichte Kind verwandeln, Lord Colquhoun?“

Ian hüllte sich in Schweigen und blieb ihr eine Antwort schuldig. Sie hob eine Augenbraue, drehte sich um und kehrte zu ihrem Stuhl zurück.

Im Anschluss wurde die Sanktion einstimmig auf den kommenden Montag datiert. Damit endete die Besprechung.

Schritte, Tuscheln, dann tauchten die Kommissionsmitglieder in den Schatten der Halle unter.

Die Dame mit dem Brenneisen wartete, bis sich der Drachen auf seine Füße zurückgekämpft hatte, dann führte sie die beiden Männer durch das Parlamentsgebäude und auf die offene Straße hinaus.

„Am Tag der Züchtigung wird Miss Lyall in den frühen Morgenstunden von den Stellvertretern der Kommission abgeholt.

Stellen Sie sicher, dass sie für ihren Transport bereit ist", sagte die Fremde in nüchterner Tonlage, drehte sich um und verschmolz mit der Dunkelheit.

Nick verlor kein Wort, bis er mit Ian allein auf der offenen Straße stand. Magensäure lag ihm bitter auf der Zunge. Er wollte sich übergeben.

„Warum hast du mir nicht gesagt, was sie vorhaben?", verlangte der Drache zu wissen, umrundete den Wagen und setzte sich auf den Beifahrersitz. Seiner Hand war gebrochen. „Du hast es gewusst, bevor wir das Gebäude betreten haben. Du hättest ..."

„Ich hätte was?", fauchte Ian zornig, sank hinter das Lenkrad und schob den Schlüssel ins Zündschloss. „Warum hätte ich mit dir darüber reden sollen? Glaubst du wirklich, es hätte irgendwas geändert? Du warst auch dort. Wenn sie mir schaden wollen, dann finden sie einen Weg."

Nick vergrub die Hand in seiner Hose. „Dann ist es für dich in Ordnung, dass sie deinem Kind ..."

Ian riss der Geduldsfaden. „Kein Wort mehr", unterbrach er den Jüngeren schroff, legte den Rückwärtsgang ein und schob den Wagen aus der Parklücke. „Sie darf *niemals* erfahren, wer sie ist."

***

Emily blätterte durch die Seiten eines Modemagazins. Ihre Augen flogen über einen Artikel, der sich mit den Trendfarben der Frühlingssaison beschäftigte.

Neben ihr, auf einem Tisch stand eine Sektflöte, daneben ein Teller mit Kuchenstücken. Seufzend lehnte sie sich zurück und legte das Heft auf einen Stapel mit weiteren Magazinen.

Auf der anderen Seite des Raumes stand eine ältere Frau, die ein voluminöses Kleid in den Händen hielt.

Heute war endlich der Tag gekommen, auf den sich Adrienn seit Wochen gefreut hatte. Die erste Anprobe für ihr Hochzeitskleid fand statt und wie Kostja prophezeit hatte, hatte Emily nichts zu sagen. Sie dankte Gott dafür.

Denn was immer sie als *hübsch* oder *schön* bezeichnete, zerfetzte die nervöse Braut verbal in der Luft. Die aussortierten Kleider landeten auf dem Boden, was von den Damen der Boutique nur toleriert wurde, weil eine unverschämt hohe Geldsumme auf sie wartete.

Emily betrachtete die leere Champagnerflasche, runzelte die Stirn und stieß die Luft aus ihren Lungen. Seit Stunden versuchte sie, sich einen ordentlichen Rausch anzutrinken.

Was machte sie überhaupt hier?

Adrienn beschwerte sich über ein weiteres Kleid - das sie sich an Ort und Stelle wütend auszog und stampfte nur in Unterwäsche zur Couch.

„Ich glaube, ich werde nichts finden, mit dem ich wirklich zufrieden bin."

„Kostja findet dich auch in einem Leinensack schön", wollte sie die rastlose Braut aufheitern.

Adrienn neigte den Kopf. „Warum sollte es mich interessieren, was er denkt?"

Emily hob eine Augenbraue. „Ähm … weil du ihn heiratest?"

Der Einwand wurde, genau wie erwartet ignoriert. „Bist du nicht zu jung, um dir schon die Kante zu geben?", fragte die Anwältin, die Beine übereinandergeschlagen. „Wie viel hast du getrunken?"

Brummend sah das Mädchen zu den Flaschen, die auf dem Boden lagen. „Eindeutig nicht genug", erwiderte sie. „Ich bin nicht so jung, wie ich aussehe."

„Ja, das hat Kostja schon erwähnt …"

Emily neigte den Kopf. Was war damit wohl gemeint? Und nachdem Adrienn ihr Glas geleert hatte und das Mädchen neben ihr mit ihren Blicken maß, schien eine absonderliche Idee in ihr zu keimen.

Die Frau, die hinter der Anwältin aufgeräumt hatte, verließ wortlos den Raum.

„Warum probierst du nicht eines der Kleider an?“, platzte es aus der Anwältin heraus. „Ich habe ein richtig schönes gesehen.“

Schwungvoll zog sie Emily auf die Füße, riss dem Mädchen das T-Shirt buchstäblich vom Leib und schubste sie hinter den Vorhang der Garderobe.

„Kostja müsste bald hier sein“, überlegte Adrienn laut. „Er soll heute seinen Anzug anprobieren und ich bin mir sicher, dass er dich gerne in einem Brautkleid sehen möchte.“

Emily gefror das Blut in den Adern, das Herz hämmerte ihr bis zum Hals. Wenn Kostja sie in so einem Fummel jemals zu Gesicht bekam, würde sie vor Scham im Erdboden versinken.

„Auf keinen Fall“, protestierte sie, ihre Hände zitterten „Warum sollte *ich* ein Kleid anprobieren? Du heiratest.“

„Zum Spaß“, ertönte die prompte Antwort. Adrienn kam mit einem Modell zurück, das einen Meerjungfrauenschnitt besaß. „Sag‘ mir jetzt bitte nicht, du hast noch nie daran gedacht zu heiraten. Dabei sollen Rot und Grün meine Glücksfarben in diesem Jahr sein.“

Emily seufzte und lehnte sich mit dem Rücken gegen die Wand der Kabine. Darum sollte sie also Brautjungfer spielen. „Für mich hat die Ehe keine Bedeutung“, sagte sie, die Augen auf ihre Hände gerichtet. „Es ist nichts weiter als eine Formalität. Nur mein Name auf einem Stück Papier.“

„Stimmt schon“, erwiderte Adrienn lächelnd, reichte Emily das Kleid und half ihr dabei, den Reißverschluss zu schließen. „Es ist nur ein Traum, aber ich möchte diesen Traum träumen, auch wenn er nicht für ewig währen kann.“

Die Anwältin führte das Mädchen zu einem Stuhl, um ihr die Haare zu machen.

Emily blinzelte. „Was meinst du damit?“

Adrienn lachte und holte einen Schleier, den sie Emily mithilfe eines Brautkammes in die Haare schob. „Sein Herz gehört nicht mir und meines nicht ihm“, erklärte die Anwältin und zupfte sorgfältig an dem durchsichtigen Stoff. „Wir sind Freunde und passen aufeinander auf ... schade, dass ich kein Make-up habe. Ich bin keine professionelle Stylistin, aber Brauntöne würden super an dir aussehen.“

Emily wurde vor einem Standspiegel platziert. Ihre Augen glitten vom Rocksaum bis zu ihrem Gesicht. Dass sie ein Brautkleid trug, fühlte sich falsch an. Rot bis über beide Ohren, vergrub sie ihre Hände im Stoff.

Adrienn hüpfte um sie herum, schoss begeistert mit dem Smartphone Fotos und blieb erst stehen, nachdem sich die Tür geöffnet hatte.

Kostja trat in den Raum. Er wirkte müde und angespannt. Offensichtlich hatte ihm die Arbeit im Krankenhaus wieder ganz schön zugesetzt.

Er ließ seine Augen stirnrunzelnd zu Emily gleiten, die in die Sicherheit der Garderobe flüchten wollte. Doch ihre Füße schienen mit dem Boden verschmolzen zu sein.

„Das war nicht meine Idee. Ich meine ... das sieht richtig albern aus ... Hochzeit und so ...“

Während sich Emily erneut um Kopf und Kragen redete - was häufiger in Situationen passierte, in denen sie sich nicht wohl fühlte - blieb Kostja wie erstarrt im Türrahmen stehen.

Seit ihrer ersten Begegnung geisterte ihm Emily laufend durch den Kopf. Und jetzt stand sie dort, in einem Kleid, das durch seinen Schnitt viel Spielraum für Fantasien ließ, bereit zum Altar geführt zu werden. Als hätte sie jemand aus seinen Träumen geschnitten, angezogen und bereitgestellt.

Er musste sie bloß einpacken und mitnehmen. Kostja schüttelte den Gedanken ab und zwang sich dazu, die Anspannung in seinen Schultern zu lösen.

„Siehst hübsch aus", unterbrach er wenig geistreich, trat zu Adrienn und versuchte, seine Stimme fest klingen zu lassen. „Wo ist der Anzug?"

Raschelnder Stoff zwang seine Aufmerksamkeit zu Emily zurück. Er fluchte innerlich. Womit hatte sie ihn in ihren Bann gezogen? Bisher hatte er den Gedanken erfolgreich ignoriert, dass sie sein gesamtes Leben aus den Fugen hob.

Sie riss ihn einfach mit sich riss.

Ihre Gestalt und ihre Größe halfen ihm dabei, einen Teenager in ihr zu sehen. Jetzt musste er - schon wieder - akzeptieren, dass Emily nicht das Kind war, zu dem er sie so bereitwillig machte.

Adrienn schleuderte es ihm unentwegt ins Gesicht. Und das, obwohl sie ihm im Diner, an jenem Abend noch selbst gesagt hatte: *Wenn du weitermachst, muss ich dich einsperren lassen.*

Seufzend ließ er seinen Blick über die Anwältin in Unterwäsche wandern. Sie übte auf ihn keinen so starken Reiz aus. Er wünschte, es wäre anders.

„Nachdem du jetzt ausgiebig gaffen konntest ... ich bin einfach sexy … zieh' dich um", befahl ihm Adrienn. „Der Anzug liegt auf dem Stuhl."

Kostja nahm das cremefarbene Jackett, durchquerte den Raum und verschwand in der Kabine. Warum war er so verdammt nervös? Weil ihn Emily sehen würde? Tat sie das nicht auch auf der Hochzeit?

Der Hals trocknete ihm aus. Wieso heute? Hätte die Anprobe nicht auf einen Tag verlegt werden können, an dem er das Mädchen nicht direkt vor der Nase hatte? Alles in ihm drängte ihn zu einer raschen Flucht.

Reichte es Adrienn nicht, dass er sich wie ein dummes Kind nach dem Einzigen sehnte, was er niemals haben konnte und dass er seine

Wut darüber laut hinausschreien wollte? Kostja sah in den Spiegel, seufzte erneut und richtete penibel genau die Krawatte.

Unaufhörlich sagte er sich, dass er es aus eigenem Antrieb heraus tat, nicht um Zeit zu schinden. Seine Verlobte schien seine Scheu wie ein Jagdhund zu wittern.

Sie riss den Vorhang auf, zerrte Kostja aus der Kabine und beäugte ihn von allen Seiten. „Das ist unglaublich!", rief sie begeistert. „Ihr müsst nebeneinander stehen."

In dem akustisch unvorteilhaft eingerichteten Raum hatte ihre Stimme die Wirkung von Nägeln, die über eine Schiefertafel kratzten.

Kostja schnitt eine Grimasse. Wie eine Puppe in einem neuen Outfit schob sie ihn neben Emily, die ihr knallrotes Gesicht zu Boden senkte. Sorgfältig drapierte Adrienn den Rock des Hochzeitskleides, klopfte über den Anzug und stellte den Zoom der Kamera ein.

Es wirkte, als wollte sie für den Laden ein Werbeposter kreieren. Und Kostja fragte sich zum millionsten Mal, warum er ihren Launen ständig nachgab. Adrienn war ganz in ihrem Element. Ein Kompliment nach dem anderen wurde vom Klicken der Kamera unterbrochen.

Doch als sie meinte, ihre Modelle könnten das perfekte Paar sein, überschritt sie unbewusst oder bewusst eine Grenze. Emily raffte den Saum des Hochzeitskleides, stieg vom Podest und verkroch sich in der Garderobe.

Kostja sah ihr nach und entschied, dass er sich besser der kniffligen Aufgabe stellte, seiner Verlobten wieder in ihre Kleidung zu helfen.

„Zieh' dich an", bat er freundlich, nahm das T-Shirt zur Hand und hielt es Adrienn entgehen. „Sonst wirst du dich noch erkälten und das wollen wir beide nicht."

Die Anwältin schüttelte den Kopf. „Es ist Sommer", hielt sie dagegen, warf einen Blick auf ihre Armbanduhr und lächelte. Etwas zu fröhlich. „Ich habe ja noch einen Termin. Das hätte ich doch glatt vergessen. Du musst Emily mit dem Kleid helfen. Bitte."

„Und das fällt dir jetzt ein?“, fragte er misstrauisch.

Sie grinste. „Ja, ja.“

Adrienn verschwand hinter dem Vorhang einer weiteren Kabine, Kostja seufzte schwer. Sie machte ihm das Leben zur Hölle. Wie ein Verurteilter auf dem Weg zum Schafott schlurfte er durch den Raum.

Er räusperte sich. „Emily, würdest du bitte rauskommen? Wir werden nicht zusammen in die Kabine passen“, erklärte er, hustete und zupfte an dem Kragen seines Hemdes.

Das verführerische Rascheln von Stoff schmeichelte seinen Ohren. „Äh ... gleich ... ich muss ... nur noch ...“, stammelte Emily. Der Vorhang schlug eine Welle, bevor sich ihm ein Arm zeigte. „Ich bin ... aua ...“

Sie kam heraus, den Blick zu Boden gesenkt. Seine Augen wanderten zu ihrem Dekolletee, das durch den Schnitt des Kleides noch betont wurde. Kostja spürte ein süßes Ziehen in der Lendengegend.

Emily knetete ihre Hände, wollte sich umdrehen und hielt auf halbem Wege inne. „Warte!“, rief sie und er erstarrte. „Ich will nicht, dass du ... du sollst nicht noch einmal ... ich meine ...“

Der Assistenzarzt lächelte aufmunternd, trat einen Schritt näher an das Mädchen heran und griff über ihre Schultern hinweg. Blind tastete er nach dem Reißverschluss.

„Ich verstehe“, sagte er, seine Gedanken drehten sich um ihre Narben. Behutsam zog er den Schlitten über die einzelnen Schließglieder. „Halt‘ bitte den oberen Teil fest.“

Das Mädchen nickte. Kostja sog ihren prickelnden Duft tief in seine Lungen. Wie dringend er Emily in seine Arme schließen wollte.

„Danke für dein Verständnis“, murmelte sie genauso atemlos, wie er sich fühlte. Sie hob ihm ihr Gesicht entgegen. „Irgendwann werde ich dir alles erzählen.“

Er fasste nach den Verschnürungen, die sich seitlich am Kleid befanden, zog sie aus den Schlaufen und lockerte die Raffung an der Taille.

Hart hämmerte ihm das Herz gegen den Brustkorb. „Das musst du nicht."

Sie überprüfte, ob sie das Kleid problemlos ausziehen konnte. „Danke. Ich gehe jetzt ... also in die Garderobe ... um mich umzuziehen."

Unbeholfen verschwand sie wieder hinter dem Stoff. Kostja sagte nichts. Er schwelgte in ihrem Geruch. Ein Duft, den er mochte und in dem er sich verlor. Versunken sah er zu Adrienn, die sich mittlerweile vollständig angezogen hatte.

Gutgelaunt schritt sie zur Tür. „Ich gehe schon mal!", rief sie vergnügt. „Kostja, würdest du meine Brautjungfer nach Hause bringen? Ich verlasse mich auf dich."

Emily steckte den Kopf aus der Kabine, blass wie die Wand. „Das ist nicht nötig. Mein Bruder holt mich ab", widersprach sie und kam mit geöffneter Hose in den Raum gestolpert. „Ich muss ..."

Adrienn schloss die Tür hinter sich und Emily sah zögernd zu Kostja, der die verstreuten Kleider einsammelte. „Wir werden eine Haushaltskraft brauchen", seufzte er. „Im Gegensatz zu mir wird die wenigstens bezahlt."

Er hob den Kopf, als er einen Knall hörte. Emily hatte ihren Schuh gegen die geschlossene Tür gedonnert. „Ich glaube, Adrienn will uns aus irgendeinen Grund verkuppeln", blaffte sie und stemmte die Hände in die Hüften.

„Das merkst du erst jetzt?", erkundigte sich Kostja, ohne beim Aufräumen innezuhalten. Er seufzte. „Ihr Verhalten ist nicht unbedingt subtil."

Emily warf ihm einen Blick zu, der ihn aufspießte. „Das lässt du einfach geschehen?“, fragte sie und schloss die Hose. „Macht dich das nicht wütend?“

Kostja strich den Rock des letzten Hochzeitskleides glatt, zog die Schutzhülle darüber und hängte es zu den restlichen an die Kleiderstange. Er musste die Situation erklären, auch wenn er nicht wollte und Emily damit ein völlig falsches Bild vermittelte.

„Ich habe dir doch erzählt, dass unsere Hochzeit arrangiert wurde. Zwischen uns gibt es keine romantischen Gefühle. Wir sind nur Freunde - eine Freundschaft mit Vorzügen. Jeder hat sein eigenes Leben. Und im gegensatz zu ihr, hatte ich schon lange niemanden mehr in meinem Bett.“

Emily wurde blass. „Bitte was? Redest du von Sex?“

„Gelegentlich haben wir eine Bettgeschichte am Laufen, aber das ist für uns Beide völlig in Ordnung ... Sie häufiger, aber das ist auch kein Wunder.“

Sie verschränkte die Arme vor der Brust, ein Schatten überzog ihre Züge. „Selbst wenn du der letzte Mann auf diesem gottverdammten Planeten wärst und meine einzige Chanc, werde ich einen Teufel tun und mit dir schlafen!“, fauchte sie zornig. „Weder mit dir noch mit irgendjemandem sonst.“

Obwohl Kostja eine verbale Ohrfeige nach der anderen einstecken musste, brach Lachen aus ihm hervor. „Du schläfst mit Jurij“, schmunzelte er.

Sie sah ihn an. „Das hast du mir tatsächlich abgekauft?“

Kostja erstarrte in seinen Bewegungen. Er glaubte, in ihrer Stimme eine Unsicherheit zu hören, die ihn an Gespräche unter Teenagern erinnerte.

„Warte“, bat er und versuchte, die Information zu verdauen. Bei ihren Worten schwirrte ihm der Schädel. „Du bist über 900 Jahre alt und noch eine ... *Jungfrau*?“

„Hast du was dagegen?"

„Nein, nein. Ich verstehe nur nicht, wie das passieren kann. Ich meine, warst du denn nicht neugierig? Als ich meine ersten Erfahrungen ..." Kostja stoppte sich, nachdem er ihren mörderischen Gesichtsausdruck bemerkte. Er räusperte sich. „Es hat doch bestimmt einen Mann gegeben, den du ..." - er suchte verzweifelt nach einem passenden Wort - „... der *nett* war."

Sie krallte die Hände in ihre Jeanshose. Die Schlinge um seinen Hals zog sich weiter zu.

„Und du glaubst *nett* reicht mir?", empörte sie sich, machte einen Schritt auf ihn zu und Kostja trat einen zurück. „Es gab wichtigeres, als ein *Mädchen* zu sein. Ich habe keine hübschen Kleider getragen oder mein Gesicht unter Schminke versteckt." Ihre Augen leuchteten vernichtend. „*Ich* musste mit Ian und Nick in den *Krieg* ziehen. *Ich* habe gelernt zu *kämpfen*, während sich diese dummen Gören auf Bällen amüsiert haben!"

Kostja sah auf ihre Gestalt herab. „Dafür, dass du nie ein Mädchen sein konntest, machst du einen verdammt guten Job. Es ist in Ordnung, wenn du noch keine Erfahrung hast und sieh' es mal positiv: Bei den hygienischen Zuständen zur damaligen Zeit ist das vermutlich besser. Wer weiß, was du dir eingefangen hättest."

Ihre Wut schien abzuflauen. „Wir sind schon wieder vom Thema abgeschweift", wandte Emily ein und zwang sich zu einem Lächeln. „Wie könnt ihr heiraten, wenn ihr euch nicht liebt? Du bist Arzt und wenn du deine Ausbildung hinter dir hast, solltest du genug verdienen."

Sie mochte stolz auf das sein, was sie geleistet hatte, aber in ihren Worten lag Bitterkeit.

„Es geht nicht um mich, sondern um das Krankenhaus und nur darum habe ich zugestimmt. Das Lebenswerk meines Onkels soll auch für die nächsten Generationen Bestand haben."

Sie nickte. „Ich verstehe."

Kostja lachte. Es hörte sich utopisch an. Alle Vorteile einer Ehe zu genießen und dennoch sein eigenes Leben zu führen - zumindest, solange nichts davon an die Öffentlichkeit drang. Selbst vor Jason musste er den Mund halten. Niemand durfte etwas erfahren, vor allem nicht der Vater der Braut. Es tat weh. Sie wurden zu den Gefangenen in einer lieblosen Ehe.

Kein: *Glücklich bis ans Lebensende*. Keine Familie. Keine Kinder.

Er musste weder ein Ehemann noch Vater sein. Das war nichts weiter als eine Vorstellung, an die er sich klammerte.

„Du bist genauso wie Ian, wie Nick oder wie ich“, warf sie zusammenhangslos ins Gespräch ein und Kostja runzelte die Stirn. „Du fühlst dich deinem Onkel gegenüber verpflichtet und die Verpflichtung stellst du über deine Gefühle.“

Darüber wollte er gar nicht nachdenken. „Nun“, wechselte Kostja das Thema. „Möchtest du abhauen, bevor Adrienn zurückkommt und uns weiter quält?“

Emily nickte. Eine halbe Stunde später, nachdem er sich umgezogen hatte, schlenderten sie durch die Innenstadt, redeten dabei über Nebensächlichkeiten und erreichten die Donaupromenade. Kostja gab währenddessen Anekdoten aus seiner Teenagerzeit zum Besten.

Amüsiert erzählte er von Jason, der eine Kuh streicheln wollte und am Schluss ins Krankenhaus musste, weil ihn das Tier gebissen hatte. Oder dass Kostja mit Anlauf über einen Bach gesprungen war, durch den er problemlos hätte durchwaten können. Er steckte dann im Schlamm fest und seine neuen Schuhe waren ruiniert.

Seine Adoptivmutter hatte ihm dafür eine Woche Hausarrest aufgebrummt.

„Hast du Hunger?“, platzte es aus Emily heraus.

Kostja runzelte die Stirn. „Und worauf hast du Lust?“

„In der Nähe gibt es ein schickes, italienisches Restaurant. Ich lade dich ein.“

Pizza? Er hatte mit vielem gerechnet, von einer Blutkonserve bis hin zu seinem Hals, aber das überraschte ihn. Kostja schüttelte grinsend seine Überlegungen ab, heftete sich an ihre Fersen und fühlte sich versucht, den Arm um ihre Mitte zu legen.

Ihr Ziel befand sich nahe der Kettenbrücke. Es war eines von diesen Hausboot-Restaurants. Sein Herz raste. Er hasste die Dinger. Während Emily über den knarrenden Steg hüpfte, verknotete sich ihm der Magen. Stumm schickte er ein Stoßgebet Richtung Himmel.

„Komm schon", rief ihm das Mädchen vergnügt zu.

Warum musste es ausgerechnet ein *schwimmendes* Restaurant sein? Kostja atmete tief durch, setzte einen Fuß auf den wippenden Steg und seine Hände krampften sich um die Absperrung.

Ruhig. Es ist alles in Ordnung.

Vorsichtig schob er sich weiter, immer ein bisschen.

Emily trat zu ihm, in ihrem Gesicht tausend Fragen. „Du ... hast eine Phobie ... vor Wasser?"

Kostja sog die Luft flach in seine Lungen. „Nicht vor Wasser", erwiderte er. „Ich mag Schiffe nicht oder etwas Schiff ähnliches."

„Es tut mir leid. Das wusste ich nicht. Gib' mir deine Hand. Ich helfe dir."

Warm und fest schlossen sich ihre Finger um seine. Behutsam half sie ihm über den Steg, führte ihn zu einer Terrasse und Kostja plumpste leichenblass und schwer auf einen Stuhl. Emily trat zu einem Keller.

Lächelnd kam sie zurück, ließ sich ihm gegenüber nieder und griff nach der Speisekarte. „Jurij arbeitet hier", begann sie ein Gespräch. „Ich habe ihm vor längerer Zeit ein Paket vorbeigebracht und ich wollte wissen, ob er so weit zurechtkommt."

Obwohl Kostja das Gefühl hatte, der Mageninhalt stieg ihm in kleinen Bröckchen den Hals hoch, suchte er nach seinem inneren Gleichgewicht. „Und was war in dem Paket?", witzelte er dumpf. „Eine Sex-Puppe?"

Emily lachte leise. „Nein, das nicht", gab sie amüsiert zurück, ihre Augen leuchteten. „Ich habe ihm vor ein paar Wochen einen Werwolf vorbeigebracht. Sie ist völlig hilflos."

„Ist dieser Werwolf noch ein Kind?"

Sie neigte den Kopf zur Seite, mit dem Zeigefinger tippte sie sich gegen die Unterlippe. „Mehr oder weniger. Dieser Werwolf lag über 800 Jahre im Tiefschlaf. Das ist auch für mich neu. Körperlich, aber auch im Verhalten erinnert sie mich an eine Drei- oder Vierjährige."

Kostja fragte sich, wie sie das sagen konnte, ohne das Gesicht zu verziehen. Für ihn klang das surreal. Unwillkürlich dachte er an die Filme, die er in seinem Leben schon gesehen hatte.

„Klingt nicht so, als würden sich Vampire und Werwölfe bekriegen."

Emily schüttelte den Kopf. „Es gibt keinen Krieg", erzählte sie ihm munter, schlug das linke Bein über das rechte und lehnte sich zurück. „Es gibt Auseinandersetzungen, aber das ist ganz normal. Manchmal müssen wir einfach Dampf ablassen. Einige benutzen einen Sandsack und andere wollen sich lieber mit jemandem prügeln."

„Wie Menschen."

Sie hob den Zeigefinger in die Luft. „Korrekt."

Das hatte er sich gedacht. Der Krieg, der in vielen Filmen und Büchern thematisiert wurde, entsprang nur der Fantasie von Romanautoren.

Kostja sah zu Jurij, der an den Tisch herantrat, in seiner Hand lag ein Notizblock. Der Assistenzarzt entschied sich für ein Mineralwasser und die vegetarische Pizza. Emily nahm einen Salat. Zählte sie auch Kalorien?

„Sollte sich ein Mensch um einen Werwolf kümmern?", fragte er ehrlich interessiert.

Sie lachte leise. „Keine Sorge. Jurij ist kein Mensch. Er ist ein Gestaltwandler."

„Oh, verstehe."

Warum nahm er solche Information mit dieser Selbstverständlichkeit hin? Es *sollte* ihn beunruhigen. Aber wieso fühlte er dann nichts?

Sie klopfte mit den Fingerkuppen auf den Tisch. „Ich möchte dich etwas fragen. Kannst du dir demnächst freinehmen?"

Kostja wusste nicht, was er darauf antworten sollte. Er musste erst seine Gedanken sammeln. „Bestimmt", gab er nach einem Moment zurück. „Ich habe noch drei Wochen von meinem Urlaub übrig."

Sie fuchtelte abwehrend mit der Hand durch die Luft. „Wir werden nicht alle Tage brauchen. Vielleicht eine Woche."

„Sagst du mir auch, was du vorhast?"

Das Mädchen grinste breit. „Ich möchte dich zu dem Ort bringen, an dem du aufgewachsen bist", klärte sie ihn auf. „Vielleicht kommen deine Erinnerungen wieder, wenn du nach Hause zurückkehrst. Klingt für dich wahrscheinlich seltsam, oder?"

Eine Vorstellung, die Kostja erstmal verdauen musste. „Ziemlich. Ich habe keine Erinnerung an die Zeit vor meiner Ankunft in Budapest", erwiderte er, mit der Situation überfordert. „Wenn ich gefragt habe, wurde mir gesagt, ich hätte einen Autounfall gehabt."

„Vielleicht hast du."

Kostja sah sie nachdenklich an. „Vielleicht", erwiderte er vertieft und fuhr mit dem Zeigefinger über eine Narbe an seinem Hinterkopf.

Emily stand auf, schritt zur Reling und stützte sich mit den Armen auf der Absperrung ab, die Hände gefaltet. Ihre Augen lagen auf dem ölig schimmernden Wasser der Donau, der laue Abendwind zupfte an ihren Haaren.

Ein Anblick wie aus der Feder eines Künstlers. Kostja lehnte sich neben das Mädchen, ein mulmiges Gefühl in der Magengegend. Irgendwas stimmte nicht. Das war ihm seit dem Abend im Bordell bewusst.

„Warum hat ein einflussreicher Vampir wie dieser Ian, Interesse an einem Kind, das nichts Besonderes ist? Das beschäftigt mich. Auch wenn ihm diese Dämonenjägerfamilie hilft, hält sich seine Güte sicherlich in Grenzen und Paparazzi verschwinden, wenn es nichts zu berichten gibt. Aber du bist all diese Jahre an meiner Seite geblieben. Was verschweigst du mir?“

Sie seufzte auf. „Und was ist, wenn du Recht hast?“, fragte sie ihn zaghaft. „Wenn du nicht einfach nur irgendein Mensch von vielen bist ... für mich?“

Kostja stützte die Ellenbogen auf die Reling, seine Mundwinkel zuckten leicht. „Wirst du mir davon erzählen?“, fragte er.

„Vielleicht ... irgendwann.“ Emily senkte den Blick auf ihre Hände. „Das mit uns kann nicht funktionieren“, wisperte sie. „Nicht wegen eines Klischee, sondern weil du heiraten wirst und weil sich meine Auffassung von Moral und Liebe grundlegend von deiner unterscheidet.“

„Stimmt wohl“, gab er ihr Recht. Kostja hatte den Eindruck, dass er sie mit seinen Worten verletzte, tiefer als beabsichtigt. „Wirklich schade. Ich hätte es gerne versucht.“

Der Moment war perfekt. Emily wandte sich ihm zu, ihr Blick verschmolz mit seinem. Der Wind spielte mit ihren feuerroten Haaren, ihre Augen leuchteten wie grünes Feuer und ihre feingeschwungenen Lippen waren einladend geöffnet.

Kostja wollte sie küssen. Gott alleine wusste wie sehr. Wenn sie sich nicht in der Öffentlichkeit befunden hätten, würde er diesem Drängen nachgegeben.

Und darum musste er sich ablenken. „Wegen vorhin: Es war dumm von mir, das Thema überhaupt anzuschneiden. Ich wollte nur ehrlich zu dir sein.“

Emily blinzelte. „Was meinst du?“

Kostja räusperte sich. „Sex“, antwortete er verlegen. „Es tut mir leid. Dein Leben und deine Entscheidungen gehen mich nichts an.“

Ihre Wangen glühten. „Stimmt.“

Wann hatte es aufgehört?

Er dachte nicht mehr darüber nach, was sie zu sein behauptete.

Es spielte einfach keine Rolle.

Kapitel: 10

Als Emily in den frühen Morgenstunden von den Vertretern der Kommission abgeholt wurde, befand sich Budapest noch im Tiefschlaf. Am Rand der Stadt gab es einen alten Gutshof, zu dem sie das Mädchen brachten. Dort wurde sie zusammen mit anderen Wesen, die sich einer Züchtigung unterzogen ins Kellerverlies gesperrt.

Nick durfte ihr erst um die Mittagszeit herum in der Gefängniszelle Gesellschaft leisten. Während sie auf und ab ging, die Arme hinter dem Rücken, hockte er mit angezogenen Beinen auf dem Boden, die Hände in seinen Hosentaschen.

Immer wieder sah er zu der Tür, die sich am anderen Ende des Raumes befand.

Emily stieß die Luft aus den Lungen. „Vergiss es nicht“, sagte sie und rang die Hände ineinander. „Du musst diesen Schweinen eine Show bieten.“

Nick versuchte, sich für das zu wappnen, was ihn jenseits dieser Vorhölle erwartete. Entgegen jeglicher Vernunft hatte er Emily von der Strafe erzählt. Ihre Antwort war ein verkrampftes Lächeln.

Wunden, die ihr durch reines Silber beigebracht wurden, konnten nicht heilen. Der Hals schnürte sich ihm zu.

Bilder von ihrem entstellten Rücken trieben durch seinen Geist. In den verstrichenen Jahrhunderten hatte dieses Mädchen auf so viele Arten unter dem Wahnsinn der Kommission gelitten.

Nick konnte ihr gegenüber nur noch Schuld empfinden - tiefe, brennende schuld. Er konnte ihr nicht helfen.

Durch die Demütigungen auf ihrer Seele und den Narben, die ihren Körper zeichneten, hatte ihr Selbstwertgefühl einen irreparablen Schaden davongetragen.

„Das kannst du nicht verlangen“, drang seine Stimme gedämpft an ihre Ohren. Nick vergrub das Gesicht an seinen Knien. „Das kann ich nicht.“

„Schmerz ist etwas, mit dem ich umgehen kann“, wollte sie ihn beruhigen, ihre Hände fassten nach seinen Schultern. „Tu‘ bitte was immer nötig ist.“

„Verlang‘ das nicht von mir“, wiederholte der Drache monoton.

Sie begab sich auf die Knie und er hob den Kopf an. „Du hast dir nichts vorzuwerfen. Es ist ganz allein meine Schuld. Ich *musste* Kostja vor Andor beschützen.“ Grauenvolle Schreie durchzogen das Gewölbe und Emily sah zur Tür. „Es tut mir leid, dass ich dich schon wieder in eine so unangenehme Situation gebracht habe.“

„Ich verstehe dich. Wirklich. Wenn ich an deiner Stelle gewesen wäre und wenn es um Ian oder dich ginge, hätte ich genauso gehandelt.“

Die Tür am anderen Ende des Raumes bewegte sich. Licht fiel ins Kellergewölbe, Stimmen erklangen. Emily drückte sich gegen die Gitterstäbe, damit sie besser sehen konnte.

Nick sog die abgestandene Luft tief in seine Lungen, kämpfte sich auf die Füße und zog das Mädchen hinter seinen Rücken.

Ein Wärter trat ein, seine Hand umklammerte den Arm eines Mannes, der von oben bis unten mit Blut besudelt war. Der Fremde hatte eindeutig den Verstand verloren.

Er redete von Teufelchen und entstellten Mischwesen, die er im Bestrafungszimmer gesehen hatte und die wild jubelnd um ihn herum tanzten.

Zwei weitere Personen erschienen am Treppenabsatz. Eine von ihnen trug eine blaue Kutte, die Kapuze tief in die Stirn gezogen, bei der anderen handelte es sich um Ian. Er stand mit dem Rücken zum Licht, doch Nick erkannte seine imposante Statur unter Tausenden wieder.

Ein Knoten bildete sich in seinem Magen. Bisher wurden sie stets von einem der Wärter geholt. Dass *er* kam, bedeutete nichts Gutes.

Ian blieb vor der Zelle stehen und öffnete die Tür. „Es wird Zeit. Also kommt mit“, befahl er autoritär und Emily gehorchte. „Ich werde euch begleiten.“

Nick stieg der Mageninhalt den Hals hoch. „Was ist los?“, wollte er flüsternd wissen. „Wieso bist du hier?“

Er bekam keine Antwort. Ian führte sie in ein Labyrinth aus verschachtelten Gängen, über weitere Treppen und durch eine prunkvolle Halle. Sie blieben erst vor einer Eisentür stehen, die wie ein dunkles Mahnmal bis zur Decke aufragte.

Nick hämmerte das Herz gegen den Brustkorb. Der Kuttenträger, der ihnen gefolgt war, verschwand wie ein Geist in der Finsternis.

„Ich kann euch nicht helfen“, murmelte Ian, griff in seine Tasche und drückte Emily eine Tablette in die Hand. „Die Kommission hat überall Wachen aufgestellt. Sie rechnen mit einem Fluchtversuch.“

„Wohin sollten wir schon fliehen?“, brummte Nick finster. „Das ist doch lächerlich.“

Emily betrachtete die bunte Tablette im fahlen Licht der Neonröhren. „Und was ist das?“, fragte sie und hielt die Kapsel auf Augenhöhe.

„Damit solltest du nach einer halben Stunde das Bewusstsein verlieren“, erklärte Ian, sah zu beiden Seiten und senkte dann die Stimme zu einem Flüstern. „Das ist eine Erfindung von Doktor Grey. Nach zwei Stunden wachst du wieder auf.“

Ein Schatten glitt über Nicks Züge. „Wurde das auch schon ausreichend getestet?“, wollte er skeptisch wissen. „Unser lieber Doktor Grey neigt zum Größenwahn.“

Ian zuckte die Schultern. „Das ist ein Prototyp. Es könnten also durchaus Nebenwirkungen auftreten.“

Emily ahmte ihn nach. „Das spielt keine Rolle“, warf sie ins Gespräch ein und nahm das Medikament, bevor es ihr Nick wegnehmen konnte. „Wenn es hilft, danke ich Doktor Grey auf Knien dafür.“

„*Wenn* du das überlebst", grummelte der Drache säuerlich und wünschte diesen vermaledeiten Kurpfusche dabei gedanklich zum Teufel. „Und jetzt mach' die Tür auf, sonst werden sie noch misstrauisch."

Ian nickte, öffnete die Eisentür und bedeutete ihnen, dass sie vor ihm eintreten sollten. Nick schnürte sich der Hals enger. Emily ein weiteres Mal der Gnade der Kommission auszuliefern, fiel ihm nicht leicht.

Zielsicher durchquerte sie den verunreinigten Raum, zog sich das Baumwollhemd, das zu tragen sie gezwungen war über den Kopf und sank in der Mitte auf die Knie.

Nick folgte ihr, begab sich neben ihr in die Hocke und legte dem Mädchen die von der Decke baumelnden Handschellen an. Seine Hände zitterten.

Emily *durfte* ihre Blöße nicht bedecken. Dass sie nackt auf einer dreckigen Plastikplane kniete und den Blicken Fremder ausgesetzt war, erfüllte seinen Zweck. Sie starb innerlich vor Scham.

Es gab keine schlimmere Folter, nichts, mit dem ihr die Kommissionsmitglieder größeren Schmerz zufügten.

„Nick, ich habe Angst", flüsterte sie bebend. „Wird das Medikament helfen?"

Er hatte Schwierigkeiten, seine Gedanken zu sortieren. „Ich hoffe es", murmelte er. „Alles wird gut. Das verspreche ich."

Sie brachte ein tapferes Lächeln zustande. „Ich vertraue dir."

Er wollte vor Wut schreien. Sie befanden sich in einem grell ausgeleuchteten Raum, die Fenster an den Seiten reihten sich so dicht aneinander, dass die Wände selbst aus Glas hätten bestehen können.

Der Boden und die Decke waren verspiegelt, um alles aus genau beobachten zu können.

Nichts blieb verborgen.

Nick sah sich um. Die Wesen, denen er jeden Tag auf der Straße begegnete, die keine Machtposition bekleideten, die den Mitgliedern der Kommission ausgeliefert waren, kauerten wie geprügelte Hunde auf den Tribünen.

In ihren Gesichtern spiegelte sich keine Euphorie, keine Schadenfreude, kein Vergnügen. Sie waren hier, weil sie mussten.

Ihnen gegenüber standen die Adeligen, die mit stoischer Fassade in den Raum sahen. Nick biss die Zähne zusammen. Wenn der erste Schmerzensschrei erklang, wurde aus diesen präpotenten Aristokraten ein Rudel geifernder Brüllaffen, die nach mehr lechzten.

Er sollte ihnen eine Show liefern, hatte sie gesagt. Das musste er gar nicht. Diese Geier würden die Vorstellung nur deshalb genießen und Befriedigung darin finden, weil es ein Drache war, der sie bestrafte. Es gab keine größere Demütigung.

Das beschränkte sich nicht nur auf die Aristokratie, sondern erstreckte sich über die gesamte Rassenbreite aller Wesen.

Niemand stand unter einem Drachen. Wer vor einer *geflügelten Ratte*, wie ihn die Kommission nannte, das Haupt beugen musste, der hatte seinen Wert verloren.

Er sah wieder zu Emily. Sie zitterte.

Nick fiel es schwer, nicht die Beherrschung zu verlieren. Er wollte den Raum und das ganze Gebäude in Schutt und Asche legen, um sie hier rauszuholen. Aber damit schadete er nicht nur ihr.

Ian würde ebenfalls unter dem aufbrausenden Temperament seines jüngsten Drachen leiden.

Es war kein neues Gefühl, in einem inneren Konflikt zu stehen. Immerhin wurde von ihm erwarteten, dass er dem Mädchen schadete, für das er zu sterben bereit war. Sollte er sich weigern, seine Pflicht zu erfüllen, lag ihr Leben in den erschreckend fähigen Händen der Scharfrichter.

Der Magen drehte sich ihm allein bei der Vorstellung um.

Emily im Gefängnis der unterirdischen Katakomben von Paris? Nick ertrug den Gedanken nicht und er begann hinter vorgehaltener Hand zu würgen.

Niemals. Das *musste* er verhindern - was immer es ihn kostete.

Ein Rauschen brachte seine rasenden Überlegungen zum Stillstand. Aus den in den Ecken installierten Boxen drang knisternd eine weibliche Stimme.

„Hiermit wird die Anwesenheit des laut Aktenzeichen 94cm437/13 straffällig gewordenen *Günstlings*, Emily Elizabeth Lyall, Vampir, aus dem Geschlecht von John und Vivian Lyall in erster Generation und die ihres, in seiner Obsorgepflicht gescheiterten *Sponsors* Nick McGill." Eine unnötig lange Pause entstand. „Drache." Leises Lachen erklang, anhaltendes Raunen. „Aus dem Geschlecht von Eldarion und Diana McGill in erster Generation bestätigt."

Der Drache biss die Zähne zusammen und verbeugte sich, wie es der Anstand von ihm verlangte. „Verehrte Kommissionsmitglieder. Werte Zeugen. Geladene Gäste. Hiermit gestehe ich, Nick McGill, in aller Aufrichtigkeit und Reue mein Versagen ein und trete vom jetzigen Zeitpunkt an, alle Rechte an der Erziehung meines *Günstlings* ..." Abwertende Rufe unterbrachen seinen Monolog und Wut stieg in ihm hoch. Er sollte sich die Floskeln einfach schenken, das hatten sie schon zu oft von ihm gehört. „... alle Rechte an der Erziehung meines *Günstling*, Emily Elizabeth Lyall ab", fuhr der Drache beharrlich fort. Wie er das hasste. „Ich gebe ihr Schicksal in die vertrauensvollen Hände der Kommission und stelle mich selbst als untergebenes Werkzeug zur rechtschaffenen Läuterung der Sünde zur Verfügung, bis dass der Gerechtigkeit Genüge getan wurde."

Niemals übergab er sie in die *vertrauensvollen Hände* der Kommission.

Niemals stellte er sich selbst als *untergebenes Werkzeug* zur Verfügung.

Das redete sich Nick zumindest ein. Und doch wurde er ständig in die gleiche, entwürdigende Position gedrängt, wie bereits unzählige Male zuvor. Er stand vor diesen Idioten, verneigte sich in geheuchelter Demut und führte ihren Willen aus.

Wie eine Marionette, die frei sein wollte, rebellierte er nur innerlich und kuschte in Wahrheit bei jedem Wort. Nick hasste sich dafür. Er sollte sich die Fesseln selbst anlegen, die Peitsche schwingen und den Schmerz fühlen, den er Emily zufügen musste.

Ein mit Stoff bedeckter Servierwagen wurde in den Raum gerollt. „So empfange die Gerätschaft, die dir zum Vollzug der Läuterung so großzügig zur Verfügung gestellt wurde und führe unseren gerechten Willen aus", ertönte es aus den Boxen. „Ian Jamie Colquhoun, Vampir, aus dem Geschlecht von Liam und Easnadh Colquhoun in neunter Generation, tretet vor. Nehmt die bereitgestellte Gerätschaft an Euch und reicht sie Eurem Untergebenen. Möge er Eure Sünde läutern, denn sein Scheitern liegt auch in Eurer Verantwortung."

Das war also der Grund!

Die Kommissionsmitglieder wussten, dass Ian der Anblick dieses Brenneisens hart getroffen hatte. Sie nutzten seine Schwäche, um ihn verwundbar zu machen.

Wie sie es verlangt hatten, nahm er das Werkzeug, trat an den Drachen heran und reichte ihm das Folterinstrument. Er trug keine Handschuhe.

Nick knotete sich der Hals enger. Seit der Anhörung hatte sich Ian vor der ganzen Welt verschlossen.

„Drache", sprach er mit hartem Ton. „Nimm dies in deiner rechtschaffenen Pflicht als Werkzeug der Kommission in deine Hände. Wasche dich und dieses bemitleidenswerte Geschöpf in meinem Namen rein von allen Sünden."

Nick schäumte vor Wut. „Ich werde Euren Willen ausführen", erwiderte er gezwungen und wandte sich an Emily. Sie atmete schwer. „Mit dieser Gerätschaft sollst du geläutert und auf den rechten Weg zurückgeholt werden, auf dass du deine Fehler bekennst und Buße tust.

Nimmst du die dir zugedachte Strafe mit Stolz und Dankbarkeit für die unendliche Güte, die dir durch die Kommission zuteilwird an und versagst allem künftigen Ungehorsam und Treiben, das nicht den Werten der Kommission entspricht?"

Das Mädchen hob den Kopf an, verzweifelt bemüht mit Würde unterzugehen. „Ich werde meine Strafe mit Dankbarkeit und Stolz entgegennehmen", erwiderte sie und richtete ihre Augen auf Ian, der seine abgewandt hatte.

Ian nickte, ohne sie anzusehen. Nick bedeckte das Wappen am Kopf des Brenneisens mit seiner freien Hand, atmete tief durch und begann das Silber zu erhitzen.

„So werde ich mit dem Vollzug beginnen." Rauchschwaden stiegen zwischen seinen Fingern in die Luft empor. Raunen zog durch die Reihen der Schaulustigen. „Mögen die Mitglieder der Kommission mein Richten in ihrer großzügigen Gnade nach eigenem Ermessen beenden."

Nick zögerte nur einen Moment, dann presste er ihr das Brenneisen auf die rechte, untere Seite des Rückens. Der Geruch von verbrannter Haut schwängerte die Luft.

Emily schrie, ihre Stimme überschlug sich, sprang höher und hallte wie ein Echo durch den Raum. Hilfesuchend krallte sie sich in die Fesseln, Jubelrufe erklangen.

Nick hatte das Gefühl, sein Trommelfell platzte. Er konnte sich nicht einmal ansatzweise vorstellen, welche Schmerzen sie auszustehen hatte.

Für einen Vampir glich Silber der Verbrennung mit Säure. Was richtete dieses Metall im erhitzten Zustand an?

Und obwohl sie ihn darum gebeten hatte, ertrug er es kaum, ihr Leid zuzufügen. Er musste die Aristokratie zufrieden stellen und die Kommission belustigen. Nick war sich dessen bewusst, aber er wollte und konnte es nicht.

Plötzlich bäumte sich der Körper des Mädchens auf. Mit weit aufgerissenen Augen sah sie an die Decke, ein letzter, markerschütternder Schrei wirbelte durch den Raum. Dann war es vorbei.

Emily sackte zusammen, ihr Kopf fiel nach vorne.

Nur die Fesseln hielten sie auf ihren Knien. Nick blieb das Herz stehen. Er konnte nicht atmen. Tosender Beifall drang aus den Lautsprechern, Pfiffe und Gelächter.

Ian nickte.

Sogleich riss Nick das verfluchte Brenneisen zurück. Die Mitglieder der Kommission standen von ihren Plätzen auf, sahen sich in den Reihen der Wesen um und riefen die Menge mit einer simplen Handbewegung zur Ordnung. Stille legte sich über den Raum.

Der hinter dem bewusstlosen Mädchen stehende Drache hatte den Eindruck, nicht atmen zu können. Voller Anspannung wartete Nick auf das Urteil und darauf, dass er die Entscheidungsgewalt über Emily zurückbekam.

„Die Mitglieder der Kommission haben dem Vollzug der Läuterung und der angedachten Maßnahme zur Wiederherstellung von Recht und Ordnung beigewohnt und geben alle zuvor abgelegten Rechte an dem *Günstling* Emily Elizabeth Lyall zurück an den *Sponsor* Nick McGill. Möge dies die Erziehung wesentlich beeinflussen. Drache, du hast deine Pflicht und Ehre als Werkzeug der Kommission in akzeptablem Maße erfüllt. Die Zusammenkunft ist hiermit beendet."

Mit diesen Worten schlossen sich die Jalousien der Fenster, die Lautsprecher verstummten, Ian wurde von einem der Wärter aus dem Zimmer geführt.

Nick wartete einen nervösen Herzschlag, bevor er sich neben Emily auf die Knie fallen ließ.

Die Tränen liefen ihm in Sturzbächen über die Wangen, ihr Name verließ seinen Mund. Zitternd löste er ihre Fesseln und fing sie auf. Ihre Blöße bedeckte er wieder mit dem Baumwollhemd.

Aufgewühlt bat er einen der Wärter, seinen *Günstling* zur Erstbehandlung in die Zelle zurückbringen zu dürfen, was ihm nach kurzer Bedenkzeit gestattet wurde.

Stunden später raste Nick in einem fast halsbrecherischen Tempo durch die Straßen von Budapest. Ohne auf den Verkehr zu achten, passierte er rote Ampeln und wich einem Stau über den Bürgersteig aus, bevor er mit quietschenden Reifen auf dem Parkplatz des Krankenhauses zum Stehen kam.

Er ignorierte die Polizeisirenen, die ihm nachjagten, umrundete den Wagen und hob sich Emily auf die Arme, die vor Schmerzen kaum atmen konnte.

Nick rannte auf seinem Weg fast Kostja um, der sich mit einer Patientin unterhielt.

Doktor Grey nahm den Drachen in Empfang. Er besah sich das Mädchen, tauschte mit Nick ein paar Worte und rief nach einem der Pfleger, der ihnen eine Krankenbahre brachte.

„Doktor Gorodezki!", bellte Doktor Grey, als er seinen Assistenten auf den Fluren des Krankenhauses erspähte. „Ich möchte, dass Sie Miss Lyall in ein steriles Zimmer auf die Intensivstation bringen, reinigen Sie die Wunde, legen Sie einen Tropf und ... Ach, Sie wissen, was zu tun ist."

Doktor Grey brachte den aufgewühlten Drachen in ein Büro, setzte sich mit der Polizei auseinander und lauschte im Anschluss Nicks Erklärungsversuchen.

Kostja betrat den Raum nach zwei Stunden. „Ich habe Miss Lyall im Zimmer 302 untergebracht und ..."

„Ja, Ja, sehr gut. Sehr gut. Ich danke Ihnen Doktor Gorodezki", unterbrach ihn Doktor Grey. Der alte Brite richtete die Brille auf seiner Nase und sah zu Nick. „Dann bist du jetzt dran."

Der Drache erhob sich auf die Füße, ließ sich von Kostja in den dritten Stock bringen und zusammen betraten sie das Krankenzimmer.

Emily lag im Bett, blass wie die Wand. Sie war an Geräten angeschlossen, die ihre Vitalfunktionen kontrollierten.

Kostja ging zu einem Monitor. „Was ist passiert?“, fragte er vertieft, schrieb etwas auf sein Klemmbrett und fasste nach dem Beutel mit der Kochsalzlösung. „Woher hast du die Verbrennung?“

„Das ... willst du nicht wissen“, sagte sie und sah zu Nick, der sich zu ihr auf das Bett setzte.

Er ließ seine Fingerspitzen durch ihre Haare wandern. „Wie geht es dir, Em?“

Emily lächelte so tapfer wie möglich. „Diese Krankenhaus Betten sind verdammt unbequem.“

„Ich werde dir helfen“, flüsterte der Drache.

Kostja trat zu ihnen, seine Augen verweilten auf Emily, obwohl er mit Nick sprach: „Eigentlich dürfen dich weder Doktor Grey noch ich hier reinlassen“, sagte er und senkte die Stimme. „Also lass‘ dich nicht erwischen.“

Damit verließ der Assistenzarzt das Zimmer. Nick sah ihm unschlüssig nach, bevor er sich wieder an Emily wandte.

Das Blut eines Drachen konnte Wunde heilen, aber bei einer Verbrennung durch Silber unterstützte es lediglich den natürlichen Heilungsprozess.

Nick sah sich kurz um. „Trink“, bat er sie weich und hielt ihr sein Handgelenk an die Lippen.

Sie sah ihn einen quälend langen Moment an, dann öffnete Emily den Mund und vergrub ihre Zähne in seine Haut. Es war eine Vorgehensweise, die sie in der Nacht mehrmals wiederholten.

In den frühen Morgenstunden sank sie vor Erschöpfung in den Schlaf. Auch Nick konnte sich kaum noch wach halten. Doch das Geräusch der sich öffnenden Tür ließ ihn hochschrecken.

Aber es war nur Kostja, der ihm ein beruhigendes Lächeln schenkte und an den Monitor herantrat. „Ihre Werte sehen gut aus und das nach einer Nacht", flüsterte der Assistenzarzt, um Emily nicht zu wecken, und zerrte an den Tragegriffen eines Rucksacks. „Du solltest nach Hause fahren und dich ausruhen."

Nick rieb sich mit den Handballen über die Augen. „Ist deine Schicht vorbei?", fragte er müde.

„Ja, ich hatte die Nachtschicht und wäre schon lange eine Staubwolke, aber ich wollte noch einmal nach Emily und dir sehen. Ich kann mir nicht einmal ansatzweise vorstellen, was du durchmachst. Aber du brauchst Schlaf, viel Schlaf, also fahr' nach Hause."

Nick setzte sich auf. „Wie hältst du das aus?", fragte er gähnend und der Assistenzarzt sah verwirrt vom Bildschirm auf. „Ich bin nicht dämlich. Jeder Idiot kann sehen, dass du dich in Em verliebt hast. Wie kannst du so ruhig bleiben?"

Kostja zuckte die Schultern. „Ganz einfach", gab er zurück und stopfte die Hände in seine Hosentaschen. „Ich bin Arzt. Ob es sich um ein Mitglied meiner Familie handelt, um einen Freund oder um das Mädchen, in das ich verliebt bin, sie alle sind letztendlich Patienten, die Hilfe brauchen." Er sah zu Emily. „Ich bin alles andere als ruhig, aber es hilft nicht, wenn ich die Nerven verliere."

Nick grinste. Ihm wurde etwas leichter ums Herz. „Jetzt verstehe ich", nickte er, stand auf und schob Kostja nachdrücklich zur Tür hinaus. „Dann pass' auf dich auf."

Der Assistenzarzt grinste schief. „Klar. Immer", erwiderte er und trat auf den grell erleuchteten Flur. „Und benimm' dich nicht wie meine Mutter."

***

Mit dem Rücken gegen die Wand gelehnt, in der Hand sein Smartphone, kontrollierte Kostja an diesem Abend zum gefühlt hundertsten Mal die Uhrzeit.

Mittlerweile war eine Woche vergangen. Emily wurde nach vier Tagen in ein Einzelzimmer verlegt, aber das Krankenhaus durfte sie trotzdem nicht verlassen.

Doktor Grey bestand auf weitere Tests. Dabei war die Verbrennung mithilfe von Drachenblut fast vollständig abgeheilt - in Rekordzeit.

Kostja schwindelte, wenn er daran dachte. Diese *Wesen* stellten seine Kenntnisse über Wissenschaft und Medizin gänzlich auf den Kopf.

Seufzend schob er das Telefon in seine Hosentasche, sah sich ein letztes Mal im dunklen Garten um und kehrte ins Haus zurück. Seine 24-Stunden-Schicht im Krankenhaus hatte ein unerwartetes Ende gefunden, nachdem ihn Doktor Gerassimow zum Babysitten abkommandiert hatte.

Der Vater von Adrienn musste geschäftlich ins Ausland und seine Tochter sollte nicht allein bleiben. Dabei gab es in dieser Villa jeden Schnickschnack, der für Geld zu haben war.

Eine Alarmanlage, Sicherheitskameras, Security, Rollläden aus Edelstahl und Infrarotstrahlen, die in einem Gitternetz über das Anwesen verliefen.

Was sollte Adrienn in dieser Festung schon passieren? Ihr Vater war wirklich paranoid.

Der Assistenzarzt stieg die Freitreppe zur Hintertür hinauf, fasste nach der Klinke und musste den Impuls bekämpfen, erneut auf das Display seines Smartphones zu sehen.

Sollte ihn jemand anrufen, zersprang ihm vermutlich das Trommelfell. Er hatte die Lautstärke auf das Maximum gestellt.

Kostja trat in das Innere des Hauses und massierte sich mit den Fingerspitzen die Schläfen. Kopfschmerzen pochten in seinem Schädel.

Geräuschlos schloss er die Tür, ging den Flur entlang und warf ohne echtes Interesse einen Blick in die Küche. Er blieb wie angewurzelt stehen. Das durch das Fenster fallende Mondlicht gab einen zierlichen Schatten wider.

Weder Adrienn noch die Haushaltshilfe würden sich so auffällig bewegen - auf Zehenspitzen und vorsichtig. Ein Einbrecher? Kostja atmete schwerer, das Herz schlug ihm bis zum Hals.

Er wusste, wie er sich gegen einen menschlichen Angreifer wehrte. Wenn es sich dagegen um ein Wesen handelte, mochte ihm der Himmel beistehen.

Was sollte er machen? Der Name seiner Verlobten rauschte durch seinen Kopf. Sie lag in ihrem Bett und schlief.

Sie ahnte nichts von dem Fremden, der durch ihr Haus spazierte.

Wenn Kostja bei Verstand gewesen wäre, dann hätte er die Polizei gerufen. Aber er dachte nicht nach und handelte einfach. Bei der Vorstellung, Adrienn beschützen zu müssen, schien etwas in seinem Kopf zu bersten.

Mit drei Schritten hatte er die Küche durchquert, packte den Einbrecher an den erstaunlich schmalen Schultern - der Assistenzarzt war für einen Moment verwirrt - und stieß ihn mit dem Rücken gegen einen der Schränke, sodass das Geschirr laut klapperte.

In der Sekunde wurde er sich einer weiteren Tatsache bewusst. Er war unbewaffnet. Sein Herz setzte einen Schlag aus. Vielleicht kam er an den Messerblock heran, der hinter ihm auf der Theke stand.

Doch bevor er eines der Messer am Griff zu fassen bekam, spürte er die Hände des Fremden. An den Wangen, an den Seiten und schlussendlich an seinem Hintern.

Was zum Teufel?

Und als ihn der Einbrecher dann auch noch kniff, riss sich Kostja los. Er stolperte über seine eigenen Füße und prallte gegen einen Stuhl. Amüsiertes Lachen erfüllte die dunkle Küche. Was hatte das zu bedeuten?

Der Assistenzarzt verengte die Augen zu Schlitzen, um im fahlen Mondlicht besser zu sehen, und was er zu Gesicht bekam, ließ Wut in ihm hochsteigen.

„Emily." Er sprach ihren Namen wie einen Fluch aus, erhob sich auf die Füße und donnerte seine Faust gegen den Lichtschalter. „Was zum Teufel machst du hier?"

„Nummer eins ..." Sie hob bedeutungsvoll den Zeigefinger, ein Lächeln zuckte um ihre Mundwinkel. „Wer soll es sonst sein oder gibt es noch jemanden, der dir in den Hintern kneift?" Sie trat leise kichernd näher zu Kostja und sah ihn an. „Nummer zwei: Ich habe einen Schlüssel, der jedes Schloss öffnet ... jetzt mach' doch bitte nicht so ein Gesicht. Das war ein Scherz. Die Hintertür stand offen."

Kostja brauchte einen Moment, um seine verlorengegangene Fassung zurückzuerlangen. „Darum geht es gar nicht! Was machst du *hier*?"

Erst jetzt wurde ihm bewusst, dass Emily nur das Krankenhausnachthemd trug, nichts anderes und dass es ihr langsam von den Schultern rutschte.

Wenngleich er das Mädchen schon mehr als einmal unbekleidet zu Gesicht bekommen hatte, sollte das nicht unbedingt im Haus seiner Verlobten geschehen.

Er wollte nicht Topfschlagen im Minenfeld spielen.

Kostja stockte. „Bitte sag' mir nicht, das du einfach abgehauen bist."

Sie ignorierte seine Frage. „Doch, weil ich dir schon immer in den Hintern kneifen wollte."

Seine Kopfschmerzen gewannen an Stärke. „Das ist albern", hielt er dagegen.

Sie zuckte die Schultern. „Ich bin ein Kind."

Er rollte die Augen. „Du bist über 900 Jahre alt!"

„Wer will schon erwachsen werden?"

Kostja presste Daumen und Zeigefinger gegen seinen Nasenrücken. Emily machte ihn wahnsinnig.

Als sie ihm den Rücken kehrte, kämpfte ein anderer Gedanke um Beachtung - ein Gedanke, der seinen Ärger durch Sorge ersetze.

„Geht es dir gut?", wollte er wissen.

Sie warf ihm einen Blick zu. „Ja, natürlich."

„Dann leg' dich im Wohnzimmer bitte auf die Couch", trug er ihr auf. „Ich rufe im Krankenhaus an."

Emily seufzte. „Es ist alles wieder in Ordnung", betonte sie nachdrücklich.

„Dann kannst du dich auch hinlegen."

Sie stampfte mit dem Fuß auf. „Wozu soll ich das machen, wenn es mir gut geht?"

„Wenn es dir gut geht, wo ist dann das Problem, dich auf die Couch zu legen? Ich rufe im Krankenhaus an, gebe bei den Nachtschwestern Entwarnung und bringe dich dann zurück. Ich will mir gar nicht vorstellen, was für ein Chaos dein Verschwinden ausgelöst haben muss."

Sie verschränkte die Arme vor der Brust. „Warum kannst du nicht einfach Ruhe geben?"

Kostja widerstand nur mit Mühe dem Drang, das Mädchen kräftig zu schütteln. „Und warum kannst du nicht einfach machen, was ich dir sage?"

„Ich war lange genug in diesem verdammten Krankenhaus!"

Kostja raufte sich die Haare, schnaufte und warf kapitulierend die Arme in die Luft. „Du bist so ein Dickschädel!"

Sie verschränkte die Arme vor der Brust. „Na wunderbar. Dann geben wir ja das perfekte Paar ab."

„Emily …"

„Glaubst du wirklich, ich stelle mich so …" Sie fuhr mit den Händen demonstrativ über das Krankenhausnachthemd. „ … in ein öffentliches Verkehrsmittel?"

Kostja runzelte die Stirn, während er ihren leicht bekleideten Aufzug betrachtete. „Wie bist du überhaupt her gekommen?“, fragte er und seine Augen wanderten zu ihren nackten, dreckigen Füßen. „Hast du ein Auto kurzgeschlossen?“

Sie blinzelte. „Ich bin ein Vampir“, erinnerte sie ihn ungläubig und machte den Eindruck, als hielte sie ihn für begriffsstutzig. „Ich brauche kein Fahrzeug … wenn ich alleine bin.“

Kapitel: 11

Ein herzhaftes Gähnen ließ die Beiden erschrocken zusammenfahren.

„Was macht ihr für einen Krach? Ich will schlafen", beschwerte sich Adrienn, strich sich mit dem Handrücken über die Augen und wandte sich an Emily, die ein fröhliches Lächeln aufsetzte. „Es ist zwar schön, dich zu sehen, aber kann das nicht bis morgen warten?"

Kostja seufzte resigniert. Wenn sich die Anwältin wirklich nur *daran* störte, hatte er ihre unbeschwerte Art offenbar gewaltig unterschätzt.

Und er hatte völlig vergessen, ihr zu erzählen, warum Emily im Krankenhaus lag.

Darum schwieg er weiterhin, als er das Mädchen zusammen mit Adrienn zurückbrachte. Doktor Grey nahm seine entflohene Patientin in Empfang, rügte ihr Verhalten und ließ sie von einem Pfleger auf ihr Zimmer begleiten.

In den nächsten zwei Tagen trieb Emily das Krankenhauspersonal in den Wahnsinn. Verzweifelt versuchte sie ihrem Krankenbett, den Fragen und Tests zu entkommen, die Doktor Grey trotz ihrer Einwände anordnete.

Am dritten Tag hatte sie tatsächlich Erfolg.

Sie wurde entlassen, unter der Voraussetzung, dass sie sich jede Woche zumindest einmal von ihm untersuchen ließ - was nicht nur bei Emily für Kopfschmerzen sorgte.

Kostja gab sich der trügerischen Hoffnung hin, nach ihrem fast schon hollywoodreifen Abgang, endlich in Ruhe und Frieden arbeiten zu können. Dass er sich täuschte, bekam er einen halben Tag später zu spüren.

Doktor Gerassimow hielt ihm eine Einladung zum jährlichen Sommermaskenball vors Gesicht. Eine von diesen Veranstaltungen, bei der sich alle renommierten Persönlichkeiten des Landes zusammenfanden und - nicht das machten, was sie sollten.

Bisher hatte er nur in der Zeitung davon gelesen. Kostja brachte aber auch nicht das notwendige Interesse dafür auf. Gleichgültig betrachtete er das vergoldete Kuvert.

„Ich werde dich mitnehmen", erklärte ihm sein Onkel unangebracht stolz. „Möglicherweise finde ich dort noch ein paar Sponsoren für das Krankenhaus."

***

Kostja blieb der Mund offen stehen.

Wenn ihm jemand erzählt hätte, dass er noch vor Ende des Sommers das geheimnisvollste Grundstück in ganz Budapest mit eigenen Augen sehen würde, dann hätte er diese Person für verrückt gehalten.

Und jetzt war er tatsächlich hier.

Die Villa, die diesem Ian gehörte, war - es gab dafür kein anderes Wort - beeindruckend. Der Mann hatte wohl wenig Skrupel, sein Geld offen zu zeigen. Und doch reichte das Anwesen nicht einmal im Ansatz an das Parlamentsgebäude heran.

Kostja fiel es schwer, sich Emily in diesem Palast vorzustellen. Dafür, dass sie *nur* zur Security gehörte. Solche Gebäude stellte er sich im Zusammenhang mit Prinzessinnen oder verwöhnten Gören vor, die Manieren wie ein Maulesel besaßen.

Wo hielt sie sich gerade auf?

Weil es im Inneren der Villa nicht genügend Platz gab, wurde der Bereich, in dem zu feiern gestattet war, auf den Garten ausgeweitet.

Während die bunten Papierlaternen im Zusammenspiel mit der modernen Außenbeleuchtung die ganze Fläche erhellten, lag über ihnen ein indigofarbener Abendhimmel, an dem unzählige Sterne glitzerten.

Die im Garten erschallende Musik drang aus Boxen, die auf Tischen vor den geöffneten Fenstern standen.

Kostja hielt sich im Schatten einer Rosskastanie auf, seine eisblauen Augen flogen über die Gesichter der Gäste hinweg. Steine lagen in seinem Magen. Er fühlte sich wie der Eindringling in einer fremden Welt.

Mindestens 500 Personen füllten die Räume der Villa. Im Garten hielten sich weitere Gäste auf und jeder von ihnen trug eine teure Verkleidung.

Er verwettete seinen Hintern darauf, dass sich um ihn herum mehr Wesen als Menschen aufhielten.

Unter den Gästen entdeckte er Engel, Feen, Dämonen, Zombies, Clowns - Himmel, er hasste Clowns - ein halbes Dutzend Piraten, Prinzessinnen und eine bizarre Menge von Männern in Frauenkleidern.

Selbst Menschen in Vampir-Outfits.

Kostja folgte dem hier herrschenden Dresscode nur widerwillig. Er hatte sich einen langen, schwarzen Mantel übergezogen. Hose, Hemd und Stiefel in derselben Farbe und auf dem Kopf trug er einen flachen Puritaner-Hut.

Auch wenn sich die meisten Besucher bedeckt hielten, reichten ihre Blicke, um zu erkennen, worauf sie hofften. Durch die Anonymität fielen die Hemmungen. Der Alkohol hatte die Stimmung gelockert.

Es wurde getanzt, gespielt, geflirtet und in der einen oder anderen Ecke stand ein knutschendes Pärchen.

„Gefallen Ihnen die Festivitäten nicht?“, wollte eine weiche Stimme auf Englisch mit schottischen Akzent wissen. „Van Helsing, richtig?“

Bevor er sich umdrehen konnte, bohrte sich ihm etwas in den Rücken. „Das Kostüm erfüllt seinen Zweck“, gab er zurück und zwang sich dazu, die Anspannung in seinen Schultern zu lösen. „Ist das jetzt ein Überfall oder freuen Sie sich, mich zu sehen?“

Ein melodiöses Lachen folgte auf seine Frage und seine Mundwinkel zuckten.

„Wer weiß ...“

Kostja räusperte sich. Er hatte sich schon lange nicht mehr auf Englisch unterhalten. Es war ungewohnt und seine Stimme klang seltsam fremd.

„Darf ich mich umdrehen oder haben Sie sich an meinem Hintern noch nicht sattgesehen?"

Der Druck in seinem Rücken schwächte ab. „Warum nicht, Mr. Van Helsing?", fragte die Fremde und klang dabei äußerst vergnügt, wie ein Kind zu Weihnachten. „Liegt der Sinn eines Gespräches nicht darin, dass wir einander ansehen? Schade ist es allemal. Sie haben sicher einen sehr reizvollen Hintern."

Ist das ein Kompliment?

Kostja drehte sich vorsichtig um und sein Grinsen wurde breiter, sobald er feststellte, dass es sich bei dem Druck um ihre zu einer Waffe gekrümmten Finger handelte.

Er ließ seinen Blick von ihrer behandschuhten Hand nach oben wandern, über ihren Arm, die Schulter, den langen Hals. Ihr Kleid raschelte.

Sie trug eine filigrane Schmetterlingsmaske, die ihm so wertvoll wie die englische Krone erschien. Die verwobenen Metallglieder bedeckten die obere Hälfte ihres Gesichtes und lenkten seinen Blick auf ihre geschwungenen Lippen. Ihre Augen leuchteten blutrot.

Ein Déjà-vu, das er nicht erklären konnte, fiel wie harter Regen auf ihn nieder. „Kennen wir uns?" Sie erwiderte nichts und Kostja lächelte. „Verstehe. Ihre hübsche Maske wäre sinnlos, wenn Sie mir Ihren Namen verraten würden."

Den Kopf zur Seite geneigt, zuckten ihre Mundwinkel. Das Licht der Laternen strich liebkosend über den Ansatz ihrer vollen Brüste und die tief ausgeschnittene Korsage betonte ihre grazile Figur.

Unter der Kapuze zeigten sich ihm blonde, geflochtene Zöpfe. Vermutlich eine Perücke. Die darin befestigten Rosen glichen einem Wasserfall aus Blütenblättern.

Ihr Kostüm erschien ihm aufwendiger zu sein als das der meisten Gäste. Ein Rotkäppchen im Steampunk-Stil.

Sie trat näher zu ihm.

Kostja blieb unbeweglich auf der Stelle stehen. Er wusste, dass sie mit ihm spielen wollte. Nur ein kleiner Flirt. Ein bisschen Spaß. Weder für ihn noch für sie gab es ein *danach*.

Das war vernünftig.

Das war richtig.

Aber als sie nach Luft holte und ihr Oberkörper in einer Weise erbebte, dass ungezügelte Lust durch seine Adern jagte, wusste Kostja, dass er mehr wollte. Viel mehr.

Warum reagierte er auf diese fremde Frau so stark und so schnell?

Sie hob ihm ihr Gesicht entgegen und berührte mit den Fingerknöcheln seine Wange. Sein Herz schlug schneller. Kostja war unfähig, sich diesem Rotkäppchen zu entziehen.

Da war etwas, das ihn lockte, betörte, vertraut erschien und fremd gleichzeitig.

Sie berührte sein Herz.

Und Himmel, wie aufregend sie roch.

Seine Finger legten sich um ihr Handgelenk, zogen sie näher und er erwartete, dass sie sich gegen ihn wehrte. Sie tat es nicht. Er betrachte das maskierte, ihm entgegen gehobene Gesicht und während er mit dem Daumen über ihre Unterlippe strich, erwiderte sie seinen Blick.

In ihren funkelnden Augen stand eine zu Kopf steigende Mischung aus Belustigung, Erwartung und Begehren. Was sie auch von ihm wollte, sie war entschlossen, es zu bekommen.

Wie könnte ihr ein Mann widerstehen?

Die seidige und feste Beschaffenheit ihrer Haut, ihre vollen Brüste und ihr warmer Atem brachten sein Blut in Wallung. Die Atmosphäre des Maskenballs tat ihr Übriges. Sie war so unglaublich zartgliedrig. Eine Erkenntnis, die ihm den Verstand vernebelte.

Es wäre so leicht, sie zu küssen.

Kostja erstarrte. *Das* war ein Gedanke, bei dem er sich fühlte, als hätte ihm jemand einen Eimer mit Eiswürfeln über dem Kopf ausgeleert. Er ließ sie los und trat zurück - ernüchtert von all den Dingen, die auf ihn warteten.

Der Assistenzarzt atmete tief durch. Er durfte nicht mitspielen. In diesem Jahr leistete er einen Schwur, der sein Leben veränderte.

Irgendwo in seinem von Lust geplagten Verstand gab es noch immer einen letzten Rest von Vernunft und Moral. Sie hatte ihn so schnell in ihren Bann gezogen, dass er alles andere um sich herum vergessen hatte.

Wie konnte das überhaupt passieren?

Die Antwort war denkbar einfach: Er befand sich auf einen Maskenball. An diesem Ort, in dieser Welt, gab es keine Vernunft. Keinen Anstand. Nicht heute Nacht.

Nur die Masken, hinter denen sie sich versteckten.

Aber so durfte er nicht mehr denken. Während sich Kostja quälte, an seinen Gewissensbissen erstickte, hörte er sie lachen. Zart, leicht, sodass ihre Stimme wie ein Wispern in den Himmel stieg - als hätte sie seine Reaktion vorausgeahnt.

Kostja atmete tief durch. „Es tut mir leid“, zwang er sich zu sagen und grub die Hände in die Taschen des Mantels. „Ich werde in ein paar Monaten heiraten. Darum ...“

Seine Worte hatten keine Wirkung. Sie zog sich nicht zurück. Stattdessen erhob sie sich auf die Zehenspitzen, ihre Finger wanderten über seine Brust und ihr Atem streifte seine Lippen.

„Wenn Sie damit glücklich wären, hätten Sie mich schon lange abgewiesen“, riss sie rücksichtslos die Mauern nieder, hinter der er sich verkroch. „Was hier passiert, bleibt auch hier.“

Kostja lächelte. Sie hatte Recht. Verdammt noch mal. Er wollte weiterspielen und er wollte sich an ihr die Finger verbrennen.

Und zum ersten Mal gestand er sich ein: Er wollte Adrienn nicht heiraten.

„Darf ich raten, wer Sie sind?“

Sie senkte die Lider. „Nein.“

Kostja legte die Stirn in Falten. „Warum nicht?“

„Weil Sie freiwillig zu diesem Maskenball gekommen sind, Mr. Van Helsing“, erinnerte sie ihn. „Damit haben Sie sich schweigend verpflichtet, die Regeln einzuhalten. Natürlich ist die Wichtigste, die Identität von jedem zu wahren, der sich nicht offenbaren möchte.“

Er fühlte sich wie vor den Kopf gestoßen und fluchte gedanklich. Warum musste er ihr ausgerechnet auf einem Maskenball begegnen? Sie hatte wieder einmal Recht.

Wenn er Wert darauf legte nicht im hohen Bogen aus der Villa geworfen zu werden, hielt er sich besser an die Regeln.

Nachdenklich strich er über die schwarzen Glieder ihrer Maske. Er musste seine Vorgehensweise wohl ändern. Dabei erschien ihm sein Interesse so gefährlich zu sein, wie ein Spaziergang durch einen aktiven Vulkan.

„Und ...“, fuhr sie fröhlicher fort. „... weil ich Sie bitte, es nicht zu tun.“

Er blinzelte, dann lachte er. „Warum sind Sie sich so sicher, dass ich die Regeln befolge, Miss Käppchen?“, fragte Kostja neugierig. „Ich könnte Ihnen die Maske auch einfach vom Gesicht reißen und dann ist das Spiel vorbei.“

Ihre Augen funkelten wie die Sterne am Nachthimmel. Darin lag eine Ehrlichkeit, ein Verlangen, das Kostja das Herz bis zum Hals schlug. Seine Hände begannen zu zittern.

Wer war diese Fremde und warum hatte sie von allen Männern ausgerechnet ihn gewählt?

Ihr Verhalten, ihre Bewegungen, selbst wenn sie atmete, erinnerte sie ihn an jemanden. An jemanden, der für ihn auf ewig unerreichbar blieb.

Mit zuckenden Mundwinkeln unterbrach sie seine Gedanken. „Sie sind ein Mann, wie ich ihn in allen Männern zu finden hoffe."

Kostja wünschte sich mit den Regeln dieses Spiels, das zu spielen er gezwungen war, vertraut zu sein. „Ist das so?"

Das Mädchen nickte. „Sie sind ein Gentleman."

Kostja musste erneut lachen. Sie war naiver als zunächst angenommen. Dass sie den Fehler beging, ihn für etwas zu halten, das er definitiv *nicht* war, versetzte ihrer Rolle einen gehörigen Dämpfer.

War das ihr erster Flirt?

Ihre behandschuhten Finger glitten über seine Wange, den Hals und sein Körper reagierte darauf mit heißem Verlangen. Kostja fluchte gedanklich. Er war schon zu lange mit keiner Frau mehr zusammen gewesen.

Dieser verdammte Maskenball!

„Ich werde vieles genannt", erklärte er amüsiert, in dem kläglichen Versuch, seine Reaktion auf ihre Berührungen zu verstecken. „Gentleman war noch nicht dabei."

„Befangenheit hat noch nie das Herz einer Frau überzeugt. Lassen Sie uns einen Schritt weitergehen."

Ihre flüsternde Stimme begann zu spotten, doch in ihrem Tonfall lag ein weiteres Gefühl, das Kostja zumindest *jetzt* noch nicht begriff. Sie sah ihn an, wich lachend einen Schritt zurück und verschränkte die Arme unter ihrer Brust.

In ihren Zügen lag eine unausgesprochene Herausforderung.

Entgegen dem, was er sich einreden wollte, fühlte er sich von ihrem Anblick wie berauscht. Sie war wie eine harte Droge. Vermutlich genauso wie von ihr beabsichtigt.

Kostja räusperte sich und zwang seine Augen zu ihrem Gesicht zurück. Sein Mund war Staubtrocknen.

„Wie sieht der nächste Schritt aus?"

Den Kopf zur Seite geneigt, stemmte sie die Hände in die Hüften. „Der Schritt, nach dem Sie sich schon seit unserer Begegnung sehnen und dessen ich mir durchaus bewusst bin."

„Kennen Sie mich wirklich so gut?"

Sie trat hinter ihn und Kostja verspannte sich. „Sie wissen genau, wie Sie Ihr Verlangen stillen können … könnten."

„Und was ist mit Ihnen? Verstehen Sie sich darauf, *Ihr* Verlangen zu stillen?"

Die Fremde blieb stehen. „Zweifeln Sie daran?"

„Vielleicht. Da Sie ja so tunlichst um Anonymität bemüht sind, habe ich nicht viele Anhaltspunkte, um Schlüsse zu ziehen."

Ihre vollen, weichen Lippen wurden schmal. Offensichtlich hatte Kostja nicht wie geplant auf ihr Necken reagiert und das störte sie ungemein. Das Mädchen sah ihn an und gab sich den Anschein, ihre Situation zu überdenken.

Er ließ sich nicht täuschen.

„Es ist wahrlich zum Verrücktwerden", rief sie verärgert, drehte sich um und warf die Hände in die Luft. „Sie machen es mir nicht leicht."

Er grinste. „Warum sollte ich, Miss Käppchen? Sie scheinen auch nicht zu der Sorte Frau zu gehören, die ihre Gedanken laut aussprechen."

Sie drehte sich wieder um und schenkte ihm ein Lächeln. Ihre Launen glichen Quecksilber und waren genauso undurchschaubar.

Das Mädchen legte den Zeigefinger an die Lippen, in ihre Augen, die fast unerhört langsam über seinen Körper glitten, schlich sich ein Ausdruck, den er gut kannte.

Es gefiel ihm und es schmeichelte seinem Ego, dass sie ihn so begehrlich ansah.

„Vielleicht haben Sie Recht", überlegte sie, trat zu ihm und legte den Kopf in den Nacken. „Aber hart erworbenes Vergnügen ist reizvoller, als mühelos erlangtes."

Kostja runzelte die Stirn. „Ihnen scheinen die Rätsel wohl niemals auszugehen."

„Schuldig im Sinne der Anklage", erklärte sie ihm verspielt. Ein aufziehender Windstoß riss ihr die Kapuze vom Kopf. „Aber wenn ich deutlicher werden soll: Lassen Sie uns darum spielen. Schach."

Der Hals wurde ihm enger. Verflucht und dreimal verflucht. Dieser gottverdammte Maskenball!

Sie hob den Zeigefinger an die Lippen. „Sie benötigen wohl einen Gewinn?"

Kostja ließ sich auch diesmal nicht von ihrem Engelsgesicht täuschen. Genauso, wie ihm auf einmal bewusst wurde, dass er ihr mit jedem Satz und jeder Erwiderung in die Hand gespielt hatte.

Ihm gefiel die Vorstellung nicht, so geschickt manipuliert worden zu sein. Es fühlte sich an, als schacherte er mit dem Teufel um seine Seele.

„Was für ein Gewinn?", fragte er und sog die Luft in seine Lungen.

„Ich habe eine ausgezeichnete Idee!", rief sie. Ihr Versuch, es wie einen plötzlichen Einfall klingen zu lassen, scheiterte kläglich. „Wenn Sie gewinnen sollten, werde ich Ihnen zeigen, wer ich bin."

Misstrauen kochte in ihm hoch. „Und sollten Sie das Spiel gewinnen?"

Ihre Augen trübten sich, mit der Zungenspitze strich sie sich über die Lippen. „Dann ..." Die Blätter in den Bäumen raschelten im auffrischenden Wind. „... werde ich Sie küssen."

Seine Mundwinkel zuckten. „Wie könnte ich verlieren?"

Ihr antwortendes Lachen löste einen Orkan von Gefühlen in ihm aus. „Wie überaus ... *schmeichelhaft*, Mr. Van Helsing."

Kostja blinzelte, ihre Worte trafen ihn, genauso wie beabsichtigt. „Sie halten es für keinen Gewinn, Sie zu küssen?", fragte er und bemerkte, dass sie ihn erneut hereingelegt hatte.

Sie grinste ihn triumphierend, fast dämonisch an. „Sie haben nicht zugehört. *Ich* küsse Sie. Eine Beteiligung Ihrerseits ist nicht gestattet." Ihr Blick wurde hart. „Was sagen Sie?"

Kostja musterte sie verloren. Beherrschte sie Schach? Sein Onkel hatte es ihm kurz nach seiner Ankunft in Budapest beigebracht. Ihre Hand legte sich auf seine.

Vielleicht sollte er mit Absicht verlieren. Die Vorstellung, von diesem hinreißenden Geschöpf geküsst zu werden, erschien ihm unglaublich verlockend.

In seinem Hinterkopf war da diese drückend schwere Stimme, die ihn vor einer Dummheit warnen wollte. Entgegen jeglicher Vernunft zerschlug er die Mahnung im Wind.

Er war auf einen Maskenball. Was hier passierte, blieb hier. Auf ewig verborgen hinter seinem Kostüm.

Das hoffte er.

„Nach Ihnen, Miss Käppchen."

Sie nickte, führte ihn durch die Reihen der Gäste und brachte ihn in einen wohnzimmerähnlichen Raum. Vom Teppich, über die Möbelstücke, den Wänden bis hin zu den Vorhängen, bestand der einzige Farbton in einem tiefen, beruhigenden Blau.

Kostja legte die Stirn in Falten. Er kam sich wie ein Fisch in einem Aquarium vor und nachdem er sich auf die Couch gesetzt hatte, holte seine Begleiterin aus einem deckenhohen Bücherschrank eine Spielesammlung.

Er traute seinen Augen nicht. Eine Ausgabe von 1970 in perfektem Zustand. Eine echte Rarität. Wie konnte sie nur in Erwägung ziehen, damit zu spielen?

Gutgelaunt sank sie vor dem Couchtisch auf den Boden, öffnete die Schachtel und nahm die Figuren und das Brett heraus. Sein Herz raste. Er gehörte nicht zu den Fanatikern, die sich auf der Jagd nach Schätzen befanden, aber als sie die Spielanleitung zerriss, bekam er fast einen Schock.

Benahm sie sich absichtlich so ungeschickt?

„Oh. Das ist nicht gut", lachte das Mädchen, bastelte die Seiten mithilfe von Klebestreifen zusammen und begann in den Regeln nachzulesen. „Tut mir leid. Ich habe Schach noch nie gespielt."

Er starrte sie ungläubig an. Warum hatte sie ein Spiel gewählt, das sie nicht einmal beherrschte? Kostja seufzte auf und fuhr sich mit den Händen durchs Gesicht. Das konnte unmöglich ihr Ernst sein.

Obwohl sich alles in ihm dagegen wehrte, tat er das Einzige, was ihm richtig erschien. Geduldig erklärte er dem Mädchen die Regeln und die Bedeutung der Figuren. Sein Ehrgefühl verbot ihm, die Situation auszunutzen.

Im Raum bildete sich eine Traube von Schaulustigen. Männer und Frauen erwarteten gleichermaßen den Ausgang des Schachspiels und schlossen Wetten darauf ab - selbst Doktor Gerassimow, der neben Kostja stand und ihm auf die Schulter klopfte.

Raunen erfüllte das Zimmer.

Kostja blendete die Leute aus. „Schwarz oder Weiß?", überließ er ihr die Wahl. „Jeder hat für einen Zug 30 Sekunden."

Ihre Mundwinkel zuckten spitzbübisch. „Ich nehme lieber Weiß", erklärte sie ihm und stellte die Figuren nach seiner Anleitung auf. „Weiß symbolisiert Unschuld."

Die Unschuld also.

Kostja unterdrückte ein Lachen. Er holte ein Sekundenglas hervor, dann begann ihr Spiel. Verblüfft bemerkte er, dass sie scheinbar eine sehr aufmerksame Schülerin war.

Obwohl sie zum ersten Mal vor einem Schachbrett saß, nach eigenen Angaben, brauchte sie für ihre Züge weniger als 30 Sekunden.

Oft brachte sie ihn in Bedrängnis, doch er schaffte es immer wieder, sich zu befreien. Die ersten Partien endeten stets unentschieden.

Stunden zogen unbemerkt an ihnen vorbei, ohne dass sich ein klarer Sieger abzeichnete. Grinsend zog Kostja seinen Turm neben ihren König.

Er hatte sie unterschätzt. Sie war stark. Aber nicht stark genug, um ihn zu schlagen. Leider schien das auf ihn ebenso zuzutreffen.

Darum entschied er sich dazu, mit Absicht zu verlieren und nachdem sie seine Figur aus dem Spiel geworfen hatte, beging er bemüht unauffällig einen kleinen Fehler.

Kostja schob einen Bauern zur Seite, sodass er seinen König ihren Angriffen preisgab und wie geplant zog sie ihn mit ihrem Springer Schachmatt.

Allgemeine Enttäuschung erfüllte die Reihen der Schaulustigen. Lächelnd reichte sie ihm die Hand und Kostja beglückwünschte sie zu ihrem wohlverdienten Sieg.

Sie hatte ihm einen harten Kampf geliefert.

Obwohl sie strahlte, starrte sie ihn an, mit einem Gesichtsausdruck, der ihm wie Steine im Magen lag. Anmutig erhob sie sich auf die Füße und trat auf ihn zu. Er hatte einen bitteren Geschmack im Mund.

„Mir scheint, ich habe das Recht auf einen Kuss“, sagte sie mit einem verführerischen Raunen in der Stimme und er stand ebenfalls auf.

Die Vorstellung beobachtet zu werden, gefiel ihm nicht. Gerne würde er ihren Kuss an einen etwas privateren Ort verlegen, aber er hatte kein Mitspracherecht. Sie durfte bestimmen.

Er hätte sich vermutlich genauso wenig damit zufriedengegeben, ihre Demaskierung zu verschieben.

Ihre behandschuhten Hände flogen über seine Brust, die Schultern bis in den Nacken. „Neigen Sie ein bisschen den Kopf“, trug sie ihm flüsternd auf und er gehorchte. „Sie haben mit Absicht gegen mich verloren." Sie hob ihm das Gesicht entgegen, ihr Atem strich über seine Lippen. „Zu Schade. Damit haben Sie meinen Stolz verletzt."

Er sah ihr in die Augen. „Es tut mir aufrichtig leid. Ich bitte um Verzeihung."

Sie leckte sich mit der Zunge über die Lippen. „Zumindest sind Sie ein ehrlicher Mann, aber: Hart erworbenes Vergnügen ist reizvoller, als mühelos erlangtes, Mr. Van Helsing", wiederholte sie ihre eigenen Worte. „Das dürfen Sie nicht vergessen."

Verwirrt sah er sie an. „Ich verstehe nicht."

Sie ließ ihn los und trat zurück. „Ich habe unser *Gespräch* wirklich genossen."

Und damit verschwand dieses sinnliche Wesen im allgemeinen Gewusel der Gäste. Kostja sah ihr nach. Er wusste, dass er weder sie noch ihre Worte jemals vergessen würde oder konnte.

Niemals.

***

Natürlich interessierte sich Kostja für den Ort, an dem er aufgewachsen war. Natürlich wünschte er sich, den Menschen zu begegnen, die ihn gerettet und aufgenommen hatten.

Er wollte alles wissen, was es über das Leben, das er vergessen hatte, zu wissen gab. Und gleichzeitig hatte er furchtbare Angst davor.

Trotzdem saß er zum Ende des Sommers in einem Privatjet der Familie Colquhoun. Begleitet wurde er von Emily und Nick, diesem Ian - keine sehr umgängliche Person - Jurij und seiner Tochter Siiri.

Adrienn hatte sich aus der Affäre gezogen, indem sie behauptete, ihren Vater nach Deutschland begleiten zu müssen. Und Jason wollte seinen Urlaub unbedingt mit den Modellflugzeugen verbringen, die er sich im Internet gekauft hatte.

Diese miesen Verräter!

Am Landeplatz von *Toyama* in Japan verließ die kleine Gruppe die Maschine und nachdem sie ihr Gepäck in Empfang genommen hatten, ging die Reise weiter.

Ein Shuttlebus brachte sie nach *Shirakawa-gô*.

Die Fahrzeit wurde mit Gesang, Unterhaltungen und Spielen gefüllt. Das lebhafte Treiben - wobei Ian zum Großteil alles verschlief - fand ein Ende, als ihr Reiseziel in Sichtweite kam.

Jurij, Emily und Kostja drückten sich mit großen Augen an den Fenstern die Nasen platt. Nick stand mit Siiri auf dem Arm dahinter. Beide schüttelten den Kopf.

Die Dämmerung setzte schon ein, als sie das Haus von Familie Suzuki erreichten.

Kostja stellte zu seiner Überraschung fest, dass sie ein Geschäft führten - obwohl er keine Ahnung hatte, worum es sich handelte. Stumm betrachtete er das Holzschild über dem Eingang.

Emily legte ihm eine Hand auf die Schulter. „Willkommen in *Ogimachi*“, sagte sie gutgelaunt, fasste nach einer Tasche neben ihren Füßen und versetzte dem Assistenzarzt einen leichten Klaps. „Es wird dich niemand beißen.“

Kostja runzelte die Stirn. „Du sagtest *Ogimachi*. Soll das heißen, wir sind nicht in *Shirakawa-gô*?“

Sie lächelte ihn an. „Nun, *Ogimachi* gehört zu den historischen Dörfern von *Shirakawa-gô* und *Gokayama*“, erklärte sie ihm augenzwinkernd, hakte sich bei ihm unter und gemeinsam schritten sie zum Haupteingang. „Das ist also mehr so etwas wie ein Oberbegriff. Es gibt noch zwei weitere Dörfer.“

Ihm wurde flau im Magen. „Verstehe.“

Die Neuankömmlinge wurden schon erwartet. In der Tür stand eine freundlich aussehende Frau in Begleitung eines mürrisch wirkenden

Mannes. Den Mitgliedern der Gruppe sahen sie mit warmer Offenheit entgegen.

Kostja schluckte. Ein seltsames Gefühl kroch durch seinen Körper. Er kannte diese Menschen! Ihr Anblick löste etwas in ihm aus, das er nicht erklären konnte.

Sein Herz raste, der Hals trocknete ihm aus. Blind tastete Kostja nach Emily's Hand. Sie schien wild entschlossen zu sein, dass er sich den Menschen an der Tür stellte.

Behutsam zog sie den Assistenzarzt weiter. „Alles wird gut", raunte sie ihm schmunzelnd zu. „Ganz ruhig."

Wie zur Salzsäule erstarrt, stand Kostja unter dem hölzernen Vordach des Haupteinganges, vor ihm die beiden Menschen, an die er sich nicht mehr erinnerte.

Er stand dort, unschlüssig, was er zu ihnen sagen oder wie er sich verhalten sollte. Doch als sich die runzeligen Finger der Frau an seine Wangen legten, flutete Zuneigung sein Herz.

Kostja schloss die Fremde in seine Arme, den Kopf auf ihrer Schulter. Der Mann schob dem Assistenzarzt die Hand in die Haare.

„Willkommen Zuhause", sagte die Frau, ihre Stimme klang erstickt und Wärme erfüllte seine Brust. „Ich habe dich vermisst, mein lieber, lieber Junge."

„Es. Regnet", brummte Ian missmutig, als hätte er begriffsstutzigen Kinder vor sich. Mühelos wechselte er von der ungarischen in die japanische Sprache, stellte sich unter das Vordach und entließ die Luft betont laut aus seinen Lungen. „Könnten. Wir. Endlich. Reingehen?"

Nick verdrehte amüsiert die Augen. „So unsensibel wie ich dich kenne."

„Sei still!"

Die Dame des Hauses öffnete die Tür, bat ihre Gäste freundlich herein und deutete einem in der Ecke stehenden Mädchen, dass es näher kommen sollte.

„Ich muss mich leider verabschieden. Wir haben viele Gäste." Sie wandte sich Kostja zu, den sie ein weiteres Mal in die Arme schloss. „Ich freue mich, dass du bei uns bist."

Herr Suzuki sprach in der Zwischenzeit mit dem fremden Mädchen. Sie schien im Hotel zu arbeiten.

„Zeig' ihnen ihre Zimmer", trug er ihr höflich auf. „Und sorg' dafür, dass sie alles haben, was sie brauchen."

„Darf ich Sie bitten, mir zu folgen?", fragte das Mädchen gutmütig und ging voraus.

Kostja legte die Stirn in Falten. Er blieb einen Augenblick stehen, dann schloss er zu Emily auf, die dem Zimmermädchen ein paar Fragen stellte.

„Ich habe die Beiden verstanden", platzte es unerwartet, fast erschrocken aus ihm heraus. „Warum konnte ich sie verstehen? Ich spreche kein Japanisch."

Emily sah ihm verwirrt ins Gesicht. „Kostja, seit wir in *Toyama* gelandet sind, sprichst du Japanisch", erwiderte sie.

Durch die neuen Eindrücke überfordert, bestand seine einzige Reaktion in einem geistreichen *Oh*. Ihm war nicht aufgefallen, dass er die Sprache gewechselt hatte. Wenngleich ihm das noch immer nicht erklärte, seit wann er das konnte.

Irgendwann hatte er es bestimmt einmal gelernt. Er wuchs schließlich bis zu seinem 14ten Lebensjahr in *Ogimachi* auf. Aber in Ungarn konnte er kein einziges, japanisches Wort sprechen.

Kostja schob seine Gedanken zur Seite, nachdem das Zimmermädchen stehengeblieben war.

„Die Männer werden in diesem Raum untergebracht", sagte sie und deutete lächelnd auf eine geschlossene Schiebetür. „Miss Lyall begibt sich bitte in ihre üblichen Räumlichkeiten."

„Du wirst wieder in die Besenkammer gesteckt", scherzte Nick, packte seinen Koffer und warf ihn gleichgültig ins Zimmer. „Ich suche nach Ian. Der ist mir irgendwie abhandengekommen."

Emily nickte. „Viel Glück dabei."

„Wo ist die Toilette?", brach es aus Jurij heraus, der eine zappelnde Siiri im Arm hielt. „Gleich passiert ein Unglück!"

Das Zimmermädchen ließ ihre Hand zu einer Treppe wandern. „Folgen Sie mir", bat sie ihn freundlich.

Der Gestaltwandler nickte, dann stürmte er davon, als wären ihm alle Höllenhunde auf den Fersen.

Kostja trat ins Zimmer, setzte sich an den niedrigen Tisch, der das Zentrum des Raumes bildete und sah sich um.

Emily füllte den Platz an seiner Seite. „Geht es dir gut?", fragte sie und legte ihm eine Hand auf den Unterarm. „Ich weiß, das ist ganz schön viel auf einmal. Aber es ist wichtig, dass du hier bist."

„Ich bin ein bisschen überfordert", antwortete Kostja. „Ich habe in den letzten Monaten mehr über meine Familie und meine Vergangenheit erfahren, als ich jemals dachte, vergessen zu haben. Und ich werde das Gefühl nicht los, dass ich in ein fremdes Leben geworfen wurde und gleichzeitig kommt es mir vor, als würde ich nach Hause zurückkehren. Es ist aufregend, verwirrend und beängstigend, aber allem voran macht es mich wütend."

Sie sah ihn blinzelnd an. „Hast du das Gefühl, dein Leben ist eine Lüge?", wollte sie von ihm wissen. „Fühlt es sich so an, als hätte dich jeder belogen?"

Ihre zögerlich hervorgebrachte Frage zwang ihn zu einem echten Lächeln. Er seufzte. „Nein, mach' dir keine Gedanken. Ich weiß zwar nicht, wer meine biologischen Eltern sind und warum sie mich weggegeben haben ... ich bin mir auch nicht ganz sicher, ob ich das überhaupt wissen will ... Es ist nur ... ich bin auf mich selbst wütend."

Emily legte die Stirn in Falten. Mit dieser Antwort hatte sie nicht gerechnet. „Warum denn auf dich?“

Kapitel: 12

Kostja strich sich durch die Haare. „Es ist aufregend, weil ich den Suzukis und meiner Vergangenheit begegne, verwirrend, weil meine Welt auf den Kopf gestellt wird und beängstigend, weil ich nicht weiß, wer ich gewesen bin, als mich meine Pflegeeltern kannten und wen sie bei unserem Wiedersehen erwartet haben."

Emily legte die Stirn in Falten. „Es tut mir leid. Ich kann dir nicht folgen."

Mit den Armen hinter dem Kopf ließ er sich auf den Rücken fallen, sein Blick hing an der Decke fest, an dem ein Ventilator seine Runden drehte.

„Wer kann mir garantieren, dass mir das nicht noch einmal passieren wird? Dass ich die Menschen vergesse, die mir wichtig sind und denen ich wichtig bin? Diese Leute ... meine Pflegeeltern … sie sind voller Liebe und Lebensfreude. Das konnte ich auf den ersten Blick sehen und ich bin mir ganz sicher, dass ich bei ihnen glücklich war. Sie haben mich aufgezogen und sie haben sich um mich gekümmert. Sie haben es nicht verdient, dass ich keine Erinnerung an die Zeit mit ihnen habe."

„Du brauchst keine Angst haben", versuchte ihn Emily zu beruhigen. „Deine Erinnerungen kehren bestimmt zurück."

Ein Grinsen zuckte um seine Mundwinkel.

Kostja setzte sich auf und wandte sich Emily zu. „Ich will meine Familie nicht mehr vergessen." Seine Augen wanderten über ihr Gesicht, blieben an ihren Lippen hängen und das Mädchen vom Maskenball huschte durch seinen Kopf. „Ich will *dich* nicht vergessen."

Sie neigte sich vor. „Das wirst du nicht", wisperte sie nah an seinem Gesicht. „Das verspreche ich dir."

Ein Hüsteln erklang. Erschrocken fuhren sie auseinander und blickten zu Jurij, der mit Siiri auf den Schultern in den Raum trat.

„Ich soll dir ausrichten, dass du das Zimmer der Männer verlassen musst“, sagte er und Emily lachte leise. „Ich bin mir nicht sicher, ob ich alles verstanden habe, was die Hotelangestellten auf Englisch gesagt haben, aber es klang schon ernst.“

Sie presste sich die Hände auf den Mund, um nicht noch lauter zu lachen. Kostja reagierte mit einem schiefen Grinsen. Er konnte sich vorstellen, was sie amüsierte.

Vermutlich war Jurij heilfroh, dass es hier jemanden gab, der Englisch sprechen konnte.

Der Assistenzarzt sah zu Emily, die sich auf ihre Beine erhob und die Falten an ihrem Rock glattstrich.

„Du hast ihn gehört!“, rief er belustigt.

Sie vollführte einen spöttischen, aber höflichen Knicks, bevor sie den Raum verließ. „Ihr Wunsch ist mir Befehl, Käpt‘n.“

Jurij blieb eine Sekunde stehen, dann setzte er sich, ließ Siiri los und sackte mit dem Kopf voran auf den Tisch nieder. Er brauchte den Urlaub von ihnen allen wohl am dringendsten.

Kostja hatte schon am Flughafen bemerkt, dass der Gestaltwandler ungewöhnlich blass war. Ob das an dem kleinen Werwolf lag?

„Ich habe Kopfschmerzen“, sagte Jurij, seine Augen glitten zu Siiri, die voller Neugier auf die Tasten des Fernsehers einhämmerte. „Vater sein ist nicht leicht.“

„Kann ich dir vielleicht irgendwie helfen?“, erkundigte sich Kostja.

Jurij hob blinzelnd den Kopf an. „Äh ... Was hast du gesagt?“

Der Assistenzarzt räusperte sich. Er brauchte ein paar Probeläufe, bis er wieder in die ungarische Sprache wechseln konnte. Zeitgleich wurde gegen den Türstock geklopft.

Ein Mädchen trat in den Raum, verneigte sich höflich und reichte ihnen Bademäntel. *Yukatas* genannt, wie Kostja aus diversen Animes wusste. Dazu gab es eine Karte mit den hausinternen Regeln.

Dann waren sie wieder allein.

„Zum Glück versteht wenigstens einer von uns Japanisch“, meinte Jurij erleichtert, begab sich in die Knie und bat Siiri, dass sie zu ihm kommen sollte. „Sonst wären wir echt aufgeschmissen.“

Kostja machte einen nachdenklichen Laut. „Verstehen ja, lesen nein“, erwiderte der Assistenzarzt entschuldigend, drehte die Karte um und grinste breit. „Da haben wir noch mal Schwein gehabt. Die Punkte gibt es für Idioten wie uns auch auf Englisch.“

Nachdem sich Jurij den kleinen Werwolf wieder auf die Arme geladen hatte, zog er einen Flyer aus der Tasche seiner Hose. „Den habe ich bei den Toiletten gefunden. Ich würde die heißen Quellen gerne ausprobieren.“

Kostja dachte kurz nach. Ein Bad half ihm eventuell dabei, ein wenig zu entspannen.

„Klingt gut.“

„Einen Moment“, bat Jurij. Er öffnete seinen Koffer und zog einen rosafarbenen Badeanzug mit weißen Rüschen hervor. „Siiri trägt auch zuhause einen, wenn sie baden geht.“

„Und ... wozu?“

Jurij wurde rot bis zu den Ohren. „Es ist mir noch ein bisschen unangenehm.“

Kostja erinnerte sich daran, was Emily vor einiger Zeit zu ihm gesagt hatte. „Sie ist nicht dein leibliches Kind“, sprach er seine Gedanken aus, öffnete die Tür und trat auf den Gang. „Und trotzdem liebst du sie wie dein eigenes Kind.“

Der Gestaltwandler lächelte. „Wie könnte ich sie nicht lieben?“, fragte er, sah zu Siiri und drückte einen Kuss auf ihre Stirn. „Sie ist ganz allein auf der Welt. Genau wie ich.“

Gemeinsam machten sie sich auf den Weg.

„Wo ist deine Familie?“

Jurij zögerte. Siiri kuschelte sich in seine Arme, den Daumen im Mund und der Gestaltwandler begann nach einer gefühlten Ewigkeit von dem zu erzählen, was er bisher sorgsam unter Verschluss gehalten hatte.

Er kannte seine Eltern und seine Geschwister nicht. Jurij wusste nur, dass er welche besaß und dass sie in Schweden lebten. Vor ein paar Jahren hatte er mit dem Gedanken gespielt, nach ihnen zu suchen, und entschied sich dagegen.

Er wusste nicht, warum ihn seine Familie nicht wollte. Aber das interessierte ihn nicht mehr. In Budapest hatte er sich ein Leben aufgebaut, das er gegen nichts auf der Welt eintauschen würde.

„Ich habe Freunde, studiere Veterinärmedizin und arbeitete in einem Restaurant mit tollen Kollegen.“ Zärtlich betrachtete er das Mädchen in seinen Armen. „Ich habe eine kleine Tochter. Mein Leben ist ganz schön turbulent, aber für mich gibt es kein größeres Glück.“

„Das klingt für mich, als hättest du deinen Frieden damit geschlossen“, bemerkte Kostja.

Jurij grinste breit und legte seinen Kopf auf den von Siiri. „Ich habe meine Vergangenheit hinter mir gelassen“, erklärte er versunken. „Als ich Emily vor einem Jahr getroffen habe, begann sich meine Sichtweise zu verändern. Darüber solltest du vielleicht auch nachdenken.“

Kostja stoppte in seinen Bewegungen, seine Augen lagen auf dem Gestaltwandler. Seine Sichtweise verändern?

„Das freut mich zu hören.“ Neben den Türen zum Eingangsbereich der heißen Quellen stand Emily, ein Rucksack auf den Schultern. „Warum trägt Siiri einen Badeanzug?“

„Weil ... weil ich das nicht kann“, stammelte Jurij fast schon hilflos. „Sie ist immerhin ...“

Kostja konnte sich das Lachen kaum verkneifen und kam dem überforderten Studenten zu Hilfe. Er pflückte Siiri aus den Armen ihres Ziehvaters und reichte sie an Emily weiter.

„Es wird am besten sein, wenn sie die Kleine mit ins Damen-Bad nimmt", erklärte er belustigt, versetzte Jurij einen freundschaftlichen Stoß und schob ihn zum Eingang für die Herren. „Komm. Es wird schon nichts passieren."

„Aber ich ... Was ist wenn ... Sie ist doch noch ein Baby."

Ein Moment der Stille entstand und der kleine Werwolf warf Jurij einen beleidigten Blick zu.

„Ich glaube, du hast ihre Gefühle verletzt", sagte Emily lächelnd. Sie strich Siiri durch die blonden Haare und wirkte dabei fast mütterlich. „Habe ich recht, Sweetheart? Du darfst nicht vergessen, dass die Uhren für Wesen anders ticken, Jurij. Sie versteht alles, was du sagst."

Kostja legte die Stirn in Falten. Etwas störte ihn. Vertieft betrachtete er ihre Lippen. Es war die Art, wie sie Worte formte.

Und Jurij hatte sie zudem verstanden.

„Hast du gerade Ungarisch gesprochen?", fragte er skeptisch.

Emily grinste breit. „Na klar. Nicht alle sind in unser Geheimnis eingeweiht, aber so versteht niemand, worüber wir reden ..." Sie tätschelte Kostja die Schulter „Keine Sorgen. Du kriegst den Dreh noch raus. Irgendwann ist es für dich ganz einfach, zwischen den Sprachen zu wechseln."

Das Mädchen drehte sich um, winkte und verschwand im Damen-Bereich.

Kostja und Jurij taten es ihnen eine Tür weiter gleich. Sie bekamen vor dem Eintritt zum Männerbereich einen Korb ausgehändigt und betraten dann den Umkleidebereich.

Dort fanden sie eine menschengroße Tafel. Die einzelnen Punkte abzuarbeiten, die ihnen das Benutzen der heißen Quelle erlaubte, sorgte nicht nur für Kopfschmerzen. Es dauerte fast eine halbe Stunde.

Als Kostja dann endlich im warmen Wasser versank, die Augen geschlossen, hatten sich die Strapazen für ihn gelohnt. Es fühlte sich himmlisch an. Jurij ließ sich mit gebührendem Abstand neben ihn nieder.

Fünf Minuten blieb es ruhig.

„Glaubst du, es geht ihr gut?"

Kostja hob das linke Augenlid und warf Jurij einen schiefen Blick zu. „Was denkst du denn, was passiert?"

„Vielleicht gefällt es ihr nicht oder die anderen Gäste sind gemein zu ihr oder lassen sie gar nicht mehr in Ruhe. Ich meine, hast du gesehen, wie entzückend sie ist? Was ist, wenn ihr das Wasser viel zu heiß ist? Was, wenn ihr Kreislauf schlapp macht? Oh mein Gott, was ist, wenn sie umkippt und einfach wie ein Stein untergeht?"

Der Assistenzarzt seufzte auf. „Emily ist doch bei ihr. Es geht ihr gut", wollte er den Gestaltwandler beruhigen.

Jurij schien einem Nervenzusammenbruch gefährlich nahe zu sein. „Und was ist, wenn Emily gerade *dann* nicht hinsieht, wenn *nicht* alles in Ordnung ist? Ich meine, sie kann Siiri nicht jede Sekunde im Auge behalten. Ich halte das nicht aus, ich muss da rüber!"

Schlimmer als eine Helikopter-Mutter.

Kostja wich das Blut aus den Wangen. Jurij sprang auf die Füße, bereit, die Trennwand aus Bambus niederzureißen.

Bevor er dazu kam, versetzte ihm der Assistenzarzt einen kräftigen Stoß gegen die Seite und brachte ihn damit aus dem Gleichgewicht.

Wie ein Stein plumpste der Gestaltwandler ins Wasser. Es dauerte einen Moment, dann kam er prustend zurück an die Oberfläche, holte krächzend Luft und sah zur Trennwand, nachdem Siiris leicht glucksendes Lachen erklang.

Kostja stieß die Luft aus den Lungen. Sein Bedarf, den übervorsichtigen Studenten zu beaufsichtigen, der wiederum sein Kind beaufsichtigen wollte, überschritt die Grenze des erträglichen.

„Du kannst da nicht einfach reinstürmen. Du weißt, dass die dort drüben nackt sind", stellte der Assistenzarzt seufzend fest.

„Na und? Wir sind auch nackt", gab Jurij etwas trotzig zurück.

„Da kannst du mal sehen, wie nahe wir uns stehen“, witzelte Kostja, um den Studenten abzulenken.

Jurij starrte ihn an, blinzelte und konnte die besorgte Miene nicht länger aufrechterhalten. „Gott, du hast Recht“, stimmte der Gestaltwandler belustigt zu. „Lass uns das nie wieder erwähnen.“

Kostja rückte ein Stück näher. „Leugnen hat keinen Sinn mehr, Chéri“, gab er zurück und warf seinem Gesprächspartner einen koketten Augenaufschlag zu. „Wir wissen beide, dass es dir gefällt.“

Jurij lachte. „Hau‘ bloß ab, du Spinner.“

Der Abend zog ungewohnt schnell an ihnen vorbei. Bevor sie es bemerkten, zu vertieft in ein Gespräch über die Vergangenheit, Zukunft und Politik, war es schon an der Zeit, die heißen Quellen zu verlassen.

Auf ihrem Weg durch das Wasser achtete sie darauf, keinen der anderen Besucher zu stören. Dann gingen sie sich noch einmal waschen - wie es die Regeln verlangten - zogen sich an und verließen den Badebereich.

Emily hatte scheinbar dieselbe Idee und Jurij zog den kleinen Werwolf ungeduldig in seine Arme.

Auf ihren Weg zu einem Ruheraum verwickelte sie Kostja in ein Gespräch. Er begann mit ihr über alles zu reden, was ihm durch den Sinn spukte.

„Jurij ist schlimmer als jede Helikopter-Mutter“, erklärte ihr er lachend. „Ich hatte keine Ruhe und wenn es ihm möglich gewesen wäre, hätte er die Trennwände eingerissen und sich Siiri zurückgeholt.“

Emily lachte bei der Vorstellung. „Ich glaube nicht, dass es Siiri gefallen hätte, wenn sie in einem Badeanzug in den heißen Quellen sitzen müsste.“

Kostja stupste ihr mit dem Ellenbogen in die Rippen. „Sie muss sogar Zuhause beim Baden einen tragen?“

„Wirklich?“, fragte das Mädchen heiter und verschränkte im Laufen die Hände hinter dem Kopf.

Der Gestaltwandler blieb mitten in der Bewegung stehen, drehte sich um und sah den Beiden in die Augen. „Ihr redet, als könnte ich euch nicht hören“, sagte er. „Das ist kindisch.“

Emily tätschelte Jurij den Arm. „Lass uns den Spaß“, lachte sie gut gelaunt und bedeutete den Männern, ihr zu folgen. „Hier lang.“

Kein weiteres Wort fiel. Stattdessen gingen sie schweigend in den Ruheraum, bekamen eine Decke ausgehändigt und erhielten die Anweisung, dass sie sich auf eine blaue Unterlage legen sollten.

Kostja beobachtete Jurij, der Siiri bis ins kleinste Detail erklärte, warum sie jetzt ein bisschen schlafen musste. Er machte seine Sache als Vater wirklich gut.

Der Assistenzarzt sah sich um, während er auf eine der Reisstrohmatten sank. Er nahm seine Umgebung in sich auf wie ein Schwamm.

Ob sein Interesse an seiner vergessenen Herkunft lag oder ob er unter gewöhnlichen Umständen ähnlich stark auf eine ihm fremde Kultur reagiert hätte, wusste er nicht.

Auf jeden Fall war er Emily dankbar dafür, dass sie ihn hier hergebracht hatte.

***

In dieser Nacht fand Emily keine Ruhe. Sie wälzte sich auf dem Futon, stand immer wieder auf und lief durch das Zimmer. Suchend nach etwas, um ihren rastlosen Geist zu beschäftigen.

Seit sie ihren Weg zu Nick gefunden hatte, schlief sie jede Nacht in seinem Bett, an ihn gekuschelt, wissend, dass ihr nichts geschah - wissend, dass es ihm gut ging.

Dass sie alleine in diesem Zimmer lag, war so ungewohnt.

Während sie die Luft aus ihren Lungen stieß, glitten ihre Augen zur Terrassentür. Vielleicht half ihr ein Spaziergang im Garten.

Rasch zog sie sich den Kimono an, den sie von Frau Suzuki bekommen hatte, und trat vor den Standspiegel.

Niedlich.

Geduldig formte sie ihre Haare zu einer Hochsteckfrisur und stellte sich dabei flüchtig die Frage, seit wann sie so penibel genau auf ihr Erscheinungsbild achtete.

Natürlich kannte sie die Antwort und sie war zu alt, um sich etwas vorzumachen.

Sie wurde rot.

Emily verwarf den Gedanken. Sie verließ das Zimmer, schlich zur Hintertür und trat in den Garten hinaus. Leise summend folgte sie dem Kiesweg, die Arme hinter dem Rücken verschränkt.

In den letzten zwölf Jahren hatte sich einiges verändert. Der westliche Einfluss warf selbst auf diesen Teil der Erde seine Schatten. Viele Aspekte der traditionellen, japanischen Kultur waren gewichen, um der Moderne Platz zu machen.

Umso bedeutender waren ursprüngliche Orte wie jener, an dem sie sich gerade befand.

Sie trat zu einem Fischteich, über den eine gewölbte Brücke verlief. Am Geländer fanden sich Zeichen aus den umliegenden Shinto-Schreinen. Dabei handelte es sich um Rituale, die böse Geister abwehren sollten.

Emily sank in die Knie, schob die Ärmel über ihre Ellenbogen und fasste nach einem Stützpfeiler. Unterhalb der Wasseroberfläche, fast gänzlich vom Schilfrohr bedeckt, verbarg sich das Symbol der Dämonenjäger.

Quietschend sprang sie einen Satz zurück, nachdem sie etwas am Finger berührte. Erst beim näheren Hinsehen erkannte das Mädchen, dass es sich um Karpfen handelte, die ihre Mäuler gierig aus dem Wasser hoben.

Emily musste über sich selbst lachen. Wann war sie so schreckhaft geworden? Die Stille wurde von Schritten durchbrochen, die sich in ihre Richtung bewegten und sie warf einen Blick über die Schulter.

Dort stand Kostja. Er sah genauso verschlafen aus, wie sie sich fühlte.

„Was machst du denn hier?“, wollte er gähnend wissen. „Hast du so ein Interesse an den Fischen, das du nicht bis morgen warten konntest?“

„Kannst du nicht schlafen?“, stellte sie ihm eine Gegenfrage, stand wieder auf und legte den Kopf in den Nacken. „Du solltest mit Adrienn deine Flitterwochen hier verbringen.“

Darauf ging er nicht ein.

Mit den Händen in seinen Taschen hob er das Gesicht dem Horizont entgegen. „Es sind so viele, neue Eindrücke“, sagte Kostja gedankenverloren, seine Augen wanderten zu dem Mädchen, das den Kopf zur Seite neigte. „Ich kann die Stimmen in meinem Kopf nicht zum Schweigen bringen.“

Emily überlegte. Sie musste ihn auf andere Gedanken bringen.

„Ich habe nachgedacht und ... vielleicht sollte ich dich doch verführen. Wenn wir wieder in Budapest sind, werde ich keine Gelegenheit mehr dazu haben“, zog sie ihn auf. „Aber das wäre wohl ein Fehler.“

Kostja trat näher. „Das kommt jetzt aus dem Nichts“, gab er zurück. „Und warum machst du es nicht einfach? Dann wirst du sehen, was passiert.“

Ihre Mundwinkel zuckten leicht. Sie *wusste* bereits, was passieren würde.

Emily warf ihm einen Blick zu. „Du hast mir doch gesagt, dass dir meine Größe und mein Erscheinungsbild unangenehm sind“, wandte sie schmunzelnd ein. „Du wirst heiraten. Wenn deine Pflegeeltern davon erfahren und herausfinden, dass ihr es mit der Treue nicht so genau nehmt, werden sie schockiert sein. Die Beiden sind sehr traditionell. Sie würden dir nicht mal erlauben, vor der Hochzeit mit Adrienn zusammenzuleben."

„Ja, ich erinnere mich an den Aufruhr, als du bei uns im *Herrenzimmer* warst", erinnerte er sie amüsiert.

Emily zupfte am Stoff ihrer Kleidung. „Ich kann das gut nachvollziehen. Ich wurde selbst in der Vorstellung erzogen, meinem künftigen Gatten unberührt gegenüberzustehen. Dabei war ich wirklich sehr neugierig. Aber dann kamen die Kämpfe und die Kriege. Ich konnte nur daran denken, dass mich keiner von diesen stinkenden Barbaren vergewaltigen wird."

„Das müssen schlimme Zeiten gewesen sein", warf Kostja ins Gespräch ein, seine Augen lagen auf ihrem Gesicht. „Es ist kein Wunder, dass du dich der Liebe verschlossen hast und stattdessen kämpfen wolltest."

Das Mädchen nickte bedächtig. „Zu einem Großteil waren es Auseinandersetzungen unter den Wesen selbst. Wir mussten aber auch oft im Namen der Kommission an der Seite der Menschen kämpfen." Emily lachte. Sie war erneut vom eigentlichen Thema abgewichen. „Gegen Ende des 18ten Jahrhunderts habe ich damit begonnen Romane zu lesen und wie jedes Mädchen von der *großen Liebe* zu träumen. Und plötzlich wurde aus dem *Du musst dir die Unschuld bis zur Ehe bewahren* ein *Ich will mich für die Person aufheben, die ich von ganzem Herzen liebe.* Seitdem warte ich auf meinen Prinzen. Das ist albern, nicht wahr?"

Kostja lächelte, hob die Hand und streichelte ihr über den Kopf. „Das ist nicht albern", erwiderte er fest überzeugt, ihre Blicke verschmolzen miteinander. „Und dieser Person wirst du ganz bestimmt irgendwann begegnen."

Sie rang die Hände, ihre Augen flogen von einer Seite zur anderen. Er wusste gar nicht, wie nahe er der Wahrheit kam.

Emily war bisher keinem Mann begegnet, der ohne es zu ahnen, ihr Herz im Sturm eroberte - jeden Tag ein bisschen mehr.

An jenem Morgen, als sie ihm im Treppenhaus gegenüber saß, seine Augen auf ihrem Gesicht lagen, hatte sie es verstanden. Er war nicht das Kind, das sie zurücklassen musste.

Sie hatten vom ersten Moment an etwas für ihn empfunden - für den Jungen, dem sie durchs Leben geholfen hatte, für den Mann, zu dem er herangewachsen war.

Gefühle, die sie nie für möglich hielt, schlugen in ihrem Herzen wurzeln, keimten zaghaft, fast ängstlich und wurden größer, bis Emily sie nicht länger ignorieren konnte.

„Es gibt nur ein Problem", erklärte sie ihm, wich seinem Blick aus und versuchte, ihre Hände zu beschäftigen. „Ich möchte dich etwas fragen ... es ist nicht direkt eine Frage und du musst natürlich einverstanden sein ... ich äh ... ich weiß wirklich nicht, wie ich das ausdrücken soll ..."

Kostja lächelte. „Beruhig dich. Atme. Wir sind über den Punkt *peinlich* schon lange hinaus. Ich sag' nur *Bordell*", scherzte er gutmütig.

Ihre Wangen glühten. „Ich *will* mit dir schlafen", platzte sie hervor und Kostja starrte sie an. Bevor er etwas erwiderte - vorausgesetzt er wollte das - fuchtelte sie schon abwehrend mit den Händen durch die Luft. „N ... nein, vergiss' es."

Er hielt sie an den Armen fest, bevor sie vor ihren eigenen Worten flüchten konnte. „Bitte, mach' das nicht", gab er zurück. Kostja zog sie näher und ihre Augen wurden riesengroß. „Ich will dich. Du kannst dir nicht vorstellen, wie sehr. Aber ich kann einfach nicht zulassen, dass du deinen Traum an jemand wie mich verschwendest."

Emily spürte einen Stich der Ablehnung. „Soll ich jetzt heulen und dir unterstellen, dass ich dir nicht attraktiv genug bin?", fragte sie versucht fröhlich. „Oh und natürlich muss ich dich auch ohrfeigen, damit es authentisch genug wirkt."

„Wir wissen beide, dass du nicht so klischeehaft veranlagt bist und du weißt, warum es nicht geht." Kostja sog abgehakt die Luft in seine

Lungen. „Deine Größe und das, was sie suggeriert, ist mir unangenehm. Aber das ist nicht der Grund, warum ich Abstand halte. Es sind die Dinge, die ich dir nicht gesagt habe und die Dinge, die ich nicht sagen wollte, weil ich es nicht konnte. Jeden Tag wünsche ich mir nichts sehnlicher, als dir näherzukommen und immer wieder sage ich mir, dass ich das nicht darf."

Sie sah ihm ins Gesicht. „Wegen Adrienn", mutmaßte sie, die Hände auf seiner Brust. „Und dem Geld, das ihr Vater nach der Hochzeit dem Krankenhaus spendet."

Kostja lachte bitter. Seine Arme schlossen sich fest um ihre Gestalt. „Nein, Dummkopf", gab er zurück. „Ich könnte nicht mit dir schlafen und dann einfach mit meinem Leben weitermachen. Du kannst dir nicht vorstellen ... ich habe noch nie etwas so sehr gewollt wie dich."

Emily hatte das Gefühl wie eine Sternschnuppe in seinen Armen zu verglühen.

„Es muss ja keine einmalige Sache bleiben", gab sie beschämt zurück. „Auch ich habe in meinem Leben noch nie etwas so sehr gewollt wie dich. Darf ich nicht auch einmal egoistisch sein?"

Kostja räusperte sich und strich sich mit zitternden Fingern durch die Haare.

„Emily, du bist ... ich meine, du hast noch nie ...", wollte er seine Gedanken verbalisieren. „Verflucht nochmal!" Wütend drehte er sich auf dem Absatz um. „Herrgott, du bist noch nie zuvor mit einem Mann zusammen gewesen. Ich will nicht der erste Kerl sein, der dich enttäuscht."

Emily schnaufte. „Du bist dämlich, Herr Gorodezki", sagte sie in einem so sachlichen Tonfall, dass er sich mit hochgezogenen Augenbrauen wieder zu ihr umdrehte. „Du wirst mich niemals enttäuschen."

Fast hilflos gestikulierte er mit den Händen durch die Luft. „Es tut ...", setzte er an.

Sie schüttelte den Kopf, bevor er die Worte hätte aussprechen können. „Entschuldige dich nicht.“

Der Assistenzarzt trat von einem Fuß auf den anderen, seine Augen flogen durch den dunklen Garten.

„Wenn die Umstände nur nicht so beschissen wären ...“, murmelte er. „Wenn ...“

„... alles nicht so wäre, wie es nun mal ist“, führte sie seinen Satz fort.

Kostja nickte leicht. Es war verständlich, dass er ihr nicht mehr ins Gesicht sehen konnte. Ebenso, dass er konsequent an seiner Entscheidung festhielt, und Emily bewunderte ihn dafür.

Sie wusste, dass sie niemals die gleiche Entschlossenheit aufgebracht hätte.

Zu lange beherrschte Vernunft und Logik ihr Leben. In den zurückliegenden Jahrhunderten durfte sie nicht egoistisch sein oder ihrem eigenen Verlangen folgen.

Emily senkte den Kopf, die Finger in den Stoff des Kimonos vergraben.

Kostja stellte für sie das Idealbild eines Mannes dar. Ihm waren ihre Gefühle, Wünsche und Träume wichtiger als seine Begierde. Ein Verhalten, das sie schätzte und verfluchte.

Dennoch hatte sie an diesem Abend so viel über ihn erfahren, mehr als jemals zuvor.

Ihre Mundwinkel zuckten. Kostja machte aus seinen Gefühlen ein Geheimnis und er sprach nur selten über sich selbst.

Heute Nacht war er durchweg ehrlich zu ihr. Ganz langsam begann sie diesen Eigenbrötler und seine schon übertriebenen Ansichten besser zu verstehen. Es half ihr dabei, die Zurückweisung zu verkraften.

„Vertraust du mir?“, fragte er.

Selbst die Zikaden schienen bemüht leise zu singen.

Emily streichelte seinen Nacken, ihre Augen verweilten auf seinem Gesicht. Sie wünschte sich sehnlichst, dass die Welt aufhören würde, sich zu drehen und dass sie den Moment für immer festhalten konnte.

„Ja."

***

Als Emily am nächsten Morgen blinzelnd die Augen öffnete, war sie alleine. Verschlafen streckte sie die Hand aus, ihre Finger strichen über den kühlen Stoff des Futons.

Kostja hatte das Zimmer wohl in den frühen Morgenstunden verlassen.

Obwohl er sich beharrlich weigerte, das Bett mit ihr zu teilen, hatte er sie die ganze Nacht in seinen Armen gehalten.

Weil es ihn gab, fühlte sie sich hübsch und begehrt. Das erste Mal in ihrem Leben hatte sie das Gefühl, eine Frau zu sein und kein Kind.

Beschwingt sprang Emily auf die Füße, suchte in ihrem Koffer nach einem Kleid und machte sich auf den Weg ins Badezimmer. Und während sie sich für ihre Körperpflege ausreichend Zeit nahm, kreisten ihre Gedanken unaufhörlich um Kostja.

Alles wäre so viel einfacher, wenn ich mich nicht in ihn verliebt hätte.

Sie legte noch Parfüm auf, dann ging sie zurück in ihr Zimmer. Auf dem Tisch lag ein geblümtes Sommerkleid, das einen weit ausfächernden Rock besaß und unter dem Busen eine Raffung.

Es gehörte zu der Garderobe, die sie während ihres Aufenthaltes bei Familie Suzuki vor knapp 25 Jahren getragen hatte. Wie kam das hierher?

Das Mädchen warf einen verlegenden Blick zu beiden Seiten. Es konnte nicht schaden, wenn sie sich das Kleid kurz überzog. Nur, um zu sehen, ob es ihr noch passte.

Vielleicht hatte sie zugenommen.

Gerade, als sie sich vor dem großen Standspiegel von allen Seiten betrachtete, tauchte Nick wie ein Schatten hinter ihr auf.

Er blieb stehen, in seinen Augen lag etwas, das an Überraschung und Belustigung erinnerte. Emily sprang vor Schreck fast wie eine Katze an die Decke.

„Hinreißend“, lobte der Drache anerkennend und das Mädchen hielt in ihren sinnlosen Bemühungen, sich vor seinen Blicken zu verstecken inne. „Steht dir.“

Emily atmete tief durch und fasste dann nach dem Saum des Rockes. „Das ist schon uralt“, erklärte sie abwehrend und drehte sich um. „Würdest du den Verschluss öffnen?“

Nick kam der Bitte schulterzuckend nach. „Das Kleid hast du doch auch alleine angezogen.“

„Ich weiß.“ Sie zog sich den Stoff über den Kopf. „Wo hast du Ian gestern Abend aufgegabelt?“

Nick grinste breit. „Der hat sich im Speisesaal mit Sake volllaufen lassen. Hast du etwas anderes erwartet?“

Sie lachte auf. „Nein. Unser Ian ist und bleibt ein alter Säufer.“

Er räusperte sich. „Wie geht es dir eigentlich?“

Sie drehte sich um. Ihr begann zu dämmern, was hier passierte.

„Ich habe nicht mit Kostja geschlafen“, schnaufte sie und er sah ertappt zu Boden. Manchmal verfluchte sie den ausgeprägten Geruchssinn der Drachen. „Du kennst die Antwort. Ich wollte, er nicht.“

„Kostja ist sehr moralisch“, merkte Nick an. Er trat hinter Emily, fasste nach ihrer Taille und begegnete ihrem Blick im Spiegel. „Und daran wird sich wohl nichts ändern. Er ist stärker als wir beide.“

Emily schmiegte sich an seine Brust. „Wir sind viel zu egoistisch, um jemals so aufopfernd zu handeln.“

„Richtig.“

Nick klopfte ihr auf die Schulter, dann verließ er das Zimmer.

Emily senkte den Blick und knetete den Stoff des Kleides zwischen den Fingern.

Wahrscheinlich war es eine dumme Idee gewesen, auf den Mann zu warten, der ihr Herz im Sturm eroberte.

Kapitel: 13

Emily seufzte, ihre Augen lagen auf der Terrassentür.

Kostja hatte sich in der vergangenen Nacht geöffnet. Er hatte sich ihr anvertraut und ihr ohne Scham von den Dingen erzählt, die ihn beschäftigten und die ihn zerrissen.

Bei dem Gedanken durchlief sie ein wohliges Prickeln. Sie waren einander so ähnlich.

Emily sank auf den Boden, verkrampfte die Hände im Stoff ihres Rockes und fühlte den Druck ungeweinter Tränen. Die Kehle schnürte sich ihr zu. Sie begann zu begreifen. Es war so lächerlich, so dumm.

Das Gesicht in einem Kissen vergraben, rollten die ersten Tränen über ihre Wangen. Kostja. Er war es die ganze Zeit gewesen. Niemand sonst. Für sie gab es nur ihn. Dieser Mensch verkörperte alles, was sie sich wünschte und alles, was sie brauchte.

Alles, was sie niemals haben konnte. Sie hatte es zuvor schon gewusst. Aber jetzt verstand sie das ganze Ausmaß von dem, was sie bisher so erfolgreich verdrängt hatte. Ihre Mundwinkel hoben sich bebend.

Niemals hätte sie geahnt, geglaubt, gehofft, dass seine Gefühle die gleiche Stärke besaßen - das einmal der Tag kam, an dem sie ihre Entscheidung bereute. Und doch musste sie an ihrem Entschluss, den sie an jenem Tag auf dem Schiff getroffen hatte, festhalten.

Schluchzend und zitternd biss sie sich auf die Lippe. Auch wenn sie nicht glaubte, dass er ihretwegen seine Zukunft wegwarf, durfte er niemals davon erfahren, was in ihr vorging.

Die Kehle schnürte sich ihr zu. Sie war immer so besonnen gewesen, aber sobald Kostja ins Spiel kam, setzte ihr Verstand aus und ihr Herz übernahm die Führung. Emily ertrug es nicht. Sie wollte ihn nicht verheiratet wissen und wenn er Kinder mit Adrienn bekam, konnte sie ihm nicht mehr gegenübertreten.

Sie wollte ihren Zorn, ihren Schmerz in die Welt hinausschreien. Ihr schossen so viele Fragen durch den Kopf, auf die es keine Antworten gab. Die Romantikerin in ihrem Inneren baute Luftschlösser und die Realistin riss sie nieder.

Sie hatte lange nicht mehr geweint.

Aber was brachte es, wenn sie ihrem Kummer nachgab und ihm erlaubte, ihr Herz in Stücke zu brechen? Sie hatte es Kostja schließlich versprochen: Was auch immer passierte, sie folgte seiner Stimme.

Emily rappelte sich auf, trocknete mit kaltem Wasser ihre Tränen und begab sich in den Garten. Sie musste aufstehen, Kostja stützen, lächeln, Stärke beweisen und hinter ihm und seinen Entscheidungen stehen.

Ihre Überlegungen stoben wie Krähen auseinander, als sie einen Windzug spürte, eine Stimme hörte. Emily drehte sich um und erblickte einen Schatten, der auf sie zuhielt.

Das Schwert der Gestalt schnitt zischend durch die Luft und das Mädchen musste ausweichen, bevor sie die Klinge treffen konnte. Dabei prallte sie mit dem Kopf gegen den Stamm eines Baumes.

„Zum Teufel!“, fluchte Emily laut. „Das ist jetzt nicht dein Ernst!“

Schritte erklangen, die sich ihr näherten. „Mach‘ es mir nicht so leicht, du Monster!“, verlangte eine wütende Stimme. „Wehr‘ dich.“

Emily stand auf, wankte zur Seite und musste sich an der Lehne einer Bank festhalten. „Ich werde mir an dir nicht die Hände schmutzig machen“, erwiderte sie gedämpft. „Lass‘ mich in Ruhe.“

„Als du im Namen der Kommission in den Krieg gezogen bist, hat es dich auch nicht gestört, Menschen zu töten! Du hast jeden umgebracht, um deinesgleichen zu schützen. Die Monster, die du so sehr liebst. Der Zweck heiligt die Mittel, nicht wahr?“

„Halt‘ den Mund!“

Lachen zerriss die kühle Morgenluft. „Du hättest niemals hierher zurückkehren dürfen!“ Die Stimme kam näher. „Vor allen nicht mit *ihm*.“

Emily duckte sich unter einem Angriff hinweg, ließ die Parkbank los und fiel dabei ungeschickt in einen Busch. „Er hat ein Recht darauf!", gab sie verärgert zurück und kämpfte sich trotz Schwindel auf die Füße zurück. „Verflucht. Du bist noch immer so eine besessene Furie."

Die Spitze des Schwertes richtete sich auf die Brust des Mädchens. Emily hob langsam den Kopf und sah dabei direkt in ein Paar schiefergraue Augen.

„Ich werde dich töten", sagte ihre Gegnerin und lächelte von einem Ohr zum anderen. „Erinnerst du dich? Das habe ich dir damals versprochen und jetzt ... Fahr' zur Hölle!"

Emily verlor die Geduld. „Ich habe einen verdammten Namen!", schrie sie wütend und nutzte den Moment, als der Schwindel nachließ.

Sie riss den Arm in die Höhe und als die Schwertschneide auf ihre Handgelenkschoner traf, zerbarst sie wie dünnes Glas.

Die gebrochene Klinge wirbelte zischend in die Luft, bevor sie im Ast eines Baumes steckenblieb. Ihre Gegnerin taumelte zurück. In ihren Zügen stand Entsetzen.

„Silberstahl besteht aus einer Legierung aus Chrom und Vanadium. Wie konnte das passieren?"

„Meine Armschienen sind nicht aus Leder", entgegnete Emily aufgewühlt. „Habt ihr Idioten wirklich geglaubt, wir würden uns nicht weiterentwickeln, nachdem ihr uns zu Tausenden abgeschlachtet habt? Du hättest es besser wissen sollen, Mirai."

Plötzlich erklang eine Stimme - leise, bedrohlich. Ein Schauer jagte Emily kalt über den Rücken. Kostja stand im Garten, die Hände geballt, auf seine sonst freundliche Miene hatte sich ein Schatten gelegt.

„Verschwinde", sagte er in einer beunruhigenden Tonlage, ohne zu wissen, um wen es sich bei Emilys Gegnerin handelte. „Ich werde dir das nicht noch einmal sagen."

Mirai wurde blass wie die Wand. „Warum setzt du dich für dieses Monster ein, obwohl du ein Mensch bist?"

„Weil niemanden der Umstand seiner Geburt zum *Monster* macht", sagte er, ohne zu zögern, trat zu Emily und inspizierte die Wunde an ihrem Hinterkopf. „Gut möglich, dass ich noch nicht viel über sie weiß, aber sie hat ein gutes Herz."

Emily runzelte die Stirn. Warum Kostja sein Verhalten erklärte, verstand sie nicht genau. Ihre Gegnerin pflückte die zerbrochene Schwertschneide aus dem Ast.

„Sie ist kein geborener Vampir. Sie wurde verwandelt, dieses dreckige Halbblut!"

Kostja seufzte. „Das spielt keine Rolle."

„Ich handle stets in Gottes Willen und du hinderst mich daran", fauchte Mirai wie eine streitsüchtige Katze. Ihre Stimme triefte vor unangebrachtem Stolz. „Ich bin eine Dämonenjägerin und wir haben uns der Jagd verschrieben. Gott war immer mit uns."

„Ist das der gleiche Gott, in dessen Namen du ihre Beteiligung im Krieg verurteilst?", fragte er nach. „Weil sie ein Vampir ist und kein Mensch?"

Mirai wich zurück.

Emily klimperte mit den Augenlidern.

Wie lange hatte er zugehört?

Kostja stand wieder auf. „Auch die Wesen sind, wie alles andere, durch Gottes Hand entstanden ... wenn man an so etwas glauben möchte."

„Du Ketzer!", schleuderte ihm Mirai an den Kopf.

Kostja schmunzelte. „Nein, Atheist", korrigierte er und ließ Emily los. „Ich glaube nicht an Gott, aber selbst ich weiß, dass man einen Mord nicht durch einen weiteren sühnen kann."

Mirai stolperte einen Schritt zurück, als wenn sie seinen Worten entfliehen wollte. Das zerbrochene Ende ihrer Waffe richtete sie auf Kostja.

„Du bist ein Schandfleck. Dass du dich vor einen Dämon wirfst, beweist die Verkommenheit deiner Seele“, rief sie um Fassung bemüht.

Er hob eine seiner Augenbrauen. „Was hat Religion nur an sich, dass sie Fanatiker wie dich hervorbringt und die sich immer alles so zurechtlegen, dass es ihren eigenen Interessen entspricht?“

„Halt den Mund!“

Emily ließ Kostja nicht mehr zu Wort kommen. Es reichte ihr jetzt. Genug geredet. Sie schoss auf Mirai zu und schlug ihr die Faust so fest an den Kiefer, dass der Dämonenjägerin das zerbrochene Schwert entglitt.

Die Wucht des Angriffs schleuderte Mirai zurück, sodass sie gegen den Stamm eines Baumes prallte. Doch einem Jäger machte das nur wenig aus. Vielleicht ein leichter Schwindel.

Kostja rollte leise schnaufend mit den Augen. „Musste das sein?“

Emily knackte mit den Fingerknöcheln. „Sorry“, sagte sie tief durchatmend. „Jetzt fühle ich mich besser.“

Mirai hielt sich den Unterarm vor die blutende Nase, stand auf und fixierte Kostja. „Wenn du nicht in den Garten gekommen wärst, wäre sie jetzt tot.“

Der Assistenzarzt war von den Worten der wütenden Dämonenjägerin verwirrt. „Sollte ich dich kennen?“

Emily neigte den Kopf zur Seite. „Du erinnerst dich auch nicht an Mirai, oder?“, fragte sie, auch wenn sie die Antwort kannte. „Sie ist die Tochter deiner Pflegeeltern und sie glaubt, den guten Namen der Familie wiederherzustellen, wenn sie dem Weg der Dämonenjäger folgt.“

„Du dreckiges Halbblut!“, fauchte Mirai erbost.

Emily warf ihr einen funkelnden Blick zu. „Du dreckiger Dämonenjäger!“

„Als du Keiji mit nach Budapest genommen hast, hast du ihn umgebracht!“

Zwischen den Augenbrauen des Assistenzarztes bildete sich eine steile Falte. „Wer ist Keiji?"

Emily hätte wohl geschmunzelt, wenn die Situation eine andere wäre. „Dein Geburtsname, wenn man so will", erklärte sie, bevor sie sich wieder an Mirai wandte. „Nachdem ihn Familie Gorodezki adoptiert hat, wurde sein Name in Kostja umgeändert."

Mirai machte ein Gesicht, als hätte sie in eine saure Zitrone gebissen. „Soll das ein Witz sein? Er ist Japaner. Das sieht man doch!"

Emily zuckte mit den Schultern. „Du Namensrassist."

„Du kannst mich mal!"

„Dann kannst du mich doppelt und dreifach!"

„Ich bringe dich um!"

„Komm doch her!"

Bevor sich Mirai auf ihre Gegnerin werfen konnte, hielt Kostja sie fest. „Hört auf, euch wie zwei hirnlose Teenager zu zanken!", fuhr er die beiden Frauen an. „Ich sehe ein, dass ich eine komplizierte Vergangenheit habe und ich werde gar nicht mehr fragen, wie viele unbekannte Familienmitglieder demnächst noch aus der Erde hüpfen, denn langsam wird es lächerlich."

Emily sah ihm beleidigt ins Gesicht. „Als wenn ich irgendwas dafür könnte …"

Das Grinsen der Dämonenjägerin verschwand genauso schnell, wie es auf ihren Lippen erblühte, nachdem sich Kostja zu ihr umgedreht hatte.

„Und du … hast du eigentlich nichts Besseres zu tun, als einen friedlichen Morgen mit deinem engstirnigen Denken zu stören? Was, wenn sich einer der Gäste in deinen Pfad der Vernichtung verirrt? Bist du bereit, Unschuldige zu opfern, um Emily aus zweifelhaften Motiven heraus umzubringen? Mir ist dein Antrieb und deine Backstory scheiß egal, aber nichts rechtfertigt sinnloses Töten."

Mirai schien der sprichwörtliche Kragen zu platzen. „Ich hasse dich!", rief sie und versuchte, sich zu befreien. „Du bist so ein furchtbarer Mensch."

Bevor sie etwas hätte hinzufügen können, legte ihr Kostja die Hand auf die Schulter. Eine Geste, die Mirai dermaßen zu verwirren schien, dass sich ihr Zorn buchstäblich in Luft auflöste.

Emily zuckte die Achseln, drehte sich um und trat zu Ian und Nick. Was Kostja mit seiner Schwester zu bereden hatte, interessierte sie nicht.

Der Zwischenfall im Garten, der von den restlichen Gästen unbemerkt blieb, ließ alle Pläne im Sand verlaufen. Jeder der Beteiligten zog sich in eine Ecke des Hotels zurück, um sich in Ruhe mit der Situation auseinanderzusetzen.

Erst nach dem Bad in den heißen Quellen, als Emily auf der schwach beleuchteten Veranda saß, gesellte sich Kostja wieder zu ihr und wurde dabei von Mirai wie ein Schatten verfolgt.

„Ich möchte mich bei dir entschuldigen", sagte er und fing sich einen finsteren Blick von seiner Schwester ein. „Ich weiß nicht, warum ich mich so aufgeregt habe. Schätze mal, das war einfach etwas zu viel auf einmal."

Wie eine menschliche Mauer schirmte er Emily von Mirai ab, die in einem Kimono neben ihm hockte. Seine Schwester schnaufte und der kleine Vampir seufzte.

Emily schenkte Kostja ein warmes Lächeln und zeigte ihm damit, dass zwischen ihnen kein böses Blut floss.

Beruhigt ließ er seinen Blick zum Nachthimmel gleiten. Er fragte sich, warum er so zornig war. Lag es daran, dass seine Vergangenheit wie eine Sintflut über ihn hinwegbrauste oder hatte er nur das Gefühl, dass der Strom an Informationen nie wieder versiegte?

Er hatte auf jeden Fall einen Punkt erreicht, an dem seine angestaute Wut und Frustration über alles bisher Geschehene brodelnd an die Oberfläche drang.

„Ich habe eine Frage“, bat er Emily, ohne seine Schwester zu beachten. „Was hat diesen Kleinkrieg zwischen euch ausgelöst?“

Die Minuten vergingen, in denen das Schweigen zunehmend belastend wurde. Emily und Mirai schienen nicht geneigt, seine Frage zu beantworten.

Kostja stieß die Luft aus seinen Lungen. Offenbar hatte er zu viel erwartet. Vielleicht hatte er kein Recht dazu, seine Neugier zu befriedigen. Oder es ging ihn einfach nichts an.

„Als Mirai noch ein Kind war, hat sie sich entgegen der Anweisung eurer Eltern allein in den Wald geschlichen und ... nun ...“, sagte Emily unerwartet und rang die Hände. „Sie wurde von einem Werwolf angegriffen. Sie konnte zwar noch gerettet werden, aber ... ihr linkes Auge besteht aus Glas. Das stört einen Dämonenjäger nicht unbedingt, aber der Horror jener Nacht ...“

Ein Schnaufen erklang. „Alle Wesen sind Monster“, warf Mirai verächtlich ins Gespräch ein. „Ihr macht nicht einmal vor unschuldigen Kindern halt.“

Emily schnappte nicht nach dem hingeworfenen Köder. Stattdessen erzählte sie Kostja von dem, was sich vor langer Zeit an diesem Ort zugetragen hatte.

„Die Geschichte hat zwei Seiten und das weiß Mirai. Sie kann nicht leugnen, dass die Dämonenjäger ebenfalls Schuld an ihrem Schicksal tragen.“

Mirai ballte ihre Hände zu Fäusten. „Die Dämonenjäger haben nichts falsch gemacht!“

Emily zog die Knie an ihre Brust, umschlang ihre Beine mit den Armen und lehnte sich gegen einen der Tragebalken der Veranda.

Kostja betrachtete ihr regloses Gesicht, ihren leeren Blick und als sie sich ihm zuwandte, leuchteten ihren Augen wie grünes Feuer.

Er schluckte. Dieses Leuchten erinnerte ihn an die Nacht im *Városliget*.

„Der Werwolf wurde eingefangen und verhört“, fuhr Emily fort. Ihre Stimme klang hohl, weit entfernt. „Er wollte sich rächen, denn die Dämonenjäger haben ihm seine Frau und seinen Sohn genommen. Aber Gewalt bringt nur noch mehr Gewalt hervor.“

Der Assistenzarzt schluckte und Emily schloss ihre Schilderung der Ereignisse mit einem Seufzen. Kostja warf einen Blick zu seiner Schwester.

„Verstehe“, sagte er nüchtern. „Du wurdest gerettet und trotzdem kannst du dem Werwolf nicht vergeben, dem die Jäger alles genommen haben.“

Mirai grub die Finger in ihre Hose. „Sie sind Monster. Ich war ein Kind.“

Emily hob das Gesicht dem dunkler werdenden Horizont entgegen. „Sein Sohn war auch noch ein Kind. Sein einziges Verbrechen war es, als Werwolf geboren zu werden“, erklärte sie trocken. „Mirai, du stürzt dich doch nur in den Kampf, weil du dich nie wieder hilflos fühlen willst. Das ist für dich die einzige Möglichkeit, um mit deiner Angst umzugehen. Und ich ... ich bin nun einmal eines von den Monstern unter deinem Bett.“

„Das ist doch Bullshit!“, rief Kostja gepresst. „Mirai, ich kann mir gar nicht vorstellen, was du durchgemacht haben musst. Trotzdem ist das, was du tust nichts anderes als Mord. Würdest du auch töten, wenn es Menschen gewesen wären, die dich verschleppt hätten?“

„Natürlich nicht. Ich werde mich *immer* für den Kampf gegen die Wesen entscheiden. Wesen sind nichts anderes als wilde Tiere und für diese Tiere gibt es keinen Platz.“

Kostja stieß die Luft aus seinen Lungen. „Menschen sind auch nur Tiere. Mit dem Unterschied, dass sie sich für den Höhepunkt der Evolution halten und Monster gibt es überall. Weil diese Welt *nicht* nur schwarz und weiß ist.“

Mirai stand auf, ihre Augen glänzten. „Wie du schon gesagt hast: Du hast keine Ahnung“, gab sie zurück, wirbelte um die Achse und ging die Veranda entlang. „Irgendwann wirst du begreifen, dass alle Wesen Monster sind und wenn es so weit ist, hoffe ich, dass du dich unserem Kampf anschließt.“

Kostja atmete tief durch, verschränkte die Hände hinter dem Kopf und sank auf die Veranda nieder, das rechte Knie angewinkelt.

Er hätte niemals damit gerechnet, dass er in Japan so viele Menschen zurückließ. Doch von all den Dingen, die er bisher gehört hatte, wog die Geschichte seiner Schwester am schwersten.

„Vielleicht wirst du die Dinge irgendwann so sehen wie sie. Das ändert nichts daran, dass Mirai das Urteilsvermögen eines Jägers fehlt“, warf Emily ins Gespräch ein, ihre Augen richteten sich auf Kostja. „Deine Schwester ist im Moment nur ein Teenager, der um sich schlägt und diese Kraft wird ihr noch zum Verhängnis werden.“

Er sah dem kleinen Vampir ins Gesicht, der Wind zupfte an ihren langen, feuerroten Haaren.

Kostja legte seine Hand an ihre Wange. „Emily, hast du heute Morgen geweint?“

***

Am nächsten Morgen wurde Emily von dem Zwitschern der Vögel geweckt. Konfus setzte sie sich auf, ließ ihre Augen zu den Terrassentüren gleiten und entdeckte Kostja, der an der Wand lehnte, in der Hand eine Tasse.

Auch in der letzten Nacht hatte er bei ihr geschlafen, die Arme um ihre schmale Gestalt gelegt. Wenn er bei ihr war, schien ihr das Herz in der Brust zu zerspringen, ihre tosenden Überlegungen fanden keine Ruhe.

Kostja wandte sich ihr zu, auf den Lippen ein warmes Lächeln. Sie wollte etwas sagen, kam aber nicht dazu. Ian betrat unaufgefordert das Zimmer. Bei seiner hochgewachsenen Gestalt wirkte der Raum gleich klein und beengend.

„Ich möchte mich danach erkundigen, welche Aktivitäten für heute geplant sind?", fragte er höflich und verschränkte die Arme hinter dem Rücken.

Emily hatte ein ungutes Gefühl. „Wollen Sie mit mir reden, Lord Colquhoun?", erkundigte sie sich steif.

„Lord? Echt jetzt?"

Ian beachtete Kostja nicht, der unbeweglich neben der Terrassentür stand. „Unter vier Augen."

„Natürlich."

Sie warf dem Assistenzarzt einen Blick zu, fuhr sich mit beiden Händen durch die Haare und verließ mit Ian zusammen den Raum. Kostja blieb allein zurück.

Abermals beobachtete er Mirai, die im Garten die Karpfen fütterte. Jetzt hatte er also eine kleine Schwester, die zu einer sektenähnlichen Gemeinschaft von Irren gehörte. Irgendwie hatte er den Eindruck, dass weitere Geheimnisse auf ihn warteten und dass es ihm jedes Mal den Boden unter den Füßen wegriss.

Seufzend schloss er die Verandatür und entschied, dass er sich umziehen sollte. Der Yukata, den er seit seiner Ankunft im Hotel schon oft getragen hatte, war bequem und schnell übergezogen, aber untenrum ein bisschen zu luftig für seinen Geschmack.

Als er den Raum verlassen wollte, kam ihm Emily entgegen. Ihre Augen glitzerten und in ihrem Gesicht lag Euphorie.

Das war ein sehr *kurzes Gespräch.*

„Kostja! Kostja!", rief sie über den Flur. „Lass' uns wandern gehen."

„Wandern?“, wiederholte er ihre Worte, in einer Stimmlage, als wäre eine derartige Beschäftigung für ihn genauso unvorstellbar, wie ein Jackpot im Lotto. „Und wohin soll es gehen?“

Emily schlug die Hände zusammen, ein spitzbübisches Lächeln glitt über ihre Lippen. „Ich möchte dir den Ort zeigen, an dem dich deine Pflegeeltern damals gefunden haben!“, sagte sie fröhlich. „Vielleicht hilft das deinem Gedächtnis ein bisschen auf die Sprünge.“

Ungeduldig, wie es ihm erschien, trat sie von einem Fuß auf den anderen. Kostja schnitt eine Grimasse und fügte sich seufzend in sein Schicksal.

„Gut.“ Er streichelte durch ihre feuerroten Haare und Emily strahlte wie ein Kind. „Gib‘ mir bitte fünf Minuten. Dann können wir los.“

Was sollte schon passieren? Vielleicht stand ihm ein netter Tagesausflug bevor. Das dachte er zumindest, bis zu dem Moment, als sich der Himmel über ihnen zuzog und Kostja eine Taschenlampe brauchte, um den Weg in der treibenden Finsternis überhaupt erkennen zu können.

Emily wollte die Wanderung trotz seiner Warnung und des Regens nicht abbrechen. Dabei wurden ihre Schritte immer kleiner und langsamer, bis sie unter einem Shinto-Tor gänzlich zum Stillstand kamen.

„Emily“, sagte er laut, um den tosenden Wind zu übertönen. Das Mädchen drehte sich um. „Wir sollten ins Hotel zurückgehen.“

Sie schüttelte den Kopf. „Nein. Das bisschen Regen wird uns nicht umbringen.“

Emily stieg weiter den Berg hinauf, gehüllt in tiefes Schweigen. Dickköpfig setzte sie einen Fuß vor den anderen und hielt in ihren Bewegungen erst inne, als sich vor ihnen ein schier unüberwindbares Problem auftat.

Zwar hatten sie ihr Ziel so gut wie erreicht, doch ein Erdrutsch machte ihnen ein weiteres Vorankommen unmöglich.

„Wir sollten umkehren", sagte Kostja erneut, sein besorgter Blick hing am Horizont fest. Der Regen wurde stärker. „Es ist glatter Selbstmord weiterzugehen."

Aber auch diesmal schien Emily nichts davon hören zu wollen. „Wir sind schon so weit gekommen", erklärte sie und prüfte den Untergrund. „Wenn wir vorsichtig sind, ist alles in Ordnung."

„Wir kommen ein anderes Mal wieder", versuchte er, das Mädchen zu locken. „Niemand wird uns dafür kritisieren, wenn wir zurückgehen."

Emily stampfe mit dem Fuß auf, in ihrer Stimme lag etwas Trotziges. „Ich *muss* es dir aber zeigen", gab sie zurück und fuchtelte mit den Händen. „Es ist wichtig."

„Warum muss das ausgerechnet heute sein?"

Sie sah ihn ungläubig an, dann zuckten ihre Mundwinkel. „Mach' aus einer Mücke keinen ..."

Plötzlich ging alles ganz schnell und doch hatte er das Gefühl, dass die Zeit langsamer voranschritt: Da war der Boden, der sich unter ihren Füßen auflöste, Äste, die brachen, seine Finger, die für den Bruchteil einer Sekunde ihre streiften, bevor er ins Leere griff.

Kostja hörte das Poltern von Steinen, das Rascheln von Blättern und ihre lauten Schreie, die in den Bergen wie ein Echo nachhallten.

Sein Herz setzte aus, bevor es pochend wieder zum Leben erwachte. Adrenalin flutete seine Adern und während Kostja auf der Stelle lief, seine Augen durch die Dunkelheit flogen, prallte eine Vielzahl zusammenhangsloser Gedanken in seinem Verstand aufeinander.

Er lehnte sich vor und hielt nach irgendetwas Ausschau, auf das sie gefallen sein könnte.

„Emily!", schrie er. Das Rauschen des anhaltenden Regens wirkte ungewöhnlich laut. „Emily!"

Kostja fasste nach der Taschenlampe, die ihm aus der Hand gerutscht war, warf sich auf die Knie und wollte die Finsternis mit dem weichen Strahl, den er nur zitternd führen konnte, durchdringen.

Ob es da unten einen Fluss gab? Hatte ein Busch oder ein Baum, irgendwas ihren Sturz abgefedert? Es war einfach zu dunkel.

Ihm fiel das Smartphone in seiner Gesäßtasche wieder ein. Er sollte im Hotel anrufen oder besser gleich im Krankenhaus. Am besten wähle er den Notruf.

Möglicherweise konnte ihm Nick helfen. Warum hatte er keinen Empfang? Ob Vampire einen Fall aus dieser Höhe überlebten? Verzweiflung kochte in ihm hoch.

Kostja rutschte näher an den Abhang heran, unter seinen Händen bröckelte der Boden weg. Bevor auch er fallen konnte, flüchtete er sich erschrocken an den Wegesrand.

Was sollte er machen? Wie konnte er Emily helfen? Das Adrenalin in seinem Körper begann allmählich zu zerrinnen, die Kraft verließ ihn. Kostja sank unter den Stamm einer Weide in sich zusammen.

Er wusste, dass der Schockzustand langsam einsetzte und das etwas, ganz tief in ihm, gegen die plötzlich empfundene Hilflosigkeit rebellierte. Und doch konnte er nur ungeschützt im strömenden Regen sitzen.

Der Hals schnürte sich ihm enger. Er war so unglaublich nutzlos! Wie lange er unter dem Blätterdach der Bäume kauerte und sich für seine Unfähigkeit bemitleidete und verdammte, konnte er nicht sagen.

Kostja sah zu der Schlucht, die Emily verschluckt hatte und auf einmal erinnerte er sich völlig zusammenhangslos daran, dass er Arzt war. Doch was nützte ihm das, wenn er in einer Situation wie dieser unfähig war zu handeln?

Er wollte das Gesicht wieder in seinen Knien vergraben, als sich seine eigene Stimme leise und protestierend zu Wort meldete und sein logisches Denken ausschaltete.

Krieg' den Arsch hoch!

Kostja sah auf.

Er musste ihr helfen. Von neuer Kraft beflügelt, kämpfte er sich auf die Füße, griff im Laufen nach der Taschenlampe und versuchte, ohne auf seine eigene Sicherheit zu achten, den Abgang hinunterzuklettern.

Der matschige Boden unter seinen Füßen schien ab und zu einfach zu verschwinden, Äste und Baumwurzeln schlugen ihm ins Gesicht, glitten durch seine Finger und manchmal wurde aus dem Vorhaben eine ungewollte Rutschpartie.

Die Taschenlampe ging verloren, sodass er sich in vollkommener Dunkelheit weiter vorantasten musste. Angst lähmte seine Bewegungen. Kurz bevor er den Boden erreichte, verlor er den Halt, stürzte durch die Krone eines Baumes und schlug auf dem nassen Gras auf.

Kostja hatte das Gefühl, nicht mehr atmen zu können. Jeder Knochen in seinem Körper brannte wie das sprichwörtliche Höllenfeuer.

Stöhnend rollte er sich auf den Bauch, stemmte sich bebend auf seine Arme auf und sog den Sauerstoff abgehackt in seine Lungen. Verflucht. Kostja tastete blind in der Dunkelheit den Boden ab, vage darauf hoffend, die Taschenlampe wiederzufinden.

Vergebens.

Mit Emilys Namen auf den Lippen, zog er sich an einem Baumstamm hoch, hinkte tiefer in den Wald hinein und schrie sich dabei den Hals wund.

Sie antwortete ihm erst nach einer gefühlten Ewigkeit, schwach, aber zumindest war sie am Leben. Ihrer Stimme zu folgen, war durch den tosenden Wind und dem Rauschen des Regens kaum möglich.

Und doch schaffte er es irgendwie.

Orientierungslos kämpfte sich Kostja durch Büsche, streifte an Bäumen vorbei und flog über eine Wurzel. Leise fluchend hob er den Kopf und als er Emily endlich in einer Lichtung fand, setzte sein Herz einen Schlag aus.

Von Wunden und Kratzern übersät, saß sie im Gras und umklammerte mit den Händen ihren Oberschenkel, unter ihr eine Pfütze aus Blut und Schlamm.

Ohne seine eigenen Schmerzen zu beachten, sprang Kostja auf die Füße, stolperte an ihre Seite und fiel neben ihr auf die Knie.

Die jahrelange Arbeit im Krankenhaus, die tägliche Konfrontation mit ähnlichen Stresssituationen hatte zur Folge, dass in diesem Moment der Arzt an die Oberfläche trat, während der Mensch in den Hintergrund rückte.

„Keine Sorge. Das kriegen wir wieder hin.“

Sie lächelte schwach. „Hol‘ Nick.“

Vorsichtig fasste er nach dem verrosteten Metallstück, das sich durch ihren Oberschenkel gebohrt hatte. Durch die beachtliche Menge an Blut wusste er, dass eine Arterie zerfetzt worden war.

Aber wie sollte er das hier und jetzt behandeln? Seinen Rucksack hatte er verloren. Darin hatte sich zumindest ein Erste-Hilfe-Kasten befunden, den Nick vorsichtshalber eingepackt hatte.

Kostja zog sich das Oberteil aus, zerriss den Stoff und wickelte die Streifen straff um ihre Wunde. „Es tut mir leid. Ich kann das nicht entfernen, ohne das ich noch mehr Schaden anrichte“, sprudelte es aus ihm heraus und er betrachtete ihr bedenklich blasses Gesicht. „Okay, lass mich nachdenken. Ich muss die Blutung stoppen. Das wird schon wieder.“

„Kostja, du musst Nick holen“, beschwor sie ihn etwas lauter, schloss die Augen und holte bebend Luft. Ihre dreckige Hand legte sich um seine. „Du hast Hilfe viel nötiger. Geh‘ ins Hotel zurück.“

Er schüttelte so heftig den Kopf, dass ihm schwindelte. „Du hast zu viel Blut verloren. Funktioniert es, wenn du es trinkst? Wenn ich dir von meinem gebe, werden deine Wunden dann heilen?“, fragte Kostja und versuchte, ihren zerstreuten Blick einzufangen. „Emily, ich weiß das nicht, darum musst du es mir sagen.“

Sie presste die Lippen aufeinander. Ihr Körper bäumte sich unter einer Schmerzwelle auf. „Bitte, Herr im Himmel, hol' Nick", trug sie ihm abermals auf.

„Ich kann unmöglich rechtzeitig Hilfe holen. Ich habe hier keinen Empfang, den Weg zurück schaffst du in dem Zustand nicht und ich werde dich hier nicht allein lassen."

Sie zerquetschte ihm fast die Hand. „Oh Gott. Hör' auf zu reden und hol' endlich Nick."

„Ich würde für einen Wildfremden auf der Straße alles in meiner Macht Stehende tun. Ich würde nichts unversucht lassen. Wie kannst du von mir erwarten, dass ich ausgerechnet dich hier liegen lasse? Hör' endlich auf zu diskutieren und antworte mir!"

Emily lächelte trostlos. „Ich bin ein Wesen, Kostja", brachte sie unverständlich hervor. „Ich werde nicht sterben." Bebend holte sie nach Luft. „Es tut mir wirklich leid. Du hattest Recht. Wir hätten wieder ins Hotel gehen sol ..."

Kapitel: 14

Sie verstummte, ihre Augen fielen zu.

Kostja trocknete der Hals aus und die Panik wütete wie ein Orkan in seiner Brust.

Nein. Gottverdammt, nein!

Hektisch ließ er den Blick über die Umgebung schweifen, tastete den Boden ab und wühlte in seinen Hosentaschen. Er brauchte etwas Spitzes. Er durfte sie nicht verlieren.

Seine Augen fielen auf die Metallstange, die aus ihrem Oberschenkel ragte. Kostja überlegte nicht lange. Jede Sekunde zählte.

Er unterdrückte die aufsteigende Panik und prüfte die scharfen Kanten der abgebrochenen Spitze. So präzise, wie es die Umstände erlaubten, öffnete er seinen Arm ein paar Zentimeter unterhalb des Handgelenks.

Ein kleiner Schnitt sollte eigentlich ausreichen.

Kostja biss die Zähne zusammen, als ihm das warme Blut über die Handfläche lief und auf die Lippen des Mädchens tropfte.

Emily hob erschöpft die Lider, ihre Augen glitten unkonzentriert zu seinem Gesicht.

Sie wollte etwas sagen, öffnete den Mund und brachte doch keinen Laut hervor.

Kostja liefen die Tränen über die Wangen. Er hob den Arm, sog die Luft hart in seine Lungen und presste sein blutendes Handgelenk gegen ihre Lippen.

Zunächst passierte nichts. Sie sah ihn nur an. Es dauerte eine gefühlte Ewigkeit, bis sie endlich den Mund öffnete.

Ihre Finger legten sich um sein Handgelenk, ihre Zähne gruben sich in seine Haut.

Emily nahm von seinem Blut und Kostja hatte das Gefühl, seine Knochen gaben unter ihrem Griff nach.

Der Schmerz lag weit ab jeglicher Agonie. Er wollte schreien und sich losreißen.

Ein natürlicher Impuls, der ihn mit seinem Gewicht fast erschlug. Doch dafür fehlte ihm die Kraft. Müdigkeit, Erschöpfung und der ansteigende Blutverlust forderten Tribut.

Kostja fielen die Augen zu, die Welt um ihn herum versank, der Schmerz erlosch. Er schien zu fallen. Tiefer, immer tiefer.

In den entferntesten Winkel seines Bewusstseins hörte er eine vertraute, beruhigende Stimme.

„Wehe du stirbst mir weg. Dann bringe ich dich persönlich um, hörst du, du verfluchte Idiot?“

Dann war da nichts mehr.

Als er wieder zu sich kam, dauerte es einen Moment, bis er sich an das Licht gewöhnt hatte und etwas erkennen konnte.

Da waren bekannte Geräusche, die monoton in seinen Ohren hämmerten.

Er war so müde.

Über ihm baumelte ein Trapezgriff, wie er sie von Krankenhausbetten kannte.

Es interessierte ihn nicht.

Kostja wollte zurück in die Arme von Morpheus sinken, doch der Schleier um seinen Verstand begann sich zu öffnen und eine Flut von Informationen stürmte auf ihn ein:

- Er war an Geräten angeschlossen.
- Seine Erinnerungen kehrten in Bruchstücken zurück.
- Die Kontrolle über seinen Körper stellte sich mühevoll wieder ein.
- Er war nicht alleine.

Unter größter Anstrengung wandte sich Kostja der Person zu, die neben ihm saß und scheinbar darauf gewartet hatte, dass er aufwachte.

„Guten Morgen“, begrüßte ihn Emily fröhlich.

Sie fasste nach dem Wasserglas auf dem Ablageschränkchen und setzte es an seine trockenen Lippen. Er fühlte sich, als hätte er schon seit Jahren nichts mehr getrunken.

„Wieso sind wir in einem Krankenhaus?“, wollte er wissen, nachdem er das Glas geleert hatte. „Und wie kommen wir hier her?“

Seine Frage katapultierte Emily wohl geradewegs in die Schlucht zurück. „Was du getan hast ...“, begann sie und hielt seinen Blick mit ihrem fest. „... war leichtsinnig und dumm.“

„Offenbar hat es dir geholfen“, erwiderte Kostja amüsiert, aber mit einem ernsten Ton. „Ich habe nur nicht geahnt, dass du mir dabei den halben Arm zerkaust.“

„Du bist nicht so witzig wie du glaubst.“ Emily erhob sich auf die Füße, nachdem sich ein Sonnenstrahl in ihre Richtung verirrte. „Gott, selbst wenn ich noch genug Verstand besessen hätte, um den *Lockruf* zu benutzen ... das ist eine Form der Hypnose“, fügte sie erklärend hinzu. „Würdest du wie jetzt im Krankenhaus liegen.“

Der Mensch in ihm rückte in den Hintergrund und erneut brach der Mediziner hervor.

„Könnt ihr nur mit menschlichem oder dem Blut von Drachen eure Wunden versorgen?“

Sie zwang sich zu einem Lächeln und trat zum Fenster, um die Vorhänge zu schließen. „Nein. Tiere eignen sich dafür auch“, setzte Emily an. „Auch Vampire besitzen Regenerationsfähigkeiten. Es dauert nur länger als in Filmen behauptet. Das Blut der Menschen dient in erster Linie der Reproduktion des roten Blutfarbstoffes. Der Sauerstofftransport ist auch für uns wichtig.“

Kostja runzelte die Stirn. „Und reicht dafür nicht eine Bluttransfusion?“

Emily kehrte an seine Seite zurück. „Das ist ... kompliziert und mehr will ich nicht zu einem Thema sagen, über das ich mit Nick und Ian bereits zum Gotterbarmen debattiert habe.“

Kostja schmunzelte. „Okay. Wie sind wir im Krankenhaus gelandet?"

Sie zupfte an ihrer spärlichen Oberbekleidung. „Wir sind geklettert ... oder sagen wir, *ich* habe über ein paar Umwege den Berg erklommen."

„Du?"

Ihre Augen glitten zu seinem verbundenen Arm, bevor sie seufzte. „Du warst schwer verletzt und du hast viel Blut verloren. Darum habe ich dich direkt in ein Krankenhaus gebracht."

Er musste sich räuspern. „Du willst mir nicht ernsthaft erzählen, dass du diesen steilen Hang mit deiner Wunde wieder raufgekommen bist?" Kostja starrte sie an. „Und dann bist du ganz locker in irgendein Krankenhaus marschiert ... und mich hast du nebenbei auch noch getragen?"

„Über *Umwege*", korrigierte sie ihn, wobei sie ihm den Zeigefinger vor die Nase hielt. „Ich habe jede Hilfe gebraucht, die mir zur Verfügung stand. Meine Jacke wurde dabei ganz schön in Mitleidenschaft gezogen. Ich habe dich wie einen Rucksack getragen. Du bist schwerer als du aussiehst."

Emily seufzte.

Sie verstand, was in Kostja vorging. Für einen Arzt musste es die Hölle sein, nicht länger an Logik und Vernunft festzuhalten.

Kritisch betrachtete er ihre Gestalt und ihren Oberschenkel. Sie trat wieder näher, ihre Hände legten sich auf seine. Er konnte wohl nur mit Mühe den Gedanken an den Regen, an die kühlen Temperaturen und an ihre zerrissene Kleidung ignorieren.

Von der Metallstange abgesehen, die sich durch ihr Bein gebohrt hatte.

Ein Mensch hätte eine Blutvergiftung bekommen oder zumindest eine Erkältung.

Aber Emily war kein Mensch.

Ihr war nicht kalt.

Sie bekam keine Erkältung.

Und sie zog sich keine Blutvergiftung zu.

Ein Vampir diente sein gesamtes Leben lediglich als Zwischenwirt und Überträger. Das Gleiche galt für Drachen. Nur Werwölfe und Gestaltwandler litten manchmal an einem Virus, der sie für Tage oder Wochen ans Bett fesselte.

Kostja schüttelte den Kopf. „Wie gedopt warst du?"

Emily grinste gequält. Er versuchte, seine Unsicherheit zu kaschieren. Das war ihr bewusst und versetzte ihr, unsinniger Weise einen Stich.

„Ja, was hast du geschluckt?"

Denn was sich in den vergangenen Monaten in seinem Leben zugetragen hatte, würde selbst den nüchternsten Menschen in den Wahnsinn treiben. Oder zumindest in eine psychiatrische Einrichtung befördern.

Ohne Rückfahrschein.

Von der letzten Nacht abgesehen.

Eine menschliche Frau hätte niemals den Berg ohne Ausrüstung und mit ihm als zusätzlichen Ballast bezwingen können.

Doch sie war ein Wesen, ein Wesen, das er nicht in ihr sehen konnte oder wollte.

Für ihn blieb sie auf ewig das Mädchen im Treppenhaus.

„Ein Vampir zu sein schon praktisch …"

„Komm nicht auf dumme Ideen."

„Auf keinen Fall."

Emily grinste gequält. „Ich muss jetzt einen Arzt verständigen, nachdem du aufgewacht bist und die Polizei will natürlich auch mit mir reden", erklärte sie ihm.

Kostja fasste nach ihrem Arm, bevor sie an ihm vorbeigehen konnte. Überrascht sah sie ihn an.

„Wie willst du das der Polizei erklären? Sie werden dich für verrückt halten oder denken, dass du lügst.“ Seine Finger rutschten über ihren Arm zu ihrer Hand. „Lass‘ uns einfach verschwinden.“

Emily wollte etwas dazu sagen, seine Sorgen zerstreuen, verstummte jedoch, nachdem die Tür des Zimmers fast aus den Angeln gerissen wurde.

Hart pochte ihr das Herz in der Brust. Nick stand im Türrahmen, sein wütender Blick hielt ihren gefangen.

Mit zu Fäusten geschlossenen Händen trat er auf sie zu.

„Habt ihr eigentlich eine Ahnung, was wir uns für Sorgen gemacht haben?“, fuhr er die beiden an und wandte sich dann Emily zu, die einen Schritt zurücktrat. „Ich würde dir am liebsten den Hintern versohlen!“ Seine Augen glitten zu Kostja, der sich wohl an den Grund des Abhanges zurückwünschte. „Deine Pflegeeltern wollen mit dir reden. Wie könnt ihr in eurem Alter nur so verantwortungslos handeln?“

Er sprach auf Ungarisch, woraufhin Emily an ihm vorbeisah.

Mr. und Mrs. Suzuki kamen ebenfalls ins Zimmer, gefolgt von Mirai. Die drei redeten so schnell auf Kostja ein, dass er sie vermutlich nicht einmal verstand.

Nick brachte Emily wortlos ins Hotel zurück. Sie wollte sich in ihrem Zimmer verschanzen, bekam aber von dem zu Recht verärgerten Drachen keine Gelegenheit dazu.

Die Arme vor der Brust verschränkt, stellte sich ihr Nick wie eine Mauer in den Weg.

„Du hast sein Blut getrunken“, traf er eine Feststellung und als sie zögerte, rollte er nur mit den Augen. „Wieso hast du es ihm nicht gesagt?“

Hilflos warf sie die Arme in die Luft. „Ich habe ihn angefleht, dass er dich holen soll“, verteidigte sie sich entrüstet. „Es ist wohl besser, wenn ich dir alles erzähle.“

Für ihr Gespräch blieben sie bei Ungarisch.

Emily brachte ihn in ihr Zimmer und nachdem er auf einem Stuhl Platz genommen hatte, begann sie so detailliert wie möglich die Ereignisse des vergangenen Tages zu schildern.

Nur gelegentlich erfüllte ein *Hmhm* die Stille. Emily erinnerte sich kaum an die Zeit zwischen ihrem Fall und dem Geschmack von Blut.

Das Ganze erschien ihr so unwirklich. Nur der dumpfe Schmerz in ihrem rechten Schenkel und der Verband bestätigten, dass sie nichts davon geträumt hatte.

Nick stand unerwartet auf, die Hände schob er in die hinteren Taschen seiner Hose. „In menschlichem Blut liegen kraftvolle Erinnerungen, die dein Verstand nicht verarbeiten kann", überlegte er, seine Augen lagen auf ihrem Gesicht. „Es tut mir leid, aber du bist viel zu jung dafür und daran wird sich auch nichts ändern. Im günstigsten Fall werden dich *nur* Albträumen qualen. Im Schlimmsten verlierst du den Verstand und du wirst in den Katakomben eingesperrt."

Emily klappte der Mund auf. „Gibt es keine Möglichkeit, das zu verhindern?", erkundigte sie sich bebend. „Ich will nicht ... ich kann ... nicht ... ich ..."

„Es gibt vielleicht einen Weg", unterbrach sie eine tiefe, melodiöse Stimme. „Ich habe mich vor ein paar Jahrhunderte mit der Möglichkeit befasst, ein vom Blut der Menschen verrückt gewordenes Wesen zu heilen. Auf meiner Suche bin ich auf eine interessante Theorie gestoßen."

Die Schiebetür glitt zur Seite und offenbarte die imposante Gestalt von Ian.

Nick krallte die Hände in den Stoff seiner Hose. „Sie wird nicht wieder zu deinem Versuchskaninchen!"

Ian lächelte ohne jede Wärme. „Möchtest du einfach abwarten was passiert?"

Emily runzelte die Stirn. „Hört bitte auf", warf sie in das Gespräch ein, erhob sich auf die Füße und Nick wurde still. „Auch wenn die

Experimente ein gewisses Risiko bergen, war es stets die bessere Entscheidung auf Lord Colquhoun zu hören."

Ian trat an dem Drachen vorbei, lockerte die Krawatte und öffnete die ersten Knöpfe seines Hemdes.

„Noch können wir die Erinnerungen von Kostja versiegeln, bevor sie Wurzeln schlagen", sagte er, in seinen grünen Augen lag ein rätselhafter Ausdruck. „Wir benötigen dafür kraftvollere Erinnerungen ... meine."

Emily traute ihren Ohren nicht. Sie sah zu seiner Hauptschlagader, die ruhig und gleichmäßig pochte.

Niemals. Das konnte sie nicht.

Hart schlug ihr das Herz bis zum Hals. Wenn sie von seinem Blut nahm, bekam sie all die Dinge zu Gesicht, die Ian gewissenhaft verheimlichte, die er gesehen und erlebt hatte.

„Nein", gab sie entschieden zurück. „Ich will nichts von dem wissen, was sich in Ihrem Leben abgespielt hat. Allein die Vorstellung daran macht mich krank."

Der Mann vor ihr lächelte nachsichtig. Er blieb vor Emily stehen, schob seine Hand in ihre Haare und zog sie näher zu sich. Es war eine liebevolle Geste, die bei einem Mann wie ihm umso verstörender wirkte.

„Ich kann nur *dir* mein Leben offenbaren", wechselte er in einen vertraulicheren Ton, seine Finger wanderten zu ihrem Hinterkopf. „Mein über alles geliebtes Kind ... Ayana."

„Ayana?", fragte sie blinzelnd.

Ian übte leichten Druck aus, Emily stolperte und fiel ihm buchstäblich in die Arme. Er hielt sie fest und als er sprach, zitterte seine Stimme.

„Das ist der Name, den dir einst deine leibliche Mutter gegeben hat", antwortete er zärtlich und ließ sie wieder los. „Er bedeutet *schöne Blume*."

Hilflos taumelte sie zurück und wandte sie sich an den neben ihr stehenden Drachen. „Das ..."

Nick zuckte die Schultern. „Das weißt du seit einer Ewigkeit. Du musst dich nicht mehr verstellen", gab er resigniert zurück.

Ian spießte den Jüngeren mit seinen Blicken auf. „Was hast du getan?"

„Ich war sturzbesoffen ..."

Ian schnaufte verächtlich. „Damit rechtfertigst du dein loses Mundwerk? Weil du einmal zu oft zur Flasche greifst, darfst du meine Geheimnisse ausplaudern?"

„Nein und deshalb ..."

Emily hatte Ian nie zuvor so rasend vor Wut erlebt.

„Wer weiß, wem du noch davon erzählt hast!", unterbrach Ian den Drachen ungehalten. „Geh' und warte draußen."

Nick öffnete den Mund, klappte ihn wieder zu und verließ mit einer Verbeugung das Zimmer. Emily schluckte hart, ihre Hände zitterten.

Für den Bruchteil einer Sekunde war deutlich zu erkennen gewesen, wer unter wem stand.

Bisher hatte Ian es vermieden, die Macht des *Draco Lacrimis* zu nutzen. Doch wann verlor er wohl endgültig die Geduld und griff darauf zurück?

Wie viel Zeit blieb Nick, bis er die Kräfte dieses fürchterlichen Halsbandes zu spüren bekam?

Ian seufzte resigniert. „Es tut mir leid, Miss Lyall", entschuldigte er sich. „Ich ..."

Emily zwang sich zu einem Lächeln. „Ich kann es verstehen, Lord Colquhoun", versicherte sie ihm. „Dass Sie wütend sind ... Sie haben viel zu verlieren. Ich weiß, warum Sie nichts gesagt haben und darum habe ich nie ein Wort darüber verloren."

Er schnitt eine Grimasse. „Wir sollten zu unseren Vornamen wechseln", schlug er ihr freundlich vor und hielt ihr seine Hand entgegen. „Mein Name ist Ian."

Sie zögerte kurz, dann erwiderte sie seine Geste. „Ich heiße Emily …"

Ian lächelte. „Wir sind wirklich unfähig."

Emily grinste amüsiert. „In unserer Situation sollten wir wohl anders reagieren."

„Möglicherweise … und nun trinken Sie bitte von meinem Blut, damit wir diese lästige Angelegenheit hinter uns bringen können. Ich muss einem gewissen Drachen noch den Hintern versohlen."

Sie schnitt eine Grimasse.

Ohne weitere Einwände tat sie, was Ian von ihr verlangte.

Um ihre Reaktion auf sein Blut zu beobachten, blieb er für ein paar Stunden bei ihr und dabei traten alle erwarteten Symptome ein.

Emily fühlte sich wie im Rausch, gleichzeitig setzten starke Kopfschmerzen ein und sie begann wie ein Wasserfall zu reden.

Unaufhörlich sprang sie von einem Thema zum anderen, verwechselte Worte und Gedanken und versuchte Ordnung in ihren Kopf zu bringen.

Kurz nach Mitternacht kam sie endlich zur Ruhe. Sie schlief in den Armen des Mannes ein, der ihr nie ein Vater hatte sein können.

Ihre Träume waren erfüllt von Bildern und Erinnerungen, die nicht ihr gehörten.

Emily erfuhr von vielen Geheimnissen und Plänen, die Ian hinter dem Rücken der Kommission seit Jahrhunderten vorantrieb.

Lügen, Verrat, vollkommene Isolation. Er schien das Leben eines Fremden zu führen.

Und als sie aufwachte, ganz allein in einem Zimmer, das ihr plötzlich so groß und leer erschien, konnte sie nur weinen.

***

„Können wir reden oder möchtest du mir zuerst den Hintern versohlen?"

Ian grinste. „Das hätte durchaus seinen Reiz", gestand er sichtlich interessiert. „Ich befürchte jedoch, du würdest meine Freude daran nicht teilen."

Nick verdrehte die Augen, wissend, worauf Ian anspielte. Er stieß sich von der Wand in seinem Rücken ab. „Lass' uns spazieren gehen."

Ian verließ das Zimmer seiner lange verloren geglaubten Tochter, schloss die Schiebetür und bedachte Nick mit einem prüfenden Blick.

„Zieh' dir bitte den blauen Mantel über, den du meinem Gepäck hinzufügen solltest", trug er dem Drachen auf.

„Warum?"

„Stell' bitte keine Fragen."

Während Nick die entgegengesetzte Richtung einschlug, um der Aufforderung nachzukommen, begab sich Ian in den Garten und sank auf eine gusseiserne Bank nieder.

Die Nacht mochte friedlich wirken, doch hinter einer der Wände des Hotels saß ein Mädchen auf ihrem Futon und weinte in stiller Verzweiflung.

Ihr Schluchzen schallte einem Echo gleich in seinen Ohren wieder.

Wenn er Emily ein Vater hätte sein können, würde er sie tröstend in die Arme schließen und ihre Tränen trocknen.

Aber er war ihr nie ein Vater gewesen.

Er durfte es nicht.

Dieser Wunsch wurde ihm auf ewig verwehrt.

Ian hob den Kopf, nachdem das verstohlene Knirschen von Kies an seine Ohren gedrang. Nick trat auf ihn zu, gehüllt in einen Mantel aus dunkelblauem Baumwollstoff, der das Wappen der Familie Colquhoun trug.

Die Ärmel reichten dem Jüngeren bis über die Fingerspitzen und seine Füße verschwanden unter dem Saum. Der Größenunterschied zwischen ihnen war beachtlich.

Auch wenn es nicht zur Situation passte, ließ Ian seine Gedanken wandern und ein süßes Ziehen breitete sich in seinen Lenden aus.

Nick würde hervorragend in seine Arme und in sein Bett passen.

„Zieh‘ die Kapuze über den Kopf.“

Der Drache seufzte leise, folgte der Aufforderung und nachdem er wieder zu Ian sah, grub er die Hände in den Stoff.

Nick wusste, dass er sich entschuldigen *sollte*.

Er *sollte* sich rechtfertigen.

Er *sollte* um Verzeihung bitten.

Irgendetwas.

Doch er bekam keinen Ton heraus.

Stattdessen beobachtete er Ian, der vor ihm auf der Parkbank saß und der seine leuchtend, grünen Augen dem fernen Horizont entgegen hob - es waren Augen, in deren Tiefen sich Nick verlor.

Sie brachten die Liebe und Hingabe zum Ausdruck, zu der Ian fähig war und die der Drache begehrte.

Der Jüngere schluckte, das Blut rauschte ihm laut in den Ohren. Innerlich schrie er sich selbst an.

Er musste endlich aus seiner Starre erwachen und sich konzentrieren. Ein erfolgloses Unterfangen.

Und als sich Ian das Jackett auszog, erneut die Krawatte löste und wieder die ersten Knöpfe am Halsausschnitt seines Hemdes öffnete hämmerte Nick das Herz in der Brust.

Er gehörte nicht zu den Männern, die ihrem eigenen Geschlecht den Vorzug gaben. Er konnte aber auch nicht behaupten, dass er sonderlich viel Interesse an Frauen hatte.

Nick hatte sich schon vor Jahrhunderten die Hörner abgestoßen.

Auch wenn ihm nicht viel Zeit blieb, seine eigenen Vorlieben näher zu erforschen, hatte es das eine oder andere Stell-dich-ein in einem Bordell gegeben.

Das Geschlecht seines Partners hatte dabei keine Rolle gespielt. Doch wann immer er mit jemandem das Bett teilte, diente es nur der schnellen Befriedigung körperlicher Bedürfnisse.

Es gab keine Liebe. Kein Begehren. Kein Verlangen. Nur bei Ian war es anders.

Bevor Nick es selbst begriffen hatte, wurde dieser einsame und unendlich stolze Mann zu seiner ganzen Welt.

Niemals hatte er geglaubt, dass er sich ausgerechnet in die eine Person in seinem Umfeld verliebte, die unter der Last des eigenen Lebens zu zerbrechen drohte.

Aber es war nicht nur diese tiefe Zuneigung, die Nick für den vor ihm sitzenden Mann empfand.

Selbst sein Sexleben, das zuvor von Gleichgültigkeit beherrscht wurde, hatte Ian mit Leichtigkeit auf den Kopf gestellt.

Sein langsam aufkeimendes Interesse wurde über die Jahrhunderte immer stärker und mittlerweile wünschte sich Nick bei jeder Gelegenheit voller Sehnsucht in das Bett dieses Mannes.

Wenn es Ian war, dann kam es ihm natürlich vor. Dann wusste Nick zum ersten Mal, was er wollte. Dann wurde alles andere nebensächlich.

„Ist ein sterblich geborenes Kind wirklich so ungewöhnlich, dass es vor der Kommission versteckt werden muss?“, fragte der Drache, um den Kopf von seinen Gedanken freizubekommen. „Ich meine, ist es ungewöhnlich genug, dass du bis heute nicht offiziell zu Emily stehen darfst?“

„Nein, sie sind nicht so ungewöhnlich, auch wenn das die Kommission bis heute glaubt. Ihre Existenz wird von vielen Wesen verschleiert, weil sie ihre sterblichen Kinder nach der Geburt direkt für tot erklären, um sie anonym in einem Krankenhaus abzugeben. Ich wollte Emily die Möglichkeit geben, ein normales Leben zu führen. Ich habe nicht damit gerechnet, dass ihre Pflegeeltern kaum sechs Jahre später sterben. Also holte ich sie zu mir, um ihre Sicherheit zu gewährleisten. Für die Kommission sah es aus, als würde ich mir ein menschliches Haustier halten und ich ließ sie in dem Glauben."

„Sie ist jetzt ein Vampir." Hilflos hob der Drache die Arme, nicht sicher, wie er seine Fragen formulieren soll. „Warum … also, das interessiert sie doch nicht."

Ian lehnte sich vor, die Ellenbogen auf seinen Knien und das Kinn gegen seine gefalteten Hände gelegt.

„Die Anomalie ist auch nach der Verwandlung noch immer in ihrem Blut. Sieh' es als Signatur."

Nick fuhr zusammen. Das war also der Grund für den Wutausbruch gewesen. „Em ... sie weint."

Ian sah den Drachen an. „Am besten findest du es selbst heraus."

Nick runzelte die Stirn und als er verstand, was ihm gerade angeboten wurde, entglitten ihm die Gesichtszüge.

„Das kann nicht ... ich meine ...", stammelte er ungeschickt. „Ich … das …"

Nervosität schnürte ihm den Hals zu. Ian wollte ihn an der Vergangenheit teilhaben lassen? Meinte er das ernst?

Reichte sein Vertrauen wirklich so weit, obwohl ihn Nick erst vor ein paar Stunden zutiefst enttäuscht hatte?

Ian schnaufte verächtlich. „Du solltest dich beeilen oder ich ändere meine Meinung."

Nick blinzelte. Seine Gedanken stoben in alle Richtungen auseinander.

Er brauchte noch einen Moment, dann atmete er tief durch, trat dicht an den Älteren heran, wollte ihn an der Schulter fassen und zögerte erneut.

Sollte er tatsächlich darauf eingehen? Es stand ihm nicht zu. Er durfte das nicht. Nick war den Vampiren nicht gleichgestellt.

Hände legten sich fest und bestimmend an seine Taille und auf einmal saß er auf Ians Schoß. „Du denkst zu viel nach, Nikki", drang es flüsternd an seine Lippen.

Nich jagte ein wohliger Schauer über den Rücken.

Schwer beherrscht reduzierte der Drache das erblühende Lächeln auf ein Minimum. Es war wie eine Liebkosung, dass ihn Ian endlich wieder *Nikki* genannt hatte.

Ein vergessen geglaubtes Gefühl brachte sein Herz zum Hüpfen und schickte ein betörendes Prickeln in jeden Teil seines Körpers.

Wie sehr er diesen arroganten Mann liebte.

Ian riss mit den Zähnen seine Unterlippe auf und Nick konzentrierte sich auf seine Sinne.

In der Luft lagen viele verschiedene Düfte und noch mehr Wissenswertes, das sich ihm offenbarte.

Die größte Stärke der Drachen war ihr ausgeprägter Geruchssinn. So befremdlich es anderen Wesen erscheinen mochte, es reichte eine brauchbare Duftprobe, damit Nick an jeden Erinnerungsfetzen und an alle Information herankam.

Er richtete seine Aufmerksamkeit allein auf den süßen Duft von Blut, dem er wie einen roten Faden folgte.

Bilder und Erinnerungen stürmten auf ihn ein und schickten seine Gefühle auf eine wilde Achterbahnfahrt.

Ian hatte so viel gesehen, erlebt, getan, gefühlt. Sein Leben erzählte eine Geschichte und schien der Feder eines Autors zu entspringen. Nur sehr viel düsterer als es die menschliche Vorstellungskraft erlaubte.

Die Informationsflut begann langsam zu versiegen, wurde zu einem Rinnsal und Nick richtete seine feucht glänzenden Augen auf das Gesicht des Älteren.

„Es tut ..."

Ian fasste nach den Wangen des Drachen. „... weh, ich weiß. Vielleicht kannst du mich *jetzt* verstehen und auch den Grund, warum mich mein Ruf nicht kümmert“, murmelte er behutsam. „Als der Streit zwischen der Kommission und meiner Familie entbrannte, warst du noch ein Kind.“

Nick blinzelte. Mit der Situation überfordert öffnete er den Mund, um zu protestieren, und musste doch einsehen, dass ihm die Worte fehlten.

Der Schmerz fremder Erinnerungen und Gefühle loderte heiß in seiner Brust.

Emily weinte nicht ihretwegen, sondern für ihren Vater, der nicht weinen konnte.

„Es tut mir leid. Ich habe zu wenig gewusst“, wisperte der Drache aufgewühlt. „Auch wenn ich immer bei dir war, habe ich nicht genug gesehen.“

Ian ließ seine Fingerkuppen in die blonden Haare des Jüngeren gleiten und Nick konnte seinen Gefühlen nicht länger standhalten.

Ungehindert rollten ihm die Tränen über das Gesicht. Er begann von ganz allein die Erinnerungen chronologisch zu ordnen.

Dabei stieß er auf den Augenblick - vor 900 Jahren - der ihm endlich half, den Konflikt zwischen der Kommission und der einflussreichsten Adelsfamilie in den Reihen der Wesen zu verstehen.

Nick und seine Eltern mochten durch ihre bloße Existenz einen Teil dazu beisteuern, aber im Großen und Ganzen lag es an der Macht, die die Familie Colquhoun innehatte.

Die Kommission fürchtete sich vor ihnen - zu Recht. Als sich Ian, in ihren Augen dann auch noch ein menschliches Haustier gehalten und es Jahre später zu einem Vampir gemacht hatte, war es mit ihrer Geduld endgültig vorbei gewesen.

Sie setzten alles daran, um den Colquhouns Schaden zuzufügen. Dieser Macht musste beizukommen sein.

„Gehen wir einen trinken", schlug Ian vor, hob sich Nick vom Schoß und zupfte die Kapuze zurecht. „Heute Nacht bist du mein Freund. Sonst nichts."

***

Kostja durfte das Krankenhaus drei Tage später verlassen und bekam die Auflage, in Budapest einen Arzt zu konsultieren. Und wie bei allen Medizinern üblich schlug er die Anweisung natürlich in den Wind.

Seinen Urlaub musste er wegen Ian ohnehin verlängern. Angeblich wollte der Vampir sicherstellen, dass jeder von ihnen die Heimreise unversehrt überstand.

Doktor Gerassimow platzte vor Wut fast der Kragen.

Zurecht, denn Kostja vertrat die Ansicht, dass Ian weder aus Nächstenliebe noch aus Fürsorge handelte. Mit Sicherheit zog er aus diesem Umstand irgendeinen persönlichen Vorteil.

Als Emily an einem gewitterschweren Morgen aus ihrem Zimmer trat, wurde sie von Frau Suzuki erwartet, die ihr einen Zettel in die Hand drückte.

Bevor daraus ein Gespräch werden konnte, war die Dame des Hauses bereits hinter der nächsten Ecke verschwunden.

Neugierig entfaltete Emily das Papier. Es handelte sich um einen farbenfrohen Flyer, der das jährliche Sommerfest bewarb.

Das sollte wohl eine Einladung sein, doch sie war sicher, dass es Frau Suzuki in Wahrheit nur um Kostja ging.

Verständlicherweise.

Emily konnte das Lächeln nicht unterdrücken, ihre Gedanken schweiften ab. Lebhaft erinnerte sie sich an den Tag, an dem Kostja sein letztes Sommerfest in Japan besucht hatte.

Das war vor zehn Jahren gewesen.

Leise pfeifend machte sie sich auf den Weg zu seinem Hotelzimmer. Bestimmt hatte er nichts dagegen, wenn er ein bisschen Zeit mit seinen Pflegeeltern verbrachte.

Ohne anzuklopfen, betrat sie das Zimmer und wurde von einem halb angezogenen Kostja in Empfang genommen, der mit geöffneter Hose und einem Handtuch auf seinem Kopf im Raum stand.

Wie seinerzeit in Budapest.

Ihre Wangen brannten. „Du hast nicht zufällig Lust dazu, deine Pflegemutter auf ein Fest zu begleiten?“, wollte sie leicht nervös wissen.

Kostja zog sich das Handtuch vom Kopf. Dabei präsentierte sich ihr der Verband, der seinen Arm vom Ellenbogen bis zu den Fingerknöcheln bedeckte.

„Jetzt sieh‘ mich nicht so an, als würdest du gleich in Tränen ausbrechen“, bat er einfühlsam und legte sich das Handtuch auf die Schultern.

Emily schüttelte den Kopf, trat auf den Assistenzarzt zu und ließ sich von ihm bereitwillig in die Arme schließen.

„Verzeih‘ mir“, bat sie ihn. „Wegen meiner Sturheit hast du dir Schmerzen zugefügt. Ich hätte wirklich auf dich hören sollen.“

„Ja, das hättest du“, gab er ihr schief grinsend recht.

Sie errötete bis zu den Ohren, löste sich und boxte ihm leicht in die Seite. „Warum musst du eigentlich so verdammt attraktiv sein? Alles wäre einfacher, wenn du nur irgendein Möchtegern-Schönling wärst.“

Kostja verstand, dass Emily das Thema nicht weiter vertiefen wollte. „Ja, ich hab‘ schon gemerkt, dass du mich immer mit den Augen ausziehst“, lachte er.

Das Herz drohte ihr aus der Brust zu springen. „Jetzt tu‘ nicht so, als wenn du nicht wüsstest, wie verdammt heiß du bist.“

Mit dem Zeigefinger hob er ihr glühendes Gesicht an. „Attraktiv genug, dass ich sogar von *Rotkäppchen* angebaggert werde?“

In ihren glänzenden Augen lag Verlangen. „Du hast es also die ganze Zeit gewusst?"

Kostja neigte sich über sie. „Nein, nicht sofort", gab er zu, seine Stimme klang rau und sexy, seine Lippen berührten fast ihre. „Aber ich wollte mir die Finger an dir verbrennen. Wenigstens einmal ..."

Ihre Hände schoben sich in seine weichen Haare. „Dann küss mich endlich."

Kapitel: 15

Emily wollte noch etwas sagen, kam aber nicht mehr dazu. Die schlichte Papiertür wurde zur Seite geschoben und eine übellaunige Mirai betrat das Zimmer.

Die Dämonenjägerin sah von ihrem Bruder zu dem Mädchen, das er im Arm hielt.

„In einer halben Stunde ist das Essen fertig!", brüllte sie ihm entgegen, in ihren Augen spiegelte sich Abscheu, bevor sie die Tür hinter sich zuzuschlagen versuchte.

Lachend schlängelte sich Emily aus Kostjas Armen, wich einen Schritt zurück und reichte ihm den Zettel, den sie von seiner Mutter bekommen hatte. „Also, hast du Lust auf einen Ausflug?", fragte sie vergnügt. „Mrs. Suzuki ..."

Kostja fasste nach ihrem Handgelenk und Emily verstummte mitten im Satz.

„Bitte", flüsterte er mit belegter Stimme. „Du bist wie ein Wirbelwind, dem ich nicht entkommen kann. Wenn du bei mir bist, dann vergesse ich alles um mich herum."

Sie brauchte einen Moment, bis sie den Sinn seiner Worte begriff. Der Assistenzarzt stand verkrampft neben ihr, die Augen dunkel vor Verlangen. In seiner Hose zeigte sich eine auffällige Wölbung.

Dass sie der Erfüllung ihrer Wünsche unglaublich nahegekommen war, ihre Karten geschickt ausgespielt hatte, wurde ihr erst jetzt bewusst.

Genauso, dass ihre Chance ungenutzt verstrich.

Warum musste er an seiner Moral festhalten? Als sie ihn vor Monaten zurückwies, wusste sie nicht, dass sie eines Tages einen Mann in Kostja sah und nicht das Kind, das sie zurückgelassen hatte.

Unruhig kaute sie auf ihrer Unterlippe. „Verlang' das nicht von mir."

„Verlangen kann ich es nicht", erwiderte er freudlos. „Ich bitte dich darum."

Emily neigte den Kopf zur Seite und wog ihre Möglichkeiten ab.

Kostja hatte das Gefühl, unter seinen Füßen tat sich ein Loch auf. Erst als sie die Luft aus ihren Lungen stieß, bereit zu kapitulieren, ihre Freundschaft nicht aufs Spiel zu setzen, spürte er Erleichterung.

Gleichzeitig verlor er alles, was ihm etwas bedeutete und das seinem Leben in den vergangenen Monaten einen Sinn gegeben hatte. Seufzend schob er die Hände in die Hosentaschen.

Die Ernsthaftigkeit der Unterhaltung setzte ihm zu.

„Ich weiß, es ist unmöglich, mir zu widerstehen, aber danke, dass du es zumindest versuchen willst."

Sie starrte ihm spöttisch ins Gesicht. „Und was werde ich für meine Großzügigkeit bekommen? Ich denke dabei an einen Sportwagen."

„Ein Sportwagen übersteigt meine finanziellen Mittel. Ich kann dir nur meine grenzenlose Ergebenheit anbieten."

Die Arme vor der Brust verschränkt schnitt das Mädchen eine Grimasse. „Nun, dann küss' den Boden unter meinen Füßen und ich werde dich von meinem Bett fernhalten", versprach sie fast beleidigt.

Er schluckte schwer. „Okay."

Kostja hatte den Eindruck, einen verheerenden Handel geschlossen zu haben.

Sie fand gewiss genügend Mittel und Wege, um ihren Worten treu zu bleiben und sie gleichzeitig zu umgehen. Er spielte mit dem Teufel um seine Seele.

Sie hatte ihm Jahrhunderte voraus. Mit ihrem Schatz an Erfahrungen konnte er unmöglich mithalten. Darum brauchte er seine eigenen kleinen Tricks.

Kostja wusste schon jetzt, dass er auf verlorenem Posten kämpfte. Mit oder ohne sie. Er fand mit Sicherheit genauso viele Schlupflöcher, um die Distanz zwischen ihnen auf ein Minimum zu reduzieren.

Emily zupfte an seinem Ärmel.

„Was ist los?", wollte er wissen.

„Komm mit", trug sie ihm im Befehlston auf, stemmte die Hände in die Hüften und sah ihm mit großen Augen ins Gesicht. „Ich will spielen."

Er hob eine seiner nachtschwarzen Augenbrauen. „Zuerst sollte ich mich anziehen", wandte Kostja ein, ging zur Kommode und zog ein rotes T-Shirt über, das einen schwarzen Aufdruck besaß.

Dann folgte er dem Mädchen in ein Zimmer, das er bisher nur beim Vorbeigehen gesehen hatte. Vermutlich handelte es sich dabei um eine Art Aufenthaltsraum.

Wollte sie so etwas wie verstecken spielen? Immerhin waren sie hier ganz allein.

Bisher hatte sich kein weiterer Gast hierher verirrt. Emily suchte sich im hintersten Eck des Raumes einen Platz, zog aus einem Fach unter der Tischplatte eine viereckige Box hervor und baute ein Spiel auf, bevor sich Kostja auf dem Sitzkissen ihr gegenüber niedergelassen hatte.

Das Design erinnerte ihn an ein Schachbrett. Also kein Verstecken.

Bei den Figuren handelte es sich nicht um Abbildungen von Bauwerken oder Zugtieren. Es waren flache längliche Steine, auf denen er Schriftzeichen erkennen konnte - die meisten waren schon verblasst.

Der Assistenzarzt überlegte.

Emily neigte den Kopf zur Seite und sprach ihre Vermutung laut aus. „Du kannst das nicht lesen, habe ich Recht?"

Kostja seufzte und besah sich die Steine genauer, als wenn sich ihm der Sinn hinter den fremdartigen Zeichen bei längerem Blickkontakt erschloss.

Leider musste er einsehen, dass er ohne Hilfe nicht sonderlich weit kam. Darum ließ ihm Emily einen kleinen Crashkurs in der japanischen Schrift angedeihen.

Sie erklärte ihm alles grob, schnitt ein Thema an, vertiefte es aber nicht und wechselte zum nächsten.

Kostja hatte schon immer gewusst, dass Japanisch zu den schwierigsten Sprachen der Welt gehörte und allein diese Lektion, die nur dazu dienen sollte, dass er ein dummes Spiel begriff, trieb ihn an seine Grenzen.

Die erste Partie bestritt er mehr schlecht als recht regelkonform, aber mit jeder weiteren Runde wurde er sicherer und besser. Für einen Sieg reichte es bis zum Schluss nicht.

„Hast du vor dem Maskenball wirklich noch nie Schach gespielt?“, fragte er über dem Spielbrett grübelnd.

Sie lehnte sich zurück. „Irgendwann habe ich es bestimmt einmal gespielt, aber den Großteil meiner Zeit habe ich versucht, Ian beim Kartenspiel zu schlagen.“

Kostja hob den Kopf an. „Poker?“

„Hast du dich mittlerweile entschieden?“, wechselte sie das Thema, während sie die Steine vom Spielbrett fegte und wieder in der Holzkiste verstaute. „Ob du deine Pflegemutter auf das Sommerfest begleitest.“

Er dachte darüber nach. „Wirst du auch hingehen?“

Sie lächelte einseitig. „Ich werde Nick und die anderen begleiten. Warum fragst du? Brauchst du deine Nanny?“

Der Assistenzarzt schmunzelte. „Vielleicht“, witzelte er und sah sie an. „Ehrlich gesagt würde es mich beruhigen, wenn ich jemanden auf dem Fest gut kenne. Es ist nicht so, dass ich mich in der Nähe meiner Pflegeeltern unwohl fühle, aber ...“

Verständnisvoll legte ihm das Mädchen die Hand auf den Unterarm. „Keine Sorge“, versicherte sie ihm sanft. „Ich werde in deiner Nähe bleiben und dir morgen eine detaillierte Liste mit deinen Fehlern vorlegen.“

Er grinste. „Danke.“

Mühevoll widerstand er der Versuchung, ihre Lippen mit seinen zu bedecken. Er wusste mittlerweile einfach zu gut, wohin das unweigerlich führte.

Also beschränkte er sich darauf, ihre Hand zu drücken und darüber nachzudenken, wie er es jemals schaffen sollte, in Emily nur eine gute Freundin zu sehen.

***

Ich bleibe in deiner Nähe.

Das hatte sie gesagt und Wort gehalten. Wann immer Kostja einen Blick über die Schulter warf, konnte er Emily im geschäftigen Treiben der Festbesucher erspähen.

Und wie an dem Tag im Brautmodengeschäft hatte er auch heute Abend das Gefühl bei ihrem Anblick nicht mehr atmen zu können. Es schien ihm unmöglich zu sein, seine Augen von ihr abzuwenden.

Sie war in einen himmelblauen Yukata gekleidet, ihre feuerroten Haare hatte sie elegant nach oben gesteckt und an den Füßen trug sie Holzsandalen.

Im sanften Licht der Laternen konnte Kostja erkennen, dass sie dezentes Make-up aufgelegt hatte.

Der Eyeliner machte ihre Augen noch größer, der Lidschatten ließ sie etwas älter wirken und der Lippenstift betonte den Schwung ihrer Mundwinkel.

Sie war so atemberaubend schön.

Er wollte zu Emily gehen, die Arme um sie legen und sie küssen, bis ihnen die Sinne schwanden. Vergessen war der Vorsatz, dass er seinen Pflegeeltern den ganzen Abend nicht von der Seite wich.

Himmel. Er benahm sich wie ein 13-jähriger Schuljunge.

„Sie ist wirklich hübsch", erklang eine feine Stimme neben ihm und Kostja betrachtete seine Pflegemutter, die ihre Augen über Emily gleiten ließ. „Geh' endlich zu ihr, mein Junge. Ein solches Juwel wirst du nicht noch einmal finden."

Sie lächelte ihn an, ergriff den Arm ihres Ehemannes und trat wortlos zu einem Stand, der Besucher zum Fangen von Goldfischen einlud.

Versuchte sie, ihn zu verkuppeln? Genauso wie Adrienn?

Kostja schüttelte den Kopf, ließ seine Augen erneut zu Emily gleiten und bemerkte, dass sich ein junger Kerl mit verkehrt herum aufgesetzter Basecap an ihre Seite begab.

Sie lächelte freundlich.

Der Fremde glaubte vermutlich, sie wäre in seinem Alter und als er so abartig aufdringlich wurde, dass er ungefragt nach ihrer Hand fasste, riss Kostja der Geduldsfaden.

Eifersucht fraß sich durch ihn hindurch.

Ein unglaublich hässliches Gefühl.

Nicht in der Lage, einen klaren Gedanken zu fassen, trat Kostja zu Emily, die sich dem Fremden höflich zu entwinden versuchte.

Er atmete einmal tief durch, bevor er sprach. „Danke, dass du auf *meine* Freundin aufgepasst hast“, sagte er zu dem verwirrt blickenden Fremden. Kostja wandte sich Emily zu, die ihn genauso verblüfft ansah. „Ich habe die Ohrringe gefunden, die du so gerne haben wolltest, *Liebling*.“

Sie schien zu begreifen. „Ja, oh ja ... die Ohrringe, richtig. Danke, Schatz.“ Diesmal konnte sie sich ohne viel Kraftaufwand von dem Fremden losreißen. „Dann lass‘ uns schnell gehen, bevor sie weg sind.“

Emily schob ihre Hand in die dargebotene Armbeuge des Assistenzarztes und gemeinsam ließen sie das Gedränge an den Ständen und Gehwegen hinter sich.

Ihre Schritte wurden erst langsamer, nachdem sie einen ausreichenden Sicherheitsabstand zwischen sich und dem Festivalgelände gebracht hatten.

Mit gesenktem Kopf drehte sich Kostja zu Emily um, die ihm aufmerksam ins Gesicht sah.

„Danke, dass du mich gerettet hast“, sagte sie ehrlich erleichtert. „Wenn er mich noch mal angefasst hätte, hätte ich ihm die Hand gebrochen.“

Der Assistenzarzt setzte ein freches Grinsen auf. „Das habe ich dir angesehen.“

„Mist. War das so offensichtlich?“

„Ich fürchte ja.“ Kostja sah zur Seite, seine Hände wurden feucht. Er war noch nie so aufgeregt gewesen. „Ich muss ehrlich zu dir sein, Emily. Ich habe nicht dem Fremden geholfen, sondern mir. Ich ertrage es nicht, wenn dich ein anderer Mann berührt.“

Ihre Augen wurden tellergroß. „Oh“, war ihre einzige Reaktion.

Hilflos warf er die Arme in die Luft. „Ich werde eifersüchtig.“

„Oh“, kam es erneut von ihr, diesmal etwas lauter.

Kostja schnaufte. „Ich weiß, dass ich kein Recht dazu habe und dass es egoistisch von mir ist. Ich bin wirklich das Allerletzte und weißt du wieso? Weil ich heiraten werde und deswegen ist es echt daneben.“

Emily tätschelte ihm aufmunternd den Arm. „Mach‘ dir bitte keine Sorgen. Du kannst immer ehrlich zu mir sein. Es gibt nichts, was du mir nicht sagen könntest, Kostja.“

Ihre Freundlichkeit machte es ihm unglaublich schwer. Sein Herz schien in einem Schraubstock zu stecken, der ihm den Sauerstoff abschnürte.

Kostja konnte kaum atmen. Dabei hatte er in seinem Leben schon weitaus schwierigere Gespräche mit weniger Anstrengungen geführt.

Was also versetzte ihn in eine solche Panik, dass er seinen rasenden Herzschlag im ganzen Körper spürte und ihm das Blut in den Ohren rauschte?

Die Antwort war leicht: Er hatte Angst sie zu verlieren.

„Emily“, begann der Assistenzarzt und griff nach ihrer Hand. Seine Knie wurden zu Wackelpudding. „Seit du wieder in mein Leben getreten bist, gehst du mir nicht mehr aus dem Kopf. Wenn ich wach bin, denke ich an dich. Wenn ich schlafe, träume ich von dir. Die Wahrheit ist: Es ist nicht Adrienn, mit der ich den Rest meines Lebens verbringen will."

Ihre Lippen teilten sich, doch sie brachte keinen Ton hervor. Stattdessen starrte sie ihm mit geöffnetem Mund ins Gesicht.

Er musste alles auf eine Karte setzen, bevor ihn der Mut dafür verließ.

„Kostja ... ich ..."

„Emily, ich liebe dich", zwang er die Worte hervor, die ihm schon so lange auf der Zunge lagen. Ihre Augen sanken zu Boden und er nahm ihre Reaktion zum Anlass, um sich bei ihr zu entschuldigen. „Ich weiß, dass es rücksichtslos von mir ist, so etwas zu sagen. Ich bringe dich damit in eine echt beschissene Lage. Es tut mir leid. Vergiss' einfach, was ich ..."

Diesmal war es Emily, die ihm ins Wort fiel. „Ich liebe dich auch."

Er starrte sie an. Hatte er richtig gehört? Auch wenn er sein Glück kaum fassen konnte, auch wenn ihm das Herz in der Brust zersprang, bestand seine einzige Reaktion darin, ihr liebliches Gesicht zu umfassen.

Nur ein Kuss trennte ihn davon, sein Leben wegzuwerfen, alles, was er sich in Budapest aufgebaut hatte.

Die Brust wurde ihm eng.

Es konnte kein *wir* geben, nicht jetzt und auch in Zukunft nicht.

Emily fasste nach seinen Fingern und zog sie fort. „Wir sollten gehen. Das Feuerwerk müsste bald beginnen."

Sie strahlte von einem Ohr zum anderen, wirbelte um die eigene Achse und bewegte sich auf das Festgelände zu.

Er hatte nicht den Eindruck, dass ihr sonderlich viel am Feuerwerk lag. Emily schien mehr nach einer Möglichkeit zu suchen, um sich vor ihm zu verstecken - zu fliehen.

Vielleicht hätte er den Mund halten sollen.

***

„Jetzt hör' endlich auf, die Beiden auszuspionieren. Das gehört sich nicht", flüsterte Nick, der sich vehement weigerte, Kostja und Emily zu beobachten. „Lass uns wieder zu Jurij und Siiri gehen."

Ian wandte sich von der Szene ab, die Arme vor der Brust verschränkt. Kostja musste keine Frau heiraten, die er nicht liebte. Er brauchte sich nicht zu opfern, um dem Krankenhaus oder seinem Onkel zu helfen.

Es gab andere Möglichkeiten.

Mit den ersten Anzeichen des Feuerwerkes drehte sich Ian auf dem Absatz um, schob die Hände in die Taschen seiner Hose und machte sich ohne Nick auf den Weg zurück ins Hotel.

Er wollte allein sein.

Er musste nachdenken.

Ian lauschte dem Klang seiner eigenen Schritte, während er dem Verlauf einer verlassenen Landstraße, umgeben von Reisfeldern und Bächen folgte.

Unter einer müde flackernden Straßenlaterne hielt er inne. Glühwürmchen tanzten wie kleine Lichtpunkte durch das Dickicht der Bäume und Büsche, das Zirpen der Zikaden drang aus dem hohen Gras am Wegesrand und ein Schleier aus Sternen spannte sich über den schwarzen Nachthimmel.

Scheinbar wollten die Erinnerungen von Kostja nicht zurückkommen - wie Emily geglaubt hatte. Nur darum war Ian hier, weil sie gebettelt hatte.

Stattdessen machten sich diese beiden Dummköpfe gegenseitig unglücklich.

Seine Überlegungen stoben auseinander, als er Schritte hörte. Ian drehte sich um, in der Ferne erspähte er einen Schatten und in der schwülen Abendluft lag ein Geruch, der ihm genauso vertraut war, wie das, was ihm unweigerlich bevorstand.

Nick blieb schweratmend vor ihm stehen, sackte leicht in die Knie und holte nach Luft.

„Warum siehst du dir nicht das Feuerwerk an?", fragte Ian schulterzuckend.

Der Drache hielt ihn an der Hand fest, bevor er weitergehen konnte. „Du eigensinniger Egomane! Manchmal will ich dir für dein Verhalten am liebsten den Hals umdrehen", brauste er ungehalten auf und hob den Kopf. „Ich bleibe an deiner Seite. Ob du willst oder nicht. Ich bin nicht nur ein Angestellter, sondern dein Freund und ich sorge mich um dich."

Ian entzog sich Nick und hob eine seiner nachtschwarzen Brauen. „Du bist nicht nur mein Angestellter?", wollte er in einer ruhigen Tonlage wissen.

Der Drache nickte verwirrt.

„Du behauptest also, du bist auch mein *Freund*?"

Erneutes Nicken, diesmal zögerlich.

„Gut. Ich habe verstanden."

Der Drache fuhr zusammen und trat einen Schritt zurück. „Und was bitte?"

Ian zuckte mit den Schultern. „Das ist nicht von Belang. Ich bin betrunken und kann nicht klar denken."

In einer fast schon hilflosen Geste breitete Nick die Arme aus. „Wovon redest du überhaupt?"

Ian seufzte. Er hatte nicht gelogen. Er war tatsächlich betrunken. „Verdammt, ich will mehr von dir! Mehr als nur mit dir unter einem Dach zu leben. Wann hast du mir das letzte Mal das Bett gewärmt?" Bevor Nick etwas dazu sagen konnte, korrigierte sich Ian schon selbst. „Ich bitte um Verzeihung, das hast du noch nie, auch wenn ich dich so verzweifelt begehre, dass es mir nachts den Schlaf raubt." Verächtlich schnaufend sah er zu dem Drachen, dem das Blut langsam aus den Wangen wich. „Ich werde mich zu einer Dirne begeben. Möchtest du mich begleiten und zusehen, ob ich alles richtig mache?"

Nick platzte vor Zorn der Kragen. „Du weißt genau, warum ich das Risiko nicht eingehe!" Zitternd schloss er die Hände zu Fäusten. „Denkst du, mir geht es in irgendeiner Weise besser? Du stolzierst mit deinen neuesten Errungenschaften vor mir herum, als wenn du dafür Punkte bekommst!"

Ian ignorierte den Einwand des Jüngeren. „Ich habe einen besseren Vorschlag. Wir gehen zusammen zu einer Dirne. Wie wird das genannt? Ein flotter Dreier?"

Nick holte tief Luft, dann senkte er seine Stimme. „Ich kann es verstehen. Es ist dein gutes Recht, Nähe zu suchen. Aber unterstell' mir bitte nicht, dass unsere Situation für mich in irgendeiner Weise einfacher ist. Ich mache das nicht zu meinem persönlichen Vergnügen oder um dich zu quälen und ich fürchte den Augenblick, an dem du beschließt, dass du mich nicht mehr brauchst und willst."

Ian begann innerlich zu toben, äußerlich gab er sich ruhig und beherrscht. „Wozu dann das Theater, wenn du es nicht willst?", erkundigte er sich verärgert. „Ich bin es leid, mich zu verstellen. Ich bin es leid, einen Freund in dir sehen."

Nick seufzte. „Kannst du nicht wenigstens versuchen, mich zu verstehen? Es ist nicht meine Schuld, dass die Kommission deiner Familie immerzu schaden will. Das habe ich endlich eingesehen. Aber ich möchte auch nicht in irgendeiner Weise dazu beitragen, dass es noch schlimmer wird."

Ian sah ihm stumm entgegen, ließ sich auf einer Parkbank nieder und zog eine silberne Blechdose aus der Tasche seines Jacketts. Darin befanden sich ein halbes Dutzend Zigaretten.

Er glaubte zu wissen, was in Nick vorging. Schließlich kannten sie sich seit 700 Jahren und Ian wusste, dass der Drache fast verzweifelt ruhig und gelassen zu bleiben versuchte, obwohl in seiner Brust ein Orkan der Emotionen wütete.

Langsam stieß Ian den Qualm der entzündeten Zigarette aus seinen Lungen. „Du verlangst von mir, dich zu verstehen, dabei verstehst du gar nichts", erklärte er, seine grünen Augen lagen auf dem blassen Gesicht des Drachen.

Vor Jahrhunderten schon beendete Nick wortlos, was immer zwischen ihnen hätte sein können. Mit dem ersten Aufkommen von Gefühlen hatte er sich hinter einer Mauer aus Selbstlügen versteckt.

Ian dagegen hatte niemals aufgegeben. Schon damals, als er noch voller Ehrgeiz an die Werte der Kommission geglaubt hatte, wusste er, was er riskierte und worauf er sich einließ.

Nicht einmal, als ihm Dämonenjäger nach dem Leben trachteten, in die Burg eingedrungen und Dutzende von Vampiren getötet hatten, spürte Ian Angst.

Es war sein Leben und er wollte jede Minute auskosten, entscheiden, wie er lebte und entscheiden, wie er starb.

„Du denkst wahrlich, ich würde dir nicht zuhören, aber trotz aller Arroganz mache ich das. Ich beobachte dich, seit deine Füße den Boden meiner Burg berührt haben, seit du mich das erste Mal gerufen hast." Seine Mundwinkel zuckten. „Seit ich dich in einen Abgrund geworfen habe, damit du endlich fliegen lernst. Ich kenne alle deine Geheimnisse und ich weiß, was dich bewegt und was dich beschäftigt. Für mich bist du ein offenes Buch."

Der Drache atmete tief durch und konnte das Brechen seiner Stimme nicht verhindern. „Ich habe Angst um dich. Seit dich die Dämonenjäger fast umgebracht haben. Jeden Moment." Nick machte einen Schritt auf Ian zu, wobei er wissentlich ignorierte, was ihm gerade gesagt wurde. „Und das war *nur* meine Schuld. Ich habe nicht richtig aufgepasst und deswegen wärst du fast gestorben. So etwas darf *nie wieder* passieren und darum ..." Der Jüngere schluckte seine Tränen. „... und darum muss ich dich wegstoßen."

Ein weiteres Mal wurde Ian vor Augen geführt, wie sehr sich Nick auf die alte Geschichte versteift hatte und dass er dringend zu einem Therapeuten gehen sollte.

Seine Verlustängste brachten ihn dazu, alles was um ihn herum passierte auszublenden. Er konnte nicht einmal mehr für sich selbst leben.

Ian stieß die Luft aus den Lungen. In seinem Schädel begann es zu pochen. „Du sperrst mich in einen Käfig. Was du mir mit deiner übertriebenen Fürsorge antust, kannst du in deiner Verblendung nicht mehr sehen. Wenn ich einmal sterbe und das steht unwiderruflich fest, soll es nichts geben, was ich bereue und im Moment bereue ich es zutiefst, dich überhaupt in mein Leben gelassen zu haben."

Nur weil sich Mutter Natur einen schlechten Scherz erlaubt und einen frisch geschlüpften Drachen auf einen alten, zynischen Vampir geprägt hatte, war es Nick gänzlich unmöglich, sein Leben für sich selbst zu führen.

Ian zertrat den Zigarettenstummel unter seinen Schuhen, hob ihn auf und warf ihn in einen der Mülleimer am Straßenrand. Was er jetzt sagen musste, verlangte ihm eine Kraft ab, die er kaum besaß und doch war es nötig.

„Ich ertrage das nicht mehr und darum wirst du dich nach Schottland begeben. Du wirst zu einem Therapeuten gehen und mit ihm reden. Vielleicht, nur vielleicht, werde ich dir dann erlauben, irgendwann nach Budapest zurückzukehren."

Nick quollen die Augen fast aus den Höhlen. „A-Aber du kannst ..."

„Allein", fügte Ian hinzu, Daumen und Zeigefinger gegen seinen Nasenrücken gepresst. „Und unverzüglich."

„Ian …"

„Dann küss' mich."

Dem Drachen schien das Blut in den Adern zu gefrieren, während das Halsband an seiner Kehle kaum merklich glühte - vor den Konsequenzen warnte, die Ungehorsam zur Folge hatten.

„Ich …“

„Geh‘ … Nick, ich befehle es dir ... das ist *keine* Bitte. Du brauchst Hilfe und ich kann sie dir nicht geben, obwohl ich es weiß Gott versucht habe.“

***

Nach all der Aufregung, die ihn in Japan mit offenen Armen empfangen hatte, war es schließlich Mrs. Suzuki, die ihren verloren geglaubten Sohn für den Rest seines Aufenthaltes beanspruchte.

Auch wenn sich Kostja darüber freute, die vergessene Beziehung zu seinen Pflegeeltern wieder aufleben zu lassen, so unangenehm war es ihm, mit ihnen ganz allein im Auto zu sitzen, auf dem Weg zu einem unbekannten Ziel.

Er fühlte sich unbehaglich.

Ständig hatte er den Eindruck, von einem Fettnäpfchen ins nächste zu stolpern. Familie Suzuki hingegen schien seine Hilflosigkeit durchaus zu begrüßen.

Während Mr. Suzuki es als seine Aufgabe betrachtete, seinem zurückgekehrten Sohn alte Sitten und Traditionen neu ins Gedächtnis zu rufen, bedachte Mrs. Suzuki gelegentliche Patzer und Fauxpas mit einem Lächeln.

Als würde sie seine Tollpatschigkeit erheiterten.

Bei dem Gedanken, dass sie sich seinetwegen in die Vergangenheit zurückversetzt fühlten, breitete sich in Kostja wohlige Wärme aus.

Warum er für jemanden so empfand, an den er keine Erinnerungen hatte, verstand er nicht. Aber das musste er auch nicht.

Kostja konnte es spüren und das reichte ihm.

Zusammen besuchten sie das etwas entfernt liegende Krankenhaus, in dem er vor zwei Wochen, nach seinem Ausflug mit Emily aufgewacht war.

Wie ein stolzer Monarch, der mit seinem Königreich trumpfen wollte, wurde Kostja von Mr. Suzuki durch die Gänge des Krankenhauses geführt, während er die atemberaubendsten Geschichten zum Besten gab und dabei plusterte wie ein eitler Pfau.

Unweigerlich erinnerte ihn sein Pflegevater an Doktor Gerassimow, der mindestens genauso stolz auf sein Vermächtnis war.

Kostja lachte leise bei dem Vergleich in sich hinein.

Wenn er darüber nachdachte, schien es fast, als wenn ihm der Arztberuf mit in die Wiege gelegt worden war.

Seine Pflegemutter blieb stehen, damit sie Kostja einem hochgewachsenen, schwarzhaarigen Mann mit tiefbraunen Augen und einem freundlichen Lächeln vorstellen konnte.

„Kostja, das ist Doktor Satô. Er ist leitender Oberarzt der Chirurgie und ein enger Freund der Familie. Du erinnerst dich vielleicht nicht mehr, aber er war oft zu Besuch und hatte mit dir alle Hände voll zu tun, wenn du wieder irgendeinen Unsinn getrieben und dich verletzt hast."

Kostja vollführte eine angedeutete aber respektvolle Verbeugung. „Freut mich sehr."

Entgegen japanischer Gepflogenheiten reichte ihm der Fremde die Hand. „Es ist schön dich wiederzusehen, Kostja. Hast du dich in Budapest gut eingelebt?"

„Ja, es geht mir gut."

Gegen Mittag begaben sie sich in einen großzügig ausgestatteten Saal, bei dem es sich vermutlich um die krankenhauseigene Mensa oder um ein zugehöriges Lokal handelte.

Doktor Satô hatte seinen freien Tag genutzt, um Kostja, der sich deswegen schlecht fühlte, und Familie Suzuki im Krankenhaus zu begrüßen.

Gemeinsam tauschten sie im Speisesaal alte Geschichten und Erinnerungen aus und Kostja erzählte etwas unbehaglich von seinem Leben in Budapest.

„Wie würdest du dich verhalten, wenn eine Patientin mit unerträglichen Schmerzen in der Ambulanz sitzt und dir nicht einmal sagen kann, was genau ihr weh tut?“, unterbrach Doktor Satô mit blitzenden Augen.

Kostja runzelte die Stirn. Sollte das ein Test werden? Er war interessiert. Wenn es um Medizinisches ging, konnte ihn nichts mehr stoppen.

„Welche Beschwerden außer den Schmerzen treten bei der Patientin noch auf?“

„Sie klagt über anhaltende Müdigkeit und Erschöpfung bis hin zu Schlaflosigkeit, Kopfschmerzen, Reizdarm- und Reizblasensymptomen, Depressionen und erhöhter Kälteempfindlichkeit.“

„Wie sieht ihr Labor- und Röntgenbild aus?“

„Alles unauffällig. Keine Organerkrankungen.“

Kostja überlegte einen Moment. „Wie alt?“

Die stoische Fassade von Doktor Satô begann sich langsam aufzuhellen. „Sie ist 36.“

„Wurde sie abgetastet?“

Doktor Satô lehnte sich scheinbar überaus zufrieden in seinem Stuhl zurück, verschränkte die Arme vor der Brust und nickte zustimmend. „Sehr gut, Herr Assistenzarzt“, lobte er seinen Gesprächspartner.

Kostja allerdings schnitt verdutzt eine Grimasse. „Ich habe keine Ahnung, was der Frau fehlen könnte“, gestand er überfordert.

„Aber du hast genau die richtigen Fragen gestellt. Es ist beinahe unmöglich die richtige Diagnose zu stellen, wenn man nicht bereits damit zu tun hatte. Die Frau, von der ich dir erzählt habe, litt an FMS. Eine Fibromyalgie gilt als das Chamäleon unter den Krankheiten. Die Symptome deuten auf alle möglichen Ursachen hin, aber nicht auf das sogenannte Weichteilrheuma. Die Patienten leiden unter - man könnte sagen - willkürlichen Schmerzen, die anhaltend sind oder mal auftauchen und dann wieder nicht. Eine der wenigen Möglichkeiten, eine Fehldiagnose auszuschließen ist das Abtasten von Tenderpoints, da die Betroffenen stark druckempfindlich reagieren."

„Ich weiß das Lob zu schätzen, aber ich glaube nicht, dass ich jemals dahinter gekommen wäre, was die Ursache der Schmerzen ist."

Doktor Satô nickte erneut. „Dennoch hat dir deine Intuition genau den richtigen Weg aufgezeigt. Viele angehende Ärzte sind zu unsicher, um überhaupt in irgendeine Richtung zu agieren. Selbst erfahrene Mediziner kapitulieren oder stempeln die Leidenden als Hypochonder ab, weil sie die Ursache nicht finden können."

„Ich schätze, diese Hartnäckigkeit und Art zu denken habe ich meinem Onkel zu verdanken."

Unbehaglich warf Kostja bei der Erwähnung seiner Adoptivfamilie einen Blick zu Mr. und Mrs. Suzuki. Anders als befürchtet spiegelte sich in ihren Zügen weder Schmerz noch Trauer wider, sondern etwas, das ihn an Stolz erinnerte.

„Dein Onkel hat dir viel beigebracht. Ich bin erstaunt, auch wenn es mich nicht wundert."

Der Mediziner ihm gegenüber strahlte fast. Ein ungutes Gefühl breitete sich in Kostja aus. Was wollte der Mann erreichen?

„Ich möchte dir ein Angebot machen." Doktor Satô lehnte sich bedeutungsvoll über den Tisch, während er sprach. „Ich sehe in dir sehr viel Potential. Du warst schon immer sehr zielstrebig. Die besten Voraussetzungen für den Arztberuf. Unter der richtigen Anleitung kann aus dir ein hervorragender Mediziner werden. Darum möchte ich dir eine Stelle in diesem Krankenhaus anbieten. Komm' zu uns und ich werde dir die beste Ausbildung ermöglichen, die du in diesem Land bekommen kannst."

Überwältigt starrte Kostja dem Oberarzt ins Gesicht. Das hatte er nicht erwartet. Er war zu nervös, um zu antworten, also legte ihm Mrs. Suzuki die Hand auf die Schulter, weckte ihn aus seiner Trance und übernahm das Gespräch.

„Das ist ein überaus großzügiges Angebot, Doktor Satô. Ich weiß gar nicht, was ich sagen soll. Aber natürlich ist das auch eine große Entscheidung und ein gewaltiger Schritt für Kostja. Ich bin mir sicher, dass er eine Weile darüber nachdenken muss."

Doktor Satô lächelte gutmütig. „Ich habe schon gehört, dass es ein Mädchen in deinem Leben gibt, das auf dich wartet."

Hastig nickte der Assistenzarzt, bedankte sich pausenlos für das großzügige Angebot und gedanklich warf er sich seiner Pflegemutter zu Füßen. Sie hatte es geschafft, ihn elegant aus der unangenehmen Situation zu befreien.

Den restlichen Besuch im Krankenhaus nahm Kostja nicht mehr richtig wahr.

Wie ein Roboter lief er neben seinen Pflegeeltern her, in Gedanken bei dem Angebot, das ihn nicht losließ. Er sollte seine Familie in Ungarn, seine Freunde, sein altes Leben und Emily zurücklassen und dafür die Chance bekommen, im Berufsleben hoch aufzusteigen?

Über seine Entscheidung musste er keine fünf Minuten nachdenken, doch war das wirklich die richtige Wahl? Wen würde er mit einer Absage enttäuschen? Wie viele Herzen - inklusive seinem - durch eine Zusage brechen? Wie vielen Menschen konnte er durch eine bessere Ausbildung helfen?

Als er an diesem Abend das Hotel betrat, hatte Kostja das Gefühl, sein Schädel platzte aufgrund des tosenden Schlagabtausches, den er mit sich selbst hielt.

Kurz nach Mitternacht begab er sich zu Emily, um neben ihr auf dem Futon zu schlafen. Sie sagte nichts zu ihm, als wüsste sie von seinem inneren Zwiespalt.

Er war ihr dafür dankbar.

Ihre Hand legte sich auf seine. „Schlaf gut."

Kapitel: 16

Der Tag der Abreise und des Abschieds war schneller gekommen als erwartet.

Während Kostja sich nur mit Mühe bei Mr. und Mrs. Suzuki für alles bedanken konnte - sie waren ihm erneut ans Herz gewachsen - räumte Emily mit Ian und Jurij zusammen die Koffer in den Reisebus. Dabei stellten sie fest, dass ein wichtiges Mitglied ihrer Gruppe fehlte.

„Wo ist eigentlich Nick?", fragte Emily irritiert und nahm einen Rucksack entgegen, den ihr Jurij reichte. „Ich habe ihn heute noch nicht gesehen."

Ian seufzte, sein Blick wanderte an den Horizont. „Er müsste vor ein paar Stunden in Schottland angekommen sein", antwortete er. „Wir haben uns gestern Nacht gestritten und ... irgendwie kam es dazu, dass ich ihn verbannt habe."

Emily wich alle Farbe aus dem Gesicht. „Sie haben *was* gemacht?", fragte sie entgeistert. „Aber ... warum ... wieso ... ich verstehe das nicht."

Hilflos gestikulierte sie mit den Händen, bis Ian nach ihren Schultern fasste. Sie starrte ihn an, das Blut gefror in ihren Adern zu Eis.

Sie konnte auf keinen Fall ohne Nick zurückkehren.

„Es ist alles in Ordnung", sprach Ian tröstend. „Ich habe die Angelegenheit schon mit der Kommission geklärt. Bis Nick nach Budapest zurückkehrt, werde *ich* Ihr *Sponsor* sein."

„*Wenn* Sie ihn zurückkehren lassen."

Das Mädchen biss sich auf die Lippe. Vermutlich kam das den Mitgliedern der Kommission ganz gelegen. Sie versuchten schon seit Ewigkeiten, der Familie Colquhoun und insbesondere Ian zu schaden.

Emily fluchte gedanklich. Sie hoffte im Interesse ihres Vaters, dass er sich nicht schon bald aus irgendeinem lächerlichen Grund in der Position von Nick wiederfand.

Warum hatte Ian so leichtsinnig gehandelt? Und was in aller Welt hatte der Drache nur getan, um derart hart bestraft zu werden? Emily schob ihre Überlegungen zur Seite, als Mirai mitsamt Koffer an ihr vorbeiging. Ohne Zögern setzte sie sich in den Reisebus.

Siiri brach in Tränen aus. Jurij stürzte zu seiner Tochter, um sie in seinen Armen mit geflüsterten Worten zu beruhigen. Emily kochte vor Wut.

Was zum Teufel dachte sich Mirai überhaupt dabei? Natürlich sprach sie diese Frage nicht laut aus. Sie hatte sich vorgenommen, kein unnötiges Wort mit der Dämonenjägerin zu wechseln.

Und außer ihr schien das niemand zu hinterfragen.

Kostja versuchte, Mirai schonend beizubringen, dass er sie nicht mitnehmen konnte. Sein Tonfall verriet, dass er das aufbrausende Mädchen auf keinen Fall reizen oder vor den Kopf stoßen wollte.

Langsam und methodisch erklärte er ihr, dass er weder die Zeit noch den Platz oder das Geld hatte, um eine weitere Person bei sich unterzubringen.

Mirai wirkte gekränkt. Die ersten Krokodilstränen flossen. Flehentlich redete sie auf ihren Bruder ein.

Ian schnaufte. Sicher hatte er das Theater genauso schnell wie seine Tochter durchschaut und deshalb überraschten Emily seine nächsten Worte:

„Mirai ... du kannst dir deinen Lebensunterhalt in Ungarn selbst verdienen, indem du für mich arbeitest. Ich werde nichts von dir verlangen, was gegen deine Prinzipien verstößt und es versteht sich von selbst, dass du keinem Wesen Leid zufügen darfst, solange du in meinen Diensten stehst. Zudem erwarte ich, dass du die Sprache deines Gastlandes lernst, so schnell es in deinen Möglichkeiten liegt."

Das Mädchen zögerte einen Augenblick. Der Gedanke, für einen Vampir zu arbeiten, weckte ihren Widerwillen. Aber so würde sie ihrem

Bruder nicht zu Last fallen und auf sich allein gestellt käme sie ohne Kenntnisse der hiesigen Sprache nicht weit.

Widerwillig schluckte Mirai ihren Stolz.

Bevor Ian ebenfalls in den Bus steigen konnte, hielt ihn Emily am Arm fest. „Darüber reden wir noch“, raunte ihm das Mädchen zu, mit Blick auf Mirai, die sich ihrem Bruder an den Hals warf. „Ich weiß nicht, was diese Göre vorhat, aber es kann nichts Gutes sein.“

Ian tätschelte ihre Hand, seine Mundwinkel zuckten. „Ich bin kein Narr, Emily. Sie ist eine Dämonenjägerin und ihr Hass auf die Wesen scheint grenzenlos. Ich rechne damit, dass sie mir in den Rücken fallen wird. Aber bis dahin kann ich mir dieses Feuer vielleicht zunutze machen“, erklärte er, sein Gesichtsausdruck wurde finster.

Emily konnte kaum glauben, was ihr Ian sagte. „Holen Sie Nick zurück“, beschwor sie ihren Vater. „Sofort. Ich bitte Sie.“

„Das geht nicht und jetzt steigen Sie endlich ein.“

„Verdammt nochmal! Was zum Teufel ist denn zwischen Ihnen passiert?“

Ian blieb ihr eine Antwort schuldig.

So kam es, dass die kleine Reisegruppe eine Dämonenjägerin nach Budapest brachte. Sehr zum Ärger der Kommission. Und als ihre Füße wieder ungarischen Boden berührten, erschlug sie ihr gewohnter Alltag.

Kostja wurde von seinem Onkel ins Krankenhaus zitiert. Jurij bekam zusätzliche Arbeit im Restaurant - darum lebte Siiri eine Weile bei Ian. Und auf Emily warteten Prüfungen.

Mirai hetzte von einem Auftrag zum nächsten und besuchte nebenbei die Abendschule. Ian kümmerte sich um Papierkram.

Die kleine Gruppe verteilte sich im sprichwörtlichen Sinn in alle Himmelsrichtungen.

***

Ende September landete ein Brief im Postkasten der Villa.

Kostja und Adrienn wollten am 15. Oktober heiraten. Nick - der aus diversen Gründen nicht erscheinen konnte - Ian und Emily wurden herzlichst dazu eingeladen. Jurij bekam am gleichen Tag denselben Brief zugestellt.

***

Kostja glaubte, ein stiller Beobachter zu sein. Ein Gast von vielen auf der Feier eines anderen. Das alles kam ihm so unwirklich vor, dass er zuweilen das Gefühl hatte, körperlich gar nicht anwesend zu sein. Er glaubte zu fallen, tiefer, immer tiefer.

Nachdem die Stimme des Geistlichen über die Gäste gezogen war, wurden vom Brautpaar einstudierte Sätze gefordert. Es gab gewichtige Worte ohne Bedeutung. Und als er Adrienn den Ring auf den Finger schob, ihre Ehe durch einen Kuss besiegelte, erreichte die Absurdität der Situation ihren Höhepunkt.

Familienmitglieder und enge Freunde beglückwünschten das frisch vermählte Paar. Kostja war mit seiner Annahme nicht allein. Adrienn ging es ganz ähnlich. Sie waren lange und gut befreundet, verstanden sich ohne Worte und erkannten allein am Blick des anderen, was in ihm vorging.

Jetzt sahen sie sich an, mit einem fast hilflosen Ausdruck in den Augen, einem bitteren Lächeln auf den Lippen. Und beschlossen, dass sie die Feier trotz der Umstände genossen.

Verwirrt betrachtete Kostja den gedeckten Tisch, an den ihn sein Schwiegervater setzte, in ein Gespräch über Regeln und Sport gezerrt.

Seufzend sah er sich im Ballsaal um. Die Hochzeitsfeier fand in einer historischen Burg statt, die zu den beliebtesten Hochzeitslocations in diesem Jahr gehörte.

Mr. Becskei hatte keine Kosten gescheut, damit der Traum einer Märchenhochzeit für seine Tochter in Erfüllung ging. Das spiegelte sich in der Dekoration, der Kleidung des Personals und der gespielten Musik wider.

Kostja verschob seine Überlegungen. Seine Augen flogen erneut durch den Raum, über die Gesichter der Gäste hinweg und verweilten schließlich auf Ian, der mit Doktor Gerassimow sprach.

Adrienn und er hatten jeden eingeladen, der ihnen durch den Kopf gespukt war. Doch die eine Person, die er zu sehen gehofft hatte, konnte er in der wogenden Menschenmasse nicht ausmachen.

Zartgliedrige Finger bedeckten seine. „Sie ist nicht hier", flüsterte Adrienn niedergeschlagen. „Ich habe heute Morgen eine Nachricht bekommen. Sie muss für eine Prüfung lernen."

Kostja zwang sich zu einem Lächeln. Prüfung. Eine hervorragende Ausrede.

Bereits seit Wochen ging ihm Emily akribisch aus dem Weg. Wann immer er sie zu Gesicht bekam, wann immer er ihren Namen rief, wann immer er nach ihrer Hand fasste, löste sie sich sprichwörtlich in Luft auf.

Er fragte sich langsam, ob es vielleicht ein Fehler gewesen war, seine Gefühle in Worte zu kleiden und wie jedes Mal versetzte ihm die Vorstellung einen heißen Stich.

Die Musik stoppte, ein Ellenbogen bohrte sich in seine Rippen und er hob den Blick von seinem Teller. Die wild hüpfenden und Kreise ziehenden Reihen aus Freunden und Familienmitgliedern verschmolzen zu einer homogenen Masse, verteilten sich auf die umstehenden Tische und das Mikrofon wurde an Jason übergeben.

Kostja hatte seinen Jugendfreund gebeten, die Rolle des Hochzeitsladers zu übernehmen. Jason verstand es am besten, gute Laune zu verbreiten und das Feuer in jedem Gast am Lodern zu halten. Sein Brennstoff war teurer Wein, der an einem mit bunten Bändern verzierten Stab baumelte und den er den ganzen Abend mit sich führen musste.

Wann immer er den Tonkrug leerte, wurde er durch einen aufmerksamen Gast neu befüllt.

In einem Ton, als gehörte er zu den Moderatoren einer sadistischen Gameshow, verkündete er den weiteren Verlauf des Abends. Er jagte das Brautpaar von einer Aufgabe zur nächsten. Es begann ganz unschuldig mit dem Zerteilen eines Hefezopfes. Dabei tauschte Kostja in weiser Voraussicht das größere Stück gegen das kleinere.

Auf den Applaus folgte Gelächter. Daraufhin verkündete Kostja amüsiert, dass jedem der hier Anwesenden bewusst war, dass Adrienn in dieser Ehe die Hosen anhatte.

Weiter ging es mit dem Zerschmettern eines Tellers. Aus den entstandenen Scherben sollte die Zahl ihrer Kinder und die Menge an Glück abzulesen sein.

Etwas befangen schleuderten sie das Geschirr zu Boden. Verdutzt sahen sie dabei zu, wie das Gedeck unbeschadet zur Seite und unter einen der vielen Tische rollte. Stille breitete sich aus und das Ehepaar tauschte einen wissenden Blick.

Jason rettete die Situation mit einem gelungenen Witz und leitete zur nächsten Aufgabe über. Er wollte mit der Erklärung anfangen, als Adrienn quietschte und zur Seite stolperte.

Behänden fing Kostja sie auf. Lachend rannte ein Kind mit einem ihrer Schuhe davon. Und noch bevor der Hochzeitslader etwas sagen konnte, hechtete der Bräutigam dem Dieb bereits hinterher.

Der Brauch verlangte, dass er die gestohlene Fußbekleidung schnell zurückbekam, was meist dadurch gelang, dass er ihn auslösen musste. In seinem Fall durch das Trinken von Champagner aus besagtem Schuh.

Gehorsam ließ er sich vor Adrienn auf die Knie nieder und nachdem ihm die prickelnde Flüssigkeit über die Zunge perlte, hätte sich Kostja vor Lachen beinahe daran verschluckt.

Als die Turmuhr Mitternacht schlug, kam die Party richtig in Gang. Den alten Traditionen folgend, verabschiedete sich Adrienn und ließ sich beim Wechseln ihrer Garderobe helfen. Statt einem unschuldig weißen Brautkleid legte sie ein frivoles rotes Abendkleid an.

Kostja nutzte die Zeit, damit er die Tanzfläche in eine gänzlich andere Szenerie verwandeln konnte. Er hatte dafür extra ein bisschen Dekoration mitgebracht. Die Möbelstücke erledigten den Rest. Hilfe bekam er von Jason und Mitgliedern aus der Familie Becskei.

Als die Braut zurückkehrte, fand sie sich an einem notdürftig zusammengestellten Set wieder, das eine Bar darstellte. Tische grenzten die Schenke vom Partybereich ab und von Hand bemalte Aufsteller aus Pappe simulierten die Wände und die Inneneinrichtung.

Kostjas Komplizen hatten ihre Plätze eingenommen. Sie spielten ihre Rollen als betrunkene Singles ein bisschen zu überzeugend.

Musikalisch untermalt und perfekt in Szene gesetzt, mimte der Bräutigam den Retter in der Not und befreite seine Braut tanzend aus den Fängen dieser Narren.

Verzückt stieg Adrienn darauf ein, nachdem sie die gut durchdachte Auswahl an Musikstücken erkannte und wusste, dass der Assistenzarzt viel Mühe und Zeit in die Aufführung gesteckt hatte.

Bevor der letzte Song ausklang, wurde Kostja von einem Kind von der Tanzfläche gezogen. Das Lied wurde durch ein anderes unterbrochen, verheiratete Frauen reihten sich wie dicht gewachsene Blütenblätter um Adrienn.

Tanzend nahmen sie sie als Ehefrau in ihrer Mitte auf und der Rest, darunter auch Kostja, klatschten Beifall. Im Anschluss folgte der bezahlte Brauttanz. Viele der Gäste mischten mit und füllten die herumgereichte Spardose mit Scheinen und Münzen.

Und auf einmal verlief alles wie in einem Zeitraffer-Video.

Der Lärm verklang. Die Lichter erloschen. Die Menschenmasse wurde kleiner.

Kostja fand sich inmitten der Aufräumarbeiten wieder. Während er Stühle ineinander stellte, ließ er seinen Blick schweifen. Dabei begegnete er am anderen Ende des Saales smaragdgrünen, leuchtenden Augen, in denen sich das silberne Mondlicht brach.

Der Hals trocknete ihm aus. Ihre Lippen bewegten sich, formten Worte, die er über die Entfernung hinweg nicht verstand.

Er wollte zu Emily gehen. Er musste mit ihr zu reden. Er sehnte sich nach ihre Nähe, ihrer melodischen Stimme. Doch sie wandte sich mit wehenden Röcken von ihm ab und tauchte in den wogenden Schatten der Nacht unter.

Das war für Monate das letzte Mal, dass er sie zu Gesicht bekam.

***

Der erste Schnee fiel vom Himmel, als Kostja an den dekorierten Ständen eines Weihnachtsmarktes vorbeischlenderte. Vertieft sah er sich durch die angebotenen Waren.

Er brauchte für Adrienn ein Weihnachtsgeschenk. Es musste etwas Ausgefallenes sein. Sie liebte solche Dinge.

Ungewollt wanderten seine Gedanken zu Emily. Wenn er ihr ein Präsent schickte, nahm sie es an oder bekam er es postwendend zurück? Mittlerweile rechnete er mit allem, nur nicht damit, dass er in der Masse von Einkaufswütigen mit ihr zusammenstieß.

Emily stolperte zurück, presste sich die Hand gegen die Nase und stammelte eine Entschuldigung. Eine Entschuldigung, die verstummte, sobald sie ihn erkannte.

Sie stand direkt vor ihm, genauso wie immer, doch ihr Lächeln war gezwungen und der Ausdruck in ihrem Gesicht hatte sich verändert.

Auf seiner Zunge breitete sich ein bitterer Geschmack aus. Ob sie sich so abweisend verhielt, weil er jetzt ein verheirateter Mann war?

„Willst du nicht vor mir weglaufen?", witzelte Kostja, um die Anspannung zu lösen. Innerlich betete er dafür, dass sie seinen Vorschlag nicht ernsthaft in Betracht zog.

Ihre Blicke flogen von einem Punkt zum nächsten, aber nicht zu ihm. „Hey", sagte sie wenig geistreich und spielte dabei mit ihren Händen. „Wir haben uns lange nicht mehr gesehen."

Kostja nickte. „Stimmt. Es kommt mir vor wie eine Ewigkeit. Bist du mit deinen Prüfungen jetzt durch?"

Was war mit ihr los? Emily fasste sich in die Haare, ließ ihre Hand tiefer sinken und begann ihre Schulter zu kneten. Sie wirkte auf ihn verwirrt und verunsichert.

Das Mädchen senkte den Blick. „Die Prüfungen wurden auf nächstes Jahr verschoben", erwiderte sie. „Und wie ist es bei dir? Ich kann mir vorstellen, dass im Krankenhaus die Hölle los sein muss."

Kostja zuckte die Schultern. „Geht so. Das kommt zwischen Weihnachten und Neujahr."

„Verstehe. Ich ... muss jetzt gehen. Tut mir leid. Wir sehen uns, denke ich."

Bevor Emily erneut vor ihm fliehen konnte, fasste er nach ihrem Handgelenk und hielt sie zurück. Er nahm an, dass sie sich wehren würde, aber das tat sie nicht. Stattdessen haftete ihr Blick eisern auf dem verschneiten Boden.

„Bitte, sag' mir, was ich getan habe", presste er hervor, in seiner Brust loderte ein Feuer. „Habe ich dich beleidigt oder verletzt?"

Sie fuhr heftig zusammen. „Nein. Nein, natürlich nicht. Ich ... Ich schäme mich", gab sie so leise zurück, dass er Mühe damit hatte, sie zu verstehen. „Weil ich nicht so selbstlos handeln kann wie du. Weil ich egoistisch bin und dich nicht aufgeben kann oder meine Gefühle für dich."

Er lachte freudlos und gab ihr Handgelenk frei. Dachte sie das wirklich von ihm? Hatte sie in den letzten Monaten den Eindruck gewonnen, dass er damit zufrieden war, seine beste Freundin zu heiraten, und auf Liebe und Kinder zu verzichten?

Vielleicht hatte er das einmal selbst geglaubt. Vor einer sehr langen Zeit, als das alles noch keinen realistischen Stellenwert in seinem Leben eingenommen hatte.

Aber die Situation hatte sich geändert und in diesem Moment wollte er nur mit ihr zusammen sein - dem Mädchen, in das er sich verliebt hatte. Niemand konnte mit Gewissheit sagen, wie seine Welt in fünf Jahren aussah oder in zehn.

„Ich bin nicht so edelmütig, Emily“, erwiderte er und sie wandte sich ihm zu. „Ich bin ein Feigling. Ich spiele nach den Regeln, damit ich mich nicht den möglichen Konsequenzen meiner Entscheidungen stellen muss. Hätte ich ein bisschen Rückgrat, hätte ich dieser Hochzeit gar nicht zugestimmt.“

Das erste Mal seit einer halben Ewigkeit sah sie ihm wieder in die Augen. Emily trat zu ihm, lehnte die Stirn gegen seine Schulter und grub die Finger in seinen Ärmel.

Damit sagte sie ihm so unendliche viele Dinge, für die es keine Worte gab. Kostja wollte sie in seine Arme schließen, durch ihre Haare streichen und wusste gleichzeitig, dass er das in der Öffentlichkeit nicht durfte.

Er hatte sie so sehr vermisst.

„Ich habe dich noch nie mit Zöpfen gesehen“, scherzte er und wechselte das Thema. „Das sieht niedlich aus.“

Ihr Gesicht stand buchstäblich in Flammen. „Schleimer.“

Kostja lachte. „Kann ich dich zu einem Glühwein einladen?“

Sie trat einen Schritt zurück. „Darüber würde mich freuen“, erwiderte sie und hob den Blick.

Den Rest des Abends standen sie an einem Tisch neben dem Punschstand. Sie unterhielten sich genauso ausgelassen, wie *vor* ihrem gemeinsamen Urlaub in Japan, lachten und stellten dabei fest, dass es ihnen fehlte einfach *nur* befreundet zu sein.

„Ich würde gerne zu dem Moment zurückkehren, als die Dinge noch nicht so kompliziert waren", murmelte Emily, die Augen auf ihre Tasse gerichtet. „Du bist mein bester Freund. Mit dir kann ich über alles reden."

Kostja schenkte ihr ein Lächeln. „Aus dir spricht der Alkohol."

Sie sah ihn an und schnitt eine Grimasse. „Ich weiß natürlich, dass das nicht geht und ich werde meine Gefühle nicht leugnen. Ich laufe nicht davor weg."

Er trank seine Tasse leer, die er dem Budenbesitzer zurückbrachte und legte Emily eine Hand in den Rücken. „Das freut mich zu hören. Weil ich viel zu egoistisch bin, um nicht mehr nach dir zu suchen", flüsterte er ihr verspielt ins Ohr und das Mädchen errötete abermals. „Ich will meine Gefühle für dich nicht aufgeben. Das kann ich nicht ... selbst, wenn ich die Möglichkeit dazu hätte."

Sie starrte ihn an. „Meinst du das ernst?"

Kostja erwiderte ihren sehnsüchtigen Blick. „Jetzt bringe ich dich erstmal nach Hause."

Sie wollten auf die Straßenbahn verzichten. Doch der immer stärker werdende Schneefall machte ihnen einen Strich durch die Rechnung. Knöcheltief versanken sie in den weißen Flocken, als sie lachend zur nächsten Station rannten.

Der Weg bis zu den Toren der Villa dauerte knapp 15 Minuten und Emily lud Kostja auf einen Tee ein, nicht bereit, sich so schnell wieder zu verabschieden.

Auch wenn ihnen die Gesprächsthemen ausgingen und er sich damit befasste, ihre Zöpfe zu öffnen, wollte sie noch etwas Zeit mit ihm verbringen.

„Also keinen Tee?", fragte Emily nervös.

Kostja schüttelte lächelnd den Kopf. „Nein, aber ich komme gerne noch auf einen Mitternachtssnack mit rein."

Er bekam einen skeptischen Blick zugeworfen und ihm wurde bewusst, was er zu ihr gesagt hatte. Abwehrend fuchtelte er mit seinen Händen durch die Luft. „Das habe ich nicht so schweinisch gemeint wie es geklungen hat."

Sie lachte. „Ganz ruhig."

Gemeinsam durchschritten sie das Tor, schlenderten die verschneite Einfahrt entlang und saßen im Anschluss in der warmen Küche.

Von der Haushälterin bekamen sie ein paar Sandwiches serviert. Und ein widerliches Gemisch, von dem sie schwor, dass es ihnen den Alkohol aus den Knochen trieb. Die Zeiger auf der Wanduhr bewegten sich weiter, viel zu schnell.

Sie wussten, dass sie sich voneinander verabschieden mussten. Doch immer, wenn Kostja durch die Tür gehen wollte, rief ihn Emily aus irgendeinem Grund zurück - genauso verzweifelt, wie er sich fühlte.

Um ihm für den Abend zu danken.

Um ihm zu sagen, dass sie sich über ihr wiedersehen freute.

Um ihm nachträglich zur Hochzeit zu gratulieren.

Um ihm zu sagen, dass ihm der Wintermantel stand.

Um ihn zu bitten, sie irgendwann wieder zu besuchen.

Um -

Weiter kam Emily nicht. Als sie ihn zum sechsten Mal zurückrufen wollte, ließ Kostja alle Bedenken fallen, die ihn seit Monaten quälten.

Den Arm um ihre schmale Mitte gelegt, zog er sie an sich und hob ihr liebliches Gesicht dem seinen entgegen.

„Bitte, geh' nicht", wisperte sie heiser. „Noch nicht."

Kostja spürte ein süßes Prickeln. Voller Begehren erwiderte sie seinen Blick. Sie sahen einander einfach nur an, atmeten schnell, schwer und fühlten die Funken, die zwischen ihnen tanzten. Und dann küsste er sie endlich.

Seine Gefühle schwollen zu einem Orkan heran. Noch nie hatte Kostja auf diese Weise empfunden.

Es waren nicht nur ihre samtenen Lippen, die mit seinen verschmolzen. Es war vor allem das unbestreitbare Wissen, dass Emily genauso heftig auf ihn reagierte.

Das auch sie ihn liebte und begehrte.

Ihre Hände glitten über seine Brust nach oben und legten sich um seinen Nacken, der Kuss wurde inniger, leidenschaftlicher und er zog sie enger an sich. Die Gefühle, die Kostja unterdrückt und ignoriert hatte, zogen ihn den Boden unter den Füßen weg. Es gab nur noch sie - dass Mädchen das er liebte.

Die Welt um ihn verschwamm.

Ihr Körper war anschmiegsam, ihr Mund weich und ihr Duft, dieser himmlische Geruch von einem Kiefernwald nach einem Regenguss, umschmeichelte seine Sinne.

Ein Feuerwerk explodierte in seinem Inneren und Kostja ließ sich von seinen Emotionen tragen. Er ergab sich Emily, allem, was zwischen ihnen war und sein konnte.

Er wollte nie wieder spüren, was er in den letzten Monaten gefühlt hatte.

Sie fasste ihn an der Hand und löste sich keuchend. „Ich will dich“, raunte sie an seinen Lippen. „Ich brauche dich.“

Für den Bruchteil einer Sekunde keimten Zweifel in ihm auf. Fragen, auf die Kostja keine Antworten hatte. Wollte sie tatsächlich mit ihm schlafen? Hatte sie sich das auch gut überlegt?

Sie bedeckte erneut seinen Mund und alles, was ihn beunruhigte, löste sich auf. Neckend, lachend und küssend, voller Verlangen, liefen sie die Treppe nach oben. Kleidungsstücke blieben auf ihrem Weg zurück. Ungeduld hing schwer in der Luft.

Auf einmal lagen sie in ihrem Bett. Emily unter ihm. In ihren smaragdgrünen Augen lag ein geheimnisvolles Leuchten, ein Lächeln spielte um ihre Lippen.

Kostja sah ihr wie hypnotisiert entgegen.

Sie war so unglaublich schön.

Mit beiden Armen bedeckte sie ihr Gesicht. „Wenn du mich anstarrst, ist das peinlich", quengelte sie und an dem Lachen in ihrer Stimme erkannte er, dass sie sich mit Absicht wie eine typische Jungfrau benahm. „Mach' wenigstens das Licht aus."

„Nein", gab der Assistenzarzt verspielt zurück und lehnte sich über sie. „Ich will ... ich *muss* dich ansehen."

Zaghaft nahm sie die Arme runter. „Ich bin nicht schön", wisperte sie beschämt und bedeckte mit einer Hand die Narbe an ihrer Hüfte.

Reglos verharrte er auf allen vieren über ihr. Sein konzentrierter Blick lag auf ihren Lippen, seine Atmung wurde schwerer. „*Du bist schön*", wiederholte Kostja mit Nachdruck. „Für mich bist du die schönste, begehrenswerteste Frau, die ich jemals kennengelernt habe."

„Trotzdem treffe ich nicht deinen Geschmack", murmelte sie amüsiert und erinnerte ihn daran, was er an jenem Abend vor den Toren der Villa zu ihr gesagt hatte. „Warum hast du deine Meinung geändert?"

Er tupfte einen Kuss auf ihren Mund. „Weil ich dich liebe und was ist mit dir? Hast du nicht gesagt, dass du nicht mit mir schlafen willst, selbst wenn ich der letzte Mann auf der Welt wäre und deine einzige Möglichkeit auf Sex?"

Emily hob ihre Hände, fasste nach der Knopfleiste seines Hemdes und begann den Stoff langsam zu öffnen. „Das habe ich gesagt und auch so gemeint, aber alles hat sich verändert ... *Ich* habe mich verändert."

Je mehr sich ihr von seiner sonnengebräunten Haut offenbarte, desto stärker wurde die Hitze in ihren Wangen. Emily ließ ihre Fingerspitzen wie im Rausch von seinem flachen Bauch nach oben wandern.

„Emily …“

„Ich mag das Gefühl deiner Muskeln“, raunte sie ihm verlangend zu. Sie fasste in seine Haare und begann sich leicht unter ihm zu bewegen. „Du bist der erste Mann, den ich ...“

Sie verstummte.

Kostja lächelte, lehnte sich vor und wanderten mit den Lippen über ihren langen, gestreckten Hals. Behutsam tupfte er einen Kuss auf ihr Handgelenk. „Warum trägst du deine Schoner nicht?“, fragte er mit Sorge in der Stimme.

„Weil ich dir vertraue“, hauchte Emily stöhnend und als ihr Kostja verwirrt in die Augen sah, fügte sie erklärend hinzu: „Ich bin an der Stelle sehr empfindlich.“

„Habe ich dir wehgetan?“

Sie schüttelte verneinend den Kopf. „... empfindlich auf viele, verschiedene Arten ...“

Ein Lächeln zuckte um seine Mundwinkel, während sein Blick in den Tiefen ihrer Augen versank. Als er sie erneut küsste, ihre zierliche Gestalt in die Kissen grub, flutete Zärtlichkeit sein Herz.

Wie konnte sie nur glauben, dass sie ihn nicht völlig verrückt machte? Dass sie nicht über alle Maßen begehrenswert war?

Sehnsüchtig. Leidenschaftlich. Verlangend. Mit einer Besitzgier, die er nie zuvor empfunden hatte, ließ Kostja seine Finger über ihre Haut gleiten.

Er malte die Rundungen ihres Körpers nach und Emily seufzte wohlig. Wie sie unter ihm lag, mit einem Ausdruck von Vertrauen in den Augen - dieses Mädchen raubte ihm den Atem. Kostja konnte nicht beschreiben, wie sehr er sie wollte und wie dringend er sie brauchte.

Küssend bahnte er sich einen Weg über ihre Kehle zu ihrem Schlüsselbein. Mit den Händen wanderte er an ihren Seiten entlang und konnte fühlen, dass sie unter seinen Berührungen erzitterte.

Liebevoll zog er mit der Zungenspitze Kreise um die zarten Knospen ihrer Brüste.

Emily wand sich lustvoll stöhnend in den Kissen. Ihre Finger krallten sich in seine Haare und nachdem sie das Kreuz durchbog, die Augen geschlossen, die Zähne in ihrer Unterlippe, stellte sie seine Selbstbeherrschung auf eine harte Probe.

Kostja glitt tiefer. Er wanderte mit der Zunge zwischen ihren Brüsten hindurch über ihren flachen Bauch, hauchte Küsse auf ihre Oberschenkel und vergrub sein Gesicht an ihrem Schoß.

Dem Mädchen entwich ein spitzer Schrei, der Griff in seinen Haaren wurde stärker und ihre Beine öffneten sich ihm verführerisch.

Emily war so empfindlich. Selbst durch den seidigen Stoff ihres knappen Höschens hindurch, benebelte ihr betörender Duft seine Sinne. Heiß schoss ihm das Blut in die Lenden.

Keuchend hauchte sie seinen Namen.

Kostja konnte sich selbst nicht mehr bremsen, zog den Stoff ihrer Unterwäsche zur Seite und umschloss ihre Weiblichkeit mit seinen Lippen. Ihr Aroma war berauschend, trieb ihn weiter und seine eigene Hose kam ihm viel zu eng vor.

Begehrlich kostete er ihren Geschmack und tauchte mit der Zunge in ihren heißen Schoß. Ihre Erregung benetzte seine Lippen, während er sie quälte, reizte, ihre Grenzen testete.

Er löste sich, bevor sie zum Höhepunkt fand. Schwer atmend sahen sie einander in die Augen. Durch ihre Muskeln zuckte die schwindende Ekstase.

„Hast du ... zufällig ein Kondom dabei?“, fragte ihn Emily beschämt und atemlos. „Ich kann nicht krank werden, aber ich kann ... Krankheiten übertragen.“

„Das ist unwahrscheinlich, wenn du noch keine Erfahrungen hast“, versuchte Kostja sie zu beruhigen.

Ihr eiserner Blick gab ihm jedoch zu verstehen, dass es für sie keine Kompromisse gab. Selbst ein Arzt konnte ihre Sorgen nicht zerstreuen. Darum zog er das verlangte Verhütungsmittel aus seiner Brieftasche.

Warum hatte er überhaupt eines bei sich?

Emily richtete sich auf und nestelte voller Ungeduld an seiner Hose. Obwohl ihr Geschmack noch auf seinen Lippen lag, verschloss sie ihm den Mund, küsste ihn stürmisch und ließ ihre Hand zwischen seine Beine wandern.

Lächelnd kam er ihr zu Hilfe, indem er sich das Kleidungsstück von den Hüften zog. Emily tat es ihm mit ihrer Unterwäsche gleich. Ihre Finger strichen dabei über seine Härte und er keuchte in ihre begehrlichen Küsse.

Der Assistenzarzt zog sie näher, fasste nach ihrem Hintern und streichelte ihre nackte Haut.

Sie wollte ihn. Das konnte er fühlen. Seine Zweifel lösten sich auf. Emily umfasste seine Hand. Die Aufforderung war deutlich zu verstehen und er lachte in ihre dicht aufeinander folgenden Küsse.

Er wusste nicht, warum sie so ungeduldig war. Kostja genoss jede Sekunde ihres Verlangens. Er prägte sich ihren Körper ein und bekam nicht genug davon, ihre Reaktionen zu erforschen.

Kaum hatte er sich das Kondom übergestreift, schlang sie ihm sehnsüchtig die Arme um den Nacken und stöhnte auf, nachdem er sich zwischen ihre feuchten Schenkel schob.

Ihre Hitze und ihre pulsierende Mitte zwangen ihn in die Knie. Es war so verdammt schwer, sich zurückzuhalten. Kostja wollte mit ihr in die weichen Kissen sinken und sie endlich für sich beanspruchen.

Aber das erlaubte er sich nicht. Er hatte sich an die Leine gelegt. Nur *ihre* Bedürfnisse und nur *ihre* Wünsche zählten in dieser Nacht. Und doch kratzte sie mit jeder Bewegung an seiner Willensstärke.

Rhythmisch schob sie ihm ihre Hüfte entgegen, stöhnte sinnlich und schmiegte sich an seinen Körper.

Kostja ergriff sie an den Oberschenkeln, hob sie sich auf die Arme und drängte sie mit dem Rücken gegen die Wand an der Kopfseite des Bettes.

„Entschuldige", hauchte er an ihren Lippen und bevor sie verstand, drückte sich seine Härte gegen ihren Schoß. „Nicht mal ein Heiliger könnte sich bei dir zurückhalten."

„Kostja", schnurrte sie ihm ins Ohr.

Er verschloss ihr erneut den Mund, schob ihr die Zunge zwischen die Lippen und drang mit etwas Nachdruck langsam in sie ein. Emily japste auf und der Assistenzarzt hielt inne. Es war schwer, einen klaren Gedanken zu fassen. Ihre Enge brachte ihn schier um den Verstand.

„Alles in Ordnung", versicherte sie ihm zitternd. „Du bist nur ... größer als erwartet."

Ihre Worte rissen ihm den Boden unter den Füßen weg. Kostja wollte rücksichtsvoll sein, doch Emily trieb seine Begierde immer weiter, bis sie kaum noch zu ertragen war.

Er hob sie ein bisschen höher, umschloss ihre Lippen mit seinen und drängte sich mit vorsichtigen Bewegungen zur Gänze in sie.

„Das fühlt sich merkwürdig an", wisperte Emily, die Arme um seinen Nacken geschlungen. „Es drückt und pikst."

Kostja musste lachen. Er drehte sich mit ihr um und gemeinsam landeten sie in den weichen Kissen des Bettes.

„Mach' dir keine Gedanken, das Gefühl wird bald verschwinden", versicherte er dem Mädchen und verschloss ihr liebevoll den Mund.

Kostja begann sich vorsichtig, langsam und rhythmisch zu bewegen. Seine Augen lagen auf ihrem Gesicht. Sie zeigte sich ihm ungeniert.

Ihre Empfindungen. Ihr Verlangen. Keuchend ließ er die Hüften kreisen, glitt noch tiefer in ihren heißen Schoß und fühlte, wie sich ihr Innerstes eng um ihn legte.

Emily öffnete die Augen und sah zu ihm auf. Ihre Wangen hatten sich dunkelrot gefärbt, ihre Atmung ging hastig, in ihrem Blick tanzten ihre Gefühle. Er wollte sanft sein, ihr Verlangen schüren, ihr zeigen, wie sehr er sie liebte und brauchte. Aber sie machte es ihm so verflucht schwer, sich zu beherrschen.

Immer wenn sie unter ihm erzitterte, immer wenn sie seufzte, immer wenn sie ihre Nägel in seinen Rücken bohrte, durchliefen ihn die ersten Vorboten des Höhepunktes.

„Kostja", stöhnte sie sehnsüchtig.

Und plötzlich verkrampfte sie sich, ihre Stimme wurde erst leiser, ihr Körper wölbte sich ihm entgegen und dann schrie Emily voller Verzückung auf.

Kostja ließ sich ein letztes Mal in das Mädchen gleiten, dass er liebte. Und während er in ihr lustverzerrtes Gesicht sah, genoss er leise und zitternd seinen eigenen, alles verzehrenden Höhepunkt.

Ihre Lippen trafen erneut aufeinander.

Kapitel: 17

Emily erwachte durch ein Geräusch.

Müde setzte sie sich in ihrem Bett auf. Neben einem Nachtschrank, auf dem Unmengen von Büchern lagen, stand Kostja und versuchte, sich im Halbdunkel des Zimmers anzuziehen.

Das Mädchen sah ihm eine Weile dabei zu, die vom Mondlicht beschienene Wanduhr sagte ihr, dass es zwei Uhr morgens war.

Während sie die verführerischen Kurven seines Hinterns betrachtete, zog sie die Knie an ihre Brust, ein Lächeln zuckte um ihre Mundwinkel. Emily wusste, warum sich Kostja mitten in der Nacht wieder anzog und wohin er gehen musste.

Als er nach seinem weißen Hemd fasste und es sich - wo hatte es überhaupt gelegen? - überzog, lag ein Schmunzeln in seiner melodischen Stimme.

„Du starrst mich an."

Ihre Wangen glühten. „Ich genieße nur die Aussicht", gab sie belustigt zurück, schob die Decke zur Seite und schwang die Beine aus dem Bett. „Hat sich Adrienn bei dir gemeldet?"

Kostja drehte sich um, seine Finger flogen über die Knopfleiste des Hemdes. „Ich habe ein Geschäftsessen mit meinem Schwiegervater geschwänzt", erklärte er und schlüpfte in sein Jackett. „Er wollte mich seinen Investoren vorstellen ... eigentlich."

„Oh", kam die geistreiche Erwiderung.

Schuldgefühle zerfraßen ihr das Herz. Das wusste sie nicht. Emily neigte den Kopf, die Bettdecke zerknautschte sie zwischen den Händen.

Hätte es etwas geändert, wenn es ihr bewusst gewesen wäre? Sie hatte angenommen, dass sein verändertes Aussehen zu einer erwachsenen Version von ihm gehörte. Die, die verheiratet war. Der Ehemann. Das war jetzt sein Leben.

Das war Kostja Gorodezki.

Dabei hatte er eine Verabredung gehabt. Ein Seufzen schlüpfte über ihre Lippen. Sie hatte seinen ungewohnten Kleidungsstil nicht weiter hinterfragt, weil Ian zu jeder Tageszeit einen Anzug trug.

„Mach dir keine Gedanken", bat der Assistenzarzt mit weicher Stimme, setzte sich auf die Bettkante und streifte sich die Schuhe über die Füße. „Ich lasse mir irgendwas einfallen."

Sorge verdunkelte ihre Züge. „Soll ich dir ein Taxi rufen?", wollte sie wissen und warf einen kurzen Blick aus den Fenstern ihres Zimmers. „Bei dem Schneesturm kannst du unmöglich zu Fuß gehen."

Kostja grinste. „Das habe ich schon vor einer halben Stunde gemacht."

Emily begleitete ihn durch die Eingangshalle bis zur Haustür, half ihm in den Mantel und gerade als er durch die Tür treten wollte, hielt sie ihn am Ärmel fest. Seine Augen ruhten auf ihrem erhitzten Gesicht.

Hart hämmerte ihr das Herz bis zum Hals. Die Stimme in ihrem Kopf schrie ihr entgegen, dass sie endlich aussprechen sollte, was sie ihm zu sagen hatte. Trotz der geteilten Intimitäten fiel es ihr noch immer schwer.

Emily verstand sich selbst nicht.

Dafür verstand Kostja sie umso besser.

„Ich liebe dich", sagte er zärtlich und zog sie in die Arme, ihr Kopf lag an seiner Brust. „Du kannst mich anrufen, wann immer du willst."

Sie nickte zaghaft. „Ich ... ich liebe dich auch."

Kostja drückte ihr einen Kuss auf die Stirn, dann war er mit den Schatten der Nacht verschmolzen. Emily zählte leise bis zehn und betätigte den Summer, damit er durchs Tor kam.

Erst dann schloss sie die Haustür und lehnte sich mit dem Rücken dagegen. Am liebsten wäre sie ihm gefolgt. Sie liebte ihn. Sie hatte nie zuvor jemanden geliebt. Nicht auf diese Art.

Seit diesem verregneten Frühlingsmorgen.

Seit seine eisblauen Augen in ihren versanken.

Seit sie akzeptiert hatte, dass er kein Kind mehr war.

Mit einem neuerlichen Seufzen stieß sie sich von der Tür in ihrem Rücken ab, durchquerte die Eingangshalle und ging in ihr Zimmer, wo sie mit hängendem Kopf vor dem Bett stand.

Vertieft betrachtete sie den dunkelroten Fleck auf dem Laken. Sie glaubte ihn noch immer zu spüren. Wann würde dieser unangenehme Druck verschwinden?

Emily verscheuchte ihre Gedanken, bezog das Bett neu und legte sich hin. Sie konnte nur hoffen, dass bei Kostja alles in Ordnung war.

Am nächsten Morgen wurden sie von ihrem Wecker aus dem Schlaf gerissen. Murrend erhob sie sich auf die Füße, schleppte sich ins Badezimmer und kroch müde unter die Dusche.

Doch kaum lief ihr das warme Wasser zwischen den Schenkeln hindurch, zuckte sie zusammen. Emily versuchte, den Grund dafür herauszufinden und nach kurzem Tasten stellte sie überrascht fest, dass sie wund war. Wieder meldete sich ihr Wecker. Diesmal um ein Vielfaches energischer und lauter.

Verdammt!

Schnell hüpfte Emily unter der Dusche hervor, trocknete sich ab und zog sich an. Ohne zu Frühstücken, aber mit geputzten Zähnen verließ sie die Villa, um die Straßenbahn noch zu bekommen.

Heute wurden die Schüler des St. Mary Internats offiziell in die Winterferien entlassen. Emily musste bei der Abschiedsfeier dabei sein. Wenn sie fehlte, dann zog ihr Nick garantiert die Ohren lang.

Und plötzlich fiel ihr ein, dass er gar nicht da war.

Ihr erstes Weihnachten ohne ihn.

Als Emily die Haltestelle erreicht hatte, quetschte sie sich mit einem Hechtsprung durch die Türen der Straßenbahn. Die übrigen Passagiere sahen das Mädchen missbilligend an und wandten sich ab.

Mit den Händen zupfte sie an ihrem Rock und bemerkte dabei Jason, der einen Waggon weiter neben dem Fenster stand.

Sie ging zu ihm. „Guten Morgen", grüßte sie ihn freundlich. „Ähm ... wenn Sie zur Arbeit wollen, fahren Sie dann nicht in die falsche Richtung?"

Er sah sie an. „Guten Morgen", erwiderte er den Gruß, ein Lächeln auf den Lippen. „Dich habe ich ewig nicht mehr gesehen. Wie geht es dir? Ist bei dir alles in Ordnung?"

„Ja, bei mir alles in Ordnung. Ich hatte in letzter Zeit nur ziemlich viel um die Ohren." Sie betrachtete ihn neugierig. „Und wo wollen Sie hin?"

Jason lehnte sich gegen das Fenster, die Hände in den Taschen seiner Jacke. „Ich will zu Kostja. Der ist heute nicht aufgetaucht", gab er resigniert zurück. „Normalerweise hält ihn nichts davon ab zur Arbeit zu kommen. Auch Doktor Gerassimow macht sich Sorgen."

Emily gefror das Blut in den Adern. Konnte Kostja nicht zur Arbeit kommen, weil er das Abendessen mit seinem Schwiegervater geschwänzt hatte? Die Kehle schnürte sich ihr enger. Sollte sie ihn besser anrufen?

Ihr wurde flau im Magen.

Jason tätschelte ihre Schulter und lächelte beruhigend. „Es ist sicher alles in Ordnung", meinte er munter. „Wenn du dir Sorgen machst, dann komm doch einfach mit. Es wird ihn sicher freuen, wenn er dich sieht." Er legte einen Finger auf die Lippen, bevor er in einem verschwörerischen Ton hinzufügte: „Ich soll dir das eigentlich nicht sagen, aber er hängt mir seit Wochen damit in den Ohren, das er dich nicht mehr zu Gesicht bekommt."

Wenn er nur wüsste.

Das Mädchen strahlte. „Dann komme ich mit."

An der vierten Haltestelle stiegen sie gemeinsam aus der Straßenbahn und durchquerte einen Park. Auf den verschneiten Grünflächen spielten Kinder, die Schneemänner bauten und sich eine Schneeballschlacht lieferten.

Im Anschluss standen sie vor einem schmiedeeisernen Tor. Ähnlich dem, dass die Villa von Ian umzäunte.

Familie Becskei bewohnte ein zweistöckiges Stadthaus, das der Hausherr in mühevoller Kleinarbeit von Grund auf selbst designt hatte. Dass darum herumliegende Grundstück maß die Größe von einem Fußballfeld. Für jede im Haus anfallende Arbeit gab es ausreichend Personal. Von der Putzfrau, über den Gärtner bis hin zur Köchin.

Adrienn lebte wie eine Prinzessin. Es gab keinen Wunsch, den ihr Mr. Becskei nicht erfüllte.

Emily hatte ihre Füße nur ein einziges Mal auf das Grundstück gesetzt. Schon damals hatte sie das Gefühl gehabt, in eine andere Welt gezogen zu werden. Nicht einmal Ian hätte sich in diesem Haus wohl gefühlt, seinem Vermögen und der scheinbar anhaltenden Suche nach Bequemlichkeit zum Trotz.

Ihre Augen flogen über die Fassade des Gebäudes. Dabei folgte sie einer lieb gewonnenen Angewohnheit. Sie zählte die Fenster. Die Großen und Kleinen und versuchte zu erraten, hinter welchem sich Kostja befand.

Wo hatte er sich in diesem Kasten versteckt? Bevor Emily über die zehn hinauskam, öffnete sich die Haustür. Unter dem Vordach der Veranda stand Adrienn, die Hände züchtig im Schoß gefaltet, auf ihren Lippen zeigte sich ein strahlendes Lächeln.

Sie lief die Freitreppe nach unten, stoppte nur haarscharf vor ihren Besuchern, wobei sie fast über ihre eigenen Füße stolperte und klatschte in die Hände.

„Emily!“, rief sie erfreut. „Wir haben uns ewig nicht mehr gesehen. Wo bist du gewesen?“ Sie wandte sich an Jason, der ihre Begeisterung mit einem Lächeln kommentierte. „Und wie geht es dir, Herr angehender Kinderarzt?“

Jason hob zum Gruß die Hand. „Jo. Was geht bei Ihnen, Frau Anwältin? Haben Sie Ihren Herrn Ehemann im Garten verbuddelt? Seine Groupies vermissen ihn schmerzlich im Krankenhaus."

Sie grinste amüsiert. „Natürlich", gab sie ihm Recht, wedelte kurz mit der Hand und bat ihre Besucher, dass sie ihr folgen sollten. „Dieser Schlingel kam erst heute Morgen nach Hause und besitzt dann auch noch die Frechheit, eine Lungenentzündung mitzubringen."

Jason pfiff anerkennend. „Dein Vater ist sicher ausgeflippt."

„Das ist noch eine Untertreibung."

Emily brachte kein Interesse für das Gespräch der beiden Freunde auf. Vertieft betrachtete sie die Bilder von Frauen, Männern und Kindern an den Wänden, zählte dabei ihre Schritte und berechnete den effizienten Weg, damit sie im Notfall schnellstmöglich von hier fliehen konnte - wenn sie Mr. Becskei begegnete.

Alles Dinge, die sich gleichzeitig in ihrem Kopf abspielten. Ein Geräusch drang an ihre Ohren und sie blieb stehen, um sich nach dem Grund dafür umzusehen.

Eine Haushaltshilfe lief mit einem Stapel Wäsche in den Händen hinter ihr vorbei, verfolgt von einem alt wirkenden Hund. Erleichterung rieselte dem Mädchen über den Rücken. Warm wie ein Sommerschauer.

An die Gegenwart von diesem Mann konnte sie sich nicht gewöhnen und das wollte sie auch nicht.

Für ihn brachte sie keinerlei Sympathie auf. Selten traf sie auf Menschen, die sie so wenig mochte. Und wann immer sie um eine Ecke bog, rechnete sie damit, dem Schatten von Mr. Becskei zu erblicken.

Adrienn blieb vor den Türen eines Zimmers stehen, ein Husten erklang und Emily setzte nur zögernd einen Fuß über die Schwelle.

Der Geruch von Menthol, abgestandener Luft, kaltem Schweiß und Zitrone drohte damit ihre Nase zu erschlagen. Ihr Magen rebellierte heftig. Sie musste das Fenster öffnen. Ein Vorhaben, das eine verschnupfte Stimme vereiteln wollte.

„Lass es zu!“

Sie wandte sich Kostja zu, der sich unter einem halben Dutzend Decken versteckt hatte. „Du brauchst frische Luft, Herr Gorodezki“, protestierte sie und stellte das Fenster auf Kipp.

„Was ich brauche ist Ruhe!“, korrigierte er und zog die Decke über seinen Kopf. Einen nervösen Herzschlag später kam er aus seinem Versteck. „Emily? Was machst du hier?“

Kostja klang jetzt mehr verblüfft als verärgert. Bevor sie etwas sagen konnte, trat Jason gut gelaunt in sein Blickfeld und tippte an einen imaginären Hut.

„Hi Buddy“, gluckste er und zeigte auf Emily, die hinter ihm stand. „Ich hab‘ unterwegs diese Schönheit aufgegabelt. Was krieg‘ ich dafür?“

Kostja grinste schief. „Einen dicken Schmatzer?“, schlug er müde vor und betrachtete seine Besucher. „Und was wollt ihr hier?“ Sein Blick wanderte von Jason zu Emily. „Musst du nicht arbeiten? Und solltest du nicht eigentlich in der Schule sein?“

„Müssest *du* nicht im Krankenhaus sein?“, erkundigte sich sein bester Freund, der sich jetzt einen Stuhl heranzog. Er ließ sich verkehrt herum darauf nieder. „Wenn du krank bist, kannst du nicht einfach blau machen, Alter. Du hättest dich bei deinem Onkel melden müssen.“

Kostja wurde so bleich wie ein Gespenst. „Verdammter Mist!“, fluchte er. „Wie spät ist es?“

Jason lachte amüsiert. „Viel zu spät. Dein Onkel hat damit gedroht, dich zu enterben.“

Bevor ein weiteres Wort hätte fallen können, ertönte ein Klopfen. Emily sah zur Tür. Adrienn lächelte freundlich und hielt die Hände im Schoß gefaltet.

„Würdest du mir beim Teekochen helfen, Emily?“, fragte sie und das angesprochene Mädchen nickte. „Magst du Earl Grey? Jason für dich wie immer Zitrone und der Patient bekommt Karottensaft.“

Kostja schnitt eine Grimasse. „Du willst mich umbringen, richtig?“

„Natürlich. Immerhin hast du das Essen mit meinem Vater geschwänzt und du willst mir noch immer nicht sagen, wo du dich rumgetrieben hast."

Kostja und Emily tauschten einen Blick. Und nachdem sie von Adrienn entführt wurde, blieb er mit Jason allein zurück.

Er konnte seiner Frau nicht sagen, dass er die Nacht bei und mit Emily verbracht hatte. Adrienn würde ihn nicht in Ruhe lassen, bis sie auch das letzte Detail aus ihm herausgequetscht hatte.

Es reichte ihm schon, dass er von seinem Jugendfreund mit Argusaugen beobachtet wurde. Auf Jasons Lippen erblühte ein breites Grinsen. Kostja verkroch sich unter dem Kopfkissen. Er wusste, was ihm bevorstand.

„Du hast doch keine Geheimnisse vor mir", begann der angehende Kinderarzt neugierig. „Könnte es zufällig sein ..."

„Lass es!", unterbrach ihn Kostja scharf.

Aber das beeindruckte Jason nicht. „Ist es möglich ..."

„Halt die Klappe!"

„Komm, sag mir nicht, ihr ..."

„Oh mein Gott ..." Kostja warf sich ein zweites Kissen aufs Gesicht und hoffte auf einen schnellen Erstickungstod, der ihn aus dieser Situation befreite.

Sein bester Freund gönnte ihm die Flucht ins Jenseits nicht und entriss ihm das Textilstück. „Jetzt sag' schon, was zwischen euch war und ich warne dich: Ich erkenne jede einzelne Lüge."

Der angehende Neurochirurg schloss kapitulierend die Augen und holte tief nach Luft. „Wir hatten Sex", bejahte er die unausgesprochene Frage, die seinen Gesprächspartner förmlich zu zerreißen drohte.

Jason klatschte laut in die Hände. „Ich wusste es", posaunte er triumphierend.

Es reichte ihm nicht, nur zu wissen, warum Kostja das Geschäftsessen seines Schwiegervaters versäumt hatte. Es gab noch mehr, dass ihn interessierte.

„Wie kam es überhaupt dazu?“, fragte Jason unvermittelt.

Kostja hob fragend eine Augenbraue. „Was meinst du damit?“, erwiderte er und setzte sich ein wenig mühsam in seinem Bett auf.

„Das zwischen dir und ihr. Ich meine, ihr tanzt ja schon ewig umeinander herum und jetzt auf einmal: Jackpot? Wie ist das passiert?“

Kostja verdrehte die Augen. Eine Reaktion, die er mit seinen fast vergessenen Kopfschmerzen büßte. „Also pass‘ auf“, begann der Angesprochene krächzend und gestikulierte mit den Händen wie ein Erwachsener, der einem Kind etwas erklärte. „Wenn ein Mann und eine Frau ...“

Jason unterbrach ihn. „Nicht das, du Arsch! Du weißt genau, was ich meine“, protestierte sein bester Freund.

Kostja lachte amüsiert. „Keine Ahnung, ehrlich gesagt“, gestand er und zuckte die Schultern.

Kurz und bündig erzählte er seinem besten Freund, was er in Japan erlebt hatte, und endete mit den Ereignissen der letzten Nacht. Entgegen jeder Erwartung grinste Jason bis über beide Ohren und machte den Anschein, vor Glück zu platzen.

„Na endlich“, jubelte der angehende Kinderarzt und breitete erleichtert die Arme aus. „Er wird flügge!“

Kostja schnitt eine Grimasse.

„Ich dachte schon, du verliebst dich nie“, gestand Jason mit gedämpfter Stimme.

Kostja runzelte die Stirn. „Ach, echt?“, fragte er wenig geistreich nach.

Dass sich sein bester Freund um sein liebestechnisches Wohl gesorgt hatte, überraschte ihn.

„Ja, Mann! Du hattest noch nie eine vernünftige Beziehung und komm' mir jetzt ja nicht wieder mit den One-Night-Stands, über die *wir-nicht-reden*. Die zählen nicht."

Jason ging ein paar Schritte im Zimmer herum, während er aus dem Nähkästchen plauderte. Schon lange hatte er seinen besten Freund unter die Haube bringen wollen.

Kein einziges Mal erwähnte er dabei Adrienn, was Kostja stutzig machte.

„Findest du es nicht merkwürdig, wie sehr du dich über meinen Seitensprung freust", gab der Kranke zu bedenken.

Jason tat den Einwand mit einer flüchtigen Handbewegung ab. „Ach komm'. Von uns weiß doch jeder, dass die Hochzeit nicht eure Entscheidung war. Also wo ist das große Problem?"

Ein Seufzen verließ Kostjas Lippen. „Dass es ein Seitensprung bleibt."

Jasons überschwängliche Freude wandelte sich in ehrliches Mitgefühl. „Weißt du, was mich bei dir am meisten enttäuscht? Dass du mir nichts gesagt hast. Adrienn erzählt mir seit Jahren alles und mein bester Freund schweigt."

Kostja ließ die Schultern hängen. „Tut mir leid. Ich dachte ..."

„Was dachtest du?", brummte Jason beleidigt. „Das ich euch beim alten Becskei verpfeife? Danke für dein Vertrauen. Im übringen wusste ich, das ihr ineinander verknallt seid, noch bevor ihr Beide es wusstet."

Als näher kommende Schritte auf dem Flur erklangen, beendeten sie ihre Unterhaltung und sahen zu der Tür, die sich lautlos in den Raum schob.

Emily trat dicht gefolgt von Adrienn ins Zimmer. Obwohl beide Frauen ein freundliches Lächeln zur Schau trugen, beschlich Kostja das Gefühl, dass ihnen gar nicht zum Lachen zumute war.

Woran mochte das liegen?

Bevor Kostja den Gedanken beendet hatte, trat Adrienn mit einem Angebot zu Jason und lockte ihn damit aus dem Zimmer.

„Die Minibar meines Vaters ist randvoll. Ich glaube, er hat auch einen schottischen Whiskey und bis auf uns drei ist niemand mehr hier. Was hältst du davon?“

Jason sprang auf die Füße. „Das lasse ich mir nicht entgegen.“

Die beiden verabschiedeten sich und verließen den Raum, um die Bar zu plündern. Kostja lachte auf und musste sogleich Emily beruhigen, die auf ihn wie ein verschrecktes Vögelchen wirkte.

„Mr. Becskei ist ab heute auf Geschäftsreise und er wird auch in den nächsten zwei Wochen nicht nach Hause kommen. Adrienn hat also genug Zeit, um die Minibar wieder aufzufüllen.“

„Verstehe“, murmelte sie händeringend.

Kurz herrschte zwischen ihnen eine fast bedrückende Stille. „Es ist schön, dich zu sehen“, zog Kostja Emily in eine Unterhaltung.

„Ich wünschte nur, die Umstände wären besser“, gestand sie ihm mit einem gezwungenen Lächeln.

Kostja seufzte. Sie hatte Recht.

Emily setzte sich auf die Bettkante und ließ ihre Hand über seine glühende Stirn wandern. „Was machst du nur für Sachen?“, murmelte sie.

„Für dich alles“, witzelte Kostja, um die angespannte Situation ein bisschen zu lockern.

Emily lachte und boxte ihm leicht gegen die Schulter. „Du Charmeur“, scherzte sie, doch die Röte auf ihren Wangen sprach Bände.

Kostjas Lächeln schwand und er dachte an seine nächsten Worte - und daran, wie gerne er sie sich verboten hätte. „Emily. Hör‘ mal“, setzte er in einem ernsten Tonfall an. „Du weißt, dass ich es hasse, das überhaupt sagen zu müssen, aber wir sollten in der Öffentlichkeit nicht mehr als gute Freunde sein.“

Das Mädchen nickte und zog gequält die Mundwinkel nach oben. „Wollte ich dir auch vorschlagen“, stimmte sie ihm zu und seufzte tief, wobei sie den Kopf hängen ließ.

„Beschissene Situation“, kommentierte der Assistenzarzt und nahm ihre Hand.

Sie nickte und blickte unter dem Schleier ihrer Haare hervor. „Aber nur, wenn wir in der Öffentlichkeit sind“, warf sie mit einem Schmunzeln in der Stimme ein.

Kostja verstand und zog sie in seine Arme. „Jawohl. Ma‘am.“

***

Natürlich hatte Ian damit gerechnet, dass ihm Mirai in den Rücken fiel. Irgendwann. Er hatte geglaubt, mehr Zeit zu haben. Jetzt wusste er, wie töricht es war, einen Feind in sein Haus zu lassen und sich gleichzeitig in der Sicherheit zu wiegen, die ihm seine gewohnte Umgebung vermittelte.

Der Anblick der Jahrhunderte alten Bücher, der Geruch von Pergamentpapier, Tinte und Staub, all das hatte ihn dazu verleitet, unvorsichtig zu sein.

In einem der wenigen Momente, in denen er verletzlich war und seine Schoner nicht trug, stürzte sich Mirai auf ihn.

Sie sagte nichts und sie verschwendete keine Zeit. Wie es dem Naturell der Dämonenjäger entsprechen sollte. Ihre Begegnung mit einem im Krieg geschulten Vampir hatte sie zur Vernunft gebracht.

Sie würde ihren Gegner nicht noch einmal unterschätzen.

Das Mädchen packte Ian im Genick und presste ihn mit dem Gesicht auf den Schreibtisch. Er war ihr ausgeliefert.

Verdammt. Verdammt. Verdammt.

Nur ein Drache besaß die Kraft, sich aus dem Griff eines Dämonenjägers zu befreien und nur ein Drache besaß die Kraft, *ihn* jetzt noch zu retten. Zumindest dann, wenn er sich am gleichen Ort befand.

Aber Nick war nicht da und Ian verstand endlich, dass er einen folgenschweren, womöglich tödlichen Fehler gemacht hatte.

Nicht nur womöglich.

Er hätte diesen verfluchten Drachen nicht wegschicken dürfen. Mirai kannte natürlich die Achillesferse der Vampire. Sie fasste nach seinen Armen und rammte silberne Dolche zielsicher durch seine Handgelenke.

Danach verschwand sie in den labyrinthartigen Straßen von Budapest.

Ian versuchte, sich zu bewegen, doch der glühende Schmerz betäubte seine Sinne.

So fühlte sich das also an.

Würde er nach 1000 Jahren endlich sterben? Trat Emily seine Nachfolge an? Immerhin wussten die Mitglieder der Kommission nicht, wer sie war und unter welchen Umständen sie zur Welt kam.

Seine Drachen, die in seiner schottischen Burg lebten, unbemerkt von den Menschen, waren in Sicherheit. Nick konnte aufhören, einem veralteten Vampir nachzulaufen.

Das war gut.

Es war richtig.

So hatte es immer sein sollen.

Ian schloss die Augen, während ihm das Leben selbst aus den zerfetzten Adern sickerte. Hier auf seinem geliebten Schreibtisch wollte er sterben. Es war angenehm. Er fühlte sich geborgen.

Für ihn gab es keinen ironischeren Tod. Und als sein Bewusstsein immer tiefer in der Leere versank, begann er zu Träumen, von jener Nacht, als ihn Nick zum ersten Mal bei seinen Namen gerufen hatte.

Schottland, Highlands

18. Oktober 1989

„Ihr wisst, dass Ihr meinen Sohn nicht auf ewig festhalten könnt, Mylord", sagte Diana, die ihm gegenüber auf der anderen Seite des Tisches saß und Kartoffeln schälte. „Irgendwann müsst Ihr Col gehen lassen, damit er unseren Fortbestand sichern kann."

Ian nickte vertieft. Er hatte schon länger darüber nachgedacht. Es gab nur noch wenige Drachen auf dieser Welt. Dass sie sich vermehrten - dass sie ihre Kinder in Frieden aufziehen konnten, genoss Priorität.

Und so begann in ihm die Idee für ein Kloster zu keimen, das ihnen eine Zuflucht bot. Nur wo sollte er ein derartiges Gebäude errichten?

Nachdem sein Vater, Liam Colquhoun das Draco Lacrimis *erschaffen hatte, wurde die Zahl der Drachen in einem fast beängstigenden Tempo reduziert. Nicht zuletzt von seiner eigenen Familie.*

Auch die Kommission sah in diesen Kreaturen eine Laune der Natur, die schnell ausgerottet gehörte. Ian hatte eine andere Meinung dazu. Er liebte diese Wesen und ihr gutmütiges Naturell.

Mit ausholenden Schritten begab er sich in die Bibliothek, riss eine Weltkarte von der Wand und breitete sie auf seinem Schreibtisch aus. Er verfügte in den baltischen Staaten über ein Anwesen, das er nur selten nutzte und das versteckt in einem dichten Wald, nahe der Küste lag.

Wenn er den Besitz umbaute, erweiterte und das Grundstück durch hohe Mauern und Silber abschirmte, fanden misshandelte Drachen eine Zuflucht.

Ein Zuhause.

Das Problem war nur, dass niemand davon erfahren durfte.

„Lord Colquhoun, darf ich Euch sprechen?"

Ian wandte sich der Tür zu. „Col, was möchtest du?", fragte er und fischte nach einem Notizblock, der neben ihm auf dem Schreibtisch lag. „Ich bin gerade beschäftigt."

Col kam in die Bibliothek, leise, zögernd, als hätte er Angst, Ian mit einem unbedachten Schritt zu verärgern. „Ich habe gehört, worüber Ihr mit meiner Mutter geredet habt und ich … möchte diese Burg nicht verlassen", murmelte er und rang die Hände ineinander. „Ich will an Eurer Seite bleiben."

Die Stirn in Falten gelegt, ließ Ian den Zirkel fallen, seufzte und wandte sich dem neben ihm stehenden Drachen zu. „Hör' zu, Col. Ich ..."

„I-Ich mag es nicht ... meinen Namen und er passt auch nicht in diese Zeit. Ich werde meine Eltern bitten ..."

Ein schiefes Lächeln zuckte um Ians Mundwinkel, während er das puterrote Gesicht von Col betrachtete. Im Grunde konnte er sich nicht einmal vorstellen, dass dieser Drache in der Welt da draußen, ganz auf sich allein gestellt zurechtkam.

Und er hatte Recht. Sein Name war wirklich nicht mehr zeitgemäß.

„Wie wäre es dann mit Nikolas?", schlug Ian den ersten Namen vor, der ihm durch den Kopf flatterte.

Nein, das war zu lang. Ian seufzte. Er wollte für den Drachen etwas finden, das zumindest entfernt mit Col zu tun hatte, um Diana und ihren Mann, Eldarion nicht komplett vor den Kopf zu stoßen.

„Wie sieht es mit der kürzeren Variante aus?", folgte er einer plötzlichen Eingebung und zog einen Kreis um die baltischen Staaten. „Nick."

Die Augen von Col wurden riesengroß, bevor er wie ein Kind strahlte. „Der Name gefällt mir."

Ian wandte sich wieder seinen gemachten Notizen zu. „Ich *werde dich Nikki nennen", betonte er versunken und suchte nach einer Akte. „Es tut mir leid, aber geh' jetzt bitte. Ich habe keine Zeit um mit dir zum Spielen."*

Nick schnitt eine Grimasse und trat vom Schreibtisch zurück, als Ian in einer der Schublade wühlte. „Ich bin kein Kind", erwiderte der Drache bockig. „Ich bin der Wächter deiner Familie."

Damit wandte er sich auf dem Absatz um. Ian richtete sich auf, eine seiner Augenbrauen schnellte in die Höhe. Seit wann gab ihm Nick Widerworte?

Vor fünf Sekunden hatte er noch wie ein verängstigtes Kind gewirkt und plötzlich besaß er Rückgrat? Hatte es sein Selbstvertrauen gestärkt, dass seine Bitte zumindest diesmal Gehör fand?

Ian wusste nicht wieso, aber das begann ihn zu beschäftigen und die Idee mit der Zuflucht für Drachen, rückte in den Hintergrund. Was war geschehen? Er verstand es nicht.

Neugierig folgte er dem Jüngeren bis in die Eingangshalle. „Nick!", rief Ian, doch der Wächter seiner Familie ging einfach weiter. „Nikki!"

Diesmal blieb der Gerufene stehen, wenngleich seine schmalen Schultern bebten. „Ian?"

Was sich in dieser Nacht auch zwischen ihnen verändert hatte, es riss Ian komplett den Boden unter den Füßen weg. Nick stand im warmen Licht der Kerzen. Seine blonden Haare leuchteten wie gesponnenes Gold. Seine rotbraunen Augen ähnelten frischem Blut und sein Lächeln wirkte verlegen, aber auch voller Hoffnung.

Ian schlug das Herz hart gegen die Brust.

Was genau war in der Bibliothek passiert? Er hatte doch nur nach einem geeigneten Standort für die Zuflucht der Drachen gesucht. Und er hatte Nick irgendeinen Namen gegeben, den er irgendwann irgendwo gehört hatte.

Nichts ergab einen Sinn, bis Ian etwas Entscheidendes bewusst wurde.

Sein Vater hatte es ihm vor Jahrhunderten erzählt, in einer durchzechten Nacht, als er sich dafür verfluchte, dass er das Draco Lacrimis *geschaffen hatte.*

Nick kam näher, in seinem Gesicht lag Sorge.

Ian seufzte.

Er hatte diesem verflixten Drachen einen Namen gegeben! Herr im Himmel. Ian hatte die Anerkennungszeremonie durchgeführt, ohne darüber nachzudenken.

Damit hatte er den Jüngeren aus dem Stand eines Bediensteten entlassen und ihn zu einem Familienmitglied gemacht.

Und nicht nur das. Nach Auffassung der Drachen wurde Nick zu seinem Seelenpartner. Wie konnte Ian das Vergessen, wenn es doch so schwer wog? Und genau jetzt, in einem alles entscheidenden Moment, wusste er es mit absoluter Gewissheit.

Für ihn gab es keinen Weg zurück.

Kapitel: 18

Für Nick lag die Welt in Trümmern.

Sein Leben fiel buchstäblich auseinander. Die schottischen Highlands, diese Burg, war ihm kein Zuhause. Das hatte er schon vor langer Zeit begriffen.

Zumindest dann nicht, wenn er diesen einen, ganz bestimmten Vampir nicht erreichen konnte.

Leise seufzend lehnte sich Nick im Sofa zurück, seine Augen lagen auf dem Fenster.

Er wollte Emily und Ian beschützen. Sein Leben wurde von Sorge beherrscht. Vielleicht übertrieb er ein bisschen mit seiner Fürsorge.

Aber deswegen musste er nicht gleich zum Psychiater.

Auf diese Weise war es ihm unmöglich, seiner Aufgabe als Wächter nachzukommen. Nick schnaufte. Seine Mutter hatte ihm versichert, dass alles wieder in Ordnung kam.

Doch das nagende Gefühl der Unruhe ließ sich durch ihre Worte nicht verscheuchen.

Dieses verfluchte Halsband!

Insbesondere auf die Situation mit Emily musste er immer ein Auge haben. Wenn die Kommission Ian erneut zusetzen wollte, fanden sie einen Weg.

Wie auf glühenden Kohlen sprang der Drache auf die Füße, tigerte von einem Zimmer ins nächste und versuchte sich zu beschäftigten.

Dieses gottverdammte Halsband!

Seine Gedanken gönnte ihm keine Pause. Vor seinem geistigen Auge sah er die Möglichkeiten.

Wenn er, der Familie Colquhoun zu beschützen geschworen hatte, so viel Fantasie aufbrachte, konnte das nichts Gutes bedeuten.

Plötzlich, als hätte er es heraufbeschworen, begann sein Smartphone zu klingeln. Der Signalton war wie immer und doch anders. Viel dringlicher. Fast verzweifelt.

Eine böse Vorahnung machte sich in Nick breit. Mit einem schalen Geschmack im Mund nahm er den Anruf entgegen.

„Bitte, du musst mir helfen", hörte er Emily sagen und das war auch der einzig verständliche Satz, den sie herausbrachte.

Der Rest ihrer Worte vermischte sich in Wiederholungen. Pausen. Schluchzen. Wichtige Informationen schienen ihr zu entgleiten und Nick musste das Mädchen erst beruhigen.

Dabei lagen seine Nerven seit *Bitte* und *helfen* blank. Seine innere Anspannung wuchs.

Emily holte einmal tief Luft. Dann erzählte sie. Von Mirai. Dem Angriff. Von Ian.

Für Nick stand die Welt eine quälende Sekunde still, als hätte sie aufgehört, zu atmen, als wenn die Farben um ihn herum verblassten. Unter seinen Füßen tat sich ein Abgrund auf.

Er fiel und fiel und fiel.

Das durfte einfach nicht wahr sein!

Magensäure kroch ihm bitter den Hals hoch. Er musste sich beruhigen. Für Emily.

Geduldiger als er sich fühlte, blieb er am Telefon, während er in sein Zimmer rannte und sich an den Computer setzte.

Nick wusste genau, dass er sich dumm verhielt. Aber das änderte nichts an seinem Entschluss. Er war der Wächter der Familie. Doch jede Fluggesellschaft in Schottland schien sich gegen ihn verschworen zu haben.

Ausgebucht.

Ausgefallen.

Ausgefallen.

Ausgebucht.

Ausgebucht.

Nick fluchte gedanklich, versetzte der Tastatur einen Stoß und sprang knurrend auf die Beine. Selbst wenn sich das Universum gegen ihn stellte, er würde einen Weg finden.

Er *musste* einen Weg finden. Er *musste* zurück. Zurück zu Ian.

„Ich werde jetzt auflegen. Ich muss meinen Flug erwischen", unterbrach Nick das Mädchen am anderen Ende der Leitung und er konnte förmlich fühlen, wie ihr das Blut aus den Wangen wich.

„Nein, du darfst nicht zurückkommen, sonst …"

Den Rest bekam er nicht mehr mit. Seine Gedanken rasten und während er über die Treppe ins Erdgeschoss lief, tauchte seine Mutter vor ihm auf.

Unfähig noch rechtzeitig zu bremsen, rannte er direkt in Diana hinein.

„Was ist denn los, mein Schatz?", wollte sie irritiert wissen und stand auf. „War das Emily am Telefon? Geht es ihr und Lord Colquhoun gut?"

Nick brachte kein einziges Wort hervor. Stattdessen schob er sich an ihr vorbei und trat in den großflächig angelegten Garten. Diana heftete sich an seine Fersen.

Sie folgte ihm durch aufwändig geschnittenen Hecken und lief an Sträuchern und Blumenbeeten vorbei.

„Ich weiß nicht, was passiert ist. Aber ich kenne dich sehr genau", rief sie und ihre Stimme überschlug sich bei dem Versuch, mit ihrem Sohn Schritt zu halten. „Du kannst nicht zurück."

Sie klammerte sich an seinen Arm und Nick riss sich los. „Du kannst mich nicht aufhalten. Bitte lass' mich gehen. Ich muss zurück."

„Es war ein Befehl ... *sein* Befehl! Du kannst dich nicht widersetzen. Das *Draco Lacrimis* …"

„Das weiß ich", fuhr er seine Mutter ungewollt an.

Am hinteren Gartentor, das zu den steilen Klippen des Minchkanals führte, hielt er inne. Verzweiflung, Angst und Zerrissenheit spiegelte sich klar erkennbar in seinen Zügen.

Er war der Wächter der Familie Colquhoun und er hatte geschworen, sie zu beschützen - mit seinem Leben.

Aber in erster Linie ging es ihn um Ian, den Mann, den er liebte. Seine Aufgabe spielte eine untergeordnete Rolle.

„Ich kann nicht hier bleiben, wenn er im Sterben liegt, Mam. Ich muss es einfach versuchen.“ Nick machte eine kurze Pause und strich sich mit den Händen durchs Gesicht. „Er darf nicht einfach ... er darf nicht ...“

Sie wollten ihren geliebten Sohn auf keinen Fall gehen lassen. Zu groß war die Furcht, ihn für immer zu verlieren. Und doch tat sie es.

Bevor sie Nick zurückkehren ließ, schob sie ihm noch den Schlüssel der Villa und ein paar tausend Forint in die Hosentasche.

„Das habe ich immer bei mir ... für den Notfall“, flüsterte sie ihm zu, bevor er auf den Abgrund zu lief, den die Burg umgab. „Pass‘ bitte auf dich auf.“

Mit jedem Schritt wurde Nick schneller. Mit jedem Meter wurde das *Draco Lacrimis* enger. Und als er sich mit einem Sprung der wilden Gischt des Meeres entgegen stürzte, zog ein qualvoller, heißer Schmerz durch seine Kehle.

Für einen Moment fühlte er sich wie gelähmt, doch dann reagierte der Drache in ihm. Sein Körper begann sich zu verändern und kurz bevor die spitzen Felsen der Küste seinen Fall hätten bremsen können, breitete Nick seine mächtigen Schwingen aus.

Den feuchten Wind unter den Flügeln, erhob er sich mit kraftvollen Schlägen in den Himmel, bis er die Wolkendecke durchbrochen hatte.

Von menschlichen Augen ungesehen glitt er über das Meer hinweg und durch die mondlose Nacht.

Nick keuchte auf. Er orientierte sich an den Sternen, folgte dem Wind und ignorierte verbissen die buchstäbliche Schlinge um seinen Hals.

Das *Draco Lacrimis* bestrafte ihn. Je mehr er sich anstrengte, je schneller er sich fortbewegte, je näher er seinem Ziel kam, umso schwerer fiel es ihm, überhaupt noch nach Luft zu holen.

Und dann verlor Nick, kurz vor den Grenzen Ungarns für einen erschreckenden Moment das Bewusstsein.

Die mühsam aufrechterhaltene Spannung in seinen Muskeln ließ nach. Er büßte Höhe ein, bis er wie ein Stein vom Himmel fiel und dabei sein menschliches Äußeres wieder annahm.

Er hatte nicht damit gerechnet, dass ihm sein Vater gefolgt war. Der mächtige Hüter einer schottischen Burg, der selbst seiner Familie gegenüber kaum Gefühle zeigte, schoss wie ein Pfeil auf die Erde zu.

Er fing seinen Sohn in freien Fall auf und ließ sich mit ihm zusammen auf den Boden nieder.

„Geht es dir gut, Col?“, fragte Eldarion, der sich weigerte, sein Kind *Nick* zu nennen. „Kannst du atmen? Kriegst du Luft?“

Die Stimme des Hüters grummelte wie ein Unwetter durch die Nacht und Nick schlug dem Drachen neben ihm leicht gegen die Schnauze.

„Was machst du hier, du alter Sack?“

Eldarion schnaufte verächtlich, bevor er zu seinem menschlichen Äußeren wechselte. „Du bist unglaublich. Wenn es um Lord Colquhoun geht, benimmst du dich wie ein Narr.“

Nick setzte sich hustend auf und suchte in seinen Taschen. „Weil ich ihn liebe.“

Eldarion seufzte, nahm das Smartphone und rief bei der örtlichen Taxizentrale an.

Nick dankte seinem Vater dafür. Er konnte keinen Schritt mehr gehen. Für seine Drachengestalt fehlte ihm ebenso die notwendige Kraft.

„Das ist das Problem. Du wirst dich irgendwann noch umbringen", erwiderte Eldarion, der sich ebenso weigerte, in der Nähe von Menschen etwas anderes zu sein als ein Mensch.

Er war viel zu stolz auf seine Herkunft.

Nick probierte sich an einem Lächeln. Er sollte besser den Mund halten. Sein Vater würde ihm für diese unüberlegte Aktion noch früh genug die Leviten lesen.

Eldarion half Nick auf die Füße, hielt ihn an der Taille fest und während sie gemeinsam zur Straße gingen, schimpfte er ohne Luft zu holen.

Über die Sturheit der Jugend.

Über seinen liebeskranken Sohn.

Über seine gutmütige Frau.

Über das *Draco Lacrimis.*

Über Ian.

Als er zu weiteren Tiraden ansetzen wollte, schnitt ihm das Eintreffen des Taxis das Wort ab. Der Fahrer stieg aus und sah prüfend von Eldarion zu Nick und protestierte.

„Sorry, keine Ahnung, was der Kerl eingeworfen hat, aber der kommt mir bestimmt nicht ins Auto. Der kotzt mir noch auf die Sitze."

Eldarion versuchte zu lächeln. Ein Versuch, der noch nie Erfolg gehabt hatte. „Meinem Sohn geht es gut. Sie brauchen sich wirklich keine Sorgen zu machen. Er ist nur ein bisschen erschöpft."

Der Mann hob eine Augenbraue. „Ihr Sohn? Sie sehen aus wie Zwillinge."

Tiefes Seufzen folgte. Obwohl Nick kaum Kraft hatte, zog er das Geldbündel aus der Hosentasche, das ihm seine Mutter beim Abschied zugesteckt hatte, und reichte es dem Taxifahrer.

„Das sollte Sie entschädigen", sagte Eldarion nicht gerade gut gelaunt.

Das Gemüt des griesgrämigen, alten Ungaren veränderte sich.

Kaum dass sich die Gäste auf die hintere Sitzreihe geschoben und die Türen geschlossen hatten, erkundigte sich ihr Chauffeur fast schon freundlich, wohin er sie bringen durfte.

Eldarion gab die Adresse bekannt. „Sie bekommen noch einmal so viel, wenn Sie es in 20 Minuten schaffen."

Ein Ansporn, der das Zeitfenster sprengte. Der Fahrer brauchte fast eine Stunde, um die Vororte von Budapest zu verlassen.

Bis er sich durch den abendlichen Berufsverkehr gequetscht hatte, vergingen zwei weitere. Zum Trost bekam er die Hälfte des versprochenen Fahrpreises.

Das Tor der Villa öffnete sich, bevor Eldarion den Schlüssel aus seiner Tasche ziehen konnte. Im Schatten eines Baumes stand Emily, blass wie eine Wand, zitternd und mit verquollen Augen.

Ohne Begrüßung ging er an ihr vorbei und trug seinen Sohn dabei wie einen Seesack auf der Schulter.

Im Haus bemühte das Mädchen sogleich, das *Draco Lacrimis* zu öffnen. Auch ihr war diese Möglichkeit gegeben. In Ihren Adern floss das Blut der Familie Colquhoun.

Das Halsband fiel zu Boden und Nick schnappte gierig und hustend nach Luft. „Wo ist er ... wo ist Ian?", wollte er wissen. „Ich muss zu ihm."

Eldarion begab sich in die Knie. „Langsam", beschwor er sein Kind, das sich auf die Beine zurückkämpfte. „Du machst Lord Colquhoun und Emily nur Schwierigkeiten, wenn du jetzt zusammenbrichst."

„Du hast dich dumm verhalten", flüsterte das Mädchen erstickt.

Der angesprochene Drache lächelte mühsam. „Das habe ich heute schon gehört."

Emily sah zu Eldarion, den sie noch nie zuvor in menschlicher Gestalt erblickt hatte. „Wirklich erstaunlich. Ihr beide könntet Zwillinge sein", merkte sie leise an und Nick wusste, dass sie sich nur von ihren quälenden Gedanken ablenken wollte.

Eldarion seufzte und rollte mit den Augen. „*Das* habe *ich* heute schon gehört."

Sie starrte ihn verblüfft an. „Ihr klingt sogar gleich."

Nick stand auf. Er begab sich, von seinem Vater und Emily persönlich eskortiert, über die Treppe ins obere Stockwerk.

Sein Weg führte zu dem einzigen Zimmer, das sich am Ende des Ganges befand.

Es gehörte zu den privaten Räumlichkeiten von Ian. Niemand durfte die Türen durchschreiten, nicht einmal die Haushaltshilfe.

Die Ausnahme bildete Doktor Grey.

Nick musste diese Regel heute willentlich brechen. Es fühlte sich falsch an. Tief holte er nach Luft. Sein Hals stand in Flammen, als hätte er mit Säure oder Stacheldraht gegurgelt.

Dann öffnete er die Flügeltür und zuckte zusammen, nachdem sie hinter ihm wieder ins Schloss fiel.

Er sah sich um.

Blass, mit tiefen Ringen unter den Augen, angeschlossen an diversen Geräten, lag Ian am Rand seines Doppelbettes, obwohl er immer in der Mitte schlief.

Vermutlich, weil die Kabel zu kurz waren.

Auf den Lippen des Drachen breitete sich ein bitteres Lächeln aus, dann fühlte er die Nässe an seinen Wangen.

Er konnte es nicht verhindern. Der Anblick zerriss ihm das Herz. Aufgelöst sank Nick neben dem Bett auf die Knie. Er wollte nach Ians Hand fassen, doch eine hinter ihm erklingende Stimme hielt ihn davon ab.

Doktor Grey betrat das Zimmer. Ohne sich mit Erklärungen aufzuhalten, zog er einen Infusionsständer an den Drachen heran.

„Dein Hals sieht ja ganz schön mitgenommen aus", sagte er, packte Nick am Oberarm und zerrte ihn auf die Füße. „Setz dich. Ich schaue mir das erstmal an. Jetzt mach dir keine Sorgen. Unser kleiner Lord hatte schon schlimmere Verletzungen."

Nick musste grinsen. Das stimmte allerdings. Im Krieg hatte Ian für eine Weile sein Augenlicht durch einen Bombensplitter verloren.

Gehorsam setzte sich der Drache auf die Kante des Bettes.

Doktor Grey stand vor ihm, eine Diagnostikleuchte in der Hand und drehte den Kopf seines Patienten von einer Seite zur anderen.

„Ich habe die Kraft des *Draco Lacrimis* unterschätzt. Du kannst wirklich von Glück reden, das ihr Drachen über eine erstaunliche Regenerationsfähigkeit verfügt. Ich werde die Wunde trotzdem reinigen. Ein bisschen Salbe, ein Verband und in ein paar Stunden bist du wie neu. "

Doktor Grey brauchte nicht lange. Dann zog er Nick einen Gurt fest um den Oberarm, drängte ihn dazu, sich neben Ian zu legen, und stach beiden Patienten jeweils ein Ende des speziell angefertigten Infusionsschlauch in die Ader.

Diese Praktik der Bluttransfusion erinnerte Nick an das frühe 19. Jahrhundert, doch die antiquierte Methodik schien von Doktor Grey für das 21. Jahrhundert fit gemacht worden zu sein.

Mit geübten Handgriffen setzte er ein elektrisches Gerät in die Abzweigung in der Mitte und drückte ein paar Knöpfe. Dann atmete er auf.

Nick wollte etwas sagen, den Blick des Arztes erwidern, doch dazu kam er nicht mehr.

Die Welt verschwamm vor seinen Augen, wurde dunkler, blasser und dann sank der Drache kraftlos in die schon wartenden Arme von Morpheus.

***

Es war merkwürdig, die Augen wieder zu öffnen.

Seine Lider, sein Kopf, sein ganzer Körper fühlte sich ungewohnt schwer an. Wo war er?

Ein grelles Licht zuckte an ihm vorbei, bunte Farben, verschwommene Umrisse. Er brauchte einen Moment, bis er den Baldachin über ihm erkannte, die Vorhänge an den Bettpfosten, die schneeweißen Gardinen vor den Fenstern, die sich sanft im Wind bauschten.

Wie war er in sein Zimmer gekommen?

Ian blinzelte. Er versuchte, den Arm zu heben, und musste feststellen, dass ein dumpfer, rhythmischer Schmerz in seinen Handgelenken pochte.

Was war das für ein Piepen? Mühevoll rollte er den Kopf zur Seite und entdeckte Nick, der neben ihm im Bett lag und schlief. Eingerollt wie ein Kind.

Die Haare hingen ihm unordentlich ins Gesicht, seine Kleidung war zerknittert und trotz der dunklen Ringe unter seinen Augen, wirkte er von allen Sorgen befreit.

Ian hatte ihn noch nie so gesehen.

So friedlich.

Er wollte dem Drachen durch die blonden Strähnen streichen. Weil ihm dafür die Kraft fehlte, sank er seufzend tiefer in die Kissen. Das *Draco Lacrimis* hätte es verhindern müssen.

Nick durfte Schottland nicht verlassen. Offenbar kam selbst dieses Halsband gegen die Sturheit des Jüngeren nicht an. Aber die viel wichtigere Frage: Warum war er eigentlich hier?

Emily hatte Nick angerufen und ihm alles erzählt. Ian grinste. Das war für ihn die logische Schlussfolgerung. Er drohte wieder einzuschlafen, als er ein Rascheln neben sich hörte.

Der Jüngere setzte sich wie vom Donner gerührt auf, seine Augen lagen auf Ian, der den Blick des Drachen erwiderte.

„Du bist aufgewacht!“, rief er verdattert. „Hast du Hunger oder Durst? Soll ich dir etwas holen? Möchtest du, dass Em zu dir kommt oder besser Doktor Grey?“

Ian schüttelte den Kopf, atmete tief durch und bemerkte erst jetzt, dass um den Hals des Jüngeren ein blutiger Verband lag.

Das *Draco Lacrimis* fehlte. Emily musste es geöffnet haben. Dass es Nick nach Budapest zurückgeschafft hatte, obwohl ihm das Halsband in die Kehle schnitt, verdiente Respekt.

Gleichzeitig war es ein Zeugnis seiner Dummheit.

„Das ist nichts“, wehrte Nick ab und rutschte dabei ein Stück näher. „Mach‘ dir keine Gedanken.“

Glaubte er das selbst? Unter größter Anstrengung hob Ian den Arm, ließ seine Finger über den Verband fliegen und während er nach seiner Stimme suchte, die ihm irgendwo verloren gegangen sein musste, legte er Nick die Hand an die Wange.

„Ich weiß es ... ich weiß, was es bedeutet, dass ich dir einen Namen gegeben habe“, gestand der Ältere etwas, für das er 23 lange Jahre keine Worte gefunden hatte. „Und es stört ... mich nicht.“

Er wusste nicht, warum er das Thema ausgerechnet *jetzt* anschnitt. Ian wusste nur, dass es ihm wichtig war.

Nick schnitt eine Grimasse. „Wie schön, dass ich dir keine zusätzliche Last bin.“

Kaum war er nach Budapest zurückgekehrt, fuhr er die Krallen aus. Dabei hatte er vermutlich genau verstanden, was die in der Luft liegenden Worte bedeuteten.

Ian seufzte auf, wollte sich hinsetzen und nahm verärgert zur Kenntnis, dass er sich nicht auf seine Hände stützen konnte. Seine Handgelenke waren ganz schön in Mitleidenschaft gezogen worden. Es würde ewig dauern, bis die Wunden verheilt waren.

„Du musst Mirai für mich finden“, erklärte er leise und Nick starrte ihn an, als hätte er völlig den Verstand verloren. „Jedes Wesen in

Budapest wird Jagd auf sie machen. Ich halte mich nicht für die Krönung der Schöpfung, aber du weißt, wie viele Anhänger ich unter den Wesen habe.“

Nick ballte knurrend die Hände. „Wenn ich sie finde, dann wird sie das nicht überleben“, zischte er grimmig.

Ian nutzte die Ellenbogen, damit er sich aufzusetzen konnte. Die Hilfe des Drachen lehnte er mit einem Kopfschütteln ab.

„Mirai ist nicht Seiji. Kostja war nur ein Vorwand. Ich bin nicht naiv, auch wenn du das gerne annimmst, Nikki. Ich lasse einen Dämonenjäger nicht in mein Haus, ohne meine Hausaufgaben zu machen. Sie will der Dämonenjägergemeinschaft beitreten, die mit der Pariser Kommission einen Pakt geschlossen hat.“

„Besser, wenn sie verschwindet“, spie der Drache verächtlich aus, in seinen rotbraunen Augen glomm ein Feuer, das seine Bedeutung nicht in Worten fand. „Ich werde ihr nicht vergeben.“

Obwohl Ian noch immer angeschlagen war, die Welt um ihn herum flimmerte wie bei einem Lichtspiel, zitterte, schlug er die Decke zur Seite.

Er schwang seine Beine aus dem Bett, stand auf und suchte aus dem Schrank ein sauberes Hemd.

Ian fühlte sich ungewohnt gut. Wenigstens konnte er seine Hände benutzen, wenn er sie nicht zu sehr belastete.

Bei der Hose musste er kapitulieren. Schmerzwellen jagten in jeden Teil seines Körpers. Diesmal hielt er Nick nicht davon ab, ihm zur Hand zu gehen. Dabei nagte diese verfluchte Hilflosigkeit an seinem Stolz.

„Niemand wird ihr vergeben, aber sie ist ein Dämonenjäger. Wenn ein Wesen sie angreift, gibt es ein Blutbad“, gab Ian zu bedenken. „Kein Wesen kommt gegen einen Dämonenjäger an. Das sich Emily gegen Mirai wehren konnte, liegt auch nur daran, dass sie mit uns im Krieg gekämpft hat und dass das nicht ihre erste Begegnung war.“

Nick schnürte Ian die Schoner um die Handgelenke. „Willst du mir ein schlechtes Gewissen machen?“, knurrte der Jüngere säuerlich.

Ian zuckte die Schultern, bevor er sich eine Krawatte raussuchte. Der Drache hatte sich längst dazu entschieden, nach Mirai zu suchen. Er war loyal.

Besser, wenn sie kein Wort mehr darüber verloren.

„Ich habe Hunger", überlegte Ian laut und als ihm Nick sein Handgelenk reichte, schob er sich mit einem Lächeln an dem Drachen vorbei. „Heute werde ich mir eine fettige Pizza gönnen mit ganz viel Käse."

Ab und zu fand Ian es ganz unterhaltsam, Eigenarten von der Person durchscheinen zu lassen, die er einst gewesen war. Charakterzüge, die er dank der rauen Erfahrungen seines Lebens nicht mehr besaß.

Und wie jedes Mal warf es Nick vollkommen aus der Bahn.

Der Drache schwieg für einen Moment. „Willst du wirklich die Pizza oder den Boten?", fragte er scherzhaft.

Ian kannte ihn besser. „Möglicherweise möchte ich beides."

Bevor Nick verstand, wurde er gegen das Bett gedrängt, ein Knie schob sich zwischen seine Beine.

Ian sah ihn an, grub die Hände in die blonden Haare des Drachen und verschloss ihm den Mund. Mit einer Gier, einer Verzweiflung und Sehnsucht, die er 600 Jahre unterdrückt hatte.

Auch wenn Ian mit vielem gerechnet hatte, hatte er nicht erwartet, das die Lippen des Jüngeren nach anfänglichen Zögern weicher wurden. Fast anschmiegsam und fordernd.

Er hatte immer geglaubt, jemanden zu begehren, zu lieben, der ihm nicht näherkommen wollte. Nicht auf diese Art. Der seine Befriedigung in den Armen von Fremden suchte und fand.

Mit einem Verlangen, das Ian nie zuvor erlebt hatte, von dem er nicht einmal träumte in einem Leben, in dem er jede erdenkliche Form von Vergnügen genossen hatte, drängte sich ihm Nick entgegen.

Ian gab sich der trügerischen Hoffnung hin, dass seine Gefühle endlich auf Erwiderung stießen.

Ein Funke, den der Drache genauso verlässlich wie in den letzten 600 Jahren zerstörte.

Als an die Tür geklopft wurde und Emily ihren Kopf ins Zimmer steckte, riss sich der Jüngere fast entsetzt los.

Er wirkte verwirrt. Vielleicht einen Herzschlag lang, dann kehrte die allumfassende professionelle Ruhe in das Gesicht des Drachen zurück. Es war ein Verhalten, das Ian genauso vertraut wie verhasst war.

Nick stand wortlos auf und strich seine zerknitterte Kleidung glatt. Als wäre nichts zwischen ihnen geschehen. Als hätte es den Kuss, diese Zärtlichkeit gar nicht gegeben.

„Entschuldigen Sie bitte die Störung, Ian", begann Emily unsicher, ihre Augen flogen durch den Raum. „Doktor Grey möchte ... er will Sie sehen. Er ... genau genommen verlangt er danach."

Ian seufzte. Er sah zu Nick, der ihm den Rücken zuwandte, die Hände in den Hosentaschen. Der Kuss bedeutete vermutlich nichts. Es war der Situation geschuldet. Nicht mehr.

Drachen wurden geprägt, aber wem sie ihr Herz schenkten, bestimmten sie allein. Und das geschah nur ein einziges Mal.

„Begleiten Sie Doktor Grey in die Bibliothek", sagte Ian nüchtern, die Hände hinter dem Rücken verschränkt. „Bringen Sie ihm eine Tasse Tee, während er wartet."

Emily verneigte sich leicht. „Sehr wohl."

Die Türen schlossen sich hinter ihr und Ian vernahm ein Räuspern. „Ich werde jetzt gehen", sagte Nick, der dem Blick des Älteren auswich.

Ian nickte und wandte sich dem Fenster zu. Wie schnell er in seinen gewohnten Alltag zurückkehren konnte. Wie schnell er wieder zu dem Mann wurde, der immer einen kühlen Kopf bewahrte.

Egal was in seinem Leben auch passierte.

***

Nick floh aus den Räumen des Hausherrn. Er stürzte in ein nahegelegenes Badezimmer, hielt den Kopf unter kaltes Wasser und schloss die Augen.

Seine Gefühle fuhren Achterbahn. In seinem Inneren herrschte Anarchie. Ian hatte ihn nur einmal geküsst. Das war vor 600 Jahren gewesen. Auf einem Maskenball versteckt hinter einem Rosenstrauch.

Es war der damaligen, lächerlich romantischen Situation geschuldet.

Und jetzt, erneut in den Armen dieses Mannes zu liegen, riss Nick den Boden unter den Füßen weg.

So stürmisch, voller Verlangen und Sehnsucht geküsst zu werden, schnürte ihn den Hals zu.

Seit er das Licht der Welt erblickt hatte, genau genommen eigentlich schon davor, hatte Nick immer gewusst, dass er nirgendwo anders sein wollte.

Nur bei Ian.

Er hatte zunächst geglaubt, dass sein Bezug einzig an der Prägung lag. Doch nach der Geschlechtsreife hatte der Drache das ganze Ausmaß seiner Gefühle verstanden.

Er liebte nicht nur. Er sehnte. Er begehrte. Inbrünstig. Bedienungslos. Für den Rest der Zeit.

Für einen Drachen gab es auf der Welt nur dieses eine besondere Wesen, dem sie ihr Herz, ihr Leben, ihre Zukunft schenkten. Doch nicht alle fanden ihren Seelenpartner.

Nick hingegen hatte das Glück erfahren, an Ians Seite aufzuwachsen. Seiner Bestimmung. Dabei war die Situation befremdlich. Denn die Gefühle eines Drachen griffen nicht über Rassen hinweg.

„Doktor Grey hat mir gesagt, dass dich das *Draco Lacrimis* fast umgebracht hat.“

Nick stellte das Wasser ab. „Er übertreibt.“

Neben ihm, gegen die Wand gelehnt stand Ian. Die Hände vor der Brust verschränkt, hielt er den Blick auf das gegenüberliegende Fenster gerichtet.

Der Drache stieß die Luft aus den Lungen, nahm ein Handtuch aus dem Unterschrank und trocknete sich die Haare.

„Verstehe."

„Warum bist du hier?", fragte Nick. „Um mir zu sagen, dass sich zwischen uns nichts geändert hat und das ich einfach vergessen soll, was in deinem Zimmer passiert ist?"

Ian neigte den Kopf zur Seite. Er wirkte verwirrt. „Möchtest du es vergessen?"

Das war Nick Antwort genug. Zuerst wollte er den Raum verlassen, dem Älteren sagen, dass er sich verdammt noch mal zum Teufel scheren sollte und die Tür ins Schloss knallen, überlegte es sich allerdings anders.

Denn wenn er etwas seit ihrem Streitgespräch in Japan begriffen hatte, dann war es die Tatsache, dass Ian ihn für einen verblendeten Narren hielt, der nur für seine Pflicht lebte.

Heiße, brennende Wut kochte in Nick hoch.

Vielleicht war es diese Wut, die ihm dabei half, über seinen Schatten zu springen. Vielleicht war es diese Wut, die ihm dabei half, seine Ängste zu unterdrücken.

Seine Bedenken und die verlässlich mahnende Stimme in seinen Gedanken zu ignorieren.

Er packte Ian am Kragen seines Hemdes und zwang ihn, den Kopf zu neigen. Nick küsste ihn, stürmisch und besitzergreifend, sehnsüchtig, voller Leidenschaft.

Er wollte sich nicht länger verschließen. Er wollte Ian nicht länger von sich stoßen. Und er wollte sich nicht länger selbst belügen.

Er brauchte und er liebte Ian. Nicht als Arbeitgeber. Nicht als irgendeinen Freund.

Und gerade jetzt, nachdem er seinen Seelenpartner fast verloren hätte, wieder einmal, reichte es Nick nicht mehr, nur in der Nähe zu sein.

Darum streckte er sich Ian entgegen, schlang ihm die Arme um den Nacken und ließ sich von seinem Verlangen treiben.

Hart hämmerte ihm das Herz gegen die Rippen. Nick fühlte sich so geborgen, wie er es zuletzt in seiner frühen Kindheit erfahren hatte.

Er wusste, dass er nicht umkehren konnte. Es gab keinen Weg zurück. Er konnte Ian nicht mehr abweisen. Es war völlig unmöglich, dass er sich erneut zurückzog.

Nick war aber auch bewusst, dass jede Veränderung, die zwischen ihnen erblühte, Zeit brauchte, nur langsam keimen und die Angst verdrängen konnte.

„Jetzt weißt du, was ich davon halte“, murmelte der Drache keuchend.

Ian legte die Hände an die Hüften des Jüngeren und hielt ihn fest. „Ja, ich fange an zu verstehen.“

Kapitel: 19

„Warum sollte ich zum *Kerepesi Friedhof* kommen?“, wollte Kostja wissen.

Emily lächelte, obwohl sie sich an einem Ort wie diesem gar nicht wohl fühlte. „Weil wir uns unterhalten müssen“, gab sie mit gedämpfter Stimme zurück. „Vampire meiden den Tod gewöhnlicherweise. Darum können wir hier ungestört reden.“

Sie stand unter den Zweigen einer Buche, direkt neben einer Parkbank. In der linken Hand hielt sie einen Strauß mit zartrosa Wicken, in der rechten einen Sonnenschirm.

Dabei war es heute sehr windig. Über dem Horizont lag eine graue Wolkendecke und die Luft stank nach Smog und Ozon, ein Vorbote für den nahenden Regen.

Neben ihr, genauso stumm und unbeweglich wie eine Statue, lehnte Nick, die Arme vor der Brust verschränkt, sein Blick fixierte ein Mausoleum.

Einen Schritt dahinter stand Eldarion. Dass ihm sein Sohn wie aus dem Gesicht geschnitten war, schien den Assistenzarzt zu irritieren. Verständlicherweise.

Kostja verspannte sich. „Und worüber möchtet du mit mir reden?“, fragte er, ohne das Display seines Smartphones oder Eldarion aus den Augen zu lassen. „In 30 Minuten muss ich wieder ins Krankenhaus.“

Emily lagen Steine im Magen. Seit sie mit Kostja diese Vereinbarung getroffen hatte, bekam sie ihn kaum noch zu Gesicht. Weil Mr. Becskei eine Wochen früher als geplant von seiner Reise nach Hause kam.

Und jetzt traf sie Kostja endlich wieder, damit sie seine mordlüsterne Schwester finden konnte. Die ganze Situation setzte ihr zu.

Ian hätte auf sie hören sollen.

Nick stieß sich von dem Baumstamm in seinem Rücken ab. „Weißt du, wo Mirai ist?“, fragte er ohne Umschweife, seine Züge so finster, dass sich Emily der Magen verknotete. „Sie ist verschwunden.“

Kostja blinzelte, seine Stirn legte sich in Falten. „Müsste das nicht dieser Ian wissen? Soweit ich weiß, arbeitet sie für ihn. Hat sie etwas angestellt?“

„Nun ...“, begann Emily, ein plötzlicher Windstoß riss ihr den Sonnenschirm aus der Hand, der wie von unsichtbaren Fäden geführt über den Kiesweg rollte. „Sie hat versucht ... Ian umzubringen.“

Kostja riss die Augen auf. „Was?“

Emily überließ Nick die Erklärung. Sie lief ihrem Schirm nach, den der Wind zu den Denkmälern für die Arbeiterbewegung trieb und in die Luft hob.

Eingeklemmt zwischen den Armen einer Frauenstatue blieb er stecken. Sie stellte sich auf die Zehenspitzen, hüpfte von einem Fuß auf den anderen und versuchte, nach ihrem Eigentum zu angeln.

Sie war zu klein. Und weil sie keine Aufmerksamkeit erregen wollte, durfte sie auch nicht auf die Mauerbrüstung neben der Statue springen.

Der Friedhof wirkte, ungeachtet der Grabsteine, wie eine große und gepflegte Parkanlage. Passanten tummelten sich, wie fast jeden Tag auf den Wegen.

Genauso wie im *Városliget*. Bei den meisten handelte es sich jedoch um Touristen.

Kostja blieb neben Emily stehen und half ihr, bevor sie erneut gegen den Steinsockel trat. „Sie hätte in Japan bleiben sollen“, murmelte er düster. „Es tut mir wirklich leid.“

Emily nahm den gereichten Sonnenschirm entgegen. „Das ist nicht deine Schuld“, erwiderte sie und richtete ihre Augen auf Nick, der innerlich vor Zorn kochte. „Ian war einfach leichtsinnig. Er glaubt immer alles unter Kontrolle zu haben. Aber es gibt Dinge, die sich seiner Kontrolle entziehen.“

Ihre Worte zauberten ein kleines Lächeln auf die Lippen des Assistenzarztes. „Ich weiß leider nicht, wo sie ist.“

Eldarion legte die Stirn in Falten. „Solltest du so von deinem Vater sprechen?“, wandte er sich an Emily.

Kostja erstarrte. Natürlich wusste er das noch nicht und darum sah er sie an, als hätte sie ihn gebeten, nackt über den Friedhof zu laufen.

Sie ignorierte seine Verblüffung, die ihm praktisch auf der Stirn stand. Das Gespräch musste warten, wenn es denn irgendeine Relevanz besaß.

Sie nickte. „Solltest du von ihr hören, dann melde dich bitte bei mir“, bat sie ihn eindringlich und begann sich mit Kostja, Eldarion und Nick in Richtung Ausgang zu bewegen. „Jedes Wesen in Budapest macht Jagd auf sie. Wir wollen verhindern, das es zu einem Blutvergießen kommt.“

Emily stieß die Luft aus den Lungen.

Wo versteckte sich Mirai?

Als sie den Abschnitt erreicht hatten, der großen Künstlern gewidmet war, wechselten sie einmal die Richtung.

Unter besseren Umständen hätte sich Emily umgesehen. Doch ihre Wut auf Mirai und ihre anhaltenden Sorgen um Ian nahmen jeden Platz in ihrem Gedanken ein.

Auch wenn es half, lehnte ihr Vater das Blut seiner Drachen ab. Stattdessen griff er auf menschliche Blutkonserven aus dem Krankenhaus zurück.

Das verzögerte den Heilungsprozess unnötig.

Kostja drehte sie zu ihr um, nachdem sie auf die offene Straße getreten waren. „Ich muss los“, sagte er und ging zu Emily. „Wenn ich Mirai sehe, werde ich mich bei euch melden.“

Er legte die Hand auf ihre Schulter, den Blick auf Eldarion gerichtet. Dann wirbelte er auf dem Absatz herum.

„Danke“, erwiderte Emily und sah Kostja nach, der über einen Zebrastreifen hastete und hinter einem Hochhaus verschwand. Sie drehte sich zu Nick um. „Was machen wir jetzt?“

***

Kostja seufzte.

Sein Treffen mit Emily, Nick und diesem Fremden, lag jetzt, kaum drei Stunden später, ein gefühltes, halbes Leben zurück. Die Angelegenheit mit Mirai und das er sich verantwortlich fühlte, besetzte seine Gedanken.

Dabei musste er sich auf die Notfälle konzentrieren, die am zweiten Weihnachtstag ins Krankenhaus eingeliefert wurden und ihn dazu zwangen, von einer Station zur nächsten zu hetzen.

Kostja war so durcheinander. Die Situation lag ihm schwer im Magen. Wie sollte er sich verhalten? Was war richtig und falsch?

Versunken saß er in seiner Pause auf einem Bett im Bereitschaftsraum, das Smartphone in der Hand, den Blick aus dem Fenster gerichtet.

Die Dunkelheit der Nacht, die mit dem Licht der Straßenlaternen konkurrierte, spiegelte seine Zerrissenheit wider. Er hatte das Gefühl, den Halt zu verlieren.

Mirai.

Mit diesem Namen verband er ein hübsches Gesicht. Einen ungestümen Charakter. Eine flüchtige Bekanntschaft. Jemanden, mit dem er keinen regen Kontakt hatte, den er schnell ins Herz schloss und wieder vergaß.

Aber da war noch etwas, das er nicht verstand. Er hatte das starke Bedürfnis, sich um die Tochter seiner Pflegeeltern zu kümmern, für ihre Sicherheit zu sorgen und sie allem voran von Nick fernzuhalten.

Lag es daran, dass er sich unbewusst an die Zeit erinnerte, in der sie ihm eine Schwester gewesen war? Hatten sie sich einmal nahegestanden? Hatten sie einander gemocht? Hatte sie um ihn geweint? Hasste sie

Emily deswegen? Was hatte sie mit Ian zu schaffen und wieso tat sie etwas so Dummes?

Kostja hatte seine Vergangenheit akzeptiert. Er hatte es akzeptiert, dass es in seiner Welt *Dinge* gab, die ein normaler Verstand nicht begriff.

Seine Pflegeeltern hatten ihren Hass abgelegt. Sie jagten keine Wesen mehr. Sie töteten nicht. Das glaubte er zumindest. Oder war das am Ende nur gelogen?

Der Assistenzarzt schüttelte leicht den Kopf. Nein. Auch wenn er verhältnismäßig wenig Zeit mit ihnen verbracht hatte, wusste er, dass seine Pflegeeltern keine Lüge lebten. Sie waren ehrlich, aufrichtig, gutherzig.

Ohne jeden Zweifel hatten Herr und Frau Suzuki diese Werte an ihre Tochter zu vermitteln versucht.

Er rang die Hände. Warum hatte Mirai Ian angegriffen? Wieso wollte sie ihn umbringen? Hing es einzig damit zusammen, dass dieser Mann zu den Vampiren gehörte?

Kostja zog die Unterlippe zwischen seine Zähne. War die Antwort wirklich so einfach? Mit dem Daumen strich er durch die Kontakte in seinem Smartphone, bis er bei dem Eintrag seiner Pflegeeltern innehielt.

Warum zögerte er?

Hart hämmerte ihm das Herz gegen die Rippen. Gedanklich trat er sich selbst in den Hintern. Er zwang sich dazu, erneut eine Verbindung zu seiner Vergangenheit aufzubauen.

Es dauerte eine Weile, bis sich am anderen Ende der Leitung Frau Suzuki meldete.

„*Kostja? Wie geht es dir? Es ist so schön, das du dich meldest!*“, rief sie ganz euphorisch. „*Ich hole nur schnell ...*“

Er hatte einen schalen Geschmack im Mund. „Warte bitte.“

„*Stimmt etwas nicht?*“

„Mirai hat Ian angegriffen.“ Er konnte fast fühlen, wie Frau Suzuki scharf die Luft einsog. Bevor sie ihn mit ihren Sorgen bombardieren konnte, fügte er leiser hinzu. „Ian geht es gut. Deiner Tochter auch … denke ich."

Die darauf herrschende Stille sprach Bände. Der Assistenzarzt konnte nicht behaupten, dass er sich in der Welt der Wesen sonderlich gut zurechtfand. Vor allem, was ihre geheime Regierung und die Gesetze angingen.

Trotzdem verstand er - ein Mensch - dass es ernsthafte Konsequenzen für Mirai gab, sollte sie Nick jemals in die Hände fallen.

„*Kostja …*"

„Sie muss untertauchen", unterbrach er seine Pflegemutter. Steine lagen ihm im Magen. „Am besten verlässt sie das Land oder gleich den ganzen Kontinent."

„*Kostja …*"

Er wusste nicht, wieso er das gesagt hatte.

Er wusste nicht, warum er Mirai zur Seite stand.

Dabei unterschieden sich ihre Ansichten und Meinungen. Jeder von ihnen hatte einen anderen Weg im Leben gewählt. Und wieso fiel er dann Emily, ausgerechnet dem einen Mädchen, für das er seine Zukunft riskierte, das er liebte und die scheinbar die Tochter von diesem Ian war, in den Rücken? Zweifel kochte in ihm hoch.

Es war falsch.

Es war richtig.

„Sieh' zu, dass sie mir aus dem Weg geht. Sollte ich herausfinden, wo sie steckt, werde ich die Informationen an Ian weitergeben. Wenigstens das bin ich Emily schuldig."

Eine kurze Pause entstand, in der Kostja schon damit rechnete, dass ihm Frau Suzuki sagte, dass sie maßlos von ihm enttäuscht war und dass sie ihn nicht mehr sehen wollte.

Nichts dergleichen geschah. Stattdessen atmete seine Pflegemutter tief durch.

„Ich weiß, mein Junge. Du tust das, was du für richtig hältst. Ich werde tun, was ich für richtig halte. Mirai ist mein Kind, mein kleines Mädchen, mein Licht. Ich werde sie immer lieben. Aber nicht einmal Dämonenjäger dürfen wahllos töten."

Damit endete das Telefonat und hinterließ bei Kostja einen bitteren Nachgeschmack. Seine Hände zitterten, sein Herz raste. Je länger er über die verzwickte Situation nachdachte, in der er sich befand, umso mehr stieg die Übelkeit in ihm hoch.

In einem Anflug von Zorn, Verzweiflung und Angst warf er das Smartphone gegen die Wand.

Eine Mutter sollte ihr Kind beschützen. Verdammt noch mal! Wie konnte er Emily nach diesem Verrat jemals wieder unter die Augen treten? Oder Ian? Oder Nick?

Kostja barg das Gesicht in den Handflächen. Tief durchatmen. Ruhig. Gleichmäßig. Er fühlte sich so hilflos.

Nur ein bisschen, dann würde er den Bereitschaftsraum als der verantwortungsbewusste Arzt verlassen, den er stets mimte.

Nur ein bisschen, dann würde er wieder der unbeschwerte und ein wenig schräge Kerl von nebenan sein.

Nur ein bisschen, dann würde er wieder zum Spielball des Universums werden.

„Doktor Gorodezki, Sie werden auf der 2 gebraucht."

„Ich komme."

***

Seit Tagen lief Emily schon mit Nick und Eldarion zusammen durch die Straßen von Budapest. Wann immer sie die Fährte von Mirai aufschnappten, verloren sie sie wieder.

Wie schaffte es diese lästige Dämonenjägerin nur, den Geruchssinn eines Drachen in die Irre zu führen?

Unzufrieden biss sich Emily auf den Daumen. Sie mussten Mirai finden. Dringend. Dass sie Ian angegriffen hatte, hatte sich bereits wie ein Lauffeuer in Ungarn herumgesprochen.

Die Wesen tobten vor Wut und wollten Rache.

Emily stutzte, nachdem sie ein merkwürdiges Gefühl überkam. Ähnlich einem Kribbeln. Der Ahnung drohender Gefahr.

Es breitete sich von ihrem Magen in ihren ganzen Körper aus. Die Muskeln in ihren Schultern spannten sich an.

„Nein, warte!", hörte sie Nick und Eldarion rufen, doch es war schon zu spät.

Sie rannte an ihnen vorbei in eine Seitengasse, der Geruch von Blut schlug ihr entgegen und Emily presste die Hände auf den Mund, um sich nicht zu übergeben.

Zitternd setzte sie einen Fuß vor den anderen. Hinter einem Müllcontainer versteckt, an eine Wand gelehnt, kaum sichtbar, entdeckte sie den Körper eines Wesens.

Die Handgelenke zerfetzt, der Kopf vom Rumpf getrennt. Neben dem starken Geruch von Blut drang auch der von Tod in ihre Nase.

Emily verknotete sich der Magen.

Eine Hand legte sich über ihre Augen. „Sieh einfach nicht hin", murmelte Nick dicht an ihrem Ohr und zog sie an seine Brust. „Ganz ruhig."

Emily fühlte heiße Tränen auf ihren Wangen. „Das war Mirai", brachte sie gequält hervor, in dem Versuch, die Kontrolle zu behalten. Schwäche ließ ihre Knie beben. „Das war Mirai … Mirai hat das getan."

Seit dem Krieg litt sie unter PTBS. Eine posttraumatische Belastungsstörung. Bis zu den Knien in Toten zu versinken, immer den Geruch eines Schlachtfelds in der Nase, hatte sie geprägt.

Doch im Gegensatz zu Andor, dem es genauso erging, war sie aus dem Krieg heimgekehrt. Wenngleich mit unzähligen Narben auf der Seele und dem Körper.

Sie hatte sich jahrzehntelang in die Behandlung eines Therapeuten begeben müssen.

„Nein, das war nicht Mirai", erwiderte Nick sachte.

Ihr schnürte sich der Hals enger. „Ich brauche meine Waffe!", flüsterte sie bebend, die Tränen wurden zu einem Strom. „Ich brauche meine Waffe."

„Em, atmen. Es ist alles in Ordnung", versuchte Nick das Mädchen zu beruhigen. „Schau' mich an … nur mich, Okay? Hier ist niemand. Nur wir drei."

Ihre Wangen verloren an Farbe. Emily sackte zusammen, ihre Beine trugen sie nicht länger und Nick musste sie stützen. Langsam setzte er sie auf den Boden, bevor er zu dem Leichnam hinter dem Müllcontainer trat.

Sie beobachtete ihn dabei. Er nahm sein Smartphone zur Hand, wählte eine Nummer und bat um einen sogenannten *Aufräumtrupp*. Er erzählte von einem toten Werwolf, den er bei den Lagerhallen am Hafen gefunden hatte.

Emily vergrub das Gesicht an ihren Knien. Wie unreif sie sich benahm, während sich der Drache mit nüchterner Logik um die nächsten Schritte kümmerte.

Auch wenn der Krieg seit Jahrhunderten hinter ihr lag und sie die schlimmsten Momente in ihrem Leben längst überwunden hatte, konnte sie Tod noch immer nicht in die Augen sehen.

Für manche Wesen mochte ein Besuch auf dem Friedhof eine scheußliche Erfahrung sein. Doch niemand von ihnen hatte jemals auf einem Schlachtfeld getötet.

Auf Kommando, ob kaltherzig gezischt oder in Wut geschrien. Nicht aus Notwehr, nicht aus Hunger. Nur aus Gehorsam. Und auf einen simplen Befehl hin.

Keine eigene Entscheidung treffen zu müssen, hatte es erst so einfach gemacht. Aber wenn ihr die Gesichter der Toten im Schlaf erschienen und nach dem *Warum* fragten, gab es auch keine Antworten, die Emily ihnen geben konnte.

„Lass uns gehen“, sagte Eldarion, der vor ihr kniete. Auf seinen Lippen lag ein Lächeln. „Wir müssen endlich Mirai finden.“

Er zog Emily schwungvoll auf die Beine und während sie sich an seinen Arm klammerte, ihre aufwallenden Gefühle unterdrückte, fragte sie sich: *Wenn nicht Mirai diese bemitleidenswerte Seele getötet hat, wer dann?*

Nick trat neben Emily, die in den Armen seines Vaters lag. Behutsam strich er ihr durch die Haare. Er kannte die Dämonen der Vergangenheit. Er war zusammen mit ihr und Ian in den Krieg gezogen. Auch er hatte töten müssen.

Eldarion kämpfte noch heute, jeden Tag, ohne Gewalt. Er verteidigte die Burg in den schottischen Highlands vor den Menschen.

Seine Waffe war das Wort.

„Vater, bitte bring‘ Em in die Villa zurück“, entschied Nick nach kurzer Bedenkzeit. „Keine Sorge. Ich komme auch alleine zurecht.“

Eldarion nickte, hob sich das Mädchen auf die Arme und verließ mit ihr zusammen die Seitenstraße. Nick wartete noch einen Atemzug, dann sank er neben dem gefundenen Leichnam in die Knie.

Mirai hatte dieses Wesen nicht getötet. Unmöglich. Ein Dämonenjäger griff die Schwachstelle seiner Gegner an. Bei einem Vampir waren das die Pulsadern. Bei Werwölfen und Gestaltwandlern das Herz.

Und darum ergab es keinen Sinn, dass diesem Wesen die Hände und der Kopf abgetrennt wurden. Wer diesen Werwolf auch getötet hatte, wollte einen Jäger kopieren.

Aber wusste zu wenig.

Dann wurde die Leiche so platziert, dass sie auf jeden Fall gefunden werden musste - am besten von jemanden, der nach Mirai suchte.

Soweit Nick bekannt, war sie die einzige Dämonenjägerin in Ungarn. Der Werwolf starb vor ein paar Stunden. Die Leichenstarre hatte noch nicht eingesetzt.

Nachdenklich wog er den Kopf. Das zumindest erschien ihm realistisch.

Nur wozu das Theater? Mirai hatte schon für Aufregung gesorgt. Jedes Wesen in Budapest wollte sich an ihr rächen. Warum sollte ihr ein Mord angehängt werden, den sie nicht begangen hatte?

Es war ironisch. Denn nur durch Ian - die Person, die sie fast umgebracht hätte - bekam sie die Möglichkeit, ihren Hals aus der Schlinge zu ziehen. Budapest lebendig zu verlassen.

Nick war anderer Meinung. Er wollte Mirai zeigen, was sie diesem Mann angetan hatte. Sie sollte leiden und den gleichen Schmerz fühlen.

Bei ihr hatte er das sprichwörtliche rote Tuch vor Augen. Das falsche Wort zur falschen Zeit und seine aus dem Gleichgewicht gebrachten Gefühlen ließen ihn vor Wut explodieren.

Dabei verabscheute er Gewalt. In jeder Form. Nick besaß ein gutmütiges Naturell. Der Wunsch nach Rache war ihm bisher gänzlich fremd gewesen. Er wollte niemandem wehtun.

Nick seufzte. Er brauchte eine Pause. Dringend.

Nachdem Eldarion mit Emily zusammen in die Villa zurückgekehrt war, mietete er sich für die Nacht ein Hotelzimmer.

Spät am Abend saß er, verloren in seinen Gedanken, am gekippten Fenster und sah auf die Straße hinaus. Die Augen geschlossen, sog er die Gerüche der Stadt tief in seine Lungen.

Unruhe schien ihn zu überrollen. Seine Hände zitterten. Er versuchte, die einzelnen Düfte zu sortieren. Den toten Werwolf verbannte er vorläufig aus seinen Gedanken. Im Moment musste er Mirai finden. So schnell wie möglich.

Nick zerbrach sich den Kopf. Wie hatte sie es nur geschafft, mit den empfindlichen Sinnen eines Drachen zu spielen? Ihr Geruch lag klar erkennbar in der Luft, waberte wie Nebelschwaden um ihn herum und führte ihn weiter in die Irre.

Und dann sprang er wie vom Donner gerührt auf seine Beine. Vermutlich war es das, worauf sie setzte. Sie hoffte, dass er sich von ihrem Geruch leiten ließ und genau das nutzte sie zu ihrem Vorteil aus.

Nick blieb der Mund offen stehen. Verflucht. Das war zu offensichtlich gewesen. Sie führte ihn wie einen Hund an der Leine.

Wütend auf sich selbst, nahm er sein Smartphone zur Hand. Und nachdem er sich mit dem Computer in der Villa verbunden hatte, sah er sich durch die Informationen, die er über die Dämonenjäger gesammelt hatte.

Seine Datenbank war gut gefüllt. Alles, was ihm irgendwie wichtig erschien, notierte er auf einem Zettel. Im Speziellen die Dinge, die er über Mirai wusste.

Sie kam aus Japan.

Sie sprach nur unverständliches Ungarisch.

Sie kannte in Budapest nur Kostja.

Im Umkreis von Ungarn hatte sie kein Zimmer auf ihren Namen gemietet.

Es gab niemanden, der eine Frau gesehen hatte, die auf ihre Beschreibung passte.

Sie schien wie vom Erdboden verschluckt.

Das bedeutete, dass die dritte Information falsch sein musste. Sie kannte jemanden, der sie vor den Augen der Kommission und der Wesen versteckte.

Nick erweiterte seine Recherche um diesen Parameter.

In den letzten Monaten hatte sie eine Person gefunden, der sie sich genähert hatte. Auch wenn es sich um reine Spekulation handelte - wie hoch war die Chance? - bat er Ian um nähere Informationen.

Wo hatte sie sich aufgehalten? Mit wem hatte sie geredet? Was war das für ein Sprachkurs gewesen?

Ian musste erst nachforschen, sodass der Drache erneut zur Untätigkeit verdammt war. Eine Pause gestattete er sich dennoch nicht. So keimte eine weitere Überlegung in ihm heran.

Wenn es nicht Mirai war, die er verfolgt hatte, mussten es Leute sein, die den Geruch der Dämonenjägerin durch das Land trugen.

Nick kramte eine Landkarte aus seinem Rucksack und breitete sie auf dem Esstisch aus. Einzeln kreiste er mit einem roten Marker die Gebiete ein, in denen er bereits gesucht hatte. Und ganz langsam begann er ein System zu erkennen.

Er hielt inne. Bestand die Möglichkeit, dass sich Mirai noch immer in Budapest aufhielt? Hatte sie sich direkt unter seiner Nase versteckt und damit sogar die Kommission getäuscht?

Ungeduldig hämmerte er mit den Fingern auf den Tisch. Seine Gedanken rasten. Sollte er dieser fadenscheinigen Spur nachgehen? Sollte er riskieren, kostbare Zeit zu verschwenden? Er biss sich auf die Lippe.

Die Theorie war an den Haaren herbeigezogen. Zugegeben. Aber es war zumindest eine Chance. Mehr als er in den letzten Wochen gehabt hatte.

Nick stopfte die Karte und seine Notizen in den Rucksack, verließ das Hotel und rief sich ein Taxi.

Auch wenn es den Fahrer misstrauisch machte, dass sich sein Gast *in einem Auto* nur ein bisschen von der Stadt sehen wollte, gliederte sich der Mann im Verkehr ein.

Nick öffnete das Fenster auf seiner Seite. Er versuchte, den Duft von Mirai zwischen Abgasen und anderweitigen Gerüchen zu finden. Nicht ganz einfach, wie er wieder einmal feststellte.

Zu Beginn seiner Suche hatte ihn dieses Detail nicht weitergebracht.

Unzufrieden sah er auf die Straße hinaus. Warum hatte sie Ian angegriffen?

Als das Auto an einem Park vorbeifuhr, setzte sich Nick abrupt auf. Die Alarmglocken in seinem Verstand heulten auf. Der Geruch dieser vermaledeiten Jägerin schien an diesem Ort zu explodieren.

„Lassen Sie mich hier aussteigen!“

Der Mann brummte irgendwas, hielt an und nannte den Fahrpreis. Weil Nick keine Geduld zum Zählen aufbrachte, gab er dem Fahrer ein großzügiges Trinkgeld, bevor er den Wagen verließ.

Mirais Geruch konzentrierte sich um eine stillgelegte Fabrik. Auf einmal ergab alles einen Sinn.

Die zum Wirtshaus umgebaute Immobilie erstrahlte hell in der Morgendämmerung. Stimmengewirr drang durch die Risse in den nackten Wänden.

Aus dem Schatten überwachte Nick den Eingang den ganzen Tag. Dabei zählte er alle Personen, die das Gebäude betraten und wieder verließen. Kurz nach Mitternacht, zur Sperrstunden, glich er seine Beobachtungen mit den gehörten Stimmen ab.

Er verbuchte eine Differenz von fünf. Vorausgesetzt es hatte sich nicht bereits jemand im Haus aufgehalten.

Jemand, der kein Wort gesagt hatte.

Etwa ein straffälliger Flüchtling?

Als sich Nick sicher war, dass er niemand Unbeteiligten in die Sache hineinzog, verließ er sein Versteck, überquerte die Straße und trat an die abgeschlossene Tür heran.

Ein Blick zu beiden Seiten, dann presste er sich mit der Schulter gegen den Eingang. Mit einem sanften Ruck gab das Schloss nach.

Vorsichtig drängte sich der Drache ins Innere, schob die Tür zurück in den Rahmen und fixierte sie mit einem metallenen Hocker.

Leise stahl sich Nick über eine Treppe ins obere Stockwerk. Das Graffiti an den brüchigen Wänden, spielte seinen Sinnen streiche.

Das spärlich einfallende Licht der Straßenlaternen verursachte ihm Kopfschmerzen. Die Schatten schienen ihn bei jedem Schritt zu verspotten.

Angespannt arbeitete sich Nick von einem Raum zum nächsten. Dabei kam es ihm entgegen, dass die meisten Zimmer keine Türen besaßen.

Dadurch hatte er einen uneingeschränkten Blick. Als er dazu ansetzen wollte, erneut um die Ecke eines Türstockes zu sehen, hielt er abrupt inne. Schnell duckte sich der Drache unter der lautlosen Attacke hinweg.

Die Axt schnellte über seinem Kopf, grub sich tief in die Wand und die Frau strauchelte ungeschickt zurück.

Nick verlor keine Zeit. In einer flüssigen Bewegung erhob er sich auf seine Beine, schlug der Fremden in den Magen und schickte sie bewusstlos zu Boden.

Weitere Angreifer stürmten auf ihn zu. Einen Fluch auf den Lippen wich er dem geschwungenen Eisenrohr aus, fasste danach und nutzte die offene Haltung seines Gegners aus. Geschickt drehte sich der Drache um die eigene Achse und trat dem Fremden seitlich gegen den Kopf.

Der Mann sackte zusammen.

Kurz prüfte Nick den Puls, nur um sicherzugehen, dass er im Eifer des Gefechts nicht übertrieben hatte. Diese Entscheidung bereute er sofort.

Eine weitere Person tauchte auf, schlang ihm eine Eisenkette um den Hals und schnürte ihm die Luft ab. Hart sog Nick den Sauerstoff in seine Lungen.

Nein, verdammt!

Er riss an den Gliedern und schleuderte seinen Gegner über sich hinweg. Bevor der Unbekannte wieder aufstehen konnte, knallte ihm Nick die Faust an den Kiefer.

Wenigstens schien er sich auf den richtigen Weg zu befinden. Hustend warf er die Kette zur Seite. Drei weniger. Er kämpfte sich auf seine Füße zurück und steuerte den offensichtlich am meisten bewachten Raum an.

Aufmerksam trat er zu der einzig geschlossenen Tür in diesem Stockwerk. Die Vielzahl an Gerüchen, die er schon außerhalb des Gebäudes aufgeschnappt hatte, quälten seine empfindlichen Sinne.

Sein Herz raste. Nick suchte sein Gleichgewicht. Seine Nase kapitulierte vor dem Überfluss an Düften. Es roch, als wenn sich hinter der Tür ein Wald befand, eine Stadt, der weit entfernte Ozean. Nichts davon war möglich.

Hatte Mirai sich auf diese Weise vor ihm und anderen Wesen verbergen können?

Weil er entdeckt worden war, machte Nick aus seiner Anwesenheit kein Geheimnis mehr. Er trat das Schloss aus dem Rahmen und schaltete dabei einen Weiteren von Mirais Verbündeten aus, der sich hinter der Tür versteckt hatte.

Der Hinterhalt war nicht alles, was innerhalb des Zimmers wartete. Die Gerüche, die er vermehrt wahrgenommen hatte, stürmten in voller Intensität auf ihn ein. Sie brachten Nick dazu, dass er sich den Unterarm vor seine gepeinigte Nase hielt.

Mit tränenden Augen sah er sich um. In der Mitte saß Mirai auf einem verschlissenen Sessel. An ihrer Seite befand sich einer von den Männern, die zu Nicks gezählten Minus Fünf gehörten.

Rund um die beiden standen Fackeln, in denen Blätter von Rue und Confrey brannten und ihren abscheulichen Gestank in dicken Schwaden in der Luft verteilten.

An den Wänden hingen Bündel mit getrocknetem Seegras und Wermut. Auf dem Boden standen Schalen, in denen sich Mottenkristalle mit Naphthalin vermischten.

Wie das stank!

Mirai selbst roch so bestialisch, als hätte sie in Ammoniak gebadet. Sie hatten ihren Duft nicht einfach kaschiert und in der Stadt verbreitet. Diese verflixte Dämonenjägerin hatte sich unter den ganzen Gerüchen versteckt.

Und das hatte sie unsichtbar gemacht, obwohl sie sich direkt vor seinen Augen befand.

„Gefällt dir meine Räucherhöhle?", fragte Mirai, die eine Atemschutzmaske trug.

Sie wollte den Eindruck erwecken, dass sie sich über den hustenden Drachen amüsierte.

„Nein, nicht richtig", brachte Nick hervor.

Sie neigte den Kopf zur Seite. „Ich habe einen stärkeren Auftritt von dir erwartet. Vielleicht waren meine Vorsichtsmaßnahmen überzogen."

Ihr wenig überzeugendes Lachen mischte sich mit dem Glucksen des Mannes zu ihrer Rechten. Das sollte vermutlich ihr Bodyguard sein.

Eine Jägerin, die sich von Menschen beschützen ließ! Er würde sie verspotten, hätte ihn sein Würgereiz nicht die Luft abgeschnitten.

Die vielen Gerüche zerrten an seiner Selbstbeherrschung. Er konnte deutlich spüren, dass der Drache in ihm tobte und das ganze Gebäude in Schutt und Asche legen wollte.

Sein Magen rebellierte und der dichte Rauch schränkte seine Sicht ein. Verdammt!

Neben dem Sessel, auf dem Mirai hockte, befand sich ein kleines Gerät, das Nick als tragbare Lärmwaffe kannte und das sie einmal, nur ganz kurz einschaltete.

Es war ein Schall, den Menschen nicht wahrnahmen und der in dem Drachen einen nie gekannten Impuls weckte. Er wollte sich den Kopf an der Wand einschlagen.

Gequält widerstand er diesem Drängen. Mit den Händen auf seinen Ohren versuchte er, den schnellen Bewegungen des Mannes im dichten Rauch zu folgen.

Nick hatte genug von diesem Spielchen.

Als er gehört hatte, dass Ian von Mirai fast getötet worden war, hatte er nur seine Hände um ihren Hals legen wollen. Wieso hatte er der Suche nach ihr zugestimmt?

Sie verdiente ihr Schicksal.

Auch wenn sie sich nur selbst beweihräucherte, um den Anschein zu wahren, stellte sie die Loyalität des Drachen auf eine harte Probe.

Der Mann stürzte sich siegessicher auf Nick, der keine Anstalten machte, dem Angriff auszuweichen. Stattdessen festigte er seinen Stand und als der Fremde zuschlagen wollte, trat der Drache einen Schritt zur Seite. Als würde er beim Spazierengehen einer Pfütze ausweichen.

Er fasste nach dem Arm des Angreifers und nutzte seinen eigenen Schwung, um ihn mit dem Rücken gegen die Wand zu schleudern. Ein Ächzen drang zwischen den Lippen des Mannes hervor, dann sackte er in sich zusammen.

Nick ließ ihn unbeachtet liegen. Er stellte sich Mirai gegenüber mittig in den Raum, sammelte sich, holte tief Luft und stieß einen einzigen, gewaltigen Schrei aus.

Die Schallwellen löschten nicht nur das Feuer der Fackeln. Es warf Gefäße und Möbelstücke um und brachte die Fenster zum Bersten.

Kalte Luft zerrte den Gestank in die Nacht hinaus. Alarmiert sprang die Jägerin auf die Beine. Sie wollte nach einer Waffe greifen, doch ein einzelner Feuerstoß zu ihren Füßen ließ sie in ihren Bewegungen erstarren.

Wütend sah sie dem näher kommenden Drachen entgegen.

„Nette Idee ... das mit dem Ammoniak“, lobte Nick ihren Versuch, sich vor den Wesen in Budapest zu verstecken. „Bei genauerer Betrachtung aber nicht besonders gut durchdacht, oder?“

Sie funkelte ihn an. „Was willst du damit andeuten?“

Nick grinste fast boshaft, während Flammen in seiner rechten Hand tanzten. „Ammoniak brennt.“

Kapitel: 20

Irgendwo wurde eine Tür geöffnet und geschlossen.

Ein Geräusch, das Ian aus dem Schlaf riss. Müde hob er den Kopf vom Schreibtisch. Er strich sich mit den Fingern über die Augen, seinen Blick ließ er durch die Bibliothek fliegen.

Selbst jetzt, nach zwei Wochen war es noch immer ein befremdliches Gefühl aufzuwachen. Verwirrung mischte sich mit Panik und etwas, das er nicht benennen konnte.

Ian kämpfte sich aus seinem Schreibtischstuhl, schwankte und musste sich festhalten, um das Gleichgewicht nicht zu verlieren. In seinen Schläfen pochte ein tiefsitzender Schmerz.

Atmen, sagte er sich. *Atmen. Ruhig. Langsam. Such' deine Mitte.*

Er fühlte sich von unsichtbaren Augen verfolgt. Dabei hatte er Mirai in dem Wissen, das sie sich gegen ihn wenden würde, in sein Haus gelassen.

Die Villa, seine Festung existierte nicht länger. Hier war er nicht mehr zuhause. Dabei besaß er jeden Schnickschnack, der für Geld zu haben war. Alles, um seine Sicherheit zu gewährleisten.

Ian holte einmal nach Luft. Dann durchquerte er den Raum und öffnete die Flügeltüren der Bibliothek. Nick war von seiner Suche zurückgekehrt - erfolgreich.

Hinter ihm, im Schatten der Haustür, verbarg sich Mirai. Ihr Gesicht zeigte sich bar jeder Emotion. Nur ihre Augen funkelten wie die Feuer auf einem Opferaltar.

Emily flog über die Wendeltreppe auf Nick zu. Dicht gefolgt von Eldarion.

„Beweg' dich", knurrte der Drache, packte die Dämonenjägerin am Arm und schleifte sie in Richtung Treppe. „Du bekommst ein gemütliches Einzelzimmer unter dem Dach."

Die um ihn herum stehenden Hausangestellten beäugten Nick schweigend und ratlos. Ian schnürte sich beim Anblick von Mirai der Hals zu.

Ein weiteres Mal befahl er sich, ruhig zu bleiben. Er durfte sein Gesicht nicht ausgerechnet vor ihr verlieren. Wenn er jetzt Schwäche zeigte, machte ihn das nur angreifbar.

„Komm in die Bibliothek, nachdem du Miss Suzuki in ihr Zimmer begleitet hast“, rief Ian, der stocksteif im Türrahmen stand. Seine Knie, seine Schultern, alles an ihm zitterte. „Und mach‘ mir bitte einen T ...“

„Lord Colquhoun“, fiel ihm eine Stimme ins Wort, Schritte hallten von der Decke wider und Ian zuckte unerwartet zusammen. „Wie ist das werte Befinden?“

Doktor Grey durchquerte zielstrebig die Eingangshalle, in der linken Hand eine Aktentasche und eine qualmende Pfeife zwischen den Lippen. Die Brille saß schief auf seiner Nase, seine blonden Haare waren unordentlich. In seinen Augen blitzte der Schalk.

Eine Pause folgte, in der sich Ian gegen den Türrahmen gelehnt, innerlich wieder aufrappelte. Verdammt. Er hatte in Kriegen mitgekämpft, dem Tod schon mehr als einmal ausgetrickst.

Und jetzt konnte er kaum die Panik unterdrücken. Ausgerechnet *er*. Nur wegen *eines* Jägers.

Doktor Grey boxte dem Hausherrn gegen die Schulter und schlüpfte in die Bibliothek „Kommen Sie, alter Junge“, schlug er in einem freundschaftlichen Ton vor.

Ian spielte mit dem Gedanken, diesen verdammten Arzt zu erwürgen. Doch kaum hatten sich die Türen hinter ihnen geschlossen, schwand der Übermut aus dem Gesicht von Doktor Grey.

„Die Albträume werden schlimmer“, erklärte Ian, bevor ihm sein Hausarzt die üblichen Fragen stellte. Seufzend sank er in seinen Schreibtischstuhl. „Ich schlafe kaum noch.“

Doktor Grey machte sich Notizen. „Was ist mit den Medikamenten, Mylord?"

Ian zwang sich zu einem Lächeln. Die Tabletten halfen ihm nicht dabei, seine Ängste in den Griff zu bekommen. Sie waren für Menschen entwickelt worden. Darum schüttelte er nur seinen Kopf und Doktor Grey verstand.

„Wie viele nehmen Sie?"

„Soll ich ehrlich sein oder bevorzugen Sie eine Antwort aus medizinisch vertretbarer Sicht?"

Doktor Grey setzte den Stift wieder auf den Block und las laut mit. „Medikamentenmissbrauch im Zusammenspiel mit hochprozentigem Alkohol ..." Er hob seine Augen. Ian protestierte nicht. „... haben keinerlei Auswirkungen auf den Patienten. Himmel, soll Sie doch der Teufel holen. Sie können von Glück reden, das Sie kein Mensch sind."

Ian sah zu der Medikamentenpackung, die neben einer leeren Flasche stand. Seine Mundwinkel zuckten. „Und Sie können von Glück reden, das ich Sie vor zweihundert Jahren in dieser stinkenden Gasse gefunden habe", stichelte er in dem kläglichen Versuch, seinen Gedanken eine neue Richtung zu geben.

Immer wieder musste er an die Jägerin denken, die in einer Kammer unter dem Dach saß. Vermutlich tüftelte Mirai schon an einem neuen Fluchtplan. Ob sie erneut versuchen würde, Ian auf ihrem Weg zu töten? Bei der Vorstellung lagen ihm Steine im Magen.

Ein Klopfen an der Tür riss ihn aus seinen Überlegungen. Emily steckte den Kopf in die Bibliothek, ihr Gesicht war so bleich wie die Wand.

„Ian, Vertreter der Kommission ... glaube ich, wünschen Sie zu sprechen", murmelte sie scheu, ihre Augen wanderten orientierungslos umher. „Wollen Sie sie empfangen?"

Ian blieb eine Antwort erspart, denn eine Dame drückte sich an Emily vorbei und betrat den Raum. „Guten Tag, Lord Colquhoun", begrüßte sie ihn, bevor sie zur Seite auswich, um einer weiteren Person Platz zu machen. „Sie haben etwas, das die Kommission will. Händigen Sie es uns aus.“

Die Worte der Frau drangen zunächst nicht bis zu Ian vor. Stattdessen betrachtete er den Mann, der mit den Armen hinter dem Rücken neben ihr stand.

Hochgewachsen. Schlank. Mit schwarzen Haaren und braunen Augen. Asiatische Gesichtszüge. Eine schmale Gestalt. Und dieser Geruch. Der Fremde erinnerte an Kostja und Seiji.

„Wie unhöflich. Verzeihen Sie bitte, Lord Colquhoun. Wir wollten nicht gleich mit der Tür ins Haus fallen. Mein Name ist Jamie Kenneth und das ist Lilou Thomas.“

Ian konnte sich nicht helfen. Dieser Fremde verursachte ihm eine Gänsehaut. Er hatte schon oft von einem gewissen Jamie Kenneth gehört, ihn aber noch nie zuvor persönlich getroffen.

Der Mann zählte zu den Wesen, die für die Kommission arbeiteten. Gleichzeitig standen sie weit über den Vertretern aller Rassen. Sie besaßen mehr Macht als ein Scharfrichter in den Katakomben von Paris.

„Was genau soll ich besitzen, dass von Interesse sein könnte?“, fragte Ian, wissend, welcher Umstand zu diesem Besuch geführt hatte. „Was befindet sich in meinem Haus, damit sie jemanden wie Sie schicken?“

Der Mann lächelte. Es wirkte kalt und leer. „Nennen Sie mich Kenneth“, bat er, bevor Lilou etwas sagen konnte, und legte der Frau die Hand auf die Schulter. „Miss Mirai Suzuki, die sich aktuell in ihrer Obhut befindet, wird des Mordes und des versuchten Mordes angeklagt. Wie alle Jäger wird auch sie die Konsequenzen tragen.“

Lilou verzog die Lippen. Sie machte auf Ian einen labilen Eindruck und bei ihrem Anblick verknotete sich ihm der Magen. „Paragraph 4 Artikel 8 der unabänderlichen Lehnsordnung besagt, dass der versuchte Mord und der Mord an einem Wesen nicht ungestraft bleibt“, sagte sie ruhig. „Sie muss sich vor einem Tribunal verantworten und dann wird sie hingerichtet.“

Ian hob eine Augenbraue. „Wie Sie sehen, lebe ich noch.“

Bei der *Lehnsordnung* handelte es sich um das Gesellschaftssystem des Feudalismus. Aristokraten und leibeigenen Bauern besaßen zu jener Zeit kaum mehr Rechte als ein Sklave. Das hatte sich in der Welt der Wesen nie geändert.

„Vor kurzem wurde ein Mitglied aus einer sehr alten Familie der Werwölfe getötet“, erklärte sie und lachte, wie eine ganz normale Frau, aber in ihren Augen glitzerte der Wahnsinn. „Die Vorgehensweise lässt auf einen Dämonenjäger schließen.“

Kenneth streichelte der Frau den Kopf, wie bei einem Kind, das er beruhigen wollte.

„Wenn ich Miss Suzuki über die Grenze schaffen kann, entkommt sie den Fängen der ungarischen Kommission“, erwiderte Ian, nicht sicher, wen von den beiden er im Auge behalten musste. „Sie wird zu ihren Eltern zurückkehren.“

„Sie kommt in die Katakomben“, sagte Lilou, ähnlich wie ein Kind, das sich auf ein neues Spielzeug freute. Doch ihre Stimme klang völlig unterkühlt. „Ich werde mich persönlich um Miss Suzuki kümmern.“

Ian wurde schlecht. Lilou gehörte zu den Scharfrichtern. Das erklärte ihre Empathielosigkeit. Die Bestrafungen. Das Leben unter Tag. Das Fehlen von frischer Luft, Moral und Anstand. Das hatte sie abgestumpft.

Möglicherweise war sie auch schon vor ihrer Verwandlung krank. Ein Mensch, der erst kleine Tiere gequält und getötet hatte, bevor er sich anderen Opfern zuwandte.

Was zum Teufel machte sie in Budapest? Scharfrichter durften die Katakomben nicht verlassen.

Kenneth drehte Lilou zu sich um, richtete den Hut auf ihrem Kopf und zupfte an ihren Ärmeln. Warum war sie gekleidet wie eine Puppe aus dem 15ten Jahrhundert?

„Machen Sie sich nichts vor, Lord Colquhoun. Sie werden Miss Suzuki nicht mal über die Türschwelle bekommen. Wenn Sie uns das Mädchen nicht übergeben, werden *Ihre* Entscheidungen Konsequenzen nach sich ziehen."

Ian konnte kaum atmen. Er wusste nur zu genau, was Kenneth meinte. Wenn ihn die Furcht vor den Tod durch einen Dämonenjäger quälte, so ängstigte sich Emily vor den Demütigungen und Bestrafungen der Kommission.

Der Mageninhalt stieg ihn in kleinen Bröckchen den Hals hoch.

„Gut, ich werde Ihnen Mirai übergeben", gab Ian zornig nach, erhob sich aus dem Schreibtischstuhl und begab sich zu den Türen der Bibliothek. „Ich lasse Sie holen. Nick!"

Gerade als der Drache vor ihm auftauchte, in den Händen ein Tablett mit zwei Teetassen, erhob sich die Stimme von Kenneth ein weiteres Mal gegen die Stille.

„Ich nehme an, du bist Nick McGill. Pack' bitte deine Sachen. Dich nehmen wir gleich mit."

Ian wirbelte herum, aus seinem Gesicht wich alle Farbe. „Wie bitte?"

Kenneth zuckte die Schultern. „Er hat gegen Befehle verstoßen, Lord Colquhoun", gab der Mann zu bedenken. Das Tablett landete scheppernd auf dem Boden, als er das Handgelenk von Nick umschloss. „Und weil Sie es nicht für nötig halten, wird sich die Kommission seiner Bestrafung annehmen. Hier Lilou, das ist dein neues Spielzeug."

Die Frau neigte den Kopf. „Wirklich? Ich darf mit einem Drachen spielen?" Die Freude erreichte ihre Augen nicht, die kalt und leer durch alle hier Anwesenden blickten. „Das ist sehr freundlich."

„Nein. Es tut mir leid, aber diesen Drachen darfst du nicht *kaputtmachen*. Wir müssen ihn an Lord Colquhoun zurückgeben."

Sie lächelte. „Tragisch."

Ian verstand kein Wort. Sie hatte nichts dergleichen erwähnt. Oder vielleicht doch? „Das ist Jamie Kenneth und Lilou Thomas", flüsterte er dem Drachen zu.

Nick gefror das Blut in den Adern. Seine Gedanken drehten sich im Kreis. Dieser Fremde wollte ihn mitnehmen? Wohin? In die Katakomben?

Die Angst vor weiteren Misshandlungen hatte sich über die Jahrhunderte tief in ihm verwurzelt. Er trug seelische und körperliche Narben.

Er wusste, dass er gehorchen musste. Die Hölle auf Erden wartete auf ihn. Nicht einmal Ian konnte das verhindern. Und doch war es dieses Mal ein anderes Spiel - ein anderes Lied.

„Das stimmt nicht", widersprach er und zog damit die Aufmerksamkeit aller auf sich.

Wenn dieser Kenneth zuvor amüsiert gewirkt hatte, wandelten sich seine Züge jetzt in das Gegenteil. „Dir wurde aufgetragen, dich in die schottischen Highlands zurückzubegeben." Obgleich es freundlich klang, fuhren die Worte von Kenneth wie gezielte Peitschenhiebe nieder. „Dem hast du dich widersetzt, indem du nach Ungarn zurückgekehrt bist."

„Damit ich Lord Colquhoun, meinem Besitzer das Leben retten kann", entgegnete Nick mit fester Stimme. „Nur darum bin ich zurückgekehrt."

Ian fuchtelte hinter dem Rücken von Kenneth abwehrend mit den Händen und der Drache verstand.

Er sollte kein Wort über die heilende Wirkung seines Blutes auf Vampire verlieren.

„Das ist irrelevant", widersprach der Fremde. „Deine Aufgabe ist es, Befehle zu *befolgen*."

„Meine Aufgabe ist es, für die Sicherheit meines Besitzers zu sorgen."

Kenneth atmete tief ein, kam näher und sah aus kalten, unnachgiebigen Augen direkt in die des Drachen. „Dann würde ich vorschlagen, dass du ohne Widerstand mit uns kommst, denn sonst muss sich dein *Besitzer* für deine Fehler verantworten."

„Ich habe keinen Widerstand geleistet", korrigierte Nick und lenkte die Aufmerksamkeit von Kenneth auf Lilou, die ihre Hand mit seiner verschränkt hatte.

„Hm ..."

Der Drache holte nach Luft. „Ich werde mitkommen."

Es wurde Zeit, dass er endlich den Mut aufbrachte, um sich gegen die Kommission zu stellen. Ihre Ansichten und Meinungen waren veraltet.

Nick musste für alle Drachen eintreten, die ein Vampir unterdrückt und versklavt hatte.

„Mehr hast du nicht zu sagen?", erkundigte sich Kenneth reserviert.

„Nein." Ebenso wollte er endlich eine lange überfällige Drohung aussprechen. „Es wird immer meine erste und wichtigste Aufgabe sein, die Sicherheit meines Besitzers ... die Sicherheit von Ian zu gewährleisten."

Und dann schlug Kenneth zu, mit der Faust, mit einer Kraft, die Nick fast den Kopf von den Schultern riss und die ihn zu Boden schleuderte. Seine Unterlippe platzte auf.

Ian stand das Entsetzen ins Gesicht geschrieben. Lilou verzog die Mundwinkel.

Mit einem Tuch wischte sich Kenneth das Blut von den Fingerknöcheln. „Ich habe keine Angst vor dir", erklärte er verächtlichen lächelnd, ergriff den Drachen am Handgelenk und zerrte ihn auf die Füße zurück. „Also solltest du in meiner Gegenwart besser deine Zunge hüten."

„Verunstaltete nicht sein hübsches Gesicht“, bat Lilou monoton. „Das möchte ich machen.“

Sie griff in ihre Handtasche, zog daraus einen metallenen Ring hervor, der einen Schließmechanismus an der Seite besaß und trat zu Nick. Gehorsam ließ er sich das von Kabeln gespickte Halsband umlegen.

Er kannte dieses Folterinstrument. Es war speziell für Drachen seiner Art entwickelt worden. Ähnlich einem Taser und dem *Draco Lacrimis*. Bei Bestrafung jagten Stromschläge von 250 Volt durch seinen Körper.

Eine Kraft, die seiner Natur widersprach. Es hinterließ Narben, die niemals heilten.

Dann holte Nick in Begleitung von Lilou Mirai. Er fixierte die Hände der Dämonenjägerin mit Kabelbindern und übergab sie Kenneth. Sie wehrte sich nicht.

Scheinbar wusste sie genau, was ihr bevorstand. Sie hatte akzeptiert, dass sie sterben würde. Ohne ein Widerwort ging sie mit den Vertretern der Kommission zum Auto.

Nick atmete tief durch. Eine Stimme in seinem Inneren schrie. Auch wenn er nicht dem Tod entgegensah, brauchte er den Rest an Mut, um nicht zusammenzubrechen.

„Ich möchte noch ein kurzes Gespräch mit meinem Drachen führen“, ertönte es hinter Nick und er drehte sich zu Ian um, der genauso autoritär wirkte wie immer. „Unter vier Augen.“

Kenneth setzte ein charmantes Lächeln auf. „Natürlich, Lord Colquhoun.“

Ian wartete, bis die von der Kommission Gesandten in der Einfahrt standen und sich leise unterhielten, dann verschwand er mit Nick zusammen in der Eingangshalle der Villa.

„Ian ... warum hat dich Mirai angegriffen? Das beschäftigt mich schon die ganze Zeit“, wollte Nick seine Neugier endlich stillen.

Der Mann ihm gegenüber zuckte nur mit den Schultern. „Die Antwort ist simpel. Sie gibt mir an allem die Schuld und glaubt, dass ihre Eltern meinetwegen keine Dämonenjäger mehr sind. Weil ich sie erpressen würde. Durch meinen tot wären die Beiden frei."

„Und warum warst du so nachlässig? Normalerweise bist du immer ... immer ..."

Nick konnte den Satz nicht beenden. Nur daran zu denken, hatte ihm den Boden unter den Füßen weggezogen. Die Worte auszusprechen, riss seine Selbstbeherrschung in Stücke. Dabei wollte er stark sein.

Als Ian das Gesicht des Jüngeren mit den Händen umschloss, bekam die Fassade des Drachen Risse.

„Ich konnte nicht atmen", flüsterte der Hausherr mit einem Lächeln. „Wenn du nicht bei mir bist, dann fühle ich mich leer und klein. Ich brauche dich, Nikki."

Hastig riss sich der Drache los. Sein Herz raste. „Jetzt tu' bloß nicht so, als wenn die ganze Welt in Tränen ausbricht."

Der Ältere sah ihn an. Er hatte verstanden. „Vielleicht nicht die ganze Welt."

„Ich komme zurück."

„Ich werde hier sein."

Und dann ging Nick zu Kenneth und Lilou, die wartend am Auto lehnten. Er ließ sich von ihnen neben Mirai auf die Rückbank bugsieren. Und während sie zum Flughafen fuhren, wo sie ein Privatjet sicher nach Paris bringen würde, legte er den Kopf in den Nacken.

Er hatte sich nur von Ian verabschiedet. Aber das war vermutlich besser. Sein Vater hätte nicht tatenlos zugesehen und beim letzten Mal wäre Emily fast auch in den Katakomben gelandet.

Nick sah blinzelnd zu Kenneth, als ihn ein merkwürdiger Geruch auffiel. Eine Mischung aus Zitrone, Flieder und Sandelholz.

Der Duft war ihm auch an der Leiche von diesem Werwolf aufgefallen. Er hatte dem keine Bedeutung geschenkt.

Vielleicht war es nur das Parfüm, das der Verstorbene benutzt hatte. Doch jetzt kroch das Misstrauen hoch und bevor er es verhindern konnte, sprach er seine Gedanken laut aus.

„Sie haben diesen Werwolf getötet."

Kenneth lächelte durch den Rückspiegel. „Natürlich, auch wenn es ein bisschen an der Ausführung gemangelt hat. Wenn die Dämonenjäger ihren Job machen würden, wäre das gar nicht nötig. Die ganzen Bestrafungen der Kommission sind lächerlich. Sie züchtigen ein Wesen, es gibt ein paar Monate Ruhe und dann verstößt es erneut gegen Regeln. Und wieder bekommt es nur ein Schlag auf die Finger. Nein. Wer einmal die Gesetze bricht, wird es wieder machen. Genauso wie deine über alles geliebte Emily. Sie müssen alle eliminiert werden."

Nick kämpfte gegen seinen Zorn an. „Und jetzt schieben Sie die Schuld auf Mirai?"

„Sie ist der perfekte Sündenbock. Dämonenjäger werden von allen Wesen gehasst. Niemand kommt auf die Idee, dass ein Untergebender der Kommission für den Tod eines Aristokraten verantwortlich ist. Du solltest versuchen, es positiv zu sehen. Der Unruhestifter ist tot und die Kinder in Ungarn können wieder ohne Albträume schlafen."

Epilog

Als Jurij an diesem Morgen durch die unberührten Straßen von Budapest stapfte, erstrahlte die Welt in einem fast weißlichen Blauton. Es wirkte so friedlich.

Der Wind tanzte über den Boden und verlor sich in den Ästen der Bäume. In der Luft lag leichter Nebel.

Der Schnee fiel leise vom Himmel und brach sich im Licht der Laternen. Er konnte nur das Geräusch seiner Schritte hören. Die Stadt selbst schien in tiefem Schlaf zu liegen.

Jurij blieb stehen, damit er die Schönheit des Augenblicks, die Stille in sich aufnehmen konnte. Der Winter hatte schon immer zu seinen liebsten Jahreszeiten gehört.

Vor allem die Dämmerung. Der Moment, bevor die Sonne ihre ersten Strahlen über den Horizont warf.

Manchmal, wenn er die Augen schloss, die kalte Luft tief in seine Lungen sog und von seinen Gedanken Abstand nahm, fühlte er sich in eine andere Welt gezogen.

In eine Welt, in der es nur ihn gab.

Jurij hob die Lider, nachdem das Zwitschern eines Vogels an seine Ohren drang. Neben ihm saß ein Zaunkönig, den Kopf zur Seite geneigt und das Gefieder aufgeplustert wie ein Tennisball.

Lächelnd setzte der Gestaltwandler seinen Weg fort.

Siiri war noch immer zu Gast im Hause Colquhoun. Heute wollte er sie endlich abholen.

In den vergangenen Monaten hatte sich sein Alltag so weit eingespielt, dass er sich wieder um sein Kind kümmern konnte - sein Kind.

Der Gedanke war für ihn noch immer befremdlich.

Leise seufzend schlug er den Kragen seiner Jacke nach oben. In der Ferne konnte er die Lichter der Kettenbrücke erkennen - hell strahlend wie ein Feuerwerk.

Das Parlamentsgebäude glich einer Leuchtfackel, die auf dem öligen Wasser der Donau tanzte.

Langsam erwachende Geräusche durchbrachen die Stille. Jurij blieb stehen, um an einem Kiosk Zigaretten zu kaufen.

Budapest öffnete die Augen. Die übliche Hintergrundkulisse einer Großstadt stieg wie schwarze Wolken zum Himmel auf. Ein BMW jagte mit überhöhter Geschwindigkeit an ihm vorbei.

Ein Motorrad folgte.

Weitere Fahrzeuge schlossen sich dem Ersten an. Fußgänger tauchten aus dem dichten Nebel auf. Fahrradfahrer. Lachen, Tuscheln, Schritte. Von einem Moment auf den anderen wirkten die Straßen lebendig.

Jurij schob sich eine Zigarette zwischen die Lippen, die er mit vorgehaltener Hand anzündete.

Schulkinder rannten fröhlich schreiend an ihm vorbei. Er ließ ihnen den Vortritt, dann ging er weiter - bis er eine vertraute Stimme hörte.

Auf einer Bank saß eine grazile Gestalt, eingehüllt in einen Wintermantel. Vorgelehnt. Mit der Kapuze auf dem hängenden Kopf. Leise schluchzend.

Er trat näher, setzte sich und wartete. Dabei rauchte er in Ruhe weiter, den Blick auf die vorbeiziehenden Fahrzeuge und Menschen gerichtet.

Er vermisste die Stille.

Die Person wandte sich ihm zu und feuerrote Haare fielen auf seinen Handrücken nieder.

„Sie haben ihn mitgenommen“, wimmerte Emily mit erstickter Stimme, ihre behandschuhten Hände legten sich um die des Gestaltwandlers. „Und ich … ich habe es nicht einmal bemerkt.“

Er drehte sich zu ihr um. „Wer hat wen mitgenommen?“, fragte er behutsam, während er ihre glitzernden Wangen betrachtete. „Ist mit Kostja alles in Ordnung?“

Auch wenn es nicht zur Situation passte, fragte er sich, seit wann Emily so lange Haare hatte? Hatte er sie nicht erst vor kurzem gesehen?

Seine Gedanken flogen davon, als sich ihm das Mädchen an die Brust warf. In einem Anflug von Zärtlichkeit schlang Jurij seine Arme um ihre zitternde Gestalt und drückte sie eng an sich.

„Die Kommission“, presste sie hervor und grub die Finger in seine Jacke. „Er wurde betraft … Sie bringen ihn in die Katakomben.“

Jurij versteifte sich, ein Kloß saß ihm im Hals. „Warum wurde er von der Kommission bestraft?“

„Weil er einen Befehl missachtet hat … er wollte doch nur den Mann retten, den er liebt.“

Ein grimmiger Zug breitete sich auf seinen Lippen aus. Er hatte Nick am Abend vor der Abreise aus Japan noch gesehen. Am nächsten Morgen war er einfach verschwunden.

Weil die Anwesenheit der Dämonenjägerin Siiri so aufgewühlt hatte, hatte er die Abwesenheit des Drachen kaum beachtet.

Hilflos streichelte der Gestaltwandler dem Mädchen über die Kapuze.

„Es kommt alles wieder in Ordnung. Bestimmt“, behauptete Jurij, unfähig etwas anderes zu sagen. „Versprich‘ mir nur, dass du keine Dummheiten machst.“

„Wie sollte ich dir das versprechen können?“

Emily schluckte. Als er sie noch enger an sich zog, fühlte er ihre Tränen auf seinem nackten Hals. Jurij jagte ein Schauer über den Rücken.

Sie war schon immer jemand gewesen, der das Herz auf der Zunge trug und

Dass sie voller Verzweiflung weinte, zerriss ihm das Herz. Er wusste, wie viel ihr Nick bedeutete. Für diesen Drachen würde sie durch die Hölle gehen.

Jurij fühlte etwas, das er schon lange nicht mehr gespürt hatte. Heiße, brennende Wut.

-Ende-

Weiter geht es in Band 2. Unleashed, Die unterirdischen Katakomben

Danksagung

Diese Seite fällt mir noch immer am schwersten. Reicht ein einfaches *Danke* wirklich aus?

Ich möchte auf dieser Seite meinem Ehemann und meinen Beta-Lesern danken. Eure Kreativität, euer Engagement und eure konstruktive Kritik verhalfen dieser Geschichte zu ihrer Vollendung. Vielen Dank.

Ohne eure liebe Hilfe hätte ich es nicht geschafft, diesen langen, manchmal mühsamen Weg zu gehen.

Ein kleiner Dank geht auch an meine Nichte, die mich mit ihren Worten und ihrer Begeisterung mental unterstützt hat. Mehr als sie glaubt.

Aber vor allem möchte ich meinen Lesern danken, die dieses Buch in den Händen halten.

Danke, dass ihr mit Emily und Kostja zusammen diese lange Reise auf euch genommen habt.

Printed in Poland
by Amazon Fulfillment
Poland Sp. z o.o., Wrocław

33096904R00201